[韩天航文集]⑥

热血兵团

韩天航 著

新疆生产建设兵团出版社

图书在版编目（CIP）数据

热血兵团 / 韩天航著. -- 五家渠：新疆生产建设兵团出版社，2020.12

ISBN 978-7-5574-1601-0

Ⅰ.①热… Ⅱ.①韩… Ⅲ.①长篇小说-中国-当代 Ⅳ.①I247.5

中国版本图书馆 CIP 数据核字(2021)第 014061 号

责任编辑：昝卫江

热血兵团

出版发行	新疆生产建设兵团出版社
地　　址	新疆五家渠市迎宾路 619 号
邮　　编	831300
电　　话	0994—5677185
发　　行	0994—5677048
传　　真	0994—5677519
印　　刷	北京一鑫印务有限责任公司
开　　本	710mm*1000mm　1/16
印　　张	27.75
字　　数	380 千字
版　　次	2020 年 12 月第 1 版
印　　次	2021 年 8 月第 1 次印刷
书　　号	ISBN 978-7-5574-1601-0
定　　价	83.00 元

根据韩天航同名小说改编、拍摄的20集电视连续剧《热血兵团》剧照

作家韩天航与电视连续剧《热血兵团》演员冯国庆、潘晓莉、佘南南合影

序

世上需要这样的男人

韩天航

1949年9月25日,新疆国民党部队宣布和平起义。之后,中国人民解放军第一野战军第一兵团开进了新疆。其中二军五师的一个团,徒步行军1490公里,途中穿越790公里的塔克拉玛干大沙漠,来到了和田地区,从此,这个团的指战员们在大漠荒原上垦荒造田,建设农场和工厂,开发出了一片片绿洲,建起了一座座新城,历尽了千辛万苦。弹指一挥间,五十几年过去了。可是由于当地男女比例的失调,这个团的一些战士至今都没有结婚成家。现在他们都已是七八十岁的老人了,跨过二十一世纪的第二年,新疆生产建设兵团的一位领导同志去看望这些老人,问他们有什么要求没有,他们说,啥要求也没有,只是这辈子还没坐过火车,想坐上火车去乌鲁木齐看看,我们这辈子也算过得满意了。他们的要求当然得到了满足。

最近这些年来,我就一直想写写这些至今还保持着这种献身精神的男人们。于是就有了杨自胜、李松泉、陈明义、姬元龙这样一些男人,他们性格各不相同,为人处事的方法、对生活的追求也不相同,但有一点都是相同的,就是在新疆这片广袤而神秘的土地上,他们献出了自己的一生。在进入市场经济的今天,别人怎么看杨自胜他们所具有的这种献身精神,我不是很清楚,但我依然崇敬他们,所以我就要写他们,写他们身上这种独特的人情味和他们的男性魅力。

我一直认为写小说要有可读性,因此,除了要真实要贴近生活,要有几个比较鲜亮的人物形象外,还要有一个比较好的故事架构。而新疆生产建设兵团的二百四十余万人都是来自五湖四海,而且各色各样的人都有,可以说,他们每个人身上都有一个传奇色彩的人生经历,为小说创作提供了取之不尽的故事源泉,经过了两年多的努力,这才有了《我的大爹》这部中篇小说,才有了后来根据小说《我的大爹》改编拍摄的电视连续剧《热血兵团》,以及根据电视剧改写的这部同名影视小说。

目　录

第一章……………………………001
第二章……………………………023
第三章……………………………044
第四章……………………………066
第五章……………………………088
第六章……………………………110
第七章……………………………132
第八章……………………………154
第九章……………………………175
第十章……………………………197
第十一章…………………………219
第十二章…………………………241
第十三章…………………………262
第十四章…………………………284
第十五章…………………………306
第十六章…………………………328
第十七章…………………………349
第十八章…………………………370

第十九章…………………………………391
第二十章…………………………………412
附　录……………………………………431

第一章

西北某小镇。小镇后是一片黄土高坡。

柳月,十八岁,鹅蛋脸,细长眉,一双秀气的大眼睛,温柔中透着刚毅。

她急匆匆地走在镇上的一条黄土小路上。

柳月家门口,一间土窑洞前,留着山羊胡子的刘老汉在焦急地张望。

柳月朝家门口走去,刘老汉看到柳月急忙迎了上去。

刘老汉说:"柳月,你姐,找着了?"

柳月绝望地摇摇头说:"还没呢。"

刘老汉说:"那你快去追你爹!"

柳月说:"我爹又咋啦?"

刘老汉说:"你爹正往山崖那边跑呢,我看他神色不善。你爹那个火烈性子,准会干出傻事来的!"

柳父,五十几岁,脸上布满了饱经沧桑的皱纹。

他的身子骨还很硬朗。脸上透着刚强与痛苦,他往山崖上爬着。

柳月奔跑在黄土坡上,带着哭声喊:"爹——爹——"
柳父听到喊声,朝后看看,想了想,一咬牙,继续往山崖上爬。

柳月看到父亲的身影,哭喊着,加快步子追着,大声喊:"爹——"

柳父爬上了山崖顶,满脸的泪水,他好像要往山崖下跳。柳月冲上去,一把抱住了他的腿。
柳月哭着喊:"爹,你不能这样!……"
柳父含泪跺脚说:"是你那个不孝不贞的姐,在把你爹往死路上逼啊!"

姬家大院正张灯结彩准备迎接新娘,举办婚事。
姬元龙二十岁刚出头,长得模样清秀,一副文质彬彬的样子。他神情沮丧,无奈地陪着他父亲。
姬父,一位七十开外的老汉,佝偻着身子,但却一脸的正气。
姬父说:"你不要不高兴,爹给你看的媳妇不会错。爹这身体撑不了多久了,我五十几岁,才有了你这么个儿子,我要看不到我的孙子出世,我死也不瞑目。"
姬元龙长叹了一口气,用商量的口气说:"爹……"
姬父斩钉截铁地说:"没商量的余地,就这么定了!"
姬元龙一脸的不悦与无奈。

山崖上。柳父与柳月面对面地坐在石头上。
柳父挥了把泪说:"姬家是个好人家,连共产党都说姬老是个开明绅士,在咱们这一带是一个有声望的人家,是他相中你姐,想让你姐做他的儿媳妇。还派人正儿八经地来说的媒,送了聘礼。爹答应了这门亲事,也收了聘礼,这也是你姐和我们家的福分哪!姬家明天就要来接人了,可你姐却不见人影了,你让爹的脸面往哪儿搁?你们6岁时死了娘,爹把你们拉扯这么大,容易吗?你们就这样孝顺你爹的?你说你让爹还有啥脸面在这世上活!"

柳月说:"爹,我再去找,我一定要把姐给你找回来!爹,咱们回家去。"

风尘蒙蒙黄土飞扬,柳月在四处寻找柳叶。

大雨瓢泼,柳月顶着件衣服在寻找着柳叶。

雨过天晴,天空上挂着条彩虹,有一位老大娘指着远处一间破烂的窑洞对柳月说着什么。

柳月推开窑洞门,看到柳叶蜷缩在墙角上。
柳月气恼地说:"姐,你怎么在这儿?你要不回家去,爹就要跳崖了!"
柳叶凄凉地说:"我没法回家去。我不能嫁给姬家。"
柳月说:"为啥?"
柳叶眼泪汪汪,满脸羞愧地说:"我怀娃娃了。"
柳月惊愕地说:"啥,谁的?"
柳叶说:"陈明义的。"
柳月说:"就是那个完小的教师?"
柳叶说:"是的。"
柳月说:"他不是三个月前随着路过的解放军参军走了吗?"
柳叶说:"是,就在他临走的那个晚上……"
柳月说:"那咋办?"
柳叶说:"咋办,我是只有两条路,一条就是跳崖去死,一条就是去找陈明义。"
柳月说:"那姬家的婚事咋办?爹咋办?"
柳叶说:"妹妹,我俩是双胞胎,长得一模一样,你代我嫁过去吧。"
柳月又羞又气,跺脚说:"姐,这话亏你说得出。"

柳叶说:"那我只好去死。"
柳月眼里满是怨恨的眼泪,说:"姐,我会恨你一辈子的!"

清晨,花轿在吹吹打打声中走在小镇的街上。
轿内的柳月神色黯然,表情冷漠,眼里满是怨恨。

洞房。
柳月盖着红头盖,坐在床沿上。
姬元龙被他父亲推进洞房。
柳月一把拉开盖头。怒视着姬元龙。姬元龙看着柳月,柳月的美丽让他眼前一亮,但随即发觉柳月的脸色不对,也默默地走到一边坐下。
两人无语。

红烛已快燃尽。
房间里两人还闷闷地坐着。
姬元龙想了想,叹了口气有点没话找话地问:"你叫什么?"
柳月说:"柳月!"
姬元龙吃惊地问:"我娶的姑娘不是叫柳叶吗?"
柳月说:"对,她不想嫁给你,我顶她的。"
姬元龙也不情愿这场婚姻,刚好有了推掉的借口,他倏地站起身,说:"婚姻也能顶替啊? 不行,你回去吧!"

夜。
柳月满面羞愧地奔走在街上。

新房。
姬元龙很后悔地在屋里来回走着,不知该怎么办好。

第一章

柳月敲开家门。

柳父惊讶地问:"咋回事?"

柳月说:"人家要娶的是柳叶。"

柳父说:"你是被赶回来的?"

柳月含泪点点头。

柳父情急地说:"你姐到底上哪去了?"

柳月一咬牙,说:"爹,我告诉你吧,半年前,柳叶就同陈明义相好了,陈明义去参军时,给姐的肚子里留下了个娃。"

柳父捂着胸口,一口鲜血喷了满满的一地。

柳月喊:"爹——"

凄凉的秋风吹拽着黄土上的枯草。

柳月在柳父坟前叩了三个头。

柳月向山崖上走去。

柳月凄苦地坐在山崖上,泪水一串串地往下流着。

姬元龙走上山崖,走到柳月身边。

柳月抬起头,吃惊地看着姬元龙。

柳月愤怒地瞪了姬元龙一眼,气冲冲地走下山崖。

姬元龙紧紧地跟在后头,一把抓住柳月。

姬元龙说:"柳月,咱俩拜过天地了,就是夫妻了。那晚,我不该对你说那样的话。……"

姬元龙的眼里含着愧疚和同情。

柳父墓前。

姬元龙跪下磕了三个头。

站在一边的柳月也有点感动。

姬元龙把柳月领进家门。

俩人来到姬父跟前。

姬父看看柳月叹了口气,虽无奈,但也满意地朝他俩摆摆手。

夜。

姬元龙与柳月在那间新房里相对而坐。

姬元龙说:"我在大学里是学建筑工程的。毕业后,我想参加解放军,就同父亲商量。父亲一直是靠近共产党的,他说,将来是共产党的天下。所以对我的想法,他很赞同,但有一条,必须娶了媳妇再走。我理解父亲的心情,他老年得子,眼下身体状况又很差,恐怕活不了几年了,我不想再惹他不高兴,所以就很勉强地同意了。可当你说你不是柳叶而是柳月时,我就有了不用结这个婚的理由了,所以,就脱口说出了那句话,结果给你们家造成了这么大的伤害,真对不起。"

柳月含泪点点头,接受了姬元龙的道歉。

姬元龙看看表,掐灭烟。出门,端进来一盆水。搁在柳月跟前。

姬元龙说:"柳月,洗洗脚睡吧。"

柳月吃惊地看着姬元龙。

姬元龙把几把太师椅拼在一起,抽出条被子铺在上面,转身对柳月说:"柳月,你们家发生了这么不幸的事,全是我的错。圆房的事以后再说吧。"

柳月被姬元龙的这份真情打动了,再也控制不住自己,一把抱住姬元龙大哭起来说:"在这世上,你就是我唯一的亲人了。"

一条满是浮尘的土路。解放军西北野战军某部正在路边休息。

柳叶风尘仆仆地走上前问一战士说:"大兄弟,请问哪位是你们的长官?"

一战士说:"我们这儿不叫长官,叫首长。你瞧,那边站着的背盒子枪的是我们的营首长。"

营长李松泉二十七岁,皮肤黝黑,长得壮实,为人耿直,脾气暴躁,没多少文化。

柳叶走到李松泉跟前说:"请问首长,这儿有没有一个叫陈明义的人?"

李松泉看看柳叶,想了想问:"你说的那个陈明义是哪个部队的?"

柳叶说:"不知道,三个月前,他离开我们老家来参加你们解放军的。"

李松泉说:"嗨,咱解放军部队大着呢,现在有好几百万人呢。"

柳叶说:"他是说去投奔彭总的那个部队,说彭总的部队就离咱老家不很远。"

李松泉说:"咱这部队就是彭总领导的野战军,可他参加的是哪个兵团哪个军哪个师哪个团哪个营哪个连,你知道不?"

柳叶说:"不知道。"

李松泉说:"那哪儿找去呀。我说妹子,你还是先回家去吧。等有了消息,你再去找他。他是你啥人?"

柳叶说:"我……我的那口子。"

李松泉一笑说:"那你就更应该回家去。你就是找到他,他也没法带着你。眼下,打倒国民党解放全中国的战斗还要打上一阵子呢。"

司号员吹响了集合号。

大部队浩浩荡荡地在公路上行进。

柳叶紧紧地跟在李松泉的队伍后面。

通信员小刘一路小跑到李松泉身边朝后努努嘴说:"营长,你看。"

柳叶顽强地跟在部队后面走着。

李松泉:"乱弹琴!"

李松泉站住等到柳叶走到他跟前。
李松泉说:"大妹子,你跟着我们干吗?"
柳叶说:"你不是说你是彭总的部队吗?只要是,我就能找到他。"
李松泉说:"咱彭总领导的野战军大得很呢。咱这一兵团,是王震司令员领导的。我说了,你回家去,打听清楚了,再跟他联系,行不行?咱这部队正上前线呢,说不定明天就会有战斗。子弹不长眼睛的,啊?快回家去,这是命令!"
柳叶说:"你又命令不了我!"

黄昏。
部队继续急行军。
柳叶一直远远地跟在后面。

李松泉朝后看看,无奈地摇摇头,对通信员小刘说:"这位大妹子,真有股犟劲。她真要一直跟着,你得想办法把她照护好。"
小刘说:"是!"
小刘紧跟着李松泉,想了想,拉了拉李松泉的衣袖,贴着他耳朵说:"营长,你是不是对她有点那个了……"
李松泉说:"那个什么!乱弹琴,人家是有丈夫的!"
小刘伸了伸舌头。

公路上,部队在急行军。
柳叶仍紧紧地跟在后面。

几架飞机从他们头顶呼啸而过。
李松泉喊:"散开,隐蔽!"

第一章

部队散到公路两边的黄土地上卧倒。

飞机再次飞回,投下炸弹。

柳叶还傻愣愣地站在路上。
李松泉朝她喊:"危险,快趴下!"
柳叶仍不知所措地站着。

飞机又呼啸而来。
李松泉冲上去拉柳叶。

飞机又一次投下炸弹。
李松泉把柳叶压倒在他身下。炸弹在他俩不远处爆炸。炸开飞扬的尘土盖满了李松泉的全身。

飞机飞走了。
李松泉抖去脸上头上的尘土说:"你瞧瞧,差点没命,快回家去吧。啊,别拿命开玩笑了!"
柳叶说:"不找到陈明义,我决不回去!"
李松泉火了,说:"刚才老子的命差点就丧在你手里!你要我把命搭上才肯罢休是不是?"
柳叶说:"大哥,对不起。可我怎么也得找到陈明义,要不我……"低头,她看着已经鼓起来的肚子,伤心地哭。
李松泉一脸的不忍。

夜,篝火。
部队休息露餐。

柳叶也疲惫地在离部队不远处坐下,饥饿地咽着口水。

李松泉用自己的饭缸舀上汤,拿了两个馍馍递给小刘,朝柳叶那儿指指。

小刘端着碗拿着馍把饭送到柳叶跟前说:"吃吧,这是咱营长让我给你送来的。"

柳叶由于饥饿和疲劳,也不再客气,接过饭缸和馍馍就大口地吃着,喝着。她感激地朝李松泉那边点点头。

李松泉也从远处朝她笑笑。

陕西某城。

穿着解放军军服的姬元龙走进家门。

柳月忙给他打来洗脸水,两人的感情看上去已很融洽。

姬元龙说:"柳月,我要跟着部队进新疆了。你可以不跟我去。我给你留点钱,你回咱爹那儿去住。"

柳月说:"可以带家眷吗?"

姬元龙说:"我问过部队首长,可以的。"

柳月说:"那我跟着你。"

姬元龙说:"我怕你跟着我会受苦受累。"

柳月一笑说:"嫁鸡随鸡嫁狗随狗,嫁个棒槌就抱着走。"

姬元龙很感激地朝柳月点点头。

黄土高坡上,一场战斗打得很激烈。

满脸烟尘的柳叶抬着一位伤员从坡上下来。

担架上躺着某团副团长杨自胜。他头部的绷带上还在渗着血。他三十出点头,人有些瘦,但显得很精干,头虽挂了彩,但脸上却还有笑容。他看到

第一章

柳叶和一位老大爷抬着担架一路小跑地往山坡背面用帐篷搭起来的临时医疗所那儿抬,就喊:"大妹子,别太急,当心摔跤,我这伤一时死不了。"

柳叶觉得这人很有意思,于是回头朝他笑笑。

山坡上,战斗打得仍很激烈。
李松泉挥着盒子枪在指挥冲锋。

临时医疗所。
柳叶在为坐在病床上的杨自胜换绷带。
柳叶说:"首长,我想跟你打听个人行吗?"
杨自胜说:"谁呀?"
柳叶说:"你们团有没有一个叫陈明义的人?"
杨自胜说:"陈明义,有啊!"
柳叶惊喜地说:"他在哪儿?"
杨自胜:"那个陈明义是不是今年三月参的军?"
柳叶说:"对呀!"
杨自胜说:"是不是个文化人?"
柳叶喜形于色,说:"对呀!"
杨自胜说:"参军前就是党员?"
柳叶说:"就是的!首长,他在哪儿?"
杨自胜说:"他是你谁?"
柳叶说:"他……他是我那口子。"
杨自胜说:"可他说他没结婚哪。我问过他。"
柳叶说:"我俩是没结婚。"
杨自胜看着柳叶有些往外鼓起的肚子,叹了口气。
柳叶说:"首长,他在哪儿?告诉我!"但她发觉杨自胜的神色不对。
杨自胜哀伤地说:"在打兰州时,他牺牲了。"
柳叶不敢相信自己的耳朵,喊了一声:"啊?"

李松泉率领着部队在冲锋,他自己冲在最前面。

柳叶在哭泣。

李松泉右腿中弹,跌倒在地上。

柳叶抹着眼泪从杨自胜身边走开。
杨自胜看着柳叶背影同情地长叹了一口气。

腿部受伤的李松泉被抬进帐篷。
柳叶迎了上去。
柳叶说:"李营长,你咋样?"
李松泉看着柳叶,指指腿。

柳叶扶着腿部扎着绷带的李松泉,来到杨自胜边上的帆布床前。
杨自胜认出了对方说:"嗨,李松泉!咱俩咋在这碰上了?"
李松泉指一指自己的腿,又指一指杨自胜的脑袋,笑着说:"不挂花,他娘的还碰不上呢!"
杨自胜掏出烟,递给李松泉一支。

柳叶神色忧伤地为李松泉盖好毯子。
李松泉亲切地说:"柳叶,你咋啦?"
柳叶眼泪又夺眶而出,伤心地跑开了。
李松泉深情地看着柳叶的背影。

杨自胜长叹了口气,摇了摇了头说:"唉,她男人打兰州时,牺牲了。"
李松泉说:"啊?!"

杨自胜说:"可惜啊,是个文化人啊!现在部队缺的就是文化人!不过老李,我刚才看到你看她的眼神有些不大对头啊!"

李松泉说:"杨副团长,这样的玩笑可千万开不得。"

杨自胜看着李松泉意味深长地笑笑。

夜。满天的星斗。

柳叶含着泪,靠在一棵白杨树上,仰望着星空。

闪回:

山崖上,一棵粗大榆树下的一个山洞里。陈明义与柳叶依依不舍地热烈拥吻。

陈明义那颤抖的手在解柳叶上衣的扣子,柳叶握住陈明义的手说:"我不……"

陈明义的手停在柳叶上衣的纽扣上说:"柳叶,我这一去……"

柳叶想了一会,看着陈明义那祈求的目光,她慢慢地松开了手……

柳叶扣着上衣的扣子。

柳叶说:"我已是你的人了,到时你一定要来接我。"

陈明义说:"只要我还活着,到全国解放革命胜利后,我一定来接你!将来,我们享受的可是共产主义的生活呢。"

柳叶拥吻陈明义。哭着说:"你会活着的……"

黎明。

陈明义迎着晨曦走下山崖,又转回来同柳叶招手。

柳叶靠在杨树上望着星空。她站起来,突然抱着身边的那棵白杨树,号啕大哭起来。

杨自胜拄着根棍子朝柳叶走来。

杨自胜关心地宽慰她说:"大妹子,千万别再伤心了,打仗嘛,哪有不死人的?你瞧瞧我,子弹再往这儿偏一点,我也不跟着去见马克思了?"

柳叶抹了把泪。

杨自胜说:"大妹子,我看你还是回老家去吧!"

柳叶摇摇头,指指自己的肚子说:"我回不去了。"

杨自胜很理解地点点头说:"唉,这个陈明义,虽然他为革命牺牲了,但他这事做得犯纪律了。大妹子,要不你再找一个?"

柳叶说:"我这样,谁还会要我?"说着,又伤心而绝望地哭起来。

杨自胜自告奋勇地说:"大妹子,这事儿我来给你办。"

脑袋上扎着绷带的杨自胜和腿上扎着绷带的李松泉在战地医院边上的一座土丘旁。

杨自胜说:"李营长,你是不是看上那大妹子了?"

李松泉说:"你咋知道?"

杨自胜说:"你看你瞅那妞儿时的眼,神贼不溜溜的。"

李松泉说:"杨副团长,你瞧你这话说得。"

杨自胜说:"你要看上了,我就给你去做媒。"

李松泉说:"这不犯纪律吧?"

杨自胜说:"这犯啥纪律?参加革命又没说不让结婚。你们团长、政委不都成家了?"

李松泉想了想说:"可她……"用手比画了一下肚子。

杨自胜说:"你嫌她这啊!嗨,你这脑瓜子还挺封建的啊!那可不是她的错,你要不娶她,我娶她。"

杨自胜站起来要走。

李松泉一把拉住杨自胜,说:"你还是去给我做媒吧!"

杨自胜笑了,拍了一下李松泉的胳膊说:"你个混账东西!"

第一章

部队在大西北尘土飞扬的公路上行军。

陈明义没有死,生龙活虎地打着呱嗒板,喊着顺口溜鼓舞着士气。

初秋。

李松泉走进柳叶临时住的一间小土房里。

李松泉干咳了两声,整了整衣领,有点紧张地敲了敲门。

李松泉走进屋里,看着坐在炕上大腹便便的柳叶。

李松泉又干咳两声,直巴巴地说:"柳叶,我们部队要进新疆了。上面同意连以上的干部可以带家眷进疆,你要愿意,咱俩就……啊?你说呢?"

柳叶指指已鼓得很大的肚子,问:"你不嫌弃?"

李松泉说:"这有啥好嫌弃的?他爹是为革命牺牲的,那是烈士的后代!抚养大这孩子,这是我这个当革命领导干部的责任。"

柳叶含着泪,犹豫地看着他。

李松泉说:"咋,你还不放心我?你跟我的部队跟了这么些月,还不了解我李松泉?"

柳叶说:"可我担心……"

李松泉说:"你还有啥好担心的?革命战争的胜利就在眼前了。到时,嘿嘿,你会是个啥身份你能不知道?你只要点一下头,咱们明天就办婚礼!来个速战速决!"

白杨树上飘下了枯叶,像蝴蝶一样在空中飞舞。

小土屋的门上贴上了一个艳艳的大红喜字。……

柳叶虽然依偎着李松泉,但眉宇间显出一些悲凉。

柳叶突然抱住李松泉大声地哭起来……哭得让李松泉有些心酸。

清晨。起床号响起后。李松泉穿着整齐,挎上盒子枪。柳叶还坐在床上。

李松泉说:"柳叶,从今天起,你就到部队家属组成的女子队去报到吧。你们可以慢慢走,我们这一路都要急行军呢。"

柳叶说:"松泉,我还在担心一件事。"

李松泉说:"啥事?"

柳叶说:"陈明义要是没牺牲咋办?"

李松泉说:"乱弹琴!杨副团长是亲眼见到他牺牲的,哪会有假?柳叶,你现在是我老婆了。以后别再提他了行不行?啊?"

柳叶说:"再有两个月我就要生了。到时你能不能回来见我?"

李松泉说:"那要看革命形势发展的需要。说不定两个月后,咱们能在新疆见面呢。"

柳叶想了想,说:"那孩子生下后,该姓啥叫啥?"

李松泉说:"我现在就是他爹,当然姓李。是男孩就叫李进疆。是女孩,就叫李红花!就这样了,啊!"

大西北的公路上,四下是荒凉的原野和杂草。柳叶背着个男孩,跟女子队的人一起大步朝前行进着。

九月下旬。

公路边的白杨树上飘曳着金黄的枯叶。

一辆辆大卡车行驶在尘土飞扬的公路上。卡车上的人虽然都身着军装,但一看就知道是一些知识分子。姬元龙和大腹便便的柳月挤坐在里面。

柳月脸色苍白,额头冒着汗珠,一副临产前的痛苦样子。

姬元龙在安慰她说:"再坚持坚持,柳月,很快就要到目的地了。"

他们坐的卡车向一座小桥驶去。

杨自胜带着部队的车队也朝那座小桥驶去。

第一章

柳月坚持不住了,痛苦地叫着,一位背着红十字包的年轻妇女急喊:"停车,快停车!"

卡车在桥上猛然停住。司机探出脑袋:"什么事?"
背红十字包的女人:"有位女同志要生孩子了,男同志请统统下去!"
姬元龙不放心地看看柳月,随后跟着一起跳下了车。

车队堵在桥的两头,乱成一团。

坐在驾驶室里的杨自胜等得有些不耐烦了,问司机说:"怎么回事?"
司机说:"好像是桥上有辆车抛锚了。"

杨自胜跳下车,不耐烦地朝桥头走去。

杨自胜走到桥头。
杨自胜大声问:"怎么回事?"
柳月坐的那辆车的司机探出头来说:"首长,有位妇女在车上生孩子。"
杨自胜说:"生孩子怎么在车上生,快让开道,再堵下去,我没法准时到地方了。"
姬元龙走到杨自胜跟前说:"首长,车现在不能动,一动,女人和孩子都有生命危险!"
杨自胜说:"哪有这么娇气,快让开,部队不能按时到达贻误了战机,你负责!"
姬元龙说:"不行!首长。"
杨自胜火了,说:"赶快让开,出了生命危险我负责!"
姬元龙说:"首长,你负不起这个责!"
杨自胜说:"车上生孩子的女人大概是你老婆吧!"

姬元龙说:"是!"
杨自胜说:"你叫什么名字?"
姬元龙说:"姬元龙。"
杨自胜说:"好,姬元龙,要是贻误了战机,我拿你是问!"

背红十字包的女人拉开车篷说:"孩子头已经出来了,车子一动真要出大问题,首长,就再等几分钟吧!"

杨自胜打量着姬元龙。
杨自胜问:"你们是西安参军的那批知识分子吧?"
姬元龙说:"是!"

杨自胜焦急地抽着烟,在桥头来回转。

同时,车里传出喊声:"是男孩!"孩子的哭声也跟着响了起来。
卡车缓缓驶出桥头。

杨自胜把烟头朝地上一扔,看着桥松了一口气,但仍气恼地自语说:"这些知识分子,就是难缠!"

杨自胜朝自己的车走去,但突然想起什么,又转到姬元龙跟前。
杨自胜说:"你姓姬,叫姬元龙?"
姬元龙说:"对。"
杨自胜说:"那我给你儿子起个名字,怎么样?他是在进军路上生的,就叫进军吧,姬进军,多响亮的名字!就这么定了,啊!"

姬元龙看着杨自胜远去的背影,苦笑着摇摇头,嘟哝了一句说:"军阀作风!"

第一章

新疆某县城。

杨自胜办公室。陈明义走到办公室门口,立正后喊了声:"报告。"

杨自胜说:"进来。"

陈明义推门进去立正敬礼说:"杨政委,政治处宣传股副股长陈明义向你报到。"

杨自胜问:"陈明义?你叫陈明义?"

陈明义说:"是。"

杨自胜说:"原先我那团里也有个叫陈明义的。是个连队的文书,可惜,在打兰州时牺牲了。坐吧。"

杨自胜看着陈明义递给他的行政介绍信,突然想起什么,惊愕地看着陈明义。

杨自胜问:"陈明义,你是什么地方人?"

陈明义说:"宝鸡地区的。"

杨自胜说:"哪年参加部队的?"

陈明义说:"两年前。"

杨自胜说:"你进步得倒快啊。"

陈明义说:"参军前我就入党了,参军时是地方组织给开了介绍信。所以一进部队就让我当了文书,部队扩编时,就让我当了副指导员,一年后又让我当了指导员。"

杨自胜说:"在部队有文化,吃香啊。"但又抓抓头皮自语着说:"这事儿大概麻烦了。"

陈明义说:"政委,咋啦?"

杨自胜自语说:"不会那么巧吧?"

陈明义说:"政委,巧啥?"

杨自胜说:"没事儿,随便问问。"

县城小街。

杨自胜和警卫员小陈在街上走着。

街两边的小商铺都摆着一些小花帽、小刀、首饰等充满了少数民族特色的商品,当中零星夹杂着几家卖烤羊肉、烤包子和馕的食品摊子。

小陈看着这些吃的,闻着诱人的香味,忍不住地咽着口水。

杨自胜则控制着自己,目不斜视地往前走。

杨自胜和小陈走进一个大院子,院子门口几个解放军战士在站岗。

这里是解放军某师师部,杨自胜径自走向院子中间的一所大房子,一位干部迎了出来说:"杨政委,师长正在里面等你呢!"

师长办公室,墙上挂着毛泽东主席、朱德总司令的像。

刘师长在会议桌上展开地图。

刘师长说:"老杨,你们团就在这儿,向荒原要粮,要棉,不但要养活自己,还要向我们的新中国做贡献! 一年内要出成果!"

杨自胜说:"是!"

刘师长说:"另外,我再给你派个技术员过去,测量土地,看个地形啊什么的,他是个大学生,你可得尊重人家,你们这些工农干部,对知识分子总有点儿那个!"

杨自胜说:"师长,请放心,我杨自胜不是那种人! 那人呢?"

刘师长说:"在招待所。林科长,你陪老杨去一趟。"

林科长推门走进招待所的一间客房,坐着看书的姬元龙马上站了起来。

杨自胜和姬元龙都认出了对方。

林科长说:"来,介绍一下,这位是二十六团的杨自胜政委,这位是工程技术员姬元龙同志。"

杨自胜说:"咱俩认识,姬元龙,你儿子两岁了吧?"

第一章

姬元龙说:"对。"
杨自胜说:"是不是叫进军,姬进军?"
姬元龙:"是。"
杨自胜高兴地说:"好!服从命令听指挥,是个好同志,跟我走吧。"

林科长看着他俩,有点摸不着头脑。
杨自胜抓起姬元龙的行李就往外走。
姬元龙说:"杨政委,我来,我自己来。"
门外的小陈接过行李。

杨自胜率领一批部队在朝荒原挺进。其中,可以看到姬元龙和陈明义的身影。

荒原。
姬元龙带着两名战士,竖着标杆在测量土地。

荒原。
部队官兵正在紧张地挖着地窝子。
陈明义与姬元龙等人也在挖着。姬元龙挖得很卖力也很熟练。
陈明义说:"姬技术员,这三边为啥不再往下挖了?"
姬元龙:"陈股长,你看,留下这三边的土台子,将来地窝子一盖顶,这土台子上一铺上干草,就是现成的土床了。这中间留下这么个方土台,上面铺上一方芦席,就是现成的桌子,这不都就地取材了?"
陈明义叹服地点点头说:"嗯,不愧是学工程出身的啊!"

荒原。
数百名官兵席地而坐。杨自胜在做报告。
杨自胜说:"我们一定要坚决地热烈地不折不扣地响应毛主席的号召,

展开大生产。同志们,别看现在这儿是一片荒原,二十年后,这儿就会变成一座新城。到那时是个什么劲儿?楼上楼下,电灯电话。还有……"

有一战士插嘴说:"再讨上个老婆,日子就过得美滋滋的了。"

众人笑。

杨自胜说:"对!那时离共产主义的好日子就不远啦!……"

初春。积雪融化,春寒料峭。

部队正在荒原上开荒,春耕。

杨自胜与几位战士利用当地农民使用的原始农具"二牛抬杠",在前面拉着犁,姬元龙在后面压着犁耙。姬元龙由于没有干过农活,压不住犁耙,那犁头总是一插进土里就松出来,一插进土里就松出来,气得杨自胜摔下牵犁绳子就走到后面冲着姬元龙吼:"你是咋扶的犁?你们知识分子哪,绣花枕头一包草!走开,我来。"

姬元龙满面的羞愧与不快,走到前面牵上绳子拉犁,嘟哝了一句说:"军阀作风!"

杨自胜说:"你说什么!"

姬元龙顶牛地大声说:"什么也没说!"

第二章

天山顶上的积雪在阳光下闪光。

杨自胜用力把犁头深深地插入土中,喊:"开拉。"

杨自胜使出吃奶的劲压住犁耙,姬元龙等前面几个人也在吃劲地拉着。黑黑的泥土顶着犁头朝两边翻了开来。

翻开的泥土仿佛一直延伸到天边。

虽是初春,中午的太阳也有点热辣辣的。他们都脱掉棉衣,上身穿着单军装,下身依然穿着棉裤在干。

开荒的战士们的脸上、脖子上淌满了汗水。

姬元龙在前面拉犁时,腿一瘸一瘸的。他旁边一个战士问他说:"姬技术员,你怎么啦?"

姬元龙轻声地说:"刚才小腿被犁头碰了一下,

没事。"

杨自胜使劲地压着犁头,汗水、阳光,他感到眼冒火花,太阳仿佛在他脚下旋转。

杨自胜眼一黑,跌倒在地上。

姬元龙扶起杨自胜问:"杨政委,你怎么啦?"

杨自胜翻身爬起来,拍拍身上的土说:"刚才被土疙瘩绊了一下,啥事也没,来,继续干!"

犁头又被深深地插入土中。

杨自胜发出命令喊:"拉!"

夕阳西下。

被翻开的土地已望不到边。

晚霞映红了一组组用"二牛抬扛"犁着荒地的人群。

夜。

杨自胜用湿毛巾贴在额头上,躺在床上轻轻地痛苦地呻吟着。

月光下。

姬元龙在地窝子里背着别人,打开绑腿,看到小腿上的一长条伤口已化脓了。

晨曦又洒满了广袤的荒原。

几组"二牛抬扛"的人群又在艰难地移动,翻开着未曾被开垦过的处女地。

第二章

月光如水。

姬元龙一瘸一瘸地走到杨自胜地窝子前立正喊了声:"报告。"

里面传出杨自胜的声音:"进来。"

杨自胜在接电话,不住地点头喊着:"是,我一定照办。"

杨自胜放下电话说:"怎么?找我有事?"

姬元龙说:"有件事,我想请示一下政委。"

杨自胜说:"说。"

姬元龙说:"我看到我们团首长里有几位把自己的家属接来了,也参加了开荒造田,我想……"

杨自胜说:"我明白了。行,给你几天假,去把你老婆孩子接过来吧。明天,我再找两个战士,单独给你们挖个地窝子。"

姬元龙说:"谢谢政委。"

杨自胜说:"你们这些有老婆的人哪,就是这么没出息。像我多好,光棍一个,自己吃饱,全家吃饱,自己快活,全家快活。要说吃苦呢,也就自个儿吃苦。"

姬元龙说:"不过政委,你也三十好几了,也该找一个了。"

杨自胜说:"那当然,那当然。男人要是不找个女人那还算男人吗?这辈子不白活在这世上了。啊?"

杨自胜自嘲地大笑起来。

一条荒原上的小路。一辆马车拉着姬元龙、柳月和已有两岁的进军。

柳月关切地拉开姬元龙的裤腿,用干净的纱布轻轻擦拭着化脓的伤口,心疼地说:"元龙,你早该把我接过来了。你这腿再不好好换药,都要废了。"

姬元龙感动地搂着柳月。

草丛中飞起一只角百灵。

进军伸出小手："娘,爹,小鸟……"
他们搂在一起,在艰难中笑得很幸福。

傍晚。
姬元龙领着柳月,柳月穿着绸面的衣服抱着孩子走进杨自胜的地窝子。

杨自胜放下电话,看着他们。
姬元龙说："杨政委,我把家属领来了。你给她安排一个活儿干吧。"
杨自胜一看到柳月就很吃惊,敲敲额头说："姬技术员,你女人我好像在哪儿见过。"
姬元龙说："杨政委,那天她在车上生孩子,你咋见的她?"

杨自胜努力回忆着在野战医院见到柳叶时的情景,感觉还是有些印象模糊。

杨自胜笑笑说："对,我认错人了。不过我见到的那个女人跟她长得太像了,真的是一模一样。"
姬元龙说："杨政委,天下这么大,中国人这么多,长得相像的人肯定有。"
杨自胜看着柳月,低声自语说："太像了,真的太像了。"

杨自胜摸摸柳月抱着的进军的脸说："这小小子就是姬进军吧?"
姬元龙说："是!"
杨自胜说："喂,小小子,你的名字还是我给你取的呢!"
杨自胜胳肢一下进军的胳肢窝。
姬进军咯咯地笑起来。
杨自胜说："这小小子,讨人喜欢。"

第二章

姬元龙对杨自胜的那种口气感到有些不自在。

姬元龙说:"杨政委,安排一下我爱人的工作吧。"

杨自胜说:"这样吧,让你女人到伙房帮帮厨怎么样?她做个饭总会吧?"

柳月说:"我们那儿的女人哪有不会做饭的?"

姬元龙说:"我家属是个农村妇女。"

杨自胜说:"行,就这样吧。你瞧瞧你这身穿着,哪像农村妇女,劳动人民啊?回去把它换了。"

柳月不解地看姬元龙。

姬元龙不悦。

姬元龙走出地窝子,不满地说:"这些工农干部,人都不错,但就是这种自以为是的作风,太让人受不了!"

柳月说:"元龙,算了,我看杨政委这人挺不错的,面善。"

夜。

在姬元龙住的那间小地窝子。昏暗的煤油灯一闪一闪的。

柳月在翻着箱子。

柳月翻出了一套她当姑娘时穿的布衣服。

柳月慨叹地吐了口气,对姬元龙说:"这一套衣服,是爹在我和姐过生日时给做的,姐和我一模一样地各做了一套。"

姬元龙不满地说:"穿什么衣服他都要管,真是的!"

清晨。

柳月穿着那套布衣服朝伙房走去。

伙房其实不是间房子,而是用四根粗树干顶起来的凉棚,有一个两孔的大炉灶上搁着两口大铁锅,里面正在煮着囫囵麦子。

杜班长用木锹在锅里搅动。

柳月走进凉棚。
柳月问:"请问,谁是杜班长?"
杜班长说:"我就是。"
柳月说:"杨政委让我来这儿工作。"
杜班长说:"哦,姬技术员的爱人是吧?杨政委派人通知我了。"
柳月说:"让我干什么?"
杜班长说:"那儿有个涝坝,去那儿挑担水吧。"
柳月点点头。
老杜说:"一担水挑不动就挑半担,涝坝离这儿有两三百步远呢。"
柳月不服地说:"我们老家挑担水要走几里地呢。满满一担水,我一口气不换肩地可以走个来回!而且不洒一滴水!"

柳月挑着两只大铁桶朝涝坝走去。

陈明义从地窝子里出来,看到不远处的柳月,眼睛一亮,然后惊愕地睁大眼睛再仔细看,又用衣袖擦了擦眼睛再看。
柳叶在与他离别时也是穿的这套衣服。

陈明义仿佛又看到柳叶穿着这套衣服站在山崖上在向他挥手。

陈明义朝柳月奔去,喊:"柳叶——"
柳月回头。
陈明义兴奋地喊:"柳叶!柳叶——我是陈明义——"
柳月愕然。

陈明义气喘吁吁地奔到柳月跟前。柳月怒视着他。

陈明义有些吃惊地说:"柳叶,你不认识我啦?我是明义呀。"

柳月说:"你再看看我是谁。"

陈明义说:"你不是柳叶?"

柳月说:"我是柳月。"

陈明义说:"你是柳月?那你咋到这儿来了?"

柳月说:"这要问你呀!"

陈明义说:"问我?我咋啦?"

柳月说:"我问你,我姐呢?"

陈明义说:"你姐?你姐咋啦?"

柳月说:"三年前,她不是找你来了吗?"

陈明义说:"找我?我没见到她呀。那她现在在哪儿?"

柳月说:"什么,她没找到你,那她现在在哪儿?"

陈明义急了,说:"你问我,我怎么知道?"

柳月气愤地说:"陈明义,你把我们全家害得好苦啊!我爹死了,我也差点走投无路,你倒好了,跑到这儿当干部来了,可我姐现在是死是活都不知道。这全是因为你!全是因为你!"

柳月狠狠地甩了陈明义一个耳光。

陈明义捂着脸,不知该怎么说好。

杨自胜拿着碗朝伙房走去。他刚好看到柳月甩了陈明义一记耳光。不少战士也惊讶地看到了。

杨自胜愤怒地朝陈明义和柳月跟前走去。

杨自胜走到陈明义、柳月跟前。

杨自胜说:"怎么回事?"

陈明义和柳月一时都不知道该怎么回答。

杨自胜问陈明义说:"你调戏她了?"

陈明义说:"没有。"

杨自胜问柳月说:"他侮辱你了?"

柳月摇摇头。

杨自胜恼怒地说:"那你为什么要打他耳光?简直是目无纪律,柳月,别以为你是姬技术员的女人。你这么随便打干部,我也得关你禁闭!"他对在不远处围观的人喊:"别看了。吃饭,上工!"

陈明义说:"杨政委……"

杨自胜说:"我说了,晚上我再处理这件事。眼下的生产任务一点都不能耽搁,都干活去!给我先把柳月禁闭起来!这事晚上再说!"

柳月被关在一间小地窝子里。她委屈而伤感地哭着。

荒原上的野草绿绿地露了头。野生的沙枣树和胡杨树的树枝也暴出了嫩芽。

官兵们端着脸盆和缸子,在被开垦出来的土地上点种。

杨自胜干得既熟练又麻利,一看就是个干过农活的好手。

姬元龙情绪激动地走到杨自胜跟前。姬元龙大声地质问:"杨政委,我爱人怎么啦?你要关她禁闭?"

杨自胜说:"她打人!无缘无故打陈副股长。我不禁闭她禁闭谁?不这样我这部队还咋带?"

姬元龙说:"我不信她会无缘无故打陈副股长。你不能就这样不了解情况就把她禁闭起来。"

杨自胜说:"不管什么情况,她打人就是犯纪律!我不允许在我们团出现这种犯纪律的事!要不,我们团就会乱套!"

姬元龙愤怒地说:"政委,我觉得你身上就是有点军阀作风!"

杨自胜说:"你说什么?军阀作风?我这是军阀作风?"

姬元龙说:"对!"

第二章

杜班长走到禁闭柳月的地窝子的小窗口跟前,隔着窗户同柳月说话。

杜班长说:"柳月,你咋能打人呢?"

柳月懊悔地流着泪说:"杜班长,你去跟杨政委求个情,我打人不对,我检讨。让他把我放出来。我被这么关着,多丢人!"

杜班长说:"好。"

杨自胜在点种,但他心已不在这活儿上了。

杨自胜想了想,放下盆子,朝也在点种的陈明义走去。

杨自胜走到陈明义跟前。

杨自胜问:"陈明义,柳月为啥要打你?"

陈明义说:"政委,姬元龙的家属我认识,她叫柳月,她打我是因为……"

杨自胜说:"是因为啥?"

陈明义说:"这事我一时也说不清。她有个姐姐叫柳叶,是我的恋人。我听柳月说,她三年前就从老家跑出来找我,可到现在连个音信也没有……"

杨自胜想起了什么,懊丧地拍了一下自己的额头。

陈明义说:"政委,怎么啦?"

杨自胜说:"我搞错了。他娘的,这真是乱套了!"

陈明义还想问,杨自胜摆摆手懊恼地径自离开了,弄得陈明义莫名其妙。

太阳升到半山腰。

杨自胜干着活,越想越不自在,他又放下盆子,朝陈明义走去。

杨自胜把陈明义拉到地头坐下,从腰间掏出烟荷包,用旧报纸卷了支莫合烟。

杨自胜问:"你抽不抽?"

陈明义摇摇头。

杨自胜说:"你的恋人真是叫柳叶?柳月的姐姐?"

陈明义说:"对。她俩是双胞胎!"

杨自胜说:"那你咋不说?"

陈明义委屈地说:"你不让我说嘛!"

杨自胜懊丧地说:"看来,全是我的错!"

杜班长急匆匆地朝他俩走来。

杜班长说:"政委,我那儿拉不开栓了。"

杨自胜说:"那就快去把柳月放出来。"

杜班长笑着说:"是。"

杨自胜想起柳叶大肚子的样子。

杨自胜一把揪住想走开的陈明义。

杨自胜说:"陈明义,我问你,你跟柳叶结过婚了?"

陈明义说:"还没呢,我想革命胜利后再把她接来完婚。"

杨自胜说:"所以陈明义,你也不是什么好东西。没结婚就搞腐败!"

陈明义又惊又傻,一副云里雾里摸不着头脑的样子。

杨自胜说:"我告诉你吧,三年前柳叶已经是人家的老婆了!"

陈明义说:"杨政委,你说什么?"

水库建设工地。

十几台拖拉机一字排开,在隆隆地平整着土地。

几位领导正围着图纸。李松泉也在里面,他现在是团参谋长,水库建设

第二章

主管日常工作的副总指挥。

总指挥、团长赵建德说:"老李,还有什么困难,说。"

李松泉说:"工程技术人员太缺了。你怎么也得再给我调一两个来,哪怕懂点也行。"

赵建德说:"我也没有,我也只好伸手向师里要了。水库建不成,周围建农场的事那就全泡汤!"

工地边上有一片地窝子。

柳叶腆着个大肚子,正在一间地窝子前一个用土疙瘩搭起来的小炉灶上煮着一小锅野兔。两岁多的进疆嘴馋地往锅里看。

柳叶从小锅里夹出一块肉,吹凉后递给进疆:"走,咱们给你爹送饭去。"

柳叶腆着大肚子。一手牵着进疆,一手拎着个柳条小筐,筐里搁着那一大碗野兔肉,朝尘土飞扬,人群涌动,机声隆隆的工地走去。

工地上。

进疆首先看到正在指挥拖拉机群的李松泉。进疆朝李松泉奔去。

进疆抱住李松泉的腿喊:"爹!"

李松泉亲热地抱起进疆说:"嗨,小子,你咋来啦?"

进疆说:"妈给你送饭来了。"

柳叶已走到李松泉跟前。

李松泉说:"你看你,叫你不要再送饭来,你还来。我在这儿同大伙儿一起吃,不挺好?干吗非要搞特殊呢?"

柳叶说:"这是今儿早上小刘套的一只野兔,特地让人送来的。"

李松泉说:"拿回去你和孩子吃去。"

柳叶说:"松泉。你白天不着家,晚上又忙得睡不上两三个小时,再营养跟不上,你身子骨要顶不住的。"

李松泉说:"回吧,回吧。你没瞧见我这儿正忙着呢吗?要说营养,"他指指柳叶的肚子,"你不比我更需要?"

有一辆拖拉机抛锚了。李松泉不再理柳叶,朝那拖拉机奔去。

柳叶气得眼泪汪汪,抓起碗,把那野兔肉抛撒了一地。
进疆看着那滚满泥土的肉,心疼地喊了声:"妈——"

晚霞已收敛起它那最后一缕橘红色的光亮。眼前是一大片开垦出来的荒地,部队都收工了。

杨自胜和陈明义坐在地头。
陈明义伤心地说:"政委,卷支烟给我。"
杨自胜给他卷了支烟,自己也卷了一支。
陈明义委屈地说:"我和柳叶那是正常关系。"
杨自胜说:"没结婚就同人家搞上了,这叫正常关系?那叫犯纪律!搞腐败!那时你已经在党了是不是?"
陈明义不服地说:"你咋知道我犯纪律了?"
杨自胜说:"这事你不比我清楚?"
陈明义说:"她告诉你的?"
杨自胜说:"那还用告诉吗?一看就知道的事!"
陈明义似乎明白了什么。

陈明义拼命地抽着烟说:"政委,柳叶现在在哪儿?我得去见她。"
杨自胜说:"我不是已经告诉你了吗?她已经同咱们的一位革命干部结婚了。怎么,你还想把她重新弄回来,破坏人家的革命家庭?你要敢,我就狠狠地处分你!"
陈明义说:"他们是咋结的婚,柳叶不是来找我的吗?"
杨自胜说:"我不是告诉你了吗?当时我们团里也有个叫陈明义的,也是个文化人,也是那时参的军,后来在打兰州时牺牲了……"

陈明义说:"柳叶以为那个陈明义就是我?"

杨自胜说:"谁想得到世上有那么巧的事。"

陈明义说:"杨政委,你……破坏了我的幸福!"

杨自胜无奈而自责地叹了口气,说:"是呀,这事我有责任,我向你检讨,但我也要警告你,你别去给人家的和睦家庭去添什么乱,你要连这点觉悟都没有,还是党员吗?"

陈明义气恼而痛苦地抹着眼泪。

杨自胜说:"你瞧瞧,你那套小资产阶级的情调,不就是个老婆吗?以后我帮你再介绍一个。"

黄昏,天色渐渐暗了下来。陈明义一个人站在荒地上,满脸的沮丧、痛苦与无奈。

陈明义冲着杨自胜远处的背影喊:"杨自胜,你干的这事,我会记你一辈子!"

伙房。

柳月正掌勺给大家打咸菜疙瘩。

杨自胜走上去说:"给我也来一份。"

柳月:"政委。"

杨自胜愧疚地说:"柳月,我调查清楚了。我不该关你禁闭,我向你检讨。"

柳月宽容地朝他笑笑。

杨自胜打好饭,蹲在凉棚边上吃饭。

柳月想了想,走到他跟前。

柳月说:"政委,你知道我姐的下落了?"

杨自胜说:"三年前我见过你姐,那是在战地医院。"

柳月说:"她好吗?"

杨自胜说:"好着呢。她嫁给一个叫李松泉的营长。听说现在当上参谋长了。你姐和李松泉结婚,说起来还是我做的媒。"

柳月吃惊地说:"你做的媒?"

杨自胜说:"对。"

柳月说:"政委,我能不能去见见我姐姐?"

杨自胜说:"现在农时这么紧,咋行? 农时误一天,收成就误一年。你姐夫那个团同我们都属一个师,见面机会有的是。"

柳月点点头说:"那好吧。"

杨自胜眨了眨眼睛说:"不过柳月,你还是做错了一件事。"

柳月说:"啥事?"

杨自胜说:"你对陈明义,嗨,这么一下,还不够狠,应该再给他一下。这家伙,欠揍。"

柳月笑了,觉得这个政委挺可亲的。

杨自胜突然想起什么说:"柳月。"

柳月说:"啊?"

杨自胜说:"我有军阀作风?"

柳月笑着摇摇头。

杨自胜说:"你让姬元龙也给我做检讨。"

西边天际只留下一条青紫色的光带。

陈明义痛苦地坐在地头抽着烟。

陈明义回忆。

崖洞里。

陈明义和柳叶狂热地拥吻一阵后,陈明义要解柳叶的衣扣。

柳叶一把拉开他的手说:"我不!"

陈明义说:"柳叶,我这一去,你也知道……"

柳叶说:"不许说这话!"

陈明义热切地看着她说:"那……"

柳叶犹豫了一会,想了想,她看到陈明义的眼神挺可怜,于是慢慢解开衣扣说:"那好吧……"

月亮升上来了。陈明义仍坐在地头,眼里含着泪。自语说:"难道?……要不,杨自胜怎么会知道的呢?难道她怀孕了?……"

夜。

姬元龙与柳月睡在床上。进军已在柳月边上睡着。姬元龙仍有些气鼓鼓的。

柳月说:"行了,人家是团政委,都给我道歉了。"

姬元龙说:"他的工作作风也太简单粗暴了。"

柳月说:"得饶人处且饶人。我看杨政委人不错。"

陈明义敲姬元龙地窝子的门。

姬元龙打开门说:"陈股长?"

陈明义说:"姬技术员,柳月,打扰你们休息了。我有件事想问问你们。"

姬元龙说:"不客气,请坐。"

地窝子里,煤油灯闪着昏暗的光。

陈明义含着泪说:"柳叶是以为我牺牲了,才跟别人结婚的。可现在我还活着,我还活着呀。柳月,我对你姐的爱有多深呀,你是知道的。"

柳月没有吭声。

陈明义想了想说:"姬技术员,我能不能单独跟柳月说上几句话?"

月光下,陈明义与柳月坐在几棵红柳丛下。

陈明义说:"柳叶肯定是知道自己怀了孕,才跑出来找我的。"

柳月说:"你看你干的是个什么事!"

陈明义说:"我真后悔啊!现在我真不知道这事该怪谁!柳月,你说我该咋办?"

柳月说:"我也不知道,你自己煮下的汤自己喝去!"

陈明义痛苦地抹了抹泪。

柳月也同情地叹了口气说:"陈明义,我姐已经同别人结婚了,咋说也成事实了。你是个男人,自己该知道怎么去做。别那么没出息!这也是你自己造的孽!"

柳月回到家。

姬元龙问:"咋样?"

柳月嘴一撇,说:"头一次见大男人哭成那样。"

姬元龙说:"唉!又是这么个阴差阳错的。"

柳月也叹了口气说:"想想也是,我姐是怀上了他的娃娃,才跑出来找他的。结果却跟别的人结了婚。唉,他也怪可怜的,我好像是不该打他……"

夜。

杜班长喊了报告后走进杨自胜的地窝子。

杜班长说:"政委,战士们天天喝盐水吃囫囵麦子也不是个办法呀。劳动强度这么大,要支撑不住的。有的战士已经得了夜盲症了。得想办法改善伙食呀!"

杨自胜抽着卷烟,想了想说:"这样吧,明天我带两个人出去一趟。保证让大家好好改善顿伙食。"

密密麻麻的芦苇丛。

一声枪响后,芦苇丛中有一条线哗哗地骚动起来。

第二章

杨自胜得意扬扬地从芦苇丛中走出来。后面紧跟着两个战士抬着一头大野猪。

战士甲说:"政委,你可真行,一枪一个准。"
杨自胜说:"那都是在实战中练出来的。可惜啊,现在没仗打啰。"

杨自胜领着两个战士抬着野猪来到伙房。

杨自胜说:"杜班长,你看,咋样?够给大家好好改善顿伙食了吧?"
杜班长高兴地走到野猪跟前,踢踢野猪说:"只要有这家伙,那还用说。"

柳月也走上来说:"好大的野猪哇,起码有百十斤吧。"
杜班长说:"柳月,烧水,烫毛。"
柳月说:"听说野猪要剥皮吃。"
杜班长说:"把皮熬透了一样吃。"

杜班长和柳月在两个战士的帮助下把野猪拖到炉灶前。杜班长解开野猪四条腿,但没想到野猪没有死透,又醒过来了,突然撒开腿,朝正在离伙房不太远蹲着玩泥巴的进军冲去。

柳月吓坏了,喊:"进军,快闪开!"

杨自胜灵活地闪到一边拔出手枪朝野猪腿射了一枪,野猪转身瘸着腿朝杨自胜冲来,杨自胜朝它头上又一枪,野猪彻底撂倒在了地上了,伸了伸腿不动弹了。

柳月冲向进军,把孩子紧紧地抱在怀里。感激而敬服地看着杨自胜。进军这才哇地哭起来。

杨自胜愧疚地从柳月那儿抱过孩子说:"进军,不哭,这是伯伯的疏忽,差点要了你的命。"

进军紧紧地搂住杨自胜。他能感到是这位伯伯救了他。

夜,月光下,战士们东一群西一群围成圈吃着大盆里的野猪肉。

进军依偎在杨自胜怀里。杨自胜夹着肉往进军的嘴里喂。

杨自胜领着进军在荒原的草地上奔跑。

杨自胜在伙房与进军一起往大炉膛里加火。柳月在一边笑。

杨自胜把进军架在脖子上,在田野里追着野兔。

杨自胜带着进军在树林里追着小鸟玩。
进军咯咯地笑着。

清早。
柳月用架子车从河边拉来了一块大卵石和两块小卵石。
进军坐在车子上。

杨自胜从地头走来看到了,好奇地问:"柳月,你拉这石头干啥?"
柳月一笑说:"给你们改善伙食呀。"
杨自胜好奇地问:"这石头也能改善伙食啊?"
柳月说:"政委,到时你就知道了。"

杨自胜亲切而友善地朝她笑笑。抱起进军帮着柳月把车推到伙房前。

第二章

荒野上已是一片翠绿。
柳月领着进军在野地里摘野菜。身边柳条筐里已摘了满满的一筐。

伙房门口。
柳月在大卵石上撒上麦粒,然后举着小卵石砸,把麦粒砸扁。

杜班长不时赞许而满意地朝她看看。

夜。
官兵们围在伙房门口津津有味地喝着麦片粥。

柳月给杨自胜也打了一饭缸。杨自胜喝了一口,赞叹说:"好香啊!咋做的?"
杜班长说:"柳月把麦粒砸成麦片,然后又去摘的野菜,里面再放上上次没吃完,柳月腌起来的野猪肉。能不香吗?"
杨自胜赞赏地说:"柳月,你身上劳动人民的本色一点也没变呀!以前我可真是冤枉你了!这伙食改善得好,这粥就像咱老家吃的腊八粥!"
柳月笑笑。

杨自胜又亲热地抱起朝他走来的进军说:"进军,来,咱俩一起喝你妈做的腊八粥。"

清晨。
柳月又在伙房前砸麦粒。
杨自胜看着,心里有些倾慕。

杨自胜正在地窝子里接电话。
杨自胜说:"师长,这样的人才我们团也需要呀。"

师长说:"老杨,你要顾全大局,这是命令!"

杨自胜沮丧地说:"好吧。等水库完工,我还得把他要回来!"然后慢慢地放下电话。接着一挥手,似乎要把自己的什么想法挥掉似的。

开垦出来的荒地上,庄稼和杂草都长得很旺盛。

姬元龙正在地里锄草。

杨自胜站在地头喊:"姬元龙,过来。我找你有事。"

姬元龙先走到地边,再朝杨自胜那儿走,怕踩着庄稼。

杨自胜亲切地拉姬元龙在地头坐下。

杨自胜说:"你是学工程学的吧?"

姬元龙说:"是。"

杨自胜说:"水利上的事懂不懂?"

姬元龙:"也学过。"

杨自胜说:"学过就行。上面来通知,要调你到水库工地去工作。"

姬元龙说:"就我一个去?"

杨自胜说:"把家属也带上,反正到那儿也是住地窝子。回去准备准备,中午就派车来接你们。"

姬元龙说:"这么急?"

杨自胜说:"水库上的任务紧啊。水库围不起来,开垦出来的土地不都又荒芜了。"

姬元龙说:"那好。政委还有啥指示?"

杨自胜叹了口气说:"姬元龙,真的,我舍不得你走啊!虽然你对我有看法,但我喜欢你这个人,坦荡,心里不做鬼!我就爱同你这样的人相处。"

姬元龙很感动地说:"政委,有时我感情一冲动,说话也有些过头,请你原谅。"

杨自胜说:"去吧,那边的工作干完了,我再把你要回来!"

第二章

姬元龙和柳月把几件简单的行李放进一辆道奇车上。

杨自胜亲自为他们送行。
杨自胜对柳月说:"你姐夫和你姐就在修水库的那个团。到那儿你就可以找到你姐了。上车吧。"
杨自胜疼爱地摸摸进军的脸说:"嗨!进军,跟伯伯说再见。"
进军稚声稚气地说:"伯伯,再见。"
杨自胜与孩子之间似乎都有一种什么预感,在情感上显得特别亲切,说:"好孩子,有空伯伯去看你,啊?"

姬元龙他们上车。
陈明义气喘吁吁地奔过来说:"柳月,你等一等。"

柳月跳下车。
陈明义说:"你见到柳叶,代我向她和她全家问好。说我祝他们幸福。"
杨自胜说:"这才像句人话。上路,一百多公里的路呢。说不定到那儿天就黑了。"

道奇车喷出一股浓烟,扬起一片尘土。
进军喊:"伯伯再见——"
杨自胜的眼神有着浓浓的伤感与不舍……

第三章

在一间昏暗的地窝子里。柳叶躺在床上,正承受着分娩前的痛苦。

一位穿白大褂的女卫生员正守在她身边,不时地为她擦额头上的汗。

刘明山匆匆路过地窝子时,听到里面传出凄惨而痛苦的叫声。他以为里面发生什么事了,冲进地窝子里。

地窝子里。

刘明山问:"嫂子,你怎么啦?"

卫生员小吴喊:"刘明山,你进来干什么?快出去!"

柳叶说:"小刘,你去把李松泉给我……给我叫回来!"

刘明山说:"嫂子,参谋长正忙着呢。"

柳叶恼怒地说:"再忙也得把他叫回来,除非他不想要这个孩子。快去!"

小吴说:"让参谋长回来吧,这样可以减轻一下产妇的痛苦,再说,眼看也就要生了。"

刘明山说:"是!"

机声隆隆人声鼎沸的水库工地。

围堤上,有人在打夯,有人在挑土,推土机在推着土包。

李松泉的脸显得疲惫而憔悴。他在围堤上指挥着围堤的最后合龙。

刘明山冲上围堤。

刘明山说:"参谋长,嫂子就要生了。"

李松泉说:"我知道。"

刘明山说:"她让你回去呢。"

李松泉说:"乱弹琴!我回去顶啥用?我能帮她生?你没瞧见,围堤就要合龙了,胜利也就在眼前了!"

刘明山说:"参谋长……"

李松泉说:"你回去告诉她,我在这儿正在完成男人的任务。你让她也好好儿地完成她女人的任务。卫生员在不在那儿?"

刘明山说:"在。"

李松泉说:"那你再跑一次,把我的命令传达到。快去!"

刘明山说:"是。"

刘明山冲下围堤。

李松泉说:"站住。生个什么娃,快点回来给我报个信。"

机器声太响,刘明山没听清,问:"什么?"

李松泉说:"生个男娃还是女娃,给我报个信。"

刘明山笑着点头说:"明白了,明白了。肯定是个男娃。"

李松泉说:"我已经有个男娃了,还要什么男娃,我要的是女娃!"

刘明山还是没听清,说:"没错。我去告诉嫂子,参谋长命令她再生个男娃!"

刘明山一溜烟跑远了。
李松泉说:"简直是乱弹琴!"

某团团部的一间简陋的办公室里。姬元龙正在听取赵建德团长的指示。

赵建德说:"我们计划在这一水系上建上九个到十个农场。水库再加上渠道的配套工程,起码要干好几年。在技术上,你要大胆地负起责任来。"

姬元龙说:"赵团长,这么大的责任,我恐怕担当不起,请首长是不是再考虑其他人选,而且水利也不是我的专业。"

赵建德说:"我们是疑人不用,用人不疑。你就大胆干吧。技术上你要和那儿的几位水利工程技术人员好好合作,要做到认真负责。全盘工作由李松泉参谋长负责。就这样,这是我们团党委的决定,也是对你的信任!"

姬元龙受宠若惊地说:"那好吧!"然后真诚地说:"我一定不辜负组织上对我的信任。"

沸腾的工地笼罩在一片灿烂的晚霞之中。
刘明山哭丧着脸,走上围堤。

围堤上,李松泉迎上刘明山。
李松泉说:"怎么样?"
刘明山说:"嫂子没有服从命令。"
李松泉说:"怎么?"
刘明山说:"生了个女娃。"
李松泉兴奋地拍着脑门,说:"柳叶啊,你执行命令执行得好坚决啊!"他看着鲜艳的红霞喊:"原先我想让女儿叫李红花,现在就改叫李红霞吧!小

第三章

刘,你瞧这红霞多艳啊!"

刘明山傻愣着看着李松泉说:"参谋长,你不是要儿子?"
李松泉说:"我要的是女儿!傻小子,收工后我回去请你喝酒!"

尘土飞扬。道奇车在坑洼不平的土路上颠簸着。
驾驶员时不时地回头好奇地看看柳月,想说什么,但又把话咽回去了。

飞扬起来的尘土把车上人的脸上都涂黑了。

夜幕降临。
他们在一间地窝子前停住。

刘明山赶过来。
刘明山说:"参谋长让我在这儿等你们呢。你们看看,住这儿行不行?"
由于他们满脸的尘土,刘明山没看清他们的脸。

姬元龙走下地窝子,朝里瞄了一眼说:"有啥不行的,大家现在住的不都是地窝子吗?贵姓?"
刘明山说:"我叫刘明山,参谋长当营长时,我是他的通信员。现在是水利指挥部的联络员。大家都叫我小刘。"
姬元龙说:"李参谋长现在在吗?"
刘明山说:"在工地指挥部。"
姬元龙对柳月说:"你下去收拾房子吧。我去见参谋长。"
柳月说:"洗个脸再去吧。你看你的脸咋见人。"
刘明山说:"赶了一天路,你们也累了。要不,明儿见也行。"
姬元龙说:"不,现在就去见。小刘,你稍等一等,我去洗个脸。"

夜。水库工地。

十几辆拖拉机依然在施工,车灯射出的刺眼的光亮交叉着在大地上晃动。

刘明山领着姬元龙从工地上走过。姬元龙看到这场面感到很振奋。

工程指挥部是一顶较大的帐篷,里面有两张拼在一起的桌子,上面搁着手摇电话机和一些图纸。李松泉正同一些工程技术人员和基层领导在研究工程进度情况。

刘明山领着姬元龙走进帐篷。
刘明山说:"报告参谋长,姬技术员到了。"
姬元龙说:"参谋长,姬元龙向你报到。"
李松泉与姬元龙握手说:"啊呀,姬技术员,你来得正是时候。刚到?"
姬元龙说:"刚到。"
李松泉说:"家安好了?"
姬元龙说:"安好了。"
刘明山:"姬技术员一下车,洗了把脸就来工地了。"
李松泉说:"把家安顿好,明天来也不迟呀。"
姬元龙说:"就这么几件小行李,有家属安排一下不就行了。"
李松泉说:"好,我要的就是这种工作精神!"

夜很深了,姬元龙精神抖擞地往家里走。

地窝子里。柳月刚把地窝子收拾好。
姬元龙走进来。
姬元龙说:"柳月,李参谋长明天就让我带两个人上山,考察引水工程上的事。明天你也上工地劳动去吧。"

第三章

柳月说:"那进军呢?"

姬元龙说:"工地上有个临时托儿所。干部们的小孩都放在那儿的。"

柳月说:"那好吧。你没打听打听我姐的事?"

姬元龙说:"工作任务这么紧,这事往后放一放吧。只要你姐在这个团,总是能见上的。"

水库工地。人群涌动。

柳月在卖劲地往围堤上挑土。

刘明山眼尖。看到柳月以为是柳叶。

刘明山冲到李松泉跟前,他拉了把李松泉说:"参谋长,嫂子咋也来干活了?"

李松泉说:"谁?"

刘明山说:"嫂子呀,你瞧。"

李松泉眯着眼仔细看。起先他有些不信,但看到柳月的模样和挑担的样子,他不能不信了。

李松泉说:"天哪,这还了得!"

李松泉朝柳月奔去,刘明山也紧跟在后面。

柳月又挑起一担土,朝围堤上走。

李松泉冲上去,一把拉下她的挑子说:"柳叶,你疯了,生孩子刚两天你就下工地干活!你这命还要不要了?"

柳月吃惊地看着李松泉。

李松泉发觉柳月模样同柳叶像,但看她的神色却不对。

刘明山也感觉到了,说:"你,你不是柳叶?"

柳月说:"柳叶?柳叶她在哪儿?"

李松泉说:"你是谁?"

柳月说:"我叫柳月,柳叶是我姐。"

李松泉说:"柳叶是你姐?"

柳月说:"对,我俩是双胞胎。"

李松泉说:"天哪,怪不得这么像。连我都认错了。你咋到这儿来了?来找你姐的?"

柳月说:"姬元龙是我丈夫呀。我昨晚同他一起来的。"

李松泉说:"小刘,昨晚不是你接待他们的吗?你就没感觉到?"

刘明山说:"昨晚他们来时,都是一脸的泥,加上天黑,我咋能认出来。柳月,参谋长是你姐姐的男人。"

柳月又惊又喜,说:"参谋长,你是我姐夫?"

李松泉说:"是。"

柳月说:"那我姐呢?"

李松泉说:"你姐在坐月子呢。小刘,带我这位小姨子去见你嫂子。"

刘明山说:"是。"

柳月兴奋地说:"参谋长,那我去了。"

李松泉说:"去吧。"

工地与那片地窝子隔着一片荒地。

柳月在荒地上狂奔。刘明山似乎有些跟不上。

刘明山首先冲进地窝子。

柳叶正坐在床上给孩子喂奶。

刘明山说:"嫂子,你看谁来了?"

第三章

柳月跟着进了地窝子。

柳月喊:"姐——"

柳叶简直不敢相信自己的眼睛,说:"柳月?……"

柳月说:"姐——"

柳月百感交集,站了一会儿,说:"姐,你害得我好苦啊!"

柳月扑向柳叶,两人紧紧地拥抱在一起。

两个人松开后。

柳月怨恨地说:"姐,你逃走后,我代你嫁到姬家,可姬元龙知道是我顶替了你,他说,他娶的是柳叶,不是我柳月。我又羞又愧,当夜就离开了他家。爹知道我回家的原因,我也把你的事告诉了爹,爹一气之下,吐血死了……"

柳叶伤心地哭了,说:"爹,是我害死了你呀……"

怪石嶙峋的天山。

姬元龙和小王、小刘从陡峭的山坡上爬下来。三个人一副又累又饿又疲惫的样子。

山下,一条清澈见底的溪流。

他们来到小溪边。

姬元龙说:"小王,小刘,咱们吃口东西吧?"

小王说:"姬技术员,就三个窝头了。"

姬元龙说:"那今天再坚持一天。山里的水源情况不了解清楚。将来在渠道设计上就会缺乏根据。那会出大事的。"

小王面有苦色。

小刘说:"小王,再坚持一天吧。"

姬元龙用缸子在溪里舀了缸水,然后接过小王递给他的硬窝头,大口地啃起来。

柳叶与柳月在地窝子里。

两人都抹了把泪,把过去的事丢到了身后。

柳月说:"姐,我问你,你不是来找陈明义的吗?怎么跟李参谋长结婚了?"

柳叶说:"陈明义在打兰州的时候牺牲了……"

柳月说:"什么呀!他就在我来的那个团。"

柳叶说:"你说啥?"

柳月说:"在我和元龙上这儿来时,他还来给我们送行呢。"

柳叶说:"你见到他了?"

柳月说:"我们就在一起工作。"

柳叶说:"那你为啥不来告诉我?"

柳月说:"你在哪儿我都不知道,我咋来告诉你?要不是今天参谋长把我认作是你,我还见不上你呢!"

柳叶沮丧地用力捶打着大腿,说:"唉!跟他结婚时,我就担心着这件事!那,那个陈明义是咋回事?"

柳月说:"我咋知道!那个牺牲的陈明义是个同名同姓的人呗!"

柳叶懊恼地掀开被子,说:"不行!我得去见陈明义!"

柳月一把按住柳叶,说:"行了,姐,人家陈明义已经知道你跟李参谋长结婚了。他让我祝你幸福呢。"

柳叶说:"这事就这么了了?"

柳月说:"那咋办?你跟参谋长离婚,再去跟陈明义结婚?现实吗?"

柳叶呆了半晌,号哭起来。

柳月说:"姐,认命吧,既然已经嫁给参谋长了,那就跟着他吧,事情已经是这样了。"

柳叶哭喊着说:"我不——"

第三章

水库工地指挥部。

李松泉安排好工作后,人群散了,李松泉松了口气。

李松泉喊:"小刘,进来!"

刘明山进帐篷说:"参谋长,什么事?"

李松泉说:"你想办法给我弄点好吃的来。今晚我回家吃饭,你嫂子和姐妹团聚,咋说也是件喜事。"

刘明山说:"是,参谋长。"

柳月从床边站起来说:"姐,我还得上工地干一会活去。反正咱姐妹在一起了,有时间聊。"

柳叶说:"那好,你去吧。"

柳月走到地窝子门口,又回过头说:"姐,你好好坐你的月子,不过姐,我有句话要说。"

柳叶说:"啥?"

柳月说:"陈明义的事,别再去想了,想了没用,反而会影响你和参谋长的感情。"

黄昏。李松泉乐呵呵地走进地窝子,掀开门帘。

柳叶见到李松泉,就抓起枕头朝他摔去,接着又是一个枕头,后来就是娃娃的尿布。

柳叶扔累了,不扔了,李松泉才说:"柳叶,你这是咋啦?"

柳叶说:"你和那个杨副团长都在骗我!"

李松泉说:"骗你什么啦?"

柳叶说:"陈明义根本就没有死!"
李松泉说:"陈明义没牺牲?"
柳叶说:"对!他现在就在杨自胜的那个团!"
李松泉说:"这不可能!"
柳叶说:"啥不可能!柳月也在杨自胜他们团,她认识陈明义,是她告诉我的,这还能有假!你们在合伙骗我,好让我嫁给你。"

李松泉在屋里直转圈说:"简直是乱弹琴!我不信!"
柳叶说:"信不信,你打个电话给杨自胜,不就知道了。"
李松泉赌气地说:"好,我去打,我现在就去!"

刘明山拎着两只野兔,兴冲冲地朝地窝子走来。

李松泉气恼地冲出地窝子,与刘明山撞了个满怀。
刘明山说:"参谋长,给,行了吧。"

李松泉接过野兔,一下子把它们抛得老远,吼道:"我是在给黄鼠狼拜年了!"
刘明山说:"咋啦?"
李松泉气呼呼地朝工地跑去。

工地指挥部。
李松泉在与杨自胜通电话。

杨自胜在另一边接电话。
李松泉说:"你说的那个陈明义到底牺牲没牺牲?"
杨自胜说:"牺牲了呀。"
李松泉说:"千真万确?"

杨自胜说:"对。"

李松泉说:"那你那儿怎么又冒出来了个陈明义?"

杨自胜说:"我那个团的陈明义是牺牲了。但后来调来的同志里也有个叫陈明义。而且我还要告诉你,这个陈明义倒就是柳叶要找的陈明义!"

李松泉说:"你这不是乱弹琴吗?"

杨自胜笑呵呵地说:"老李,不是我这么乱弹琴,你能白捡上这么一个漂亮媳妇?你别捡了便宜还卖乖!"

李松泉说:"现在柳叶给我闹翻了,说我们俩合伙骗她。你说,我该咋办?"

杨自胜说:"那你就给你媳妇好好参谋参谋,你不是参谋长吗?"

李松泉说:"老杨,我可没心思跟你开玩笑。"

杨自胜说:"老李,我告诉你,陈明义这一头的工作我已经做好了。你媳妇的工作,你自己做吧。我当的可是我这个团的政委,可没在你那当政委!"

李松泉说:"娘的……"

杨自胜说:"老李,我还要告诉你,姬元龙我可是暂时借给你用的。到时候你得让他回到我这儿来。"

李松泉摔下电话,喊:"乱弹琴!这全是柳月闹的,这个碎嘴女人,一来就给我惹事!"

柳叶在地窝子里,把衣服穿好。又从柜子里抽出几件衣服打了个包,进疆也已从托儿所里接回来。她挎上包,领上进疆,抱起红霞,准备出门。

李松泉冲进屋子,堵在了门口。

李松泉说:"柳叶,你这是干什么?"

柳叶说:"我要去找陈明义!"

李松泉说:"柳叶,你现在是我的老婆,你找陈明义干什么去?"

柳叶说:"我从老家出来,找的就是陈明义!"

李松泉挡住柳叶。

柳叶说:"我就要找陈明义去!"

李松泉说:"柳叶,我告诉你。我和你结婚是有合法手续,受法律保护的。你要去找陈明义想跟他过,那就是在犯纪律,犯错误,你明白吗?陈明义也会跟你一起犯错误!"

柳叶犹豫了。

李松泉夺下柳叶挎着的包扔到床上。进疆抱着柳叶的腿在哭。

李松泉抱起进疆厉声对柳叶说:"你这是在害陈明义。而且,有关进疆的事,你也不能告诉陈明义。你们没有结婚就有了孩子,这也是犯纪律的事,组织上知道了,他也要受处分的!"

柳叶说:"为啥?"

李松泉说:"他那时已是党员了。这是党的纪律不允许的!"

柳叶无奈地跌坐在床上,号哭起来。

黄昏。

张福基团长走进杨自胜的办公室。张福基团长比杨自胜要年轻几岁,一张圆嘟嘟的脸,是个性格很开朗的人。

张福基乐呵呵地看着杨自胜,眼中透着敬重。

张福基说:"杨政委,我回来了。"

杨自胜说:"娘的,你一去学习,就是三个月,把我可整苦了。"

张福基说:"过去是打仗,现在是搞农业,不学不行啊!"

杨自胜说:"我不学,不也把粮食种上了?"

张福基说:"不说这个。杨政委,听说,有一批湖南女兵,要分到我们团来。"

杨自胜说:"有这么回事。我们突击挖了两天的地窝子。"

张福基笑笑说:"这就好。男女搭配,干活不累嘛。"

第三章

中午,太阳晒得戈壁滩在冒烟。天山上的积雪也显得特别的耀眼。

杨自胜、陈明义他们正在地窝子里午休。由于长期的劳累,大家都睡得死沉死沉的。

几辆大卡车上载着行李和湖南籍的年轻女兵们开到地窝子前不远的公路上停住了。

罗秋雯和一些女兵相互看看,都是满脸的疑惑,因为这里除了一片荒凉,什么也没见到。见到的只是用四根树干和芦苇盖顶的一个凉棚。

司机跳下车。
罗秋雯:"师傅,是不是又让我们下来方便方便?"
司机:"什么方便?目的地到了,全都下车吧。"
罗秋雯:"啥子啊!"
司机说:"你瞧瞧那边,不都种上庄稼了。"

远处已有一大片绿色。
卡车上一张张疑惑、惊讶、失望的脸。

陈明义听到动静,爬出地窝子,抬头看了看,又冲回地窝子,摇着杨自胜喊:"政委,湘妹子们到了!快起来去迎接吧!"
杨自胜说:"啊?把他们都给我叫起来,快点出去迎接!"
陈明义穿过一间间地窝子喊:"湘妹子到了!"

仍坐在车上不肯下来的罗秋雯她们突然看见从长着荒草的地底下冒出来了一个个男人,还有个别女人,有好几百口。

杨自胜领着张福基、陈明义他们朝大卡车走去。

杨自胜抬头首先看到罗秋雯,他的眼睛一亮。因为他发现罗秋雯长得有点像柳月,似乎比柳月还要漂亮而且比柳月还显文气。

陈明义见到罗秋雯眼睛也一亮,他同杨自胜的感觉是一样的。

杨自胜抬头朝车上喊:"姑娘们,下车吧。"
陈明义说:"这是我们团的杨自胜政委。这位是张福基团长。"
罗秋雯看了眼陈明义,不知为什么,她先下车,还让陈明义扶着她往车下跳。

姑娘们开始纷纷地下车。然后拿行李。四下里一片喧哗。

傍晚。
姬元龙、小王、小刘筋疲力尽地走进水库工地指挥部。

李松泉正在接电话。朝他们三个点了点头。

李松泉是个有点小心眼的人,柳叶同他闹,他认为是柳月在从中作怪,因此他对姬元龙的态度有点冷淡,说:"姬技术员,你是不是要先回一次家?"
姬元龙说:"参谋长,我们先汇报工作吧。汇报完了回家也不迟。"
小王说:"参谋长,先给点吃的吧。从昨天中午起,我们肚子里就没进东西。而且还爬山涉水的。"
李松泉对刘明山说:"小刘,去伙房给他们弄点吃的。"

新来的湖南女兵们和男官兵们在地窝子前黑压压地坐了一地。

杨自胜走到队伍前训话。

杨自胜说:"湖南来的女兵同志们,对你们的到来我们是非常非常欢迎啊!"

官兵们情不自禁地又笑又鼓掌。鼓了很长时间。

杨自胜说:"可刚下车时,有的女兵同志就哭鼻子啰,嫌这儿太荒凉了。荒凉怕什么,我们不就是来开荒造田,改变荒凉来的嘛!"

大家笑。鼓掌。

水库工地指挥部。

姬元龙说:"我们勘探到的情况就是这些。"

李松泉说:"你们辛苦了。我们的任务非常紧,你们要尽快拿出从龙口到水库间的水渠的修筑方案来。我们水利工程队就可以拿出一部分力量去修筑水渠了。"

姬元龙说:"好。"

李松泉把姬元龙送到帐篷门口。

李松泉说:"姬技术员,可能你还不知道。我和你可是挑担啊。"

姬元龙说:"什么?挑担?"

李松泉说:"对。你爱人柳月的姐姐,就是我的家属。"

姬元龙兴奋地说:"是吗?听杨政委说,柳叶就在你们团。想不到是你参谋长的夫人。"

李松泉脸色严峻地说:"不过你要好好教育教育你女人。"

姬元龙惊愕地说:"她怎么啦?"

李松泉说:"嘴太碎!"

姬元龙说:"什么?……"

李松泉说:"姬技术员,我和柳叶是在战火中成的家,不容易啊!啊?"

姬元龙一脸的茫然与尴尬。

杨自胜继续在队伍前训话。
月亮已从荒原上升了起来。

杨自胜越说越激昂,他大声说:"我还是那句话。只要经过我们的艰苦奋斗,把打败蒋介石的那股劲拿出来。楼上楼下,电灯电话,绿树成荫,鲜花满园的日子会到来的!"
大家热烈鼓掌。
杨自胜说:"还有那个美满幸福的生活!"
官兵们鼓掌得就更热烈了。
杨自胜说:"下面请张团长讲话。"

姬元龙回到家。柳月为他端了盆水。姬元龙脱下衣服和裤子,满身都是被石头划开或磨破的口子和伤块。

柳月察看着姬元龙身上的伤口,心疼极了。
柳月说:"天哪!怎么伤成这样?到卫生室去看看吧。"
姬元龙说:"不用。"由于劳累再加上李松泉的那些言语,使他的心情很糟,筋疲力尽地根本提不起兴趣讲话。

姬元龙躺到床上睡了一会儿,忽然坐起来。
姬元龙说:"柳月,你找到你姐了?"
柳月说:"对,现在是参谋长的老婆了。"
姬元龙说:"柳月,你们姐妹俩怎么啦?"
柳月说:"见还不如不见呢。"
姬元龙说:"怎么回事?"
柳月说:"是我告诉她陈明义还活着,她同参谋长就大闹了一场。参谋长把这事全怪罪到我头上了。意思是我在中间挑拨的。"
姬元龙说:"怪不得……"

第三章

柳月说:"咋啦?"
姬元龙说:"这个李松泉,心胸太狭窄了!"
柳月说:"就是嘛,这两天参谋长见到我,眼睛就瞪得像乌眼鸡似的。"
姬元龙长叹了口气,满脸的沮丧。

轰轰烈烈的开荒造田的大场面,荒原上尘土飞扬。

拖拉机用绳索拉倒了枯死了的千年古树。

人们赶着牛车、马车把砍倒的树木拉走。

男男女女挥着坎土曼在挖着树根与草根。

还有一些人挑着担子把草根和小树根担走。在平原上来回穿梭着。

杨自胜、陈明义、罗秋雯都干得汗流浃背。

陈明义总是紧紧地跟着罗秋雯。
杨自胜看到他俩,满脸的不自在。心里自语说:"这小子,倒想要抢在我前面先下手?"

清晨。开荒工地。
陈明义用土喇叭在公布每人的开荒成绩。

罗秋雯停下坎土曼,竖着耳朵听。
陈明义:"罗秋雯0.5亩,赵彩霞0.48亩。成绩宣布结束。"
罗秋雯嘟着嘴:"又是倒数第二。"

陈明义走到罗秋雯跟前说:"罗秋雯,你可要加把劲呀。你已经连续五天倒数第二了。"

罗秋雯说:"好丢脸啊!陈股长,你得帮帮我忙啊。"

陈明义说:"你说咋帮?"

罗秋雯说:"我晚上也来。可光我一个人,怕啊。"

陈明义说:"行,我来陪你!"

罗秋雯说:"你说话可要算数啊。"

陈明义说:"天天晚上我都来陪你,我愿意!"

罗秋雯看陈明义时眼睛也是亮亮的。她朝他甜甜地一笑。

夜,月色皎洁。

荒地。罗秋雯和陈明义肩并肩地在挥着坎土曼开荒。

两人说笑着,显得非常愉快。

黎明。

陈明义和罗秋雯筋疲力尽但心情愉快地从荒地往回走。

杨自胜起床,出门遇见陈明义与罗秋雯。

杨自胜说:"你们?……"

罗秋雯说:"政委,陈股长陪我开荒去了,干了一个通宵。今天再干一天,我再也不会当倒数第二啰!"两人说笑着往回走。

杨自胜看着他俩的背影自语说:"这家伙!追得好紧啊!"心里酸酸的。

工地临时托儿所也是间大地窝子。

柳叶把进疆送进托儿所。

柳叶挑上挑子去工地。她路过柳月的地窝子,看到柳月正抱着进军坐在门口。

柳叶说:"柳月,你咋不去干活?"

柳月说:"孩子病了,有点发烧。我请假。"

柳叶说:"你瞧你这觉悟。我们家进疆发高烧,让卫生员打上一针,送进托儿所后,我照样去干活。你姐夫也是没白天没黑夜地蹲在工地里,你这是看见的。"

柳月说:"工地上的活儿是重要,可孩子也重要呀。"

柳叶说:"所以我说你觉悟低嘛。一头是公,一头是私,哪头重哪头轻你掂不出来。我坐月子才二十天。把进疆送托儿所,把红霞喂饱奶后往床上一扔,不就出来干活了?我看你进了有钱人家的门,把劳动人民的本分全丢了!"

柳月赌气地说:"好,姐,我向你学!"

夜。

罗秋雯走进杨自胜的地窝子。

杨自胜在地窝子里踱着步,似乎在焦急地等着什么人。罗秋雯一进来,杨自胜笑了。

罗秋雯说:"报告政委,你找我有事?"

杨自胜说:"对了,罗秋雯,开了这么几天的荒,你累不累啊?"

罗秋雯说:"累是累,但我不怕。"

杨自胜:"让我看看你的手。"

罗秋雯伸出双手,满是紫血泡。

杨自胜:"行,好样的。明天我想安排你个新工作。"

罗秋雯说:"说吧,政委,再苦再累再脏的活儿我都不怕!"

杨自胜说:"有这态度就好。"

罗秋雯说:"政委,你准备安排我做啥工作啊?"

杨自胜说:"去伙房干活。你们一来,伙房里的人手就拉不开栓了。再说,现在开荒的劳动强度这么大,大伙儿吃不好咋行?"

罗秋雯想了想说:"政委,你是不是有意在照顾我?"

杨自胜说:"这是什么话,伙房的活儿不比开荒造田轻,而且还很烦心。我这是在考验你。罗秋雯,你心里可要多根弦啊。"

杨自胜亲热地拍了拍她的肩。罗秋雯心里咯噔了一下,似乎悟到了什么。

水库工地。

柳叶和柳月在往围堤上挑土,柳月赌气地有意要同柳叶比着干。

柳叶刚坐完月子,显然在体力上有些力不从心。

柳月一担又一担地挑得飞猛。不时地用挑衅的眼光射向柳叶。

工地指挥部。

李松泉、姬元龙、小王、小刘在研究水渠图纸。

李松泉指着图纸说:"姬技术员,我看你的设计思想有问题。渠道干吗要打这么些弯弯?"

姬元龙说:"这段渠道的坡度太大,水流太急,打几个弯是为了减少流水对渠堤的冲击。"

李松泉说:"可这要费多少时,多少工,增加多少投资你算过吗?关键问题是,在时间上不允许了,我们必须在冬灌前完成水库的蓄水任务。因为今年所有开垦出来的荒地都要压上冬小麦。整个部队明年必须要做到粮食自给。这是压在我们身上重大的政治任务。"

小王说:"可参谋长……"

李松泉说:"你们不要再争辩了,按我给你们的时间表再重新设计,这两天就要拿出新方案来。赵团长过两天就要陪师里的领导来视察工地,到时候我们可以向首长汇报。"

姬元龙面有难色,欲言又止。

第三章

姬元龙拿着图纸走出指挥部。

姬元龙走上围堤时看到柳月与柳叶正在摽着干。
柳月已满脸得意地远远地把柳叶抛在了后面。

姬元龙走到柳月跟前说:"柳月,你这是干什么?"
柳月说:"我和我姐正比着干呢,看看到底是谁的觉悟高!"
姬元龙无奈地长叹一口气,摇摇头,走下围堤。

第四章

开荒队伙房边上。

杨自胜正在教罗秋雯砸麦粒。那几块卵石正是柳月用过的。

杨自胜怀念地说:"罗秋雯,这办法还是一位叫柳月的女同志想出来的。那天她用架子车拉着这么几块大卵石。我问她,拉这干啥?她说给我们改善伙食。我想,这石头能改善啥伙食。后来我看到她用石头砸扁麦粒,又去野地里摘上一大筐野菜,里面再放上一些腌野猪肉,然后熬成粥。嗨!那味道,一想起来就会流口水啊!"

杨自胜说着咂巴咂巴嘴。

罗秋雯拿过杨自胜手中的石头说:"政委,我来!"

杨自胜看着罗秋雯砸麦粒的样子,眼中浮现的却都是柳月的身影。

第四章

罗秋雯砸得很利索。

罗秋雯说:"政委,啥时给我们改善一次伙食呢?"

杨自胜:"这两天你们就在叫唤了呀,说,政委,咱们是湖南人,几天不吃大米饭,肚子疼啊。"

罗秋雯笑着说:"大家就是这么说的。"

杨自胜说:"大米现在可没有,但伙食是要想办法改善的。我把你调到伙房来工作的意图你明白了吧?你也要像那个柳月一样,在这上面多动动脑子。"

罗秋雯说:"政委,野猪肉我可弄不来。"

杨自胜说:"这事由我来解决。"

杨自胜和张福基团长背着枪朝芦苇丛中钻。后面跟着三位战士,手里握着大木棍。

张福基走到杨自胜的身边,凑近他的耳朵说:"老杨,我看你是不是看上罗秋雯了?"

杨自胜笑笑。

张福基说:"好!有眼力,不但人长得漂亮,而且文化也高,可以成为你的贤内助。怎么,这个媒我去做吧?"

杨自胜说:"你以为我约你出来,只为打野猪啊?真要打野猪,就我一个人也够了。"

张福基说:"行。这事就包在我身上了。"

工地指挥部。

赵建德和李松泉送刘师长和他的两位随员上汽车。

刘师长站在小车前说:"我再讲一遍,水库进水只能提前,筑渠工程立刻上马。耽误明年的收成,我唯你们两个是问!"

赵建德、李松泉说:"是!"

小汽车的屁股喷着浓烟驶出工地。
李松泉的神色凝重。他感到肩上的压力太沉。

黄昏。
柳叶领着孩子筋疲力尽地从托儿所出来,走路时两腿发软。

柳叶走到半路,实在走不动了,在路边一块大石头上瘫坐下来。

李松泉和刘明山刚好从路边经过,看到了柳叶。

李松泉急急地走上前去。
李松泉说:"柳叶,咋着啦?"
柳叶说:"没什么,就是干活累了点。"
李松泉气恼地说:"我看你是不要命了,坐月子不到二十天,就这么猛干!"
刘明山说:"嫂子是在跟她妹妹搞劳动竞赛呢。"
李松泉说:"你现在跟她不一样!"
柳叶听到这话猛地站了起来,拉着进疆说:"进疆,咱们回家。"边走着又回过头说:"我就是不能输给她!"

李松泉和刘明山朝工地指挥部走。
李松泉说:"这个柳月,真够呛!还有那个姬元龙,身上一股子知识分子的酸臭气,设计个渠道,弄出个曲里拐弯的东西,一点都跟不上革命形势的需要!"

清晨。

第四章

柳月抱着进军,和姬元龙一起走出地窝子。

姬元龙走出几步,又返回身。
姬元龙说:"柳月,我知道你是个争强好胜的人,但今天你千万别再跟你姐比着干了。你姐还在坐月子,她要跟你一样这么猛干,是要弄坏身体的!"
柳月有些愧疚地说:"我知道了。"

柳叶强撑着从床上爬起来。她感到很累很疲乏,但她还是强打着精神,给红霞喂好奶后,抱起进疆走出地窝子。

水库工地。
柳月有意避开柳叶,穿过来往穿梭挑土的人群,到离柳叶较远的地方去挑土。

柳叶把挑的土倒在围堤上后,直奔柳月挑土的地方。

两人相遇。
柳叶说:"怎么,不比啦?"
柳月动情地说:"姐,把你身子比垮了对我有什么好处?你喂着一个孩子,还带着一个呢!再说,你也是我姐啊!"
柳叶感动得眼里含着泪。
柳月说:"话又说回来,不跟你比,我也会拼命干的。我也在干社会主义呢!"
柳叶被彻底感动了,说:"柳月……"

傍晚。
开荒的人群涌向伙房。

有一战士端着缸子喝着粥从伙房出来说:"哈!又吃野猪肉野菜麦片粥啦。美死人啰。"

罗秋雯给杨自胜也舀了一大缸子粥说:"政委,你尝尝我熬的这粥,味道怎么样?"

杨自胜喝了一口说:"啊,好喝。"

罗秋雯说:"比那个叫柳月的熬的呢?"

杨自胜说:"一样,一样,各有各的味道。不过我更爱喝你熬的粥。"

罗秋雯笑,但若有所思。

张福基也拿着缸子去打粥。

张福基说:"罗秋雯,你来,我有话要同你谈。杜班长,你来掌勺,我找罗秋雯有事谈。"

杜班长说:"是,团长!"

张福基把罗秋雯领到一片红柳丛的背面。

罗秋雯满脸疑惑地看着张福基。

张福基说:"罗秋雯同志,来,坐下。"

罗秋雯笑着说:"团长,干吗到这儿来谈话?是军事秘密?"

张福基说:"对,你可猜对了,是有点儿秘密。不过不是军事秘密。"

罗秋雯说:"个人秘密?"

张福基说:"罗秋雯,我这个当团长的说话爱竹筒子吹火,直来直去。今天我想给你介绍个对象。"

罗秋雯说:"谁呀?"

张福基说:"杨政委。怎么样?"

罗秋雯无语。

张福基说:"杨自胜同志我是最了解的,打仗勇敢,为革命受过伤。最主要的是他的心眼特好,你嫁给他是你的福分啊!"

第四章

　　罗秋雯："不！团长,我觉得我还年轻,这事以后再说吧！"

　　罗秋雯站起来,拍拍屁股上的土,转身走了。
　　张福基脸上有些尴尬。

　　夜。水库工地指挥部。
　　李松泉气恼地拍着图纸对姬元龙和小王、小刘发火说："姬技术员,你们又给我磨蹭掉了一天,图纸还是没做什么大的修改嘛。"
　　姬元龙语重心长地说："参谋长,我们得对工作负责啊！"
　　李松泉说："你的意思是说,我对工作不负责任？"
　　姬元龙说："参谋长,我没这个意思,你的心情和想法我们是理解的。现在这个方案,比原先的方案要省时省工省料,但在安全上,已经可能有些风险了,我们已经尽力了。再改,恐怕不行了。"
　　李松泉说："姬元龙,你是在逼着我犯错误啊,硬是要让我完不成上级安排的任务是吧？现在我告诉你,你的图纸我不用了。"他把图纸一把掀到地上,"我要按我的想法干！我就不信死了你张屠夫,我就会吃混毛猪！"

　　姬元龙强压着怒火从地上捡起图纸说："参谋长,在这件事上,请你慎重。"
　　李松泉说："从明天起,你们都给我下工地干活去！"
　　姬元龙火了说："那组织上调我来这里干什么！"
　　李松泉说："不是让你来磨洋工的！"
　　姬元龙说："我们这是为了对工程负责！"
　　李松泉说："我是这里的领导,我说了算！明天你们就给我下工地劳动！"

　　夜,月光如水。
　　张福基走进杨自胜的地窝子。

杨自胜正在灯光下看文件,抬头看到张福基。

杨自胜问:"咋样?"

张福基摇摇头说:"不中,她说她还年轻,还不想考虑这件事。"

杨自胜心里不舒服,沉默了片刻,摇摇头说:"那就算了。我和她年龄差距上是大了点。"

张福基说:"政委,才刚开始,你咋就打退堂鼓了!男人追女人那得有股子韧劲,你知道不?我追我那媳妇,整整追了一年哪!"

杨自胜说:"我可没那份耐心去追女人,这工作还干不干了。我看这事算了,可能她已经相中别人了。"

张福基说:"谁啊?"

杨自胜说:"你没看出来,陈明义!两个人老是黏糊到一块儿。"

张福基说:"娘的,这个陈明义,他还年轻,来凑什么热闹!"

月光下。

陈明义、罗秋雯坐在红柳丛边。

罗秋雯说:"怪不得他要把我调到伙房去干活,原来是这个目的!"

陈明义说:"罗秋雯,都这个份上了,我陈明义也不能不说话了。我问你一句,你觉得我这个人怎么样?"

罗秋雯说:"这你还问,晚上,我没叫别人,只叫你陪我开荒嘛!"

陈明义说:"行,那你就辞掉伙房的活儿,还来开荒,这样咱俩可不又能经常在一起了!"

张福基走进杨自胜的地窝子。

杨自胜说:"开会回来啦?"

张福基说:"回来了。我把陈明义升任政治处副主任的命令也带来了。师里说,宣布不宣布,什么时候宣布,还要再征求一下你的意见。"

杨自胜说:"宣布吧。这小子还是很不错的,工作能力强,脑子灵活,又有文化……"

　　张福基笑着说:"他现在可是你的情敌呦!"
　　杨自胜说:"女人是女人,工作是工作,两码事! 今晚上开会你就宣布吧!"

　　一片云把月光遮住了。夜深人静。
　　姬元龙的地窝子里。
　　柳月和孩子沉睡着。
　　姬元龙坐着个木墩子趴在床边绘着图纸。

　　姬元龙感到疲倦了,走出地窝子,仰头望着夜空,伸了伸懒腰,神色凝重,若有所思。

　　姬元龙继续趴在床前绘图。

　　尘土飞扬,人群在涌动着开着荒。
　　陈明义挥着坎土曼在拼命地干活。

　　张福基走到陈明义身边。
　　张福基说:"陈明义,来,我有事找你。"

　　张福基和陈明义走到一棵饱经沧桑的已倒下的胡杨树干上坐下。

　　张福基抽出支烟递给陈明义。
　　张福基说:"陈明义,你是不是也看上罗秋雯了!"
　　陈明义说:"是啊,怎么啦?"
　　张福基说:"杨政委也对罗秋雯有意思,你不知道?"
　　陈明义想了想说:"知道!"

张福基说：":那你还不主动让开！论战功,论革命资历,论地位,论受过的伤,你哪一条能跟他比,啊？"

陈明义嘟着嘴,不吭声。

张福基说："我还要告诉你,今晚,就要宣布你升任政治处的副主任了。在党委会上,是政委提的名,说你组织能力强,工作主动,又有文化。他也知道你看中了罗秋雯,话说直点,在这事上,你俩是对头,他完全可以卡下任命书不宣布,但他说,女人是女人,工作是工作。瞧,这就是老革命的觉悟,你哪点能同他比？"

陈明义为难地说："团长,这事你让我再考虑考虑,行不？"

罗秋雯来到杨自胜的办公室。

罗秋雯说："报告政委,我不想再在伙房干了。"

杨自胜说："为啥？"

罗秋雯说："我想去开荒。"

杨自胜说："都是干革命工作,有啥不一样？"

罗秋雯说："政委……关于咱俩的事,团长已经跟我说过了。"

杨自胜说："这事同你去伙房干活没关系！"

罗秋雯说："政委……"

杨自胜说："有话就说,别吞吞吐吐的。"

罗秋雯说："政委,我和陈明义已经谈上了。"

杨自胜顿时感到心里酸得不是滋味。

杨自胜说："所以你就不愿在伙房干了,你还是认为我让你去伙房做事是有意在照顾你！"

罗秋雯说："政委……"

姬元龙神色疲惫,手中拿着一卷图纸,匆匆走上围堤,用目光寻找着。

姬元龙脸色严峻地朝正在指挥干活的李松泉走去。

第四章

姬元龙走到李松泉跟前,说:"参谋长。"

李松泉看姬元龙一眼,有些厌烦地说:"什么事?"

姬元龙说:"参谋长,渠要这么直地修风险太大。我到山上察看过了水情,到了六七月份,水势会很大很猛,如果再遇上雨情的话,水渠的坡度这么大,渠堤是经受不住水的冲击的。我这里还有个补救办法。"

姬元龙展开图纸说:"参谋长,你看,从这里可以打个弯,形成一个积沙池,这样就可以减缓水的冲势,又可以减少沙石在渠底的淤积!"

李松泉说:"姬元龙,我告诉你,你已经耽搁了工程的进度,现在你又来建议这种费工费时的活儿,你到底安的什么心啊?"

姬元龙说:"参谋长,我再说一遍,我是技术员,我要对整个工程的质量负责!"

李松泉说:"姬技术员,我也可以告诉你,工程不能按期完成,上面追究的不是你,是我!"

姬元龙说:"好吧,参谋长,既然你这么固执己见,那我只好去找赵团长,甚至去找刘师长!"

李松泉说:"你说什么,找赵团长刘师长?"李松泉刚想发作,但突然又忍住了,点了一支烟,深深地呼了一口气。

李松泉说:"那好吧,你把图纸给我,我再仔细地看看,你去干你的活吧。"

姬元龙满眼的疑惑,但还是留下了图纸。

夜。

陈明义与罗秋雯在荒地上开荒。

罗秋雯解下脖子上的毛巾,为陈明义擦汗。

陈明义深情地看着她,一把把她搂进了怀里,两人吻在了一起。

煤油灯光在杨自胜的办公室里闪烁。

杨自胜和张福基面对面地坐着,抽着烟。

张福基说:"上头让我抽出一部分劳动力去修水渠,你看派谁带队合适?"

杨自胜说:"你是团长,这个你来定。"

张福基说:"我想派陈明义去,他现在是团里的政治处副主任,也算团里的一级领导了。"

杨自胜说:"按理说让他去也行,但我怕他有误解。"

张福基说:"革命工作,哪来这么多忌讳。你同罗秋雯的事,我还没死心呢,我还得努力一把,得让他俩凉一阵再说!"

杨自胜说:"我就怕陈明义往这上面想。"

张福基说:"政委,这事啊你就别管了。"

夜,荒原。

陈明义与罗秋雯继续干着活。

罗秋雯热得解开衣扣,说:"陈明义,歇一会儿吧,我干不动了。"

两人依偎在一个小土包边,仰望着夜空。由于太累太困,一会儿就睡着了。两人的衣领还敞开着。

一道手电筒光照在他俩的脸上。

陈明义和罗秋雯睁开眼,看到站在他俩跟前的杨自胜和张福基,两人满是愤懑的表情。

张福基大吼一声说:"你们俩干的好事!"

罗秋雯又羞又害怕,站起来拔腿就跑。

张福基吼:"你给我回来!"

第四章

罗秋雯跑进荒野,坐在红柳丛中哭。

杨自胜办公室。

杨自胜关严门在训陈明义说:"陈明义,我看你就是一个腐败分子,没结婚,你就把柳叶的肚子搞大了,现在,你又这么干!你现在是个领导干部了,影响有多坏!"

陈明义说:"政委,我和罗秋雯啥都没发生!"

杨自胜说:"你哄鬼去吧!立刻给我写出检讨来,要是检讨得不深刻,我就处分你!"

夜。

水库工地指挥部。

李松泉正在同姬元龙谈话。

李松泉态度变得很友善,说:"姬技术员,你新设计的图纸我仔细看了,要比以前科学也合理,也省时省工省料,水渠明天就要开工了,不能等了,所以呢,我们就按你的这张设计图施工。"

姬元龙松了口气,笑了笑。

李松泉说:"你的设计任务已经圆满完成了,但我们还要交给你另一项任务!"

姬元龙说:"啥任务?"

李松泉说:"修渠道需要大量的生产工具,损耗也大,所以决定派你和刘明山同志一起去乌鲁木齐采购生产工具,你在这方面懂行。"

姬元龙惊愕地看着李松泉,有些不知所措地说:"这……"

李松泉说:"你知道,现在不法商贩多得很,万一采购来质量不好的工具,不但浪费国家财产,还耽误生产,你身上的担子也不轻哪!啊?"

月光如水。

罗秋雯抹了把眼泪,敲了敲张福基家地窝子的门。

张福基和他的老婆正准备休息。
张福基说:"请进。"

罗秋雯怯怯地走了进来。
张福基一脸的严肃说:"有事吗?"
罗秋雯害怕地问:"张团长,我和陈明义是不是犯错误了?"
张福基说:"你们心里还不清楚吗? 还来问我!"
罗秋雯说:"团长,这会不会影响陈明义的政治前途?"
张福基说:"这还用我说吗?"
罗秋雯哭起来,说:"团长……是我害了他。"
张福基说:"罗秋雯,你是个好姑娘,也是个聪明人,我这话你好好再掂量掂量,明天还回伙房工作去,啊?"
罗秋雯说:"嗯。"

姬元龙与柳月都疲倦地睡在床上。
姬元龙说:"柳月,前天一晚上我可算是没有白忙。"
柳月说:"咋了?"
姬元龙说:"我设计的图纸参谋长总算同意了,明天让我和刘明山去乌鲁木齐出一趟差。"
柳月打了一个哈欠说:"这就好,出差时,把自个儿照顾好。"
柳月说着就睡着了。姬元龙还想说什么,但看到柳月睡着了,也不忍再弄醒她。

工地指挥部。
李松泉对刘明山说:"去乌鲁木齐后你一定要把姬技术员拖住,等工程完成得差不多了,你们再回来,听到没有!"

刘明山说:"参谋长,我明白了。"

荒原。
部队集合在一片空地上。
张福基说:"明天,参加兴修水利的人员由陈明义副主任带队去。到水利工地上,你们一定要在陈副主任的领导下,发扬我团的光荣传统,干出我们团的光彩来!"
大家鼓掌。

陈明义也在鼓掌,但却一脸的黯然。

清晨。
罗秋雯正在伙房同杜班长一起做窝窝头。

几辆大卡车停在路边。
去修水利的人正往车上搬运着行李。

陈明义朝伙房走去,想去同罗秋雯告别。

罗秋雯看到陈明义朝伙房走来,忙钻进地窝子里。

陈明义望着伙房的方向痛苦地叹了口气,又转身走向卡车。

地窝子里罗秋雯从窗口看着陈明义的背影,泪水夺眶而出。

修渠工地。
土地已经开挖,两条渠堤,人分成四排。人们挥着铁锹往渠堤上撂土。

远远看去,就像一条雾蒙蒙的游动着的长龙。

修渠的人群中,可以看到柳叶与柳月的身影。

刘明山领着陈明义的队伍来到修渠工地。

刘明山与陈明义朝李松泉走去。

刘明山说:"参谋长,参谋长!"

李松泉也在干活,他从人群中走出来。

刘明山说:"参谋长,这是二十五团政治处的陈副主任。"

陈明义与李松泉握手说:"我叫陈明义。"

李松泉说:"陈明义?啊,欢迎啊!"两人握手,李松泉脸上流出一丝醋酸与尴尬。

陈明义说:"参谋长,我们分在哪个地段?"

李松泉说:"你们那么远赶来,还是先修整一下吧。"

陈明义说:"这修渠不是跟打仗一样吗?一到战场不是就要开战了吗?"

李松泉说:"行,你们就紧挨在二十九团的后面。"

陈明义领着队伍从修渠的人群边上走过。

柳月认出了陈明义。她想喊,但忍住了。

柳月穿过人群走到柳叶跟前。

柳月悄声说:"姐,陈明义。"

柳叶说:"在哪?"

柳月说:"喏,那边,领头的那一个。"

柳叶说:"你没认错?"

柳月说:"我离开那儿不到一个月,咋会认错!"

第四章

柳叶说:"我去找他!"
柳月说:"姐,你好好跟他说……"

陈明义领着队伍到指定的地方,就拉开架式卖劲地干起来了。

柳叶找到陈明义。
柳叶喊:"陈明义。"
陈明义没反应过来,说:"嗨,柳月,你也在这儿修渠啊。"
柳叶说:"我是柳叶,不是柳月!"
陈明义呆了一下,说:"柳叶?!"
柳叶说:"对。我是柳叶!"
陈明义悲感交集地说:"柳叶……"
柳叶说:"走,我有话对你说!"

陈明义跟着柳叶走了几步,但突然站住了,说:"柳叶,咱们俩的话一时半会也说不完。等收工后,再慢慢谈吧。"
柳叶说:"不,我现在同你没什么话,只想说一句话。"
陈明义说:"只一句话?"
柳叶说:"对,走,到那边说去。"

柳叶把陈明义领到一丛茇茇草丛后面。茇茇草已长得有一人多高了。
俩人面对面站住。
陈明义说:"柳叶……你说吧。"
柳叶说:"看你这模样,大概也是个领导干部了吧?"
陈明义说:"刚升任团里的政治处副主任。"
柳叶说:"很好。所以我才把你领到别人看不到的地方来。我怕伤害了你当领导的威信。"
陈明义说:"为啥?"

柳叶一个耳光甩了上去,说:"就为这!"
陈明义捂住脸说:"柳叶,我……"
柳叶说:"从此,咱俩情断义绝了。就这句话,你把我们全家都坑苦了。"

李松泉看到柳叶把陈明义往芨芨草丛中领,满脸醋意地朝芨芨草丛方向看。

柳叶气狠狠地从芨芨草丛中出来。李松泉松了口气。

柳叶含着泪,回到柳月身边,继续干活。
柳月关切地看着柳叶问:"姐,咋样?"
柳叶说:"我扇了他一个耳光,对他说,从此,咱俩情断义绝!"
柳月舒了口气,想了想又说:"姐,你不该打他。你没找到他,又不是他的错。"
柳叶说:"但他知道我在这儿后,他为啥不来看我?我从老家千里迢迢历经千辛万苦在找他,他竟连这百十里地都不肯走?妹,他临离开我的时候,我把什么都给他了,你知道不知道!那是他惹下的事!"
柳叶哭了。柳月也只好同情地叹了口气。

伙房。
罗秋雯心事重重地在案板上切菜。
她的手被刀划破了一条口子,鲜血滴滴答答地往下流。

杜班长撕了条笼布给她包扎伤口,说:"你是咋回事?心神不宁的。"
罗秋雯说:"没,没啥。"

罗秋雯包好伤口继续切菜。
罗秋雯说:"杜班长,干部要是犯了作风上的错误,会影响他的政治前

第四章

途吧？"

杜班长说："按理说肯定会，但也要看领导对他的印象咋样了，领导上要是松松手，开一眼，闭一眼，这事儿也就过去了，这种事，关键要看他的直接领导。"

罗秋雯说："噢。"

夜。
李松泉跟在柳叶后面也进了地窝子。

柳叶把从托儿所接回来的进疆搁在床上，然后又抱起红霞喂奶。
李松泉说："柳叶，那个陈副主任，陈明义，就是你要找的那个陈明义？"
柳叶说："对！"
李松泉说："那你把他领到人见不到的地方去干啥？"
柳叶说："李松泉，你也是个男人，心眼咋比女人还小？我告诉你，因为我扇了他一个耳光，对他说，从此咱俩情断义绝了。这下你满意了吧？称心了吧？"
李松泉说："那你也用不着扇他耳光呀！人家毕竟也是个领导干部了。"
柳叶说："所以我才把他领到人见不到的地方去扇他。就是为给你们这些当领导的留点面子。"

夜。
伙房边上。
张福基蹲在凉棚边上啃着馍馍喝着汤。
罗秋雯坐在他边上。
张福基说："罗秋雯，这可是件严肃的事，你真愿意跟政委？"
罗秋雯说："政委的情况你都跟我介绍了，我愿意。"
张福基说："那你跟陈明义是咋回事？"
罗秋雯说："我跟他啥事也没有。两人一起开荒，累了坐下休息，说说话

|083|

就睡着了。"

张福基说:"你啊,要是早这么个态度,不就好了。"

罗秋雯说:"现在也不晚哪!"

天刚有点亮,人群就开始往修渠工地上拥。

陈明义领着自己的人从柳月的队伍前走过。

柳月追上陈明义喊:"陈明义。"

陈明义有些吃不准,说:"你?……"

柳月说:"我是柳月。"

陈明义与柳月从队伍中走出来。

陈明义伤感地说:"柳月,你看我有多倒霉。你见了我,扇了我一巴掌,柳叶见了我,也给了我一巴掌。"

柳月说:"对不起。我就为这事找你来向你道歉的。"

陈明义说:"柳月,当我知道你姐跟别人结婚了,我有多痛苦!当时我是想去找她,但杨政委不让我去,说你去干啥?想去把人家的家庭拆了?我一想,对呀。干吗去给人家找麻烦呢?"

柳月说:"李参谋长是个小心眼。你真要去找柳叶,他说不定会对你动刀子的。"

陈明义说:"所以后来我想,见一定是要见的,等我也成了家后再见。两个人都有各自的家了,见了面后话就都好说了。可是……"

柳月说:"怎么了?"

陈明义痛苦地摇摇头说:"不说了……所以有时想起这事,我也挺怨挺恨你姐的。她干吗不再等等再找找呢?"

杨自胜的地窝子已布置成新房,大红喜字贴在墙的中央。

第四章

地窝子的门口贴着副对联：

携手同走革命道
并肩共度人生路

杨自胜与张福基站在门口看。

张福基因自己终于促成了这件事而满面笑容。杨自胜却笑得有些牵强，他总隐约感到有点不真实的味道，却又不想深究下去。

陈明义与柳月说着话朝工地走去。

柳月说："陈明义，我告诉你吧。这次我见到我姐后，我才知道，她儿子进疆已经两岁多了，比我们家进军还大几个月。那时，她肚里已经有娃了。她不找个男人结婚，又叫她咋整呢？"

陈明义说："你说什么？结婚前她肚里就有娃了？"

柳月说："对。"

陈明义说："那……那是我的儿子？"

柳月说："对。陈明义，我话只说到这里。往深里的话我不能再说了，你自己去想吧。我干活的地方到了，我再说一句，你别怨我姐，她心里也苦着呢。"

陈明义怔怔地站了一会，自语说："怪不得杨自胜要这么说我！这个杨自胜，柳叶的事全是他张冠李戴给弄成这样！这次我看中了一位女同志，又是他从中作梗，而且还……这辈子我算是毁在他手里了！"

柳月说："可我觉得杨政委这人不错啊。"

说着柳月钻进干活的人群中。

陈明义恨恨地说："不错个鬼噢！"

夜。

人们在地窝子前围成几个圈，点上马灯，中间放着两个菜，喝着酒，在庆祝杨自胜和罗秋雯的婚礼。

人们喊着叫着嬉笑着把杨自胜与罗秋雯送进洞房。

马灯的灯芯在闷闷地跳动着。
杨自胜与罗秋雯两人对坐着,气氛有些紧张,但都默默不语。
杨自胜抽完支烟,干咳了几声说:"罗秋雯同志,睡吧。"
罗秋雯这时眼泪一串串地滚了下来。
杨自胜说:"秋雯,你这是咋啦?"
罗秋雯说:"政委……"哭得更响了。
杨自胜说:"到底是咋回事,你说话呀!"
罗秋雯说:"杨政委,这事是我自己同意的,你要想睡,你就来睡,咋睡都行!"
罗秋雯哭着,和衣钻进被窝里。
杨自胜觉得这话的味道不对,猛地拉开她的被子说:"罗秋雯,你把话给我说清楚!我是人,不是牲口!你要不说清楚,这婚就不结了,你给我马上离开这里!"
罗秋雯哽咽着说:"我是……我是怕你处分陈明义,才……"
杨自胜气得直哆嗦,大吼:"你把我杨自胜看成什么人了!好,我就问一句,你,是不是还爱着陈明义?"
罗秋雯点点头,怯怯的目光看着杨自胜。
杨自胜猛地一掀门,走出了地窝子。

夜深人静了。地窝子里不时地传出人们劳累而疲惫的鼾声。
杨自胜抽着烟,走向荒地。

月亮已爬在天空的正中,圆圆的。
杨自胜坐在一根横倒在地的枯树干上。

第四章

杨自胜抽着烟,眼里含着泪。

杨自胜站起来,在荒地上来回走着。

荒地上,杨自胜看到有人收工时忘了带回去的一把坎土曼。他拿起坎土曼,使劲地开起荒来。

杨自胜满头大汗,脱下衣服继续干。

东方透出了晨曦。
杨自胜放下坎土曼,坎土曼的把柄上都是血。

杨自胜披上衣服,把坎土曼坚定地往地上一砸,大步朝回走去。

杨自胜敲张福基地窝子的门。

张福基两口子正在起床。
张福基问:"谁呀?"
杨自胜说:"我,杨自胜。"

第五章

张福基把门打开,吃了一惊说:"政委,咋啦?"

杨自胜说:"张福基,你干的啥事嘛!"

张福基说:"咋啦?"

杨自胜说:"你今天就去把我和罗秋雯的离婚手续给办了。"

张福基说:"出啥事了?"

杨自胜说:"啥事也没出。就是人家姑娘根本就没有愿意!"

张福基说:"这事是她主动找的我呀!"

杨自胜说:"可她的目的不是想同我结婚。"他缓和了一下口气,又说:"团长,你是好心啊!但我杨自胜不能那么做!我又不是条公狗,见了母狗就只知道往上爬。"

张福基眉头一皱,说:"政委,你看你这话说得多难听!"

杨自胜说:"话是难听点,但理就是这么个理嘛!"

第五章

杨自胜走进地窝子。

罗秋雯和衣睡着在床上。
杨自胜走上去摇摇她。
罗秋雯猛地惊醒了。睁大着眼睛疑惑地看着他。
杨自胜说:"罗秋雯,刚才我已让团长给我们办离婚手续去了。明天,团长要去水利工地开现场会,你就搭团长的车一起去水利工地,陈明义在那儿呢,你就到那儿去干活吧。"
罗秋雯还没有全醒过来,下意识地点了点头。
杨自胜说:"那就这样。今晚你就回你女宿舍睡去,啊?我得下地去了。"

杨自胜走后,罗秋雯这才回过味来,情感复杂地喊了声:"政委!……"

罗秋雯跑出地窝子,杨自胜已走远。
东方一片红红的霞光。

两条长长的渠堤向前延伸。
渠堤下像蚁群似的两队人在热火朝天地忙碌。
渠堤四周灰蒙蒙一片。
柳月一面干着活,一面不时地望着朝远方延伸的渠堤,满脸的疑惑。

柳月把铁锹往土堆中一插,朝李松泉走去。

李松泉看看即将竣工的渠堤,脸上露出了轻松的神色。

李松泉看到柳月脸色严峻地朝自己走来。
柳月说:"姐夫,你们是在按元龙的设计方案施工吗?"

李松泉说:"不错,我与小王、小刘两位技术员又做了一些改动。"
柳月说:"姐夫,我看你这是阳奉阴违。"
李松泉说:"柳月,你干活干得很好,这我要表扬你。但工程上的事,你不懂,不要来瞎搅和。我是这儿的领导,对工程的质量和进度都要把关,出了什么问题,责任由我来担,跟姬技术员没有关系,你还是干你的活去吧!"
柳月无奈而愤懑地含着泪。

修渠工地,队伍休息时间。
柳月找到陈明义,陈明义朝她笑笑。
柳月在陈明义边上坐下。
柳月说:"陈明义,你现在也是个领导了,这渠不能这样修,这样修会出问题的。你应该向上反映反映这事!"
陈明义说:"你怎么知道这样修会出问题?我看渠堤的质量蛮好嘛。"
柳月说:"姬元龙是技术员,他设计的图纸不是这样的!"
陈明义摇摇头说:"柳月啊,这事我可不能插手,我们团跟他们团是兄弟团,李参谋长又是这项工程的具体领导,怎么做,该他说了算,我过去指手画脚算什么事,不是破坏团结了吗?"
柳月说:"唉!你们哪……"

傍晚。
柳月来到柳叶家的地窝子门前,喊了两声:"姐,姐。"

柳月走进地窝子。
柳叶在补衣服,两个孩子已经睡着了。
柳叶说:"柳月啊,坐。"
柳月说:"姐,我对我这姐夫可有看法!"
柳叶说:"咋啦?"
柳月说:"他没有按照姬元龙设计的图纸施工。"

第五章

柳叶说:"这事我听你姐夫说过,他对姬元龙设计的图纸很不满意,太耽误工程进度,为了排除干扰,他才让姬元龙去出差的。"

柳月猛地站起身,说:"姐,我明白了!"

柳月大步走出地窝子。

柳叶在她身后喊:"柳月,男人们的事,你别去掺和……"

清早。

杨自胜把罗秋雯送上车。张福基已坐在车上。

杨自胜说:"你去跟陈明义完婚吧。回来时,只是别忘了请我喝杯喜酒。"

罗秋雯上车后又跳了下来,奔向杨自胜。

罗秋雯说:"政委,还是我跟你过吧。"

杨自胜坚决地说:"好马不吃回头草,我杨自胜,不吃回头草!去吧,啊!"

罗秋雯感动得泪流满面,点着头。

车开动了。

罗秋雯朝离她越来越远的杨自胜喊:"政委,你是我的大恩人——"

车上张福基对罗秋雯说:"我没说错吧。这是个大好人哪!可惜啊,你竟跟他没缘。"

罗秋雯哭着,心情变得不可名状的复杂。

六月,骄阳似火。

两条长龙似的渠堤已快竣工,人们仍在奋力地干活。

陈明义和罗秋雯紧挨在一起干活。罗秋雯解下脖子上的毛巾,为陈明义擦汗。

柳月看着渠堤,两眼含着痛苦而焦急的泪。

农场。
杨自胜指挥着把西瓜和甜瓜装了满满的一大卡车。

杨自胜带着车来到修渠工地。
李松泉与陈明义都迎了上来。
杨自胜说:"这是咱农场生产的第一茬瓜,我特地拉来慰劳大家。"
工地的战士们欢呼雀跃。

杨自胜找到柳月。
柳月神色忧伤。
杨自胜问:"咋回事?"

李松泉正在高兴地吃着瓜。
杨自胜拉着柳月来到李松泉跟前。
杨自胜愤怒地说:"李松泉,你是咋回事?我把姬技术员抽调给你,是让他到乌鲁木齐买生产工具的吗?你这是在浪费人才!要是这样,上级就是处分我,我也不把姬技术员放到你这里来!还有,我听柳月说,你就没按姬技术员的图纸施工,是不是?"
李松泉说:"杨政委,铁路警察,各管一段,我这儿的事你别掺和行不行?我要对工程的进度负责!你们开出的荒灌不上水,种不上粮食,你就愿意了?我要不按时完成任务,受处分的是我!"
杨自胜说:"李松泉,你这样干,是在犯更大的错误!"
李松泉把手中正吃着的西瓜一扔,说:"你的西瓜我不吃了!"
西瓜卸完,卡车司机在喊:"杨政委,你走不走?"

第五章

杨自胜边走边回头说:"李松泉,我告诉你,有你吃不了兜着走的一天!"

杨自胜向柳月说:"柳月,你放心,这事我会向上级反映的。我用我的党性担保!"
柳月用敬服的眼光送杨自胜上车。

一辆大卡车上坐着姬元龙与刘明山。
车上堆放着几大捆生产工具。
尘土飞扬。
姬元龙的脸上充满了焦虑。

姬元龙风尘仆仆地走上已经竣工的渠堤。
姬元龙大惊失色。

姬元龙怒不可遏,冲到李松泉跟前,一拳把李松泉撂倒在地。李松泉鼻子冒出了血。

夜。
姬元龙坐在床前。
柳月抱着进军。
柳月说:"要不你去找下刘师长?"
姬元龙说:"来不及了,明天他们就要放闸试水了,现在正是山上积雪融化,水流量最大的时候。"

龙口上红旗招展,锣鼓喧天,人群涌动。
李松泉喊:"放水!"
两位工人正准备摇闸门,姬元龙冲下渠堤,跳进渠沟。
姬元龙伸出双臂喊:"不能放水!"

李松泉说:"姬元龙,你不要命啦!"
姬元龙说:"你有种就先把我冲走,我不能看着你酿成大错!"
李松泉怒火中烧,指着姬元龙说:"把他给我拖上来,押到指挥所去关禁闭。我看你是反了,目无纪律,目无领导!"

几个壮小伙连拖带拽地把姬元龙拉出渠道。

李松泉大喊:"放水!"

闸门摇开。
水沿着渠道滚滚而下。
人群欢腾,锣鼓被捶得震天响。
眼看着周围这不和谐的一幕,被押走的姬元龙义愤难平,边走边回头喊:"李松泉,你将会为你的行为付出代价的!"

陈明义与罗秋雯在工地上的一间地窝子里举行了婚礼。
参加婚礼的人员中有张福基、李松泉。
张福基说:"陈明义,罗秋雯,杨政委特地让我赶来参加你们的婚礼。他祝你们生活幸福,白头偕老。"
罗秋雯感动地含着泪说:"谢谢杨政委。"

柳叶抱着进疆在门口看了一下就走了,脸上酸酸的。

罗秋雯一脸的喜气洋洋,但陈明义的脸上却挂着心事,他瞅着罗秋雯。
罗秋雯说:"你怎么啦?"
陈明义说:"罗秋雯,那天晚上你真的跟杨自胜什么事也没有发生?"
罗秋雯说:"你不是问过我几遍了?你还怀疑,你怎么这么个人?"
陈明义说:"没有就好。"

罗秋雯恼了,说:"有了又怎么样?要办离婚手续现在还来得及。"说着站起来要出门。

陈明义一把拉住她。

罗秋雯说:"陈明义,我真没想到你是这么个小人,这样的日子,让人好没劲!"

渠水滚滚,一泻而下。

李松泉得意地陪着赵建德在渠堤上走着。

李松泉说:"你看这渠堤,水过了有两三天了,啥事也没有嘛。"

赵建德只是点点头,但没有说话。

水库。碧波荡漾。

李松泉与赵建德在围堤上走着。刘明山跟在后面。

赵建德说:"你们的任务完成得不错。"

李松泉越发得意,说:"要不是我当机立断,水库可能到现在都进不了水。如果当时按姬元龙的方案干,水渠再过两个月也竣不了工。这家伙,是有意在搞干扰啊。"

赵建德问:"姬元龙还在关禁闭吗?"

李松泉说:"是,这家伙,在修渠的事情上,差点让我砸锅!"

赵建德说:"对人的处理一定要谨慎,让他写个检讨,就把人放了。毕竟是人民内部矛盾嘛!"

李松泉故作大度地说:"好吧。"

姬元龙被关在一间地窝子里。

柳月给他送饭。

刘明山走来。

刘明山说:"姬技术员,参谋长让你写检查,然后回家去。"

姬元龙说:"写什么检查?我有什么检查好写的!写检查的应该是他,不是我!你们爱关多久就关多久!李松泉得给我道歉,不然我决不出这间地窝子!"

柳月说:"元龙,我支持你!他们太过分了!"

刘明山一脸的尴尬。

指挥部里。

李松泉冷笑一声说:"让我给他道歉?哼!他们倒是跟我对上了,行,你爱待着就待着,派个人守住他,不许他出来,我看谁能别过谁!"

夜。

柳月在床上抱着进军,神色黯然。

天空上传来滚滚的雷声。

柳月抹了把眼泪。

进军问:"妈,你咋啦?"

柳月说:"没啥,睡吧,啊!"

闪电划破了天空,接着是一阵惊天裂地的劈雷声。

进军问:"妈,爹咋还不回来啊?"

柳月说:"爹有事去了,过几天就会回来的。"

又是一声霹雷。

柳月紧紧地搂住进军。

大雨倾盆而下。

渠堤上有几个人提着马灯在巡渠。

渠水汹涌澎湃,巨石被水流冲得滚滚而下。巨石猛烈地冲撞着渠堤。

第五章

雨越下越大。

渠水迅猛地往上涨,水流也更急。

李松泉不安地从地窝子里出来,朝指挥部走去。

李松泉在打电话,厉声说:"增加巡堤的人!听到没有?要是渠堤出啥问题,我就处分你!"

李松泉穿上雨衣,带着刘明山来到渠堤上。他看到如此大的巨石被湍急的水流冲击下来时就像冲着一块木板。他这才醒悟到了什么。渠的坡度太大了。他有了一种可怕的预感。

李松泉匆匆赶回指挥部。
李松泉说:"小刘,把所有的职工全叫去守渠!以防万一。"
刘明山说:"是!"

刘明山捏着土喇叭在喊:"参谋长命令,所有的职工全部拿上工具上渠……"

柳月抱着进军,同其他抱孩子的女人一起,把孩子送进托儿所。这时的托儿所已是一栋土块垒起来的平房了。

柳叶给红霞喂完奶。把睡熟的红霞放到床上,盖好被子。然后抱上进疆也去了托儿所。

像蚂蚁似的人群往渠堤上涌。其中有柳月、柳叶。
这时远处来了喊声:"渠堤垮啦!"

那段被冲垮的渠堤有二十几米宽,而且处在洼坑地带。

汹涌的水流很快把洼坑填满了,水流朝水库方向和地窝子方向奔去。

由于缺乏准备,没有堵堤的材料和设备,人们只有拼命地挖土往缺口扔,但每一撮土很快就被急流冲得化为乌有。

姬元龙听着雷声和雨声。接着又听到人们涌向渠堤的喊声。

姬元龙敲地窝子的门。在门口站岗看守着他的警卫员小黄喊:"什么事?"

姬元龙问:"小黄,外面出啥事啦?"

小黄说:"听说水渠垮了。"

姬元龙说:"小黄,你把我放出来,我们一起去堵渠去,多一个人多份力量也多份智慧。"

小黄说:"不行!没有参谋长的命令,你哪里也不能去!"

姬元龙说:"小黄,现在情况太紧急了。要是水库受到威胁,那后果就不堪设想了!我求你了!"

小黄犹豫了一会,说:"姬技术员,这不行。"

姬元龙说:"要不,小黄,这样吧。你把我捆起来,你去。"

远处传来了水流声。

姬元龙说:"小黄,我知道,平时我们没有准备堵渠的材料。你去告诉参谋长,可以把大家的衣服裤子脱下来,里面装上石子和泥巴,然后再扎成大捆,往缺口上堵,捆扎得越大越冲不掉。你快去吧,你要相信我!"

小黄犹豫着。他看到姬元龙那双乞求的真诚的眼睛,感动了,说:"好吧。我去请示一下!"

第五章

小黄朝水渠方向奔去。

水流流向地窝子群。

水流灌进地窝子里。

柳叶家的地窝子进水了。
红霞惊醒了,大声地哭起来。

刘明山着急地在指挥部打电话。

杨自胜在接电话。

杨自胜指挥着群众拿着工具上了两辆大卡车。

装满人的大卡车在黑沉沉的戈壁滩上疾驰。

水渠上。
人们脱下上衣、裤子往里装石子。姬元龙的建议已得到采用。

李松泉领着一帮年轻力壮的小伙子首先跳下水,组成了两道人墙。

两辆大卡车来到离水渠不远处,但四周已漫水,卡车无法开进去。杨自胜喊了一声,卡车上的人纷纷跳下来,朝水渠方向奔去。

所有的人只穿着裤衩和贴身的内衣。把装上石子泥沙的外衣和裤子扎成捆,在往人墙前扔。

杨自胜也脱下衣裤往里装沙石。

李松泉来到他身边。

李松泉说:"杨政委,你们赶来得真及时啊。"

杨自胜说:"姬技术员呢?咋没见姬技术员。"

李松泉语塞。

杨自胜吼:"他人呢?"

李松泉愧然地说:"我关他禁闭了。"

杨自胜说:"你个混蛋。还不赶快把他放出来,现在正需要他来出出主意!"

姬元龙的地窝子也进水了。他挣扎着爬出地窝子。

雨仍在下,滚过来的水流已往所有的地窝子里流。

雷雨闪电后,姬元龙听到婴儿的哭声。

他奔向李松泉的地窝子。

婴儿的哭声突然噎住了。

姬元龙钻进地窝子。

渠堤上的缺口堵住了。但水流仍从缝隙间往外涌。

李松泉从水里爬出来喊:"朝四周加土!"

柳叶奔到李松泉身边喊:"松泉,我得回去一下。"

李松泉说:"干吗?"

柳叶说:"红霞还在地窝子里睡着呢。要是地窝子进了水,孩子就没命啦!"

李松泉说:"你给我回来,临阵脱逃我就处分你。要是水渠再垮,水库出问题,不要说孩子,就是我们大人也全完蛋!"

柳叶说:"松泉!"

李松泉说:"服从命令!"

地窝子全被水淹没了。

姬元龙艰难地抱着红霞从地窝子里爬上来。但他一条腿被什么东西卡住了,怎么拔也拔不出来。

洪水又漫了过来。

姬元龙咬紧牙关,用足吃奶的力气,用力一拔,他惨叫一声,腿终于拔出来了。

姬元龙站起来,发现腿上的血在不断地往外涌。

雨在飘散着。

姬元龙抱着孩子,艰难地朝地势较高的指挥部帐篷走去。

雨小了下来,天空透出了点光亮。

堵住的缺口正在加固。

姬元龙走进帐篷,跌坐在地上。

姬元龙艰难地撕下条布,扎在腿上。但他的动脉血管已断了。

姬元龙抱起红霞,闭上了眼睛。脸上透出一股最终将要告别人生的凄苦与悲凉。

红霞大概哭累了,在已死去的姬元龙怀里睡着了。

水渠上。
李松泉安排一部分人继续巡渠。其他人都下撤。

柳叶发疯似的奔向地窝子。
杨自胜也同柳月匆匆往回赶。
所有的地窝子都被水淹没倒塌。

柳叶号哭起来。

李松泉走到柳叶身边,她一把抓住李松泉的衣领喊:"你还我女儿!还我女儿!"

杨自胜与柳月来到禁闭姬元龙的地窝子前,地窝子也已被水淹没。柳月神情紧张而焦虑。
柳月喊:"元龙!元龙!"
杨自胜担忧地说:"他不会有事吧?"

帐篷那边传出婴儿的哭声。

柳叶、李松泉、杨自胜、柳月冲进帐篷。
红霞在姬元龙的怀里哭泣。
姬元龙的身边全是血。
杨自胜摸摸姬元龙的鼻子大声吼:"快叫卫生员!"

第五章

卫生员冲进来,摸了摸姬元龙的脖颈,翻了翻他的眼睛,摇摇头:"没用了。"

柳月哭着喊:"元龙!元龙啊!……"
柳月冲着李松泉喊:"李松泉,你还我姬元龙!"
杨自胜抱住姬元龙泣不成声。
杨自胜说:"姬技术员,我们很需要你这样的人才啊!你怎么就这样走了呢?"
李松泉愧疚地滚下泪来。狠狠地捶了自己一下,说:"我是个混蛋!……"

"柳月……"柳叶泪涟涟地想去拉柳月的手,柳月甩开她的手,冲着她喊:"是你们害死了我的元龙!是你们!"

一巡渠人朝垂头丧气的李松泉奔来,喊:"参谋长,水渠又垮了好几个口子!"
李松泉一脸的沮丧,一筹莫展。

杨自胜冲着李松泉吼。
杨自胜悲愤地说:"看到没有?你这是在对人民犯罪!你不配做个党的领导干部!"

水渠到处都是垮的口子,已无法引水。
师领导在赵建德的陪同下,视察水渠,沮丧的李松泉跟在后面。

刘师长指着支离破碎的渠堤,神情严肃地说:"这就是不尊重科学的后果,还损失了我们一位优秀的工程技术员!一定要尊重科学,这是我们党历来遵循的原则!"

赵建德说:"师长,这事我也有责任。"

刘师长说:"你们立即按姬元龙技术员生前设计的方案改建,我再请两位水利专家来指导一下。"

赵建德说:"是。"

刘师长说:"李松泉。"

李松泉:"在。"

刘师长说:"你在这件事情上一定要吸取教训!"

李松泉说:"是。"

刘师长说:"你先写一个事故报告,再做一个深刻的检查!这件事怎么处理,师党委研究后再做决定。"

李松泉一脸的晦气。

杨自胜带着人坐上大卡车,往回赶。

杨自胜神色忧伤而凝重。

已是初冬的景象了。

柳月在巡堤。张福基走上渠堤,找到柳月。

张福基说:"柳月,我开会路过这儿,杨政委特地让我来看看你,他说对姬元龙的死他感到很可惜也很难过。"

柳月说:"谢谢杨政委!"

张福基说:"杨政委还说,欢迎你带着孩子回到团里来。如果你愿意的话,这次可以跟着我一起回去。"

柳月犹豫着摇摇头。

张福基说:"柳月,跟我一起回去吧。"

柳月说:"我是很想跟你回去,那里有杨政委和你这样的好领导,我知道你们都会照顾我的。可是,你看看,现在这渠是根据元龙生前设计的图纸重新改建的。守着这渠,我就是在守着元龙生前的心愿。我哪里也不去。我就是要在这守一辈子的渠!"

张福基说:"柳月,我理解你。但你一定要保重好自己,有什么困难捎信给我们。"

柳月说:"张团长,谢谢你,谢谢杨政委!"

农场场部已有了初步的模样。中间一栋长条形的平房是场机关办公的地点。旁边的两排平房是招待所和会议室。中间有一个花坛,四周是白杨林带,但那些白杨树似乎刚栽下去不久。

白杨林带的后面有几排土块垒起来的平房,那是场领导们住的地方。

花坛的两边种着两棵榆树,一棵榆树的根部,用水泥浆砌着三块卵石。

杨自胜站在榆树边上看着卵石,眼前又出现柳月砸麦粒的样子。

杨自胜的眼里含着深情的泪。

杨自胜家。

一位农工提着一篮子鸡蛋,走进杨自胜家。

农工说:"杨政委,这是你买的鸡蛋。"

杨自胜说:"好,好,放着吧,谢谢。"

杨自胜的小车在渠堤停下。驾驶员小方提着一篮鸡蛋下车,回头说:"杨政委,你自己送去多好。"

杨自胜感慨地叹了口气,说:"还是你去送吧……"

柳月在渠堤上巡渠。

小方提着一篮鸡蛋走上渠堤,喊:"柳月同志,杨政委又让我给你送鸡蛋来了。"

柳月感激地说:"谢谢杨政委,让他操心了!"

渠水滚滚。

柳月看着那篮鸡蛋思绪万千。

陈明义家。
罗秋雯正在坐月子。
罗秋雯给孩子喂完奶,从床上下来对陈明义说:"明义,明天孩子满月了,你请杨政委、张团长过来喝杯酒吧。"
陈明义犹豫了半天,勉强地说:"好吧。"

白杨林被风吹得哗哗响。
陈明义的屋子里不时传来笑声。陈明义正在请杨自胜、张福基等团领导喝满月酒。

罗秋雯满面笑容地把孩子抱到杨自胜跟前说:"政委,我跟明义商量过了。没你,就没有我和明义的今天,也就没这孩子,我们想让你当这孩子的干爹。"
杨自胜说:"行,反正亲爹当不成,当干爹也是爹。团长,你看呢?"
张福基说:"这事儿你自己批准就行了,我可没权批。"
大家哄笑起来。
杨自胜说:"是女娃吧?"
罗秋雯说:"是。"
杨自胜说:"好!女娃在这儿可金贵啊。叫啥?"
罗秋雯说:"陈湘筼。"
杨自胜说:"啥意思?"
罗秋雯说:"是湘江水边长的大竹子。"
杨自胜说:"陈副主任,有几个文化就把你臭美的,起这么个名字!那个筼字谁认得?"
大家又笑。
陈明义也勉强笑笑,但心里却很不高兴。

第五章

大雪纷飞,柳月认真地在渠堤上巡渠。

入冬,渠水两边结满了厚厚的冰层。

柳月腰间系着根粗麻绳,一位男同志在岸上牵着,柳月下到渠里去打冰,打碎后的冰块被湍急的水流冲了下去。让人感到破冰人随时都面临着危险。

傍晚。
五岁的进疆带着进军从李松泉家奔出来。三岁的红霞把他送到门口。
柳月在远处等着进军。

柳月领着进军走上渠堤。
柳月说:"进军,今天你咋又到大姨家去了?"
进军说:"是进疆哥哥和红霞妹妹要让我去的。"
柳月说:"以后不许去!我已经讲了几遍了。"
进军委屈而不解地说:"妈。"
柳月说:"进军,你爹去哪儿了,你知道吗?"
进军说:"你不是说出差去了吗?"
柳月说:"死了!你爹就是你大姨夫害死的!听清了没有?"
进军咬着嘴唇,点点头说:"知道了。"
柳月说:"这下有记性了吧!"
进军看着母亲,看到母亲眼睛含着怨恨的泪。他幼小的心灵也觉察到了母亲的这种情绪。

黄昏。
孩子们从托儿所涌出来。知道回家的各自回家。
进疆牵着红霞走到门口。进军正在门口等他妈。

红霞松开进疆的手,跑到进军面前。
红霞说:"进军哥,上我们家去玩吧。"
进军说:"不去!"
红霞说:"为啥?"
进军说:"不去就是不去!我再也不上你们家了。"
红霞说:"为啥?"
进军说:"因为你爹把我爹害死了!"
进疆说:"才不是呢!我听我妈说,你爹是救红霞死的。所以我妈才让我叫你去我们家玩。我爹是领导干部,才不会害死你爹呢!"
进军说:"我妈说了,就是你爹害死的!"
进疆:"放屁!红霞,咱们走!进军,你要再这么说,当心我揍你!"
进军两手往腰上一叉说:"揍我?你来,试试!"

远处,柳月正朝进军走来。
进疆拉着红霞走了。

进军奔向柳月,扑进柳月怀里。

深秋。
柳叶来到柳月家。
柳叶说:"柳月。"
柳月冷淡地说:"什么事?"
柳叶说:"你姐夫让我来告诉你,咱们这儿的建制要改了。师里成立了水利工程处,水库水渠都归属他们管了。你姐夫也要调走,调到陈明义他们那个团去当参谋长。你姐夫让我问你,愿意不愿意跟我们一起去那个团。你不是在那个团待过吗?"
柳月说:"我不去。"

柳叶说:"妹妹,你别赌气好不好。你想想,你一个女人带着个孩子多不容易。况且这儿的活又重又危险,对你来说,真的不合适。"

柳月说:"我在这儿哪儿也不去!"

柳叶说:"柳月,我知道你还在记你姐夫的仇。你不但自己记仇,还让孩子也记我们的仇。这是何苦来!况且,松泉为这事在党内受到了严重警告处分,这口气你也该消了。"

柳月说:"姐,我告诉你吧,姬元龙要是为了救我的亲外甥女去死的,我心里感到能过得去。但他是在啥样的情况下死的?一想到这些,我就没法原谅李松泉!我又想到我爹是咋死的,姐!我恨你!"

柳叶说:"这仇你准备记一辈子?"

柳月说:"对!我不会跟你们走的!我就要在这渠堤死守一辈子!因为这渠堤终于根据我丈夫的设计改过来了,我就为元龙感到骄傲!"

柳叶含着泪说:"妹妹,不管你咋看我们,但我们不会让红霞忘记她的命是她的姨夫用他的命换来的!"

柳月说:"姐!"

两人抱头痛哭。

第六章

离龙口不远处有一个高坡,上面盖有几排简易的兵营式住房。

柳月和进军住在其中的一间。

清晨,进军已经起床。柳月把两只煮好的鸡蛋塞到进军的口袋里。

进军说:"妈。"

柳月说:"咋啦?"

进军说:"我现在想吃只鸡蛋行不行?"

柳月说:"行。咋不行。"

进军剥开一只鸡蛋咬了一口,然后举到柳月跟前说:"妈,你也吃一口。"

柳月说:"妈不吃,你吃。"

进军说:"妈,你咬一口嘛。那个杨伯伯托人给我们送来的鸡蛋,你全让我吃了。妈!"

柳月说:"好。妈咬一口。"她咬了一小口,感慨地自语着:"唉,这个杨政委……"

第六章

进军走出家门摸着口袋说:"妈,这只鸡蛋,我也放着回来跟你一起吃。"

柳月说:"乖孩子,你自己吃吧。今天下雪,路滑,要当心!"

进军说:"妈,再见。"

雪花团团地在风中飘散。

水渠上,又是两人一组、两人一组在破冰引水。

柳月与一个叫周少川的中年男子组成一组。

柳月腰中系着绳子,往渠堤下走。

周少川说:"柳月,冰上有雪,千万小心。"

柳月一面往下爬一面说:"我会当心的。"话刚说完,脚下一滑,整个人就顺着倾斜的冰层滑了下去。

周少川也没想到刚往下爬就会发生这种意外,于是在惊慌中急忙收绳子。

柳月已滑入渠水中。

周少川大声喊:"快来人哪!"

其他几组的人奔了过来。有的拉绳子,有两个人也往渠堤下爬,但也滑倒在冰层上,只是因为上面绳子收得及时,所以只跌倒在冰层上,但爬了几次都没爬起来。

绑在柳月身上的绳子被锋利的冰刃快磨断了。

两个下去的人在冰层上爬向柳月。他们把手刚伸向柳月。绑在柳月身上的绳子嘣的一声断了。

柳月在水中挣扎着,被迅速地冲了下去。

柳月被水流冲得翻滚着身子,双臂挥舞着,想喊又喊不出声来。

等那两个人被拉上渠堤,他们再沿着渠堤往下奔,已见不到柳月的踪影了。

周少川等人哭喊着,奔着。但他们知道,他们再奔再喊也无济于事了。
周少川哭着说:"这已经是第三个了……"

柳月在急流中挣扎着,头部被一块冲过来的木头疙瘩撞了一下,顿时昏死过去……

托儿所。
进军掏出口袋里的鸡蛋,看了看,想了想,犹豫一下,又迅速地放回口袋里。

杨自胜坐着小车来到水渠边。驾驶员小方提着一篮鸡蛋走上渠堤。
杨自胜突然像下了最后的决心喊:"小方,你过来我去送!"
小方会意地笑了笑。

杨自胜提着那篮鸡蛋在渠堤上走。自语说:"我要这样对柳月说,柳月,我想做进军的爹,你同意吗?"

水工队的领导同周少川一起来到托儿所。

进军举着鸡蛋在渠堤上奔着,哭着,喊着:"妈妈——妈妈——"
周少川等人在后面也泪流满面地追着。

杨自胜提着鸡蛋迎面碰到他们。

杨自胜问周少川说:"咋回事?"

周少川说:"首长,柳月被水冲走了。"

杨自胜说:"那快去救啊!"

周少川说:"一清早就出事了,哪儿还去找她的影子啊!"

那篮鸡蛋从杨自胜的手中滑落。篮子里的鸡蛋翻下渠堤落进湍急的渠水中。

积雪的草原。

山坡下的一座毡房前。

欧钧铭,中等个儿,三十一二岁,一副儒雅的样子,但眉宇间却透着一种少有的执着与顽强。

温俊峰,二十五六岁,戴着副眼镜,长得眉清目秀。

欧钧铭牵着马对温俊峰说:"我还得到垦区畜牧科去一次。我要告诉他们,我这个畜牧业的大学生千里迢迢从上海到新疆牧场来,不是来放羊的!而是来搞科学实验的。他们这样做,太糟蹋人才了!"

欧钧铭骑马消失在茫茫的风雪中。

温俊峰露出同情与敬佩的目光。

垦区畜牧科。

欧钧铭正拍着桌子向畜牧科的秦科长发火。

欧钧铭说:"为了科学研究,为了改变牧区羊只的品种,为这一崇高理想,我才离开年轻的妻子、五岁的儿子,才响应王震将军的号召来到这儿的,你们让我放羊要放到哪一天?"

秦科长耐心地说:"一直要放到良种场成立的那一天。欧先生,就是良种场成立了,你也还得放羊,没有羊你怎么搞试验?"

欧钧铭说:"那性质就不完全一样了,那是为了试验才放羊,不是为了放羊才放羊。"

秦科长说:"现在一切都还很困难,一切都还在白手起家。你还是耐心等待吧。"

欧钧铭说:"到底还要等多长时间?"

秦科长说:"需要等多长时间,就等多长时间。你实在等不了,可以再回上海去。"

欧钧铭感到受了侮辱,说:"在我欧钧铭的字典上,就没有逃跑这两个字。"

太阳在飞雪中,朦朦胧胧地隐在灰色的云层里。

温俊峰赶着一群羊在水渠边积雪的荒原上放牧。

羊只用前蹄扒开积雪,啃吃着里面的枯草。

牧羊狗突然冲上渠堤,对着渠堤下狂叫着。

温俊峰也走上渠堤。

在水渠的一个大弯道上,水流已经比较缓和。温俊峰看到渠边的一处冰面上,躺着个女人,上身在冰面上,下身还在水中。

温俊峰吃了一惊。

温俊峰毫不犹豫地慢慢爬下渠堤,他摸摸柳月脖子上的脉,似乎还在轻微地跳动。温俊峰把柳月往上拉,但他自己却滑入水中。

温俊峰躺在冰面上,把柳月翻到自己背上。

温俊峰艰难地爬上渠堤,冷得全身发抖。

温俊峰吹了声口哨。

两只牧羊狗赶着羊群在荒野上狂奔。

第六章

欧钧铭气恼地下马,回到毡房。
在毡房里他踢翻一只小铁锅骂:"他那个的!"

温俊峰背着柳月朝远处的一个毡房走去。毡房前拴着两匹马。
雪花在飘散。

听到狗的狂叫声。
欧钧铭从毡房里走出来。

欧钧铭把温俊峰迎进毡房。
温俊峰嘴唇冻得发紫,哆嗦着说:"欧先生,从水渠上冲下来的。"

温俊峰把柳月放到毡子上。
欧钧铭也摸了一下柳月脖子上的脉。对温俊峰说:"赶快把被子打开。"
温俊峰拉开被子。
欧钧铭:"脱光,把她捂进被子里。"
温俊峰犹豫地看看欧钧铭。
欧钧铭说:"快脱呀,为了救她命,还顾得了这些!还好今天气温不是太低,要是过寒流,她可就活不成了。"他说着就给柳月脱下湿透了的衣服,温俊峰在一边帮着忙。
欧钧铭说:"俊峰,你也赶快把湿衣服换下来,要得病的!"
温俊峰打了个寒噤,一阵咳嗽。

柳月安详地沉睡在被子里。

欧钧铭走出毡房,温俊峰也跟了出来。
欧钧铭解开拴在毡房前的一匹枣红马的缰绳说:"俊峰,你守着她。目前看来不会有什么意外,我到县里去找一位大夫来。"

温俊峰点点头。

欧钧铭骑着马消失在茫茫的飞雪中。

温俊峰回到毡房里,咳嗽越来越厉害。

黄昏。天色昏暗下来。雪依然在下。
杨自胜和周少川领着进军来到水渠的大弯道上,在慢慢地寻找着。

进军拉着杨自胜的手哭着说:"我要妈妈……"
杨自胜含着泪说:"我们一定把你妈给找回来,啊?"
杨自胜、周少川他们也来到温俊峰救起柳月的那段渠堤,眼前是那个大弯道。
周少川说:"杨政委,这儿要是再见不到人,那就没指望了。上次我们队的姜连正也是在这个时候在这儿找到的,可惜已经死了……"
四下里看看,在昏暗的天色中除了茫茫的飞雪和荒野外什么也看不到了。
周少川绝望地摇了摇头。
周少川回头看看那个大弯道,感叹地对杨自胜说:"要不是后来渠堤还是按姬技术员设计的那样改过来,这里有这么个大弯道,姜连正尸体也早就冲的没影踪了。可惜啊……柳月——柳月——柳月——"他绝望而悲凉地大喊了几声。眼里又含满了泪。
杨自胜说:"周少川同志,你们已经尽力了,你先回去吧,我陪着进军再走走,他要找妈妈啊!"

寒寒的月亮从空中升起。
杨自胜领着进军还在渠堤上走。司机小方跟在他们后面。

第六章

　　杨自胜坐在渠堤上。

　　进军又累又伤心,在他怀里睡着了。

　　小方说:"杨政委,咱们回吧。"

　　杨自胜摇摇头,用皮大衣把进军搂得紧紧的。他看看闪着月光的渠水,泪哗哗地从他脸上滚落下来。他后悔啊!

　　黎明。

　　坐在渠堤上的杨自胜被霜花裹成个雪人。

　　杨自胜把进军交给周少川。

　　杨自胜说:"柳月的追悼会开完后,我让他的大姨和大姨夫来接他。"

　　夜,农场场部。政委办公室。

　　脸上充满了懊丧、遗憾、后悔、失望与伤感的杨自胜点燃了一支烟,使自己的情绪稳定一下后,便抓起电话说:"接参谋长家。参谋长吗?我是杨自胜,你到我办公室来一下吧。"

　　政委办公室。李松泉坐在杨自胜办公桌对面的一条长凳子上。

　　杨自胜说:"唉,太可惜了。柳月是个好女人啊。这事也该怪我,我应该亲自去把她接过来。硬拖也要把她拖回来,如果她愿意的话,我就娶她!这没啥吧?姬元龙走了三四年了,我要娶她,不会有啥吧?"

　　李松泉惊讶而伤感地看着杨自胜。

　　杨自胜说:"都怪我,不敢去做,怕人说。可现在……这么好的一个女人,也没了。连个尸体也没找着。进军,进军就这么成了孤儿了。"

　　李松泉听明白了杨政委的意思,说:"政委,这样吧。我和我家属去一下。一是把一些后事处理一下,二是把进军去接回来。他怎么说,也是柳叶的亲外甥嘛。他在这儿,也只有柳叶这么个亲人了。"

　　杨自胜说:"我叫你来就是这个意思。"

| 117 |

天晴了，积雪反射着刺眼的光亮。
进军手里捏着只鸡蛋，坐在渠堤上哭。周少川陪着他。

渠水在滚滚地奔腾着，进军在渠水中仿佛看到了他的妈妈。
进军喊："娘……娘……"
他把鸡蛋举向妈妈。

有一位干部领着李松泉和柳叶朝进军和周少川走来。

进军看到李松泉与柳叶，突然想起什么，站起来就跑。

柳叶和李松泉在后面追着进军。
周少川想了想，也跟着追。

柳叶追上进军后，一把抱住进军。
进军在柳叶怀里挣扎着。
进军喊："放开我，放开我！"
柳叶说："进军！你这是干吗?！"
进军说："我爹要是不死，我娘也不会死，全是因为你们！"
进军一下从柳叶怀里挣脱出来，又跑，而且跑得飞快。

柳叶和李松泉都有些追不动了。

李松泉停下歇了口气，气恼地说："唉！咋办？这孩子跟他娘一样犟。"
柳叶说："这个柳月！跟孩子讲这些干什么？这叫咱们今后怎么养他？"
李松泉无奈地说："那也得养啊，总不能把他推给组织吧？姬元龙啊姬元龙，我算是栽在你手里了。"冲着柳叶喊："追呀！"

第六章

周少川把进军追上了。
周少川说:"进军,你跟着他们走吧,他们是特地来接你的。"
进军说:"我不!我不跟他们走。"
周少川说:"他们是你的姨姨和姨夫啊。"
进军说:"他们害死了我爹,也害死了我娘!"

李松泉上来一把抱住进军,说:"小子!你胡说些什么!走!"
进军说:"我不!我不!"
进军在李松泉怀里又踢又踹。

李松泉走下渠堤,把进军一下扔进小车里。
李松泉说:"你给我坐好,我打了这么些年仗,还制服不了你这么个小子。开车!"

车轮飞起积雪,开上公路。

小车里。
柳叶搂住进军说:"进军,乖,要听话,不要惹你姨夫生气。"
进军倔头倔脑地挣脱开柳叶搂着他的手,闷闷地赌着气坐着。看看手上捏着的鸡蛋,想了想,又把鸡蛋放进了口袋里。

夕阳染红了积雪。
小车开到场部,开到李松泉家的门前。李松泉和柳叶把从柳月家收拾出来的东西从车上拿下来时,进军趁他们不备,跳下车,拔腿就跑。
柳叶喊:"进军!进军!"

杨自胜刚下班回家,进军从他的裤腿旁嗖的跑得没影踪了。

柳叶追上来,看看杨自胜,怨怒地喊:"进军——"
李松泉也赶上来咬牙切齿地说:"一头小倔驴!"
杨自胜问:"咋回事?"
柳叶说:"全是她妈给他灌输的坏思想!将来怎么办呢?"
李松泉无奈地说:"政委,我担心这孩子在我们家待不住。"
杨自胜说:"快去找回来。他不在你们家待到谁家去待?送给别人?你李松泉就这觉悟?他可是你们的亲外甥哪!快去找吧!"
李松泉和柳叶一脸的怨气。

毡房。
柳月躺着,还没醒。
温俊峰也在发烧,盖着皮大衣靠在床边。
柳月在呻吟。
温俊峰闻声爬起来,但一个趔趄,栽倒在地上。

外面风雪交加。
温俊峰艰难地睁开眼,爬起来,倒了碗水。
温俊峰拿勺子给柳月喂水。
温俊峰眼一黑,又歪倒在地上,碗里的水洒了一地。

欧钧铭走进毡房,后面跟着一位提着红十字药箱的医生。

医生在给温俊峰打针。
温俊峰一连串地咳嗽。

欧钧铭把医生送出毡房。
医生对欧钧铭叮嘱了几句话,欧钧铭不住地点头。

第六章

夜。
李松泉把乱蹬着双脚的进军抱进家门。

李松泉一家已围在一张小方桌前吃饭。
李松泉把进军往桌前一放,说:"吃饭去!"
红霞说:"进军哥哥,过来,这儿坐。"她把自己的小凳子腾了出来。
进军肚子饿了,也不再反抗,闷闷地坐下。
柳叶给他端了一碗玉米糊,从桌上抓起一个窝头给他说:"吃吧,啊?"
进军接过窝头就啃。
柳叶叹了口气。

毡房。
温俊峰的烧退了,醒了过来,可还是咳嗽。
欧钧铭倒了碗奶茶给他。

柳月醒过来了。她惊奇地看看温俊峰,又看看欧钧铭。她什么都不记得。好像自己刚从娘胎里出来一样。但话她听得懂,也会说。

温俊峰和欧钧铭看着醒过来的柳月,朝她笑笑。
温俊峰把手中的奶茶递给她。
柳月饿了,接过奶茶碗就咕嘟咕嘟地喝了下去。
温俊峰说:"姑娘,你叫什么名字?"
柳月摇摇头。
温俊峰说:"家住哪儿?"
柳月又摇摇头。
温俊峰奇怪地看看欧钧铭,欧钧铭从她迷惘的眼神中感觉到了什么。
欧钧铭说:"姑娘你想想,你是怎么掉进渠里的?"

柳月又摇摇头。

她极力想回忆些什么出来,但什么也想不起来了,急得忍不住哭起来。

欧钧铭看着柳月,在沉思着什么。

欧钧铭说:"姑娘,以前的事你记得什么,只要说一件就行。"

柳月摇摇头说:"我什么都不记得了。"

欧钧铭似乎明白了,说:"唉,命是活下来了。可能记忆全丧失了。"

温俊峰说:"这怎么可能?"

欧钧铭说:"人的脑部受到强力的打击后,会出现这种情况的。有些人只是暂时丧失记忆,但有些人却会长期丧失。"

温俊峰在毡房外烧着雪水。

他把热水倒进脸盆里。

温俊峰把热水端进毡房。

温俊峰说:"来,洗洗吧。"

柳月感激地朝温俊峰点点头。

温俊峰走出毡房,把毡房门拉严实。

柳月脱光衣服,在慢慢地擦身,她微皱着眉头,仍想极力地回忆些什么出来。但仍什么也想不起来,泪又从她的眼眶里滚落下来。

傍晚。

杨自胜和李松泉各自从办公室出来。

杨自胜说:"参谋长,这几天进军这小子怎么样?"

李松泉苦恼地摇摇头说:"不着家。一清早就不见人影了。到天黑透了他才回来,抓一个馍吃,再喝上一碗水,就睡觉。不跟我们说一句话。"

第六章

杨自胜皱皱眉头,摇摇头,叹口气。

清晨。
温俊峰坐在毡房外一头母牛边上挤奶,仍不时地咳嗽。

毡房里。
欧钧铭在向柳月诉说着温俊峰救她的经过:
温俊峰爬下渠堤,躺在冰面上把她翻到自己背上;
浑身湿透的温俊峰背着她,赶着羊群往毡房走;
温俊峰发着高烧给她喂水,晕倒在地上……
柳月听着,眼里含着感动的泪。
温俊峰的咳嗽声从毡房外传来。

温俊峰提着小奶桶走进毡房。
柳月迎上去接过奶桶,眼里充满了感激之情。

夜。
进军溜进家门,到厨房间的馍筐抓馍,但馍筐是空的。

红霞探出头来说:"进军哥哥,我娘说,你不按时回家来吃饭,就不给你留馍了。"

进军说:"不留我就不吃!"说着,走向自己的小床。

进疆说:"我娘说了,你小小年纪,仇也记得太没道理了。你爹不是我爹害死的!那全是你娘太小心眼才对你这么说的。"

进军说:"不许你说我娘!"

进疆说:"你娘就是小心眼!"

进军说:"你再说一个看看!"

进疆说:"就说,我还怕你。小心眼!小心眼!小心眼!……"

进军扑上去打进疆,两人扭打成一团。

柳叶冲进来拉开架,气恼地说:"进军,你再这样,我养不了你!"
进军说:"我就不想在你们家待!"
柳叶也气恼透了,说:"那你就从我们家滚出去!是死是活,没人管你。"
进军说:"走就走!我不会再进你们家门,我娘本来就不让我上你们家来!"
进军冲出门外。
柳叶伤心地流泪骂:"你个小孽种!饿你几天你就知道是啥滋味了!"

冲出来的进军一头撞在杨自胜的大腿上。被反弹在地上,杨自胜也朝后倒退了两步才站稳。

杨自胜看着倒在地上的进军,笑了。
杨自胜说:"嗨,小子,你可真有劲啊!"
进军一骨碌爬起来,杨自胜一把抓住他。
杨自胜说:"进军,都快半夜了,你还往哪儿跑?"
进军说:"反正我不在他们家住了。"说完挣脱了就跑。
杨自胜朝奔远的进军喊:"进军,这么冷的天,你要到哪儿去?"
但进军一眨眼就在黑暗中跑得没影了。

李松泉家。
李松泉与柳叶神色沮丧地穿着棉衣。
杨自胜敲开门说:"快去找呀!这么冷的天,会冻坏的!"
李松泉说:"杨政委,对这孩子我真的没办法。要不……"
杨自胜说:"没有余地,现在是找孩子要紧!"

夜。

第六章

风抖落着树上的雪花。
杨自胜着急地找着走着喊着:"进军!进军!"

进军躲在林带里,看着杨自胜从他身边走过。
进军怯怯地跟在杨自胜后面。

夜深了。
杨自胜含着泪喊着:"进军,快出来!别躲了。这么冷的天,你要有个三长两短,叫我怎么对得起你爹你娘啊!你要不肯跟你大姨过,你跟我杨伯伯过还不行吗?……"

听到杨自胜喊声的进军抹着心酸的眼泪,却仍远远地跟在杨自胜后面。他怕杨自胜又会把他送回他姨家。

杨自胜筋疲力尽地回到家里打电话。
杨自胜说:"值班室吗?请找两个警卫到我家来一下。"

进军已经站在杨自胜家门口,身子贴在门框上,又冷又饿,全身发抖。

杨自胜从凳子上站起来,准备出门。

杨自胜打开门,看到站在门口的进军。
进军瑟瑟发抖,冻得快说不出话来了。他哆嗦着说:"杨伯伯……"
杨自胜一把抱住进军,喜得热泪横流。

杨自胜又打电话说:"警卫不用来了。请到伙房让值夜班的炊事员送盘炒鸡蛋,一碗热面条来。"

杨自胜又把进军拉到身边。突然鼻子嗅了嗅,又推开他说:"你身上什么东西?这么臭?"

进军从口袋里掏出了那只压扁并且已发臭的鸡蛋。

杨自胜说:"这么臭的鸡蛋,你还藏着干吗?"

进军说:"这是我留着想跟娘一起吃的。这鸡蛋就是你捎给我们的。"

杨自胜说:"快扔了吧。伯伯这儿有鸡蛋给你吃。"

进军说:"不!我要留着,这是娘给我煮的。"

杨自胜说:"小子,你小小年纪心好沉啊。今晚你就住在伯伯这儿吧。明天再回去。"

进军说:"不!反正我再也不回到他们家去了。"

杨自胜说:"你的意思,是想同伯伯一起过了?"

进军说:"刚才你不是这么说的吗?"

杨自胜说:"啥,这话你听见啦,那你怎么不叫我?让杨伯伯急得一路好找!"

进军说:"我怕你骗我。"

杨自胜说:"你小子,杨伯伯啥时骗过你?"

进军说:"我就跟你住了,行吗?"

杨自胜的眼睛湿润了,说:"行!反正伯伯是个老光棍,有你这小子陪着也行。不过,我得给你大姨和姨夫打个电话。这鸡蛋是你娘煮的,伯伯也给你好好保存下来,好吗?"

进军点点头。

积雪开始融化了。

柳月已经可以起来帮着做饭,收拾毡房了。她其他的一切都显得很正常。

夜。

毡房里,欧钧铭、温俊峰在吃着晚饭,柳月为他们倒着热热的奶茶。她

第六章

朝他们甜甜地笑着。温俊峰看着柳月,柳月的美丽温柔吸引着他。

毡房中间拉起一条被单作帘子。柳月睡在一边,温俊峰和欧钧铭挤着睡在另一边。

温俊峰睡下时拉帘子,朝柳月笑笑。
温俊峰的清秀英俊也吸引着柳月,柳月想到他为她所做的一切,也由衷地甜甜一笑。

欧钧铭和温俊峰睡着了。

帘子那一边的柳月大睁着眼睛还没睡。温俊峰伸开手臂,一只手微微露在帘子的那一边。柳月用眼扫了一下。
柳月回想起:
温俊峰为她喂奶、喂饭。
温俊峰为她端来热水。
温俊峰把为她洗好的衣服放在她身边。
欧钧铭的声音说:"他为了救你,差点把自个儿的命搭上……"
柳月的眼里渗出了泪。
柳月伸出手,轻轻地捏了捏温俊峰的手。

早晨。
进军醒来,揉了揉眼睛,才想到自己住在了杨伯伯家。
进军迅速地起床,想了想。拿起扫把,利索而熟练地打扫起卫生。可以看出,他在家里也是常这么做的。

杨自胜拿着早点走进家。
他发现家里已收拾得干干净净的。进军正在把墙角上的垃圾扫进一只破铁桶里。

杨自胜很惊喜地说:"小子,活儿干得不错啊。"

进军说:"我娘教我的。我娘去干活的时候,我也能收拾屋子。她还教我馏馍,烧水。"

杨自胜摸摸进军的头,说:"你娘是个好女人啊。可惜,就这么走了……孩子,我就认你当儿子吧。将来我就是结不成婚,总算也有了个儿子了,有个根了。"

进军问:"那我叫你啥?"

杨自胜说:"叫爹呀!"

进军说:"叫爹?"

杨自胜说:"你不愿意?"

进军说:"愿意是愿意。可……你大还是我爹大?"

杨自胜说:"我比你爹要大四五岁呢。"

进军说:"那我叫你大爹吧。"

杨自胜说:"大爹?世上也有这么个叫法?行,反正也是爹。那就叫一声。"

进军说:"大爹!"

杨自胜怜悯地搂着进军,眼睛又湿润了。想起当初他给进军起名字的那一幕,感慨地说:"唉,这也是缘哪!"

场部办公室门口。

杨自胜和李松泉站在门口谈话。

门前的白杨枝条已被春风吹绿。

李松泉说:"政委,我和柳叶商量过了。既然你肯收留他,我们也松了口气。"

杨自胜说:"这孩子倔是倔,但本质不错。像他娘。"

李松泉说:"政委,你这是爱屋及乌啊。"

杨自胜笑笑说:"什么?爱屋及乌?我不否认,有!有这么点意思。"

第六章

积雪虽还没化尽,但朝阳的土坡上已钻出了嫩嫩的青草。

欧钧铭、温俊峰骑着马,把羊群赶了过来。牧羊狗帮着把羊群赶进了围栏里。

毡房内柳月为他们摆下吃食,然后倒上奶茶。

温俊峰坐下,端起奶茶,

温俊峰说:"姑娘,你真的不知道自己叫什么名字了?"

柳月摇摇头。

温俊峰说:"家呢?连一点都记不起来了?"

柳月还是摇头。由于记不起任何以前的事物,她感到很痛苦。

欧钧铭说:"别再问了。丧失记忆的人就是这样。"

温俊峰说:"可现在她什么事都不知道。那怎么办?"

欧钧铭说:"先在这儿住上几天,到时候再说吧。"

渠水滚滚,春风拂柳。

杨自胜领着进军走上渠堤。

杨自胜望着渠水,渠水中映出柳月的脸。

杨自胜长叹一口气,眼角渗出了泪。

杨自胜搂住进军说:"孩子,这事全怪我啊,要不我们这个家该多好啊!"

进军不解地看着杨自胜。

夜。

柳月、欧钧铭、温俊峰围坐在毡房中间的火炉边。

欧钧铭说:"姑娘,是这样。我呢,叫欧钧铭,他呢,叫温俊峰。我们都是畜牧业的研究人员。"

温俊峰说:"欧先生是上海人,以前在华东畜牧研究所工作。1952年,王震将军到华东去招干时把他招来了。他在上海有夫人,也有孩子。我是他助手。"

欧钧铭说:"我们争取办一个种羊场,用来改良本地的羊群,当然,现在还没办,但我们会努力的!"

温俊峰说:"欧先生,你这么说她也不一定懂。问题是,再过些日子,我们就得把羊群赶往夏牧场了。可她怎么办?"

柳月瞪着眼有些紧张地看着他俩。

欧钧铭站起来思索着,为自己倒了一杯茶,又坐下。

欧钧铭说:"我看这样吧。姑娘,你在这儿先住着,等我们上路前,再把你送到县里的民政部门。由他们来安排你好吗?"

温俊峰虽有不舍,但也只好点点头说:"那只有这样了。"

柳月有些惶恐地说:"不!我哪儿也不去!我就跟着你们!"

雪已融尽,荒野上已长着一片一片的青草。

清早。

杨自胜推着自行车从屋里出来,进军跟在后面。穿着一身不太合适的新衣服。

杨自胜说:"儿子啊,跟大爹一起下地去。"

杨自胜跨上自行车。进军灵活地一蹦,坐到了后座上。

条田,林带。

拖拉机隆隆地正在条田里耕作。

杨自胜来到一块条田旁。走进林带,来到地头,进军跟在后面。一辆拖拉机在远处耕着地。

杨自胜走进地里抓了把土捏着,自语着说:"墒情不错。"进军也走进地里,杨自胜感慨地搂住进军说:"儿子,我们开荒的第一犁,就在这块条田上。

那时,你爹在前面拉犁,大爷在后面扶犁,一天也耕不上几亩地,把人还累得个臭死。现在你瞧瞧,拖拉机,一耕就是一片!"

进军说:"我爹跟你在一起干过活?"

杨自胜说:"那时我们都是开荒的先遣部队。还有你娘!"

杨自胜同进军走出地头,走进林带,进军在想着什么。

进军说:"大爷,我爹是不是我姨夫害死的?"

杨自胜说:"怎么说呢?你爹是救你表妹红霞时牺牲的。这你应该知道。"

进军说:"可我娘怎么说我爹是姨夫害死的呢?"

杨自胜说:"那是你娘讲的气话。因为你爹当时受了好大的委屈啊。你娘气不过,才这么说的。好了,孩子,有些事,等你再长大点,懂事理了,大爷再告诉你,好吗?你大爷是这个团场的政委,你姨夫是团场里的副参谋长,你是我儿子,不能再记这个仇啦!啊?"

进军点了点头,他似乎懂事多了。

第七章

傍晚。

毡房里。

欧钧铭对柳月说:"姑娘,再过两天我们就要去勘探夏牧场了。我和温俊峰同志反复商量过了。我们不能带你走。你首先得找到你的家,你的亲人,让他们知道你还活着。"

柳月说:"可我自己什么都不知道。"

欧钧铭说:"所以呀,我们要把你送到县里的有关部门去。因为我们只有两个人,为建种羊场又有大量的工作要做,既无时间也无精力更无条件来帮你做这件事。"

柳月说:"我可以帮你们做许多事。"

欧钧铭说:"这我们知道,你是个善良、能干的好姑娘。你要真想来我们种羊场工作。等把你的亲人找到后再说。明天,温俊峰同志要到县里去置办一些东西,顺便也陪你去县里。好吗?"

柳月含着泪,想了想,看看温俊峰说:"那好吧。"

第七章

清早。毡房前。

温俊峰骑上马后,欧钧铭把柳月扶上温俊峰骑的马,温俊峰也在马上拉了她一把。柳月搂着温俊峰的腰。

温俊峰与柳月骑在马上,在一条弯弯曲曲的小道上行走。

柳月说:"温同志,我不能不去吗?"

温俊峰说:"道理不都给你讲了吗?"

柳月说:"可我舍不得你们,你们是好人。"

温俊峰仰着天,长叹了口气说:"有些事是没办法的事,我们没理由留你。"

柳月说:"为啥?"

温俊峰说:"我也说不上。"

柳月说:"那留下也不会有错。"

温俊峰默然,但却轻轻地抚摸了一下柳月搂着他的手。

下午。

一位二十几岁,留着胡子的叫克木尔拜的哈萨克牧民牵着三匹马和一峰骆驼来到欧钧铭的毡房前。欧钧铭走出来。克木尔拜显得淳朴、爽朗。

克木尔拜问:"你是欧钧铭?"

欧钧铭说:"是。"

克木尔拜说:"领导派我来嘛,给你们当向导。"

欧钧铭握住克木尔拜的手说:"那太好了。"

阳光灿烂。

欧钧铭、温俊峰、克木尔拜。

他们把拆下的毡房扎到骆驼背上。然后把其他一些东西驮到两匹马上。欧钧铭和温俊峰正用绳子把驮在马上的东西扎结实。

欧钧铭看看满腹心事的温俊峰，问："俊峰，你是不是爱上那位姑娘了？"

温俊峰说："怎么说呢？恐怕爱还说不上，人家到底是姑娘还是结过婚的，我都不清楚，怎么去爱？不过她倒是挺讨人喜欢的。"

欧钧铭说："按她这个年纪，恐怕又是西北地方乡里人。应该是结了婚的。可我们只是姑娘姑娘地叫。如果真是个姑娘，那倒好了。"

温俊峰笑笑，不答。但眼睛里却流出了浓浓的思念。

他们又走向另一匹马，往马背上放东西。

温俊峰说："欧先生，我把她送到民政部门后，民政部门的人看到这种情况也发愁，说，她什么都不知道，叫我们怎么找？我说，反正你们比我们有办法。其实……唉！"

欧钧铭问："怎么了？"

温俊峰说："不说了。克木尔拜大叔，好了吧？"

克木尔拜说："好了。"

温俊峰说："那就上路。"

驼铃叮当，马蹄哒哒作响，羊在咩叫，狗在欢吠。

他们一路往夏牧场方向缓缓地走去。荒原已是一片翠绿。

远处有人在大声地叫着。

温俊峰勒住马说："有人在叫我们。"

有一个人影朝他们这儿吃力地奔来，喊："等等我——"

一切都静止了。

"等等我——"

温俊峰惊讶地说："是她？……"

柳月朝他们奔来。

第七章

柳月气喘吁吁地奔到他们跟前。他们三人都跳下马。

欧钧铭说:"姑娘,怎么回事?"

柳月说:"他们也管不了我的事。因为以前的事我啥都不知道。"

欧钧铭说:"他们就让你来找我们?"

柳月说:"他们说,你的事一时半会肯定解决不了,你吃、住、穿,还有工作,怎么解决。要不,先给你找份工作做,你先养活自己,然后我们再帮你慢慢联系。我说,工作我自己会找。别的事你们就帮我慢慢联系吧。我就来找你们了。"

欧钧铭不满地说:"这些人怎么能这样!真是一帮不负责任的官僚主义者!"

温俊峰微笑着说:"对,工作用不着他们找,我们这儿人手差得远了。欧先生,你看呢?"

欧钧铭问:"你就这么从县城走来的?"

柳月说:"半夜里我就往你们这儿赶了。怕见不到你们。"

欧钧铭说:"天呐,这多危险啊!"

温俊峰说:"欧先生,就凭她的这种诚心,咱们也得留她呀。"

欧钧铭想了想说:"好吧。要是我们再把你送回去,可能也是现在这么个结局。何必再这么折腾你呢!克木尔拜大叔,我们要带上她。你看怎么办?"

克木尔拜指指骆驼说:"坐在骆驼上嘛。"

克木尔拜让骆驼蹲下身子。在两驼峰中间铺上一块毡子。

温俊峰把柳月扶上骆驼。骆驼站起来时,柳月惊叫了一声。但很快镇定下来了。还高兴地笑了笑。

驼铃又叮当叮当响起来了。

路上。

温俊峰深情地看着柳月。

温俊峰策马来到欧钧铭身边。

温俊峰说:"欧先生,她连自己的名字都记不起来,我们得给她起个名字吧。不能老叫她姑娘啊。"

欧钧铭说:"这倒也是。现在是春天,就叫她春花吧。"

温俊峰说:"这名字好。喂,姑娘,我们以后就叫你春花吧,行吗?"

柳月灿烂一笑说:"行啊!"

狂风夹着泥沙压向农场。

条田里的棉苗被风沙渐渐地埋了起来。

在昏暗的风沙中,杨自胜、张福基、李松泉、陈明义都在地里。

张福基蹲下身子,扒开被泥沙埋住的苗。

张福基说:"眼看今年苗出得早,出得齐,出得壮,老天爷就这么折腾人哪!"

杨自胜说:"新疆的天气就是这样。风沙、冰雪、寒流,灾害不断。咱们思想得有准备。怨老天没用,要人定胜天。陈副主任,你安排宣教股的人写稿子,要鼓鼓士气!"

陈明义说:"行。"

杨自胜说:"参谋长,你组织好劳力,只要风沙一停,全团上下,男女老少,只要能干活的,全给我下地,解放棉苗!"

李松泉说:"是。"

杨自胜说:"团里领导干部的家属小孩只要能干活的也都给我下地,一个也不能少。"

烈日炎炎。

条田里蹲满了人。他们扒开泥沙,把棉苗解放出来。

杨自胜在干,进军在他边上干着,干得很认真很卖力。

第七章

夕阳西下。
条田里大片的棉苗已被解放出来。

进军继续在杨自胜的身边干着。但不住地噘着小嘴吹着手指。
杨自胜说:"进军,怎么啦?"
进军把手往背后一藏说:"大爹,没啥。"
杨自胜抓住他的手说:"我看看。"
进军的十个手指全肿了,还在流血。
杨自胜心疼地说:"儿子,回家吧。"
进军说:"不!你看,进疆也还在干呢。我不能回!"

李进疆也在地里干,但他不是用手指在扒沙土,而是用一根短木棒在把棉苗上的沙土掘开。

杨自胜赞赏地拍拍进军的头。

深夜。
杨自胜和进军一起回家。

进军一进屋就坐到床上,歪在被子上睡着了。

杨自胜端来一盆水,看看已睡得很香的进军,又拿起他的手看,指头肿得像个小萝卜似的。他疼爱地把进军摇醒说:"儿子啊,来,用盐水洗洗手,消消毒,不然手指会烂的。大爹在战场上受伤时,都是用盐水消的毒。"
进军说说:"我不洗。"
杨自胜说:"来,勇敢点。会有点疼,但没事,洗好再睡。"
进军咬着牙,洗手。
杨自胜怜爱地说:"好样的,像我的儿子,长大了,能接我的班!"

六月。夏牧场。
草原上鲜花盛开。
温俊峰正在教柳月学骑马。
柳月从马上摔下来,又顽强地翻身上马。

柳月又从马上摔下来,滚下山坡,温俊峰冲下山坡,要去扶,她推开温俊峰,又奔到马身旁,用力拉了拉缰绳,又翻身上马,策马飞奔。
温俊峰叹服而深情地看着她。

柳月已非常熟练地驾驭着马,在草原上飞奔。
青草、鲜花、蓝天、白云,在柳月的眼前旋转,还有温俊峰的笑脸。

柳月骑着马,在放牧着羊群。

毡房前。
欧钧铭对温俊峰说:"从苏联调进来的阿尔泰种羊已经到了。我去接,种羊场的建场工作也在我们选定的地方,经领导批准后,也马上要开工了。所以我在那边要多待些时间,你把这儿照护好。"
温俊峰说:"欧先生,你放心去吧。"

欧钧铭骑上马。
欧钧铭骑上一段路后回头看看。
塔松、草原、鲜花,他们的毡房与哈萨克牧民的几座毡房散落在绿茵地上。毡房炊烟袅袅……
欧钧铭感慨地在心里说:"这儿正是我年轻时梦中向往的地方啊……"

繁星闪烁。弯月在云中穿行。

第七章

宁静的夜色中传来了冬不拉优美而哀伤的琴声。

毡房前的篝火旁坐着柳月和温俊峰。两只牧羊狗依偎在他俩身旁。篝火上吊着一只茶壶。

柳月给温俊峰倒了杯热茶。温俊峰朝她笑笑。两人的眼睛都含着深情。

温俊峰说:"春花,以前的事你真的什么都想不起来了吗?"

柳月说:"我也拼命地想想起什么,可是……"她摇摇头,"现在的事,我却是记得清清楚楚的。"她含着泪说:"温俊峰,以前的事真的很重要吗?"

温俊峰说:"对你当然很重要。"

柳月说:"对你也很重要?"

温俊峰说:"对我?怎么说呢。如果你……那该有多好。"

柳月说:"可我现在没有,这不一样吗?"

温俊峰说:"可我怕……"

柳月说:"怕什么?难道现在不比过去重要?"

温俊峰激动地抓住她的手说:"对,不能因为谁也弄不清的过去,而丢掉现在已经发生了的现实……"

篝火在燃烧着。

毡房里。

温俊峰迟疑着,但还是把帘子拉上了。

柳月哗地把帘子拉开。已脱掉衣服的温俊峰慌忙钻进被子里。

柳月脱掉衣服,钻进了温俊峰的被窝里……

依然燃烧着的熊熊火光不时地闪进毡房。

深情而哀伤的冬不拉琴声在草原上飘荡。

七月。
金黄的麦浪在风中摇摆。
康拜因在哐啷哐啷地收割着麦子。

杨自胜用自行车驮着进军来到麦田。
康拜因正往汽车上倾泻着麦粒。
杨自胜和进军露出欣喜的眼光。

杨自胜走进地里,看到割过的麦茬地里,还丢着一些麦穗。他不一会儿就拾了一把。
　　杨自胜说:"这太浪费了。进军,你是政委的儿子。明天你组织你的小朋友们到这地里来拾麦穗,拾得好,大爹就在大会上表扬他们。"
　　进军点点头。

陈明义、罗秋雯家。
湘筼已经三岁了,长得非常漂亮可爱。她走进来对罗秋雯说:"娘,给我一个袋子。"
　　罗秋雯说:"要袋子干吗?"
　　湘筼说:"进军哥哥说,我干爹说了,让我们下地去拾麦穗。"
　　罗秋雯说:"你干爹真会动员人,把你们这些小把戏都动员上了。"她找了一个打着补丁的布口袋,说:"给,能拾多少就拾多少,啊?"

麦田。
十几个小孩子和几个妇女都在拾麦穗。妇女中可以看到柳叶。

进军拾一会儿就抬起头喊湘筼说:"妹妹,你过来!"

湘箢朝进军跑来说:"哥,啥事呀?"

进军说:"哥这儿的麦穗多,你在哥这儿拾,哥另外再找地方。"

大家都拾着麦穗,往筐或布袋里装。

红霞往进疆那边跑说:"哥,我那儿没麦穗,我在你这儿拾吧。"

进疆想了想说:"去,上湘箢那儿拾去,她那儿麦穗多。"

红霞说:"人家拾着呢。"

进疆走到湘箢边上,湘箢已经拾了小半口袋了。对自己拾的成绩感到挺得意。

进疆说:"湘箢,你把这儿让开。"

湘箢说:"干吗?"

进疆说:"你年纪小,拾多了背不动。你到红霞那边拾去。"

湘箢急了,说:"进军哥哥！进疆哥哥欺侮我！"

进军奔过去说:"进疆,你干吗欺侮我妹妹?"

进疆说:"你神气啥？你别以为你大爷是政委,那不是你的亲爹！你这个妹妹,也不是什么亲的,也只是个干妹子！我爹虽是参谋长,但那是亲的！红霞,我的亲妹妹,咋啦?"

柳叶看到进军进疆在吵架,也走了过来,听到了进疆说的那些话。走上去就在进疆的后脑勺上拍了一巴掌,说:"什么亲的干的,你知道个什么！两个都是你妹妹,不能欺侮一个帮一个。在这里,你比进军大几个月,也是个哥了,得拿出哥的样子来。都给我干活。"

红霞说:"娘——"

柳叶说:"进疆,你把你的地方让给妹妹拾。你自己再找地方去！"

进疆嘟起嘴,狠狠地瞪了进军一眼。

粮场。
孩子们都拖着自己拾的麦穗往粮场走来。

进军的大口袋和湘筼的小口袋都塞得鼓鼓的。红霞的小口袋也挺满。只有进疆的大口袋有些干瘪。走在前面的孩子已在过秤。一位老职工一面过秤一面说:"谁拾了多少,都要记下,拾得多的,夏收以后领导要在总结大会上表扬,还有奖励。"

进疆看看自己干瘪的口袋,他拉住红霞说:"妹,来。"
红霞说:"咋啦?"
进疆说:"妹,把你口袋里的麦子给哥。"
红霞说:"干吗?"
进疆说:"给哥就行了,还问啥!"
进疆一把夺过红霞的口袋,把红霞口袋里的麦穗往他自己的口袋里塞。红霞不满但又无奈地噘着嘴。

老职工在过秤,说:"姬进军,六公斤,李进疆,六公斤半。"

李进疆仰着头得意地朝前走了。
进军看了不服气。
进军说:"红霞,你的麦子呢?"
红霞说:"给哥哥了。"
进军说:"啊?他做假啊!"

进军追上进疆说:"回去!"
进疆问:"干吗?"
进军说:"你的成绩是假的!把红霞的麦子还给红霞。"
进疆说:"这你管不着。"

进军一拳甩了上去,说:"看我能不能管!"

两个人扭打在了一起。虽然进疆比进军大几个月,但体格上进军却比进疆壮得多。进疆连被进军摔了几跤,进疆知道自己不是进军的对手,爬起来,趁机甩了站在一边的湘筼一耳光,拔腿就逃。湘筼哇地哭了。
进军说:"妹,不哭。哥下次再给你报仇!"

以上一幕又被从后面走来的柳叶看到了。柳叶叹口气,眼里却伤感地渗出了泪。心里却在说:"进疆啊进疆,你打的是你的同父异母的妹妹啊……"

初秋。草原已露出黄色。
温俊峰在放牧着羊群。柳月骑马过来。
柳月跳下马,他俩拥在草丛中,吻在了一起。

几只角百灵在天空中飞着叫着。
柳月说:"俊峰,有件事你看怎么办好。"
温俊峰说:"什么事?"
柳月说:"我肚里有孩子了。"
温俊峰说:"那就结婚吧。我去给欧钧铭坦白。"
柳月说:"不会有事吧?"
温俊峰说:"不管会有什么事,男人嘛,既然做了,就敢去承担。你肚子里有孩子了,瞒不住。我看也用不着瞒,我现在就去。"

温俊峰翻身上马,朝毡房那边奔去。

柳月想了想,不放心,也骑上马,赶着羊群往回走。

毡房里。

欧钧铭在大发雷霆。

欧钧铭说:"温俊峰同志,你在生活作风上怎么能这么不检点!现在怎么办?"

温俊峰说:"我同她结婚呀。"

欧钧铭说:"结婚?如果她是结过婚的人,那她的男人找到她了,怎么办?"

温俊峰说:"那不是她的责任,也不是我的责任。"

欧钧铭说:"那是谁的责任?"

温俊峰说:"我不知道。"

欧钧铭说:"你走吧,建种羊场还没个眉目,你们竟做出了这样的事,让我怎么去跟上级交代?你们这不是在添麻烦吗?!"

柳月闯进毡房。

柳月说:"欧先生,那是我的责任!是我主动的。你要他走,我就跟他一起走。他走哪儿,我就随他到哪儿!"

欧钧铭说:"春花,你好好想想,你到底有没有结过婚?男人在哪儿?"

柳月说:"我不知道。但我现在的男人就是他!"她朝温俊峰一指。

欧钧铭说:"那你们立即都给我走!"

柳月说:"好吧!我们现在就走!"

柳月拉着温俊峰走出毡房。

柳月回过头喊:"欧先生,我把羊已经赶进圈栏里了。"

温俊峰与柳月同骑在一匹马上。

草原已是一片金黄,夕阳在西下。

马匹走进草原深处。

温俊峰问:"去哪儿?"
柳月说:"去哪儿都可以,只要你在我身边就行。"
温俊峰含泪深深地吻她。

欧钧铭在毡房里着急而懊丧地来回走着。自语说:"仗还未打,就先赶走良将,我这是怎么啦?"

欧钧铭走出毡房,翻身上马。
欧钧铭策马在草原上飞奔。
欧钧铭追上来拦在温俊峰的马前。
欧钧铭说:"温俊峰,春花,你们回去吧!"
温俊峰转过马身说:"欧先生……"
欧钧铭叹口气说:"刚才我太冲动了,你们讲得对,你俩都没有错……"
温俊峰看了柳月一眼。
温俊峰说:"欧先生,我们不回去了。我和春花就是在牧区当牧民,我们也不回去了。"
欧钧铭说:"种羊场我们不办了?就这么半途而废了?"
温俊峰说:"欧先生,这是你的事,春花,咱俩走。"
欧钧铭懊丧地看着他俩骑着马远去。

毡房前。篝火在风中摇曳。
欧钧铭孤单单的沮丧地坐在篝火旁。

欧钧铭突然听到马蹄声由远而近。欧钧铭紧张地跑出来,看到两个人骑着马奔过来。是温俊峰和柳月。
欧钧铭飞迎过去。

欧钧铭、温俊峰、柳月围坐在篝火旁。

柳月说："我对俊峰说，你千里迢迢从上海到这么个地方来，追的是自己的理想和事业。咱们不能就这样离开你，你就是再赶我们走我们也不走了。我们就是去死，也要帮衬着你！"

欧钧铭从毡房里拿出一瓶酒，在篝火边坐下，往三只茶缸里倒酒。
欧钧铭说："来，为你们对我的支持，也为你俩的结合，我们干一杯！"
三人举起茶缸。温俊峰与柳月都含着激动的泪。
欧钧铭说："来，干！"
三人把酒一饮而尽。

欧钧铭接着往茶缸里倒酒。
欧钧铭说："这件事，细想起来，真是命运要把你们结合在一起。我对你们说过，我几年前离开上海，抛下漂亮而年轻的妻子和三岁的儿子，还有我父亲留给我的大笔家产，只身来到这儿。因为我从小就向往草原，向往草原上那种自由而浪漫的生活。我对了，因为这儿的景色和环境比我想象的还要美丽和宁静，但我也错了。因为我没想到这儿的生活是这样的困苦艰难与孤独。现实生活是严酷而实在的。可我并不后悔，因为我心中的理想与追求在支撑着我。春花，你刚才的话，说到我的心尖尖上了。"
温俊峰说："春花，来，我们俩也敬欧先生一杯！"
篝火在熊熊燃烧。

毡房里。温俊峰写完报告。
温俊峰说："春花，把你的名字签上。"
柳月说："光写春花？"
温俊峰想了想说："你姓丁吧。我妈姓丁。签上，丁春花。"

欧钧铭牵着马来到毡房前。
柳月说："欧先生，你去吧，这儿有我们呢！"

第七章

垦区办公室

欧钧铭走进垦区畜牧科。

秦科长看到欧钧铭只好无奈地摇摇头。

欧钧铭说:"建场的事还没批下来?"

秦科长说:"再耐心等等吧。欧先生你也用不着再这么一次次地跑了,有消息我会告诉你的。"

欧钧铭摇摇手说:"不,我还要这么隔些日子跑一次,直到跑成功为止,要不,你们就不会体会到我的这种紧迫感!"

秦科长又无奈地摇摇头。

九月。

棉田里棉花已绽开,白花花的一片。

孩子们也挤在棉田里同大人们一起拾着花。

进军和进疆的脖子上挂着花兜,也在像模像样地拾棉花。

湘筼和红霞虽然没有戴花兜,但也东抓一朵西抓一朵,抓好了,湘筼往进军的花兜里,红霞往进疆的花兜里塞。

柳叶和罗秋雯也在拾花。

进疆挂着一满兜棉花走向地中间的花场去过秤。他趁人不注意时,从地上拾起一块大土块塞进花兜里。刚好被湘筼看见了。进疆也察觉湘筼见到了,就对她举举拳头。

湘筼还是走到进军跟前告诉了进军,进军怒视着进疆。

进疆只好把土块从兜里掏出来。

进疆过完秤,走回棉田时,从湘筼身边走过,猛地推了一把湘筼说:"狗汉奸!"

湘筼跌倒在地上。

进军追过去要打进疆。
进疆就在棉田里乱窜,还喊:"来呀,来呀!"
一位老职工愤怒地喊:"喂!拾花就好好拾,乱跑啥!把棉花全糟蹋了!"

湘筼哭着走向罗秋雯。

罗秋雯拉着湘筼走到柳叶跟前说:"柳叶嫂子,你们家进疆怎么老欺侮我们家湘筼啊?"
柳叶指着进疆喊:"你给我过来!"
进疆说:"不过来。过来你会打我!"
罗秋雯说:"进疆,你是当哥哥的,老欺侮妹妹,算啥本事啊!"
进疆说:"我才不是他哥哥呢!喏,"他指向进军,"那个才是他哥哥哩。干哥哥!"还唱着扭着说:"我和我的干哥哥结个呀婚!"
柳叶气得手发抖说:"李进疆,回家我再收拾你!"
进疆朝柳叶做了个怪脸,又转到一边拾花去了。

柳叶走到湘筼跟前,摸摸湘筼的脸。
柳叶说:"湘筼不哭。大姨回家去再收拾他,看他以后还敢欺侮我们湘筼不了?秋雯妹子,咱们拾花吧,别为孩子的事,大人们也伤了和气。"

陈明义家。
陈明义一家正在吃晚饭。
罗秋雯说:"明义,今天那个李进疆又欺侮湘筼了。我实在气不过了,就找了一下柳叶嫂子。"
陈明义说:"孩子们的事,大人去搅和啥!"

罗秋雯恼了,说:"哎,陈明义,我发觉你这个人有点怪啊,怎么老向着李进疆,好像李进疆是你儿子似的。"

陈明义说:"你胡说些啥?吃饭!"

罗秋雯像发觉了什么似的,说:"真是怪了,我觉得李进疆长得一点都不像参谋长,倒很像你哎!"

湘筼说:"他不像我爹,那么坏!"

陈明义说:"吃饭!吃饭!晚上我还有个会呢!"

进疆一进家门,就被柳叶揪住了。柳叶用树条狠狠地在他屁股上抽了两下。进疆从柳叶手中挣脱出来,躲到墙角上喊:"你打我,我下次还打她!"

柳叶说:"为啥?"

进疆说:"我不能白吃亏!看她以后还敢不敢打我小报告。"

红霞说:"哥,你打湘筼,当心进军哥再揍你,你打不过进军哥。"

进疆说:"打不过,我就逃,打得过,我就打,咋啦?"

李松泉说:"这小子,还有点战术思想,行了,吃饭吧!晚上我还要开常委会呢!"

杨自胜和进军在大食堂吃饭。

杨自胜说:"听说你们几个娃娃之间闹分裂了?"

进军说:"李进疆老欺侮湘筼妹妹。"

杨自胜笑了笑说:"我看这小子是有些赖不兮兮的。"

进军说:"下次要让我逮住机会,我非狠狠再教训他一次不可!"

杨自胜说:"儿子啊,你们再闹也属于人民内部矛盾,光用武力解决不了问题。得团结、帮助、教育。大人的事是这样,小孩的事也是这样。过两天小学建好了,也要开学了,你们也都该上学去了。"

早上。棉花地。

陈明义拾棉花拾到柳叶身边。

陈明义声音很轻但语气很重地问:"柳叶,我再问你一遍,进疆是不是我儿子?"

柳叶说:"他有个爹,叫李松泉!"

陈明义说:"亲爹?"

柳叶说:"他只有一个爹,没有第二个爹!你已经有老婆有孩子了,还来问这个干什么?你这个没良心的东西!"

陈明义说:"柳叶,我告诉你,我没错,要错……"

柳叶说:"是我错,是吗?"

陈明义说:"你心里比我更清楚。"

柳叶说:"滚一边去!"

陈明义说:"他肯定是我儿子,总有一天我要认的。"

柳叶说:"做梦去吧!"

秋天的牧场已是一片金黄。

傍晚。

欧钧铭兴致勃勃地策马跑到毡房前。

柳月、温俊峰迎了上去。

欧钧铭兴奋地跳下马说:"种羊场就要成立了。这半年来,一次次这么跑啊,找啊,申请啊,总算出了结果了。"

温俊峰说:"心诚则灵,金石为开啊。"

欧钧铭说:"种羊场叫红光种养场。场长是位老革命,叫陈富德。他目前正在选址建场,场部就设在巴勒沟那个地方。"

温俊峰说:"那儿以前是个冬牧场,好!"

进军背着书包,兴高采烈地去上学。

进疆也背着书包,远远地跟在进军的后面。

马车拉着满车的棉花从他们身边走过。

四轮拖拉机拉着满拖挂的玉米,也从他们身边驶过。

第七章

滚滚的车轮扬起尘土。

拖拉机的车轮变成自行车的车轮。
十七岁的进军骑着自行车,后面坐着湘筼。进军长得壮实而英气。
十四岁的湘筼出落得文气而美丽。
并肩的另一辆自行车上,进疆带着红霞,进疆身材修长面目清俊,透出一股机敏劲,红霞像柳叶,很秀气。

团部中学。
进军、进疆、红霞、湘筼走到一间教室的门口,墙上面贴着一张大红纸。上面写着:草甸湖农场中学第一批红卫兵名单。名单上可以看到李进疆、李红霞、陈湘筼的名字。但却没有姬进军。

湘筼说:"进军哥,你不是也报名了吗?怎么没有你的名字?"

红霞问进疆说:"哥,你不是红卫兵勤务团的吗?进军哥的名字怎么没有?"

进疆说:"进军,我告诉你吧。我是同意你的,可当时有人提出来,你祖父是当地的一个大地主,所以你是地主出身。你祖父在历史上有没有血案,还不清楚,到查清楚了再说。"

进军说:"可我亲父亲是1949年参加的解放军,我母亲是在破冰引水中牺牲的,是烈士。我养父杨自胜是革命领导干部。"

进疆说:"当时我也这么说了,可大家还是坚持要把你祖父的问题搞清楚了再说。"

进军感到又委屈又生气,他一扭身就走出了校门。

湘筼追了上去说:"进军哥,等等我。"

进疆看着进军生气而沮丧地跑出去后,很得意地冷笑一声自语说:"姬进军啊姬进军,你从小到现在,一直压过我,这次,你也有砸在我手里的时候。"

红霞说:"你没帮他说话啊?"

进疆说:"红霞,我的妹妹,你哥会这么傻吗?"

红霞说:"哥,你怎么能这样! 进军哥的爹救过我的命!"

进疆说:"那是你的事! 你回家吧,我要去开勤务团会议去了。"

一辆装满行李的大卡车上坐着二十几位上海支青。

他们一路上唱着那支叫《送你一束沙枣花》的歌:

坐上大卡车,
戴上大红花,
远方的年轻人,
到边疆来安家。
来吧,来吧,
年轻的朋友,
亲爱的同志们!
我们热情地欢迎你,
送你一束沙枣花……

其中有一个戴着副眼镜长得蛮斯文的支青唱得特别的投入,他就是欧钧铭的儿子欧晓阳。

大卡车上了山,来到红光种羊场停了车。

欧钧铭、温俊峰、柳月等不少人在门口迎接他们。一位十几岁的漂亮姑娘紧挨着柳月,睁着一双爽朗的大眼睛。她就是温俊峰和柳月的女儿温莹茵。

欧晓阳跳下车就直奔欧钧铭。拥抱住欧钧铭喊:"爸爸!"

周围的人都为他们父子在这种场合会面而感到高兴与激动。

欧钧铭问:"妈妈好吗?"

欧晓阳说:"妈妈说,你什么时候退休,就一定要回去,她说五十年代,你为你的理想和事业离家走了,儿子也响应全国号召,支边去了,总不能让她孤独到死吧?"

欧钧铭也满眼的泪说:"过两年,我去把你妈接来,让她来看看我们干出的成绩,她就不会这么说了。"

温俊峰说:"欧场长,你们这一家真让我感动啊,老子来了,儿子也来了,还要叫老伴也来。"

欧钧铭说:"我们只是让她来看看,她在这儿可住不惯,以前是千金小姐啊,娇滴滴的。"

大家笑。

温俊峰把温莹茵拉到欧晓阳跟前。

温俊峰说:"莹茵,过来,这是你欧伯伯的儿子,叫欧晓阳。快叫晓阳哥哥。"

莹茵说:"晓阳哥哥。"

欧晓阳是独子,没人这么叫过他。莹茵这么一叫,弄得他有些不好意思,于是腼腆地一笑。

柳月说:"欧场长,你儿子长得好俊哪!"

第八章

　　草甸湖农场也迎来了一批上海支青。

　　杨自胜正在农场举行的欢迎大会上讲话。

　　杨自胜说:"你们一定会在农场这个革命的大熔炉里锻炼成长的。我代表场党委和场领导,对你们的到来,再一次表示热烈的欢迎!"

　　大家鼓掌。

　　有一个只有十六岁的女支青笑得很甜,她叫耿佳丽。

　　夜。

　　杨自胜回到家里,看到进军垂头丧气地耷拉着个脑袋。

　　杨自胜问:"进军,咋回事?"

　　进军说:"他们不让我参加红卫兵。"

　　杨自胜说:"为啥?"

　　进军说:"他们说我爷爷是大地主,我就是地主出身。"

　　杨自胜说:"你填出身是咋填的?"

第八章

进军说:"地主。我怕人家说我隐瞒成分。"

杨自胜说:"扯淡!你爷爷是大地主,但你爸爸一九四九年就在西安参了军,就是革命军人!你是我养大的,那就是革命领导干部的子女!去,你去把它改过来,现在就去!他娘的,都在搞什么名堂!我看这中间肯定有人在捣鬼!"

欧钧铭领着欧晓阳走在山坡上的一条小路上。

欧钧铭和欧晓阳走到一座小山坡上坐了下来。

欧晓阳兴奋地望着这片辽阔的草场,天上的白云,满坡的羊群,远处山顶的积雪衬着山坡上翠绿的塔松,几缕炊烟在塔松深处萦绕。欧晓阳被眼前的美景深深地打动了,说:"爸爸,这儿太美了!"

欧钧铭说:"我也是因为向往这种生活才来的。"

欧钧铭点燃一支烟。

欧钧铭说:"晓阳,你能积极支边到新疆来,我很高兴。就是苦了你妈妈了。"

晓阳说:"妈妈也是支持我来的。"

欧钧铭说:"你妈是个知晓大义的很了不起的女人。等我退休了,我会回去陪她共度晚年的。但现在,经过这十几年的奋斗,我们的工作刚有了点成绩,这儿羊的品种也正在得到不断的改良。可是后面的路还很长。晓阳。"

晓阳说:"啊?"

欧钧铭说:"当你打电报告诉我,你要来新疆支边的消息后,我主动向组织打了报告,要求把你调到我的身边来。我想培养你,等我退休后,好让你把我的事业继续下去。在发展养羊业上,也要有愚公移山的精神啊。"

欧晓阳说:"我知道了。"

欧钧铭和欧晓阳来到一个小羊圈前,柳月和莹茵也在那儿,小羊圈里圈着二十只波尔华斯种公羊。

欧钧铭笑着对柳月:"春花同志,我把晓阳交给你,让他帮你一起放牧这二十只波尔华斯种公羊。"

柳月说:"欧场长,这活儿可苦,你儿子娇嫩的,你舍得啊?"

欧钧铭笑着说:"既然来了,那就得吃这份苦受这份罪,跟我一样,不然,就不要来!晓阳,听懂我的话了吧?"

欧晓阳点点头。

温莹茵看看欧晓阳,笑笑,她对欧晓阳蛮有好感。

草原已有些枯黄。

欧晓阳紧紧地跟随着那些种公羊乱山沟地跑,累得他气喘吁吁的。

是牧羊狗才把那些种羊圈拢到一起来。

种羊悠闲地在溪水边的草地上吃草,晓阳这才坐下歇口气。他从挎包里掏出本书来看。

毡房前。

柳月把几块白面饼和几块羊肉干包在一个布包里。她递给温莹茵。

柳月说:"莹茵,给你晓阳哥送去。"

莹茵说:"他带着干粮了呀。"

柳月说:"欧场长给他包里塞的是窝窝头,欧场长是存心要让他吃吃苦。可他刚从上海那个大城市来,怪可怜的。快,送去!"

莹茵说:"娘,你可从来没有这么疼过我。"

柳月在她屁股上拍了一下说:"娘没把你疼死,你个没良心的丫头!"

第八章

莹茵像燕子似的飞身上马,朝山坡上奔去。

莹茵骑着马在草原上喊着叫着疯玩了一阵,又耍了一会儿马技,才朝欧晓阳放羊的方向跑去。

莹茵策马来到欧晓阳跟前,翻身下马说:"晓阳哥,我娘让我给你送饭来。"
晓阳拍拍挎包说:"我带着饭呢。"
莹茵说:"那是窝窝头,我娘心疼你,让我给你带的是白面饼子羊肉干。"
晓阳摇摇头说:"我不能吃。"
莹茵说:"为啥?"
晓阳说:"我怕我父亲知道要批评我的。"
莹茵说:"你要不吃,我娘批评我咋办?"
晓阳说:"那……那怎么办?"
莹茵眼珠子一转说:"这样吧,我饭也没吃呢,我吃一半你的,你吃一半我的,你爹知道了,他也说不出啥来。咱俩是分享的嘛。"
晓阳笑着点点头。

两人坐到溪水边。晓阳从挎包上解下搪瓷缸子,舀了缸溪水,两人吃着饭,喝着溪水。

莹茵从欧晓阳手中抢过窝窝头,掰下一大半,大口啃起来。
晓阳朝她笑笑说:"莹茵,你怎么马骑得这么好。"
莹茵说:"我三岁就学着骑马了。还是我娘教的呢。你为啥不学?"
晓阳说:"我有点怕。"
莹茵说:"我教你吧。来,骑我这匹马,我这匹马老实。"
晓阳说:"不不,还是让你娘教我吧。莹茵,你怎么不去上学?"
莹茵说:"学校停课闹革命了。老师也都集中搞运动去了。我也只好回家来了。你不让我教你骑马,嫌我年纪小是吧?小看人!"

深秋,枯叶飘零。
进疆得意地整整红卫兵袖章,推门准备进教室。有一高个子红卫兵把他挡在了门外。

李进疆看一眼那个高个子红卫兵,问:"怎么啦?"
高个子红卫兵说:"李进疆,我代表红卫兵勤务团正式通知你,你已经被勤务团除名了。"
李进疆说:"为什么?"
高个子红卫兵说:"什么原因,回去问你爹去。一个阶级异己分子的儿子竟敢混进我们勤务团来。"说着把教室门砰地关上了。

李进疆在教室门口呆愣了老半天。脸上满是沮丧和不解。

李进疆在公路上狂奔。

李松泉家。
李松泉正耷拉着脑袋沮丧地抽着烟。柳叶正在一旁探问。
柳叶说:"那你去跟组织上说明嘛,你不是有意隐瞒的。"
李松泉说:"眼下这情景,我能说得清吗?我还没说呢,他们拳脚就上来了。"

李进疆冲进家门。
进疆说:"爹,你是咋回事?"
柳叶说:"进疆,你怎么这么个口气跟你爹说话?"
进疆说:"我是问,爹到底是咋回事?"
柳叶说:"是这样,最近组织部门对干部进行了内查外调。结果调查出

第八章

你爹是富农出身,不是富裕中农。"

进疆说:"那爹为啥要隐瞒成分?"

柳叶说:"你爹不是有意要隐瞒的。你爹参军时,定的就是富裕中农。解放后才划的富农,结果家里没把这事告诉你爹!"

进疆说:"爹啊爹,你害得我好苦啊!就为你这件事,我被红卫兵勤务团除名了。"

柳叶说:"进军不是也没让参加红卫兵吗?"

进疆说:"娘,你为啥要把我跟进军比!我跟进军不一样!爹,都是你给闹的!"

李松泉恼怒地说:"那你准备咋样?不认我这个爹了?"

进疆说:"对!我要同你划清界限!"

李松泉说:"那你就划!"

柳叶说:"进疆!"

李进疆转身冲出屋外。

李松泉冲到门口气急败坏地喊:"我他妈本来就不是你爹!"

柳叶说:"松泉!"

姬进军挟着套被盖,痛苦地走出家门。被住在对面房子的陈湘筼看见了。

陈湘筼跑出来,问:"进军啊,你要上哪儿去?"

进军回头看着湘筼说:"别这么叫!你爹可真会做人啊,成了革命干部的代表了。"

湘筼说:"那有什么办法,是红卫兵要结合他的嘛。说,不能全打倒,得有一个革命干部的代表。"

进军说:"所以呀,他会做人呀。而且我还知道,进疆老爹的出身问题,就是你爹派组织科的人外调给调出来的。"

| 159 |

湘筼说:"那也不是我爹的错呀。上面下文件要叫调查的嘛。"

进军说:"我还知道,进疆同他爹坚决划清界限断绝父子关系,也是你爹在背后指使的,还有,我的事说不定也是你老爹搞的鬼!存心要在我大爹身上罗织罪名。说什么把一个大地主的孙子养在自己身边当儿子。而且还要强迫这个地主的孙子篡改自己的出身。"

湘筼说:"这我可不知道。"

进军说:"别再叫我进军哥了,我这个地主羔子会牵连你这个革命干部代表的女儿的!"

湘筼说:"你要到哪儿去?"

进军说:"我要离开我大爹,省得你们再为打倒我大爹找借口!"

红光牧场欧钧铭的办公室。

欧钧铭正在翻看报纸,脸上充满了不解与担忧。

育种站副指导员曲世士带着个人走进欧钧铭的办公室。曲世士,四十岁,长得瘦瘦的,眼睛却很大。

柳月因有事找欧钧铭走进欧钧铭办公室。看到曲世士在,就站到一边。

曲世士说:"欧钧铭,我想来告诉你,你们在种羊场实施的是一条彻头彻尾的资本主义修正主义路线。你们用修正主义的种公羊来改造我们牧区的羊群,又引进资本主义的种公羊来改变我们牧区羊群的颜色,你们企图把我们牧区的羊群彻底地资本主义化、修正主义化!"

欧钧铭愤怒地一拍桌子说:"曲世士,你是在一派胡言!你们从我这儿滚出去!"

柳月气愤地走到曲世士跟前,说:"曲副指导员,你讲的全是屁话!"

曲世士说:"欧钧铭、丁春花,你们难道想对抗运动?"

柳月说:"搞运动我赞成,但你那些话我不能同意,牧区的羊只产毛量高了,毛质细了,肉产量高了,有什么不好?"

第八章

曲世士说:"我们宁肯要社会主义的草,也不能要资本主义的苗。羊毛再好,肉产量再高,那也是资本主义的东西!"

柳月:"狗屁!我就不信你这个理,地里要是只长草不长苗,人吃啥?啊……"

夜,雪花依然在飞扬。

红光种羊场。

欧钧铭领着欧晓阳匆匆走进温俊峰的家。

欧钧铭神色严峻。

欧钧铭说:"俊峰,事情太紧急,得赶快采取措施。"

温俊峰说:"怎么啦?"

欧钧铭说:"他们说,种羊场是畜牧业复辟资本主义的老窝,因此要撤销种羊场,改为红光牧场。划归草甸湖农场管理。所以刚引进的那二十只波尔华斯种羊也要处理掉。这样,种羊场没了,我们花了十几年的心血培育出来的细毛羊也就会前功尽弃。"

温俊峰问:"那怎么办?"

欧钧铭说:"我想让春花带着晓阳和莹茵,还有那二十只种羊和已配了种的母羊今夜就离开这儿,进山,去找克木尔拜。"

温俊峰说:"春花,你看行吗?我和欧场长还得坚守在这儿。"

柳月说:"行!欧场长这么信任我,我能说不?"

欧钧铭含着泪说:"好,好。日久见人心,患难见真情。时间不等人,你们收拾收拾就出发!"

克木尔拜牵着两峰骆驼、四匹马,来到温俊峰家门口。

克木尔拜敲门。

温俊峰打开门,欧钧铭见了克木尔拜,很高兴。

欧钧铭说:"克木尔拜,你怎么来了?"
克木尔拜说:"欧场长,你捎信给我,我还是不放心,亲自来嘛,才放心。"
欧钧铭说:"那赶快,俊峰,到库房,把那顶毡房也带上。"
温俊峰说:"好!"
欧钧铭说:"克木尔拜,用我们汉人的话说,你真是天上下的及时雨啊!"

杨自胜拖着条受伤的腿,一瘸一瘸地走进家里。
杨自胜喊:"进军,进军!"

杨自胜发现桌子上留下张纸条。
进军写道:"大爹,都是我牵连了你,使你受了这么大的罪。我得离开你,我不能再这么拖累你了。你十几年对我的教诲与养育之恩我永世也不会忘的。你的儿子进军。"
杨自胜把纸条往桌上一拍,说:"这孩子!"

夜,风雪交加。
柳月、欧晓阳、莹茵赶着羊群。克木尔拜牵着骆驼与马匹来到上山的路口。送行的欧钧铭和温俊峰停住了脚步。

欧钧铭、温俊峰与柳月、欧晓阳等默默地相互拥抱,都泪流满面。
温俊峰说:"春花,这一切,全交给你了。"
柳月说:"我知道,这是欧场长和你一生的心血啊!"
欧钧铭也拥抱了一下柳月说:"春花,你是上天恩赐给我们的天使……上路吧。"

欧钧铭和温俊峰挥手,看着他们消失在风雪交加的山路上……

杨自胜拄着根棍子,在风雪中寻找着,喊:"进军,进军——"

第八章

公路。两旁黑魆魆的林带在风雪中摇曳。
阴云中却也透出一丝朦胧的月光。
杨自胜在喊:"进军——进军——"

罗秋雯家。
罗秋雯悄悄地把湘筼拉到一边。
罗秋雯说:"湘筼,我刚才看见你干爹从家里出来,正在找你进军哥呢。他今天被打得不轻。你也帮着去找找。"

湘筼在风雪中追上杨自胜。
湘筼说:"干爹,我知道进军哥可能在哪儿。你回去吧,我去帮你找。"
杨自胜说:"我得找到他。这孩子脾气犟,你就是找到了,也叫不回来他的。他会在哪儿?"
湘筼说:"可能在学校。"

团场中学。
教室都已漆黑一片,但有一间教室透出一星火光。

进军正在往火炉里加柴火。
门哐啷一声被推开。湘筼把电灯拉亮。
有几张课桌拼在一起,上面铺了件大衣。

杨自胜瘸着腿走进来。
进军说:"大爹?"
杨自胜说:"进军,你听我说,要是你跟进疆一样,为了跟他大爹划清阶级界限,不再回家,我不拦你,我现在就走。"
进军说:"大爹,我不是进疆!"

杨自胜说:"那好。你要是为你纸条上写的理由,那你就跟我回家!大爷既然把你收养当儿子了,大爷就不怕担这个责任!我收养你时,你才五六岁,知道个什么!你就是在我的教育下长大的!再说,你亲爹是革命军人,你妈是烈士!而且我还知道,你祖父虽是个大地主,但在当时是拥护抗日、拥护共产党的开明绅士!你有什么好自卑的,挺起腰杆来做人!"

进军感动地看着杨自胜。

杨自胜说:"你说你不会忘记我的抚养之恩,可现在你大爷腿受伤了,需要有人照顾的时候,你却离家出走,这是在报答我的养育之恩吗?你如果还认我这个大爷的话,那你就有责任照顾我!回家!"

进军的脸上热泪滚滚。

湘筠拿起铺在课桌上的被子和大衣,把大衣送到进军跟前。

湘筠说:"进军哥,咱们走吧。"

进军穿上大衣,看到杨自胜瘸着腿,二话不说,背起杨自胜就走出教室。

风雪交加的路上。

杨自胜在进军的背上,眼里也含满了泪,说:"进军,大爷自己能走!"

进军说:"不!大爷,我背你回家!我再也不离开你了。就是杀了我,我也不离开!"

三个人回到杨自胜家。

杨自胜说:"进军,明天一早,我们这些走资派就要被关进牛棚了。你得像打仗时坚守阵地一样地守着咱这个家!啊?"

进军说:"是,大爷。"

杨自胜说:"人家不让你参加红卫兵,你就不参加,就在家里做学问,这比啥都强,啊?"

进军说:"是,大爷!"

杨自胜说:"还有,湘筠,你是我的干女儿。俗话说,一男一女一枝花。

虽说你们俩都不是我亲生的,但我也有一儿一女了。你们兄妹要相互照顾好。"

湘筼说:"知道了,干爹。"

杨自胜说:"回去告诉你爹,当革命干部的代表是可以的,但不能跟着那些人一起瞎胡闹!"

湘筼说:"干爹,我知道了。"

风雪交加,山路崎岖。

羊只在山路上艰难地行走着。两只牧羊狗一边一只忠诚地守护着羊群。

小路口。曲世士领着几个人突然出现在柳月他们面前。

曲世士蛮横地说:"你们想到哪儿去?"

柳月说:"进山,去冬窝子。"

曲世士说:"把那些种公羊给我们留下,羊群你们可以赶走。"

克木尔拜说:"羊群嘛,我们可以给你们留下,种羊嘛,我们要带走。没有种羊嘛,明年的羊娃子从哪儿来呢?"

曲世士说:"种公羊必须留下!否则我们要采取革命行动了。"

曲世士和那几个人突然都抽出刀来。

柳月说:"你们想干啥?"

曲世士说:"你们不把种公羊留下,我们就把它们当场消灭掉,省得它们用这些波啊斯啊的洋名字烦人!"

柳月想了想说:"好吧,晓阳,把种羊给他们留下,我们把母羊群赶走!"

欧晓阳说:"春花阿姨,这怎么行?那是我阿爸的命根子!"

柳月说:"晓阳,听话,把种羊留下!咱们走!"

曲世士赶着二十只种羊往回走。远处突然传来一声哨声。种羊一听到哨声,就全转回身,撒腿朝哨声传来的方向狂奔而去。曲世士想去拦,被一只种羊撞翻在地上。

两只牧羊狗也突然出现,朝曲世士他们狂吠而来。
曲世士他们吓得爬起来就往回跑。

牧羊狗赶着种羊群消失在山坡下。

种羊群回到柳月他们身边。
柳月、克木尔拜都快乐地大笑起来。

黑夜中,雪地上,他们架起了篝火。
欧晓阳裹着大衣在发抖。

四处是一片荒野,羊群紧卧在一起。
欧晓阳满面的愁容。

草甸湖农场,一间大地窝子的门口有两个背抢的警卫在站岗。

地窝子里。
杨自胜泰然地躺在地铺上,捏着个半导体收音机在听新闻。
张福基不安地在地窝子里来回走动。
李松泉耷拉着个脑袋,愁眉苦脸地一个劲地在抽烟。
杨自胜说:"团长,你少走几步行不行?你这么走,真的成了走资派了。"
张福基说:"政委,现在你还有心情开玩笑。"
杨自胜说:"你们这一套我可学不来,你团长一起床就这么来回走。参谋长是索性觉也不睡,只知道闷着头抽烟。哎,我说李松泉,你打仗冲锋时那股劲头,后来修渠时那个犟劲儿到哪儿去了?现在咋这么经不起折腾!"
李松泉说:"政委,我没心思同你开玩笑,参加革命那么些年,出生入死地,现在倒好,成了阶级异己分子了。"

第八章

张福基说:"政委,不是我说你,当初你提拔陈明义,可是看错人了!我们成了牛鬼蛇神,他倒成了革命干部。"

杨自胜说:"你也想让他成牛鬼来陪我们?人家要结合他,让他当革命干部的代表,他能不当?就像人家要打倒我们,我们能不让人家打倒?只要他陈明义不胡来,我看就不算什么坏人。"

李松泉说:"我的事,全坏在他陈明义的手里!"

杨自胜说:"参谋长,话你可不能这么说,对干部进行内查外调,那可是上面下的文件,我和团长在文件上都画了圈的。我们没有一个人能躲得开。他陈明义就是吃了豹子胆,也不敢擅自这么干呀!"

东方吐白。

警卫探进脑袋喊:"开工了,出来干活去吧!"

林带上挂满了霜花。厕所就在林带边上。

杨自胜、张福基、李松泉在打扫厕所。杨自胜的腿还是一瘸一瘸的。有一个警卫在边上看守着。

进军从林带跑到杨自胜跟前。他从杨自胜手上夺过铁锹说:"大爹,你歇着我干。"

警卫看看进军,进军挑衅地看着警卫。警卫显然不想惹事,转到林带边上,只当没看见。

杨自胜就往林带的埂子上一坐,悠闲地抽起烟来。

李松泉怯怯地走到进军跟前问:"进军,进疆最近回家没回家?"

进军说:"不知道!"接着就跳到厕所坑里,闷头往外起粪。

张福基赞许地点点头。杨自胜坐在埂子上抽着烟有些得意地微笑着。

中午。天又在下雪。

警卫押着杨自胜、张福基、李松泉往回走。

李松泉灰心丧气地说:"政委,你儿子比我儿子强啊。进疆同我划清界限后,就没再同我照过面。"说着伤感地不住摇头。

红霞踩着积雪回到家里。

红霞推开家门,柳叶正在家焦急地等待。

柳叶说:"怎么!你哥还是不肯回家?"

红霞说:"是。"

柳叶说:"他在哪儿住?"

红霞说:"住在生产七队,他同学那儿。"

柳叶说:"这不麻烦人家吗?"

红霞说:"不,他和同学住的是男职工的大宿舍。"

柳叶说:"那饭怎么吃?"

红霞说:"吃大食堂呀。"

柳叶说:"他走的时候,就没带什么钱。吃大食堂,那也得买饭票呀。"

红霞说:"吃大食堂不是先领饭票,然后再扣工资吗?"

柳叶说:"他没工作哪来的工资?"

红霞说:"转呀。把他的借条从生产七队转到团机关,扣爹的工资呀。"

柳叶说:"他连这个爹都不认了,凭什么扣他爹的工资?"

红霞说:"那就扣你的。你这个妈他不还认的嘛!"

柳叶说:"我的工资也不让扣!你告诉他,他不认爹,妈就不认他这个儿子!"

红霞饿了,走进厨房,从馍筐里拿一个馍吃着走出来。

红霞说:"妈,你这也难不倒他。场革委会正号召高中毕业生回队上去参加生产劳动呢。今年七月,哥就高中毕业,我也初中毕业了。我们都可以申请参加集体生产劳动的。有了工资,还怕吃不上饭?"

柳叶说:"你也打算离开我们?"

红霞说:"妈,那是迟早的事。"

柳叶流着泪说:"我们这个家真的要妻离子散了。我得去找陈明义去。"

红霞说:"妈,你找他去干吗?"

柳叶说:"这你不用管!"

场机关办公室。

柳叶敲开陈明义办公室的门。

陈明义看到走进来的是柳叶,冷淡地说:"是柳叶啊,你有事吗?"

柳叶说:"陈明义,你害得我一家好苦啊!"

陈明义说:"我谁都没有害,怎么会害你们家呢?"

柳叶说:"你是在公报私仇,你不要以为我不知道!"

陈明义说:"柳叶,你全错了!你要是为了李松泉的事来,那你来也是白来。因为我帮不上忙。我可没有让他隐瞒家庭出身!"

柳叶说:"但今天我要来告诉你的是,进疆就是你的儿子!现在我和松泉不要他了,你去认他,把他领回到你家里去!"

陈明义愕然。

柳叶愤怒地转身出门,把门猛地关上了。

陈明义喊:"柳叶!"

柳月他们赶着羊群继续赶路。

欧晓阳骑在马上,满面的愁容与懊丧。

柳月与莹茵已经习惯了这样的迁徙与跋涉。安然地骑在马上,似乎在打瞌睡。克木尔拜胡子全被霜花染白了,骑在马上卷着莫合烟抽。

欧晓阳突然大声地痛哭起来,他们策马围住欧晓阳。

柳月问:"晓阳,你怎么啦?"

欧晓阳抹着眼泪说:"我想回上海。"

柳月舒了口气,笑着说:"回上海?那你现在就回吧,骑着马,往南走,走上三天三夜,就可以看到公路,然后搭上长途共公车,上乌鲁木齐,再坐火车,就可以回上海了。"

欧晓阳说:"春花阿姨……"

柳月说:"我们的任务重着呢。是你爹交给我们的。这任务我们看得比命还重要。没人陪你回去,你要回,自己回。回种羊场你爹那儿去也行。"

莹茵说:"晓阳哥哥,你太可笑了。这点苦都吃不了。你连你爹的一个小指头都不如。你爹还指望你接他的班呢!娘,这样的人,还配我叫他哥吗?"

柳月策马挨近晓阳,帮他擦去泪说:"晓阳,好孩子,不哭了。咬咬牙,挺一挺,世上再难的事,也能过得去!"

欧晓阳说:"我大腿两边疼。"

柳月说:"我知道了。克木尔拜大叔,让他上骆驼吧。他可能大腿两边的皮让马鞍子磨破了,刚骑马的人,都会这样。"

莹茵捂着嘴,扑地笑了。

欧晓阳脸羞得通红。

冬牧场。

欧晓阳在雪地里放牧着二十只波尔华斯种公羊。但由于积雪较厚,枯草被埋得很深。因此羊只用前蹄扒吃枯草显得很吃力。因为想寻找更多的草吃,羊只很快就跑散了。

欧晓阳骑在马上,他吃力地喊着牧羊狗,想让狗与他配合,把羊只赶拢来。但不一会儿,羊只又跑散了。

欧晓阳沮丧而发愁。

第八章

  牧羊狗尽职地把羊群往一处赶,但羊还是东一只西一只地跑散了。
  欧晓阳气恼地把鞭子往地上一摔说:"你们跑,你们跑,我不管你们了。"
  羊只散得四处都是。
  欧晓阳坐在雪地上伤心地流着泪。

  天色昏暗下来。柳月焦虑地在毡房门口张望着。但除了茫茫的积雪外,什么也没见到。

  柳月感到不能再等了。便解开拴在马桩上的马,朝毡房里喊:"莹茵,娘去接一下晓阳,你好好守在家里。"
  莹茵从毡房探出脑袋说:"哎。"

  柳月牵着马带着一只牧羊狗走到另一座毡房前说:"克木尔拜,阿依古丽,我去接一下晓阳。"
  克木尔拜走出毡房,看看天色说:"怎么,晓阳还没回来?我跟你一起去吧。"
  柳月说:"克木尔拜,不用了。我自己去就行了。"

  柳月策马朝山坡间跑去。牧羊狗在后面紧跟着。

  欧晓阳着急地在点着羊,但点来点去少一只。
  这时羊只紧紧地聚拢在一起咩咩地叫着,想回家了。欧晓阳对那只牧羊狗说:"花儿,你再去找找。"

  牧羊狗汪汪地叫了两声跑开了。
  天色变得越来越昏暗。
  欧晓阳的脸上一筹莫展。

牧羊狗叫着,独自跑了回来。

欧晓阳吓得哭起来,自语说:"这怎么办呀!怎么办呀,爸爸说买这样一只羊要上万元的钱呢。"

天黑下来了,山间的风开始呼啸起来。

欧晓阳一脸的惶恐与绝望。

欧晓阳听到了马蹄声和狗叫声。

柳月策马朝他跑来,喊:"晓阳。"

欧晓阳像遇到了救星一样,大声喊:"春花阿姨,我在这儿……"

天全黑透了,但月亮升了上来,在积雪上撒下了一片银光。

柳月说:"晓阳,你就守在这儿,千万别动。我带着花儿去找。"

月光如水。

柳月听到远处有只羊在凄凉地叫着。

两只牧羊狗朝羊叫的地方奔去。柳月策马紧跟在后面。

柳月看到一只狼在狗叫声中逃走了。接着又听到羊叫声。

柳月来到一条沟前,看到那只羊滑在沟里,爬不上来。

柳月跳下沟,把羊推上了沟。

柳月把那只羊赶回羊群。羊只咩咩地叫着。

柳月说:"晓阳,咱们回吧。以后放羊时要上点心,别让羊只离群太远了。"

第八章

欧晓阳愧疚地点点头。

马匹突然不安地扬起前蹄,两只牧羊狗也狂吠起来,而羊群突然屏声息气惶恐地挤在一起。

远处,五对绿眼睛朝他们逼来。
晓阳惊慌地说:"春花阿姨,你看。"
柳月也有点紧张。

山坡上长满了塔松。
他们把羊群赶到山坡边上的一个很浅的山洞里。

狼群越逼越近。狗在狂吠。但在三四十米的地方,狼突然不前进了。它们都坐了下来,等候时机。

柳月已经从惶恐中镇静下来。她走到山坡边上拾着枯枝,捧到山洞前。

篝火点了起来。
狼突然都站起来,朝后退了十几米,但又坐下了。
柳月说:"晓阳,别怕了,你慢慢往里加柴火,我再去拾些树枝来"。

羊群边上堆起了几十捆枯树枝。
柳月飞速地拾着树枝,拾得满头是汗。

篝火越烧越旺。
两只狗也不再叫,坐在篝火旁。

狼群与他们对峙着。

柳月搂着浑身打战的晓阳,不时地往篝火里加柴。

急促的马蹄声。
克木尔拜领着两个牧民策马朝柳月他们奔来。

狼群惊慌地都站起来。但面对可能到手的猎物还舍不得走开。

克木尔拜和两个牧民冲到狼群跟前,挥鞭朝它们猛抽。
狼群慌乱地四下逃散。

柳月他们把羊群赶到了毡房前。
欧晓阳突然晕倒了,从马上滚落到雪地上。

黎明。
羊群在欢叫。
欧晓阳醒过来,看到柳月守在他身边。
欧晓阳扑向柳月说:"春花阿姨——"
柳月说:"哭什么,这孩子。三年前的一个冬天,我和克木尔拜也遇到过狼群。克木尔拜就是这么对付狼群的。用不着怕的。"
欧晓阳却哭得越发伤心。他是在痛恨自己的软弱。

第九章

初春。

草甸湖农场七队羊圈。四周插着的几面彩旗在风中飘动。

羊圈背面是羊粪堆。队上的大多数劳力都集中在这儿往地里拉肥。有的赶着牛车,有的拉着架子车,但更多的人是拉着爬犁子。

李进疆正在给耿佳丽的爬犁上装肥。耿佳丽长得小巧而秀丽。爬犁上搁着的柳条筐已装满了,但李进疆还往上加了几锹。

耿佳丽不好意思地笑笑说:"我拉不动。"

李进疆说:"没关系,我帮你一起拉。"他显然对她有好感。

拉肥的人从羊圈到地里的公路上排成一长溜。李进疆和耿佳丽拉着爬犁夹在人流中。

李进疆紧挨着耿佳丽。

李进疆问:"你初中毕业了,干吗不上高中?"

耿佳丽说:"我不考了,考了也没用。"

李进疆说:"为啥?"

耿佳丽说:"家庭出身不好。"

李进疆说:"啥出身?"

耿佳丽:"官僚资本家。我的堂哥在学校上学时学习成绩在全班不是第一就是第二。考大学时政审没通过,就没录取,我还上高中干吗?"

李进疆说:"唉——咱俩一样。"

耿佳丽说:"你也出身不好?"

李进疆:"开始非常好,革命领导干部子女,但一夜之间,就成了阶级异己分子的狗崽子了。"

耿佳丽:"噢,你爸爸就是团里的李参谋长?"

李进疆说:"他被打倒进了牛棚。我呢,同他划清界限,到队上来参加劳动了。"

耿佳丽说:"我也是为了跟反动家庭划清界限,支边到新疆来的。"

李进疆说:"那咱俩也是一根藤上的两个苦瓜。"

耿佳丽说:"这话贫下中农可以这么说,但我们出身不好的人可不能这么说。"

李进疆笑笑说:"意思是一样的。"

积雪开始融化。

柳叶正在果园里打理果树。她干活干得很卖力。

有一位胖妇女匆匆走进果园,在柳叶耳边嘀咕了几句。

柳叶说:"什么?"

胖妇女说:"那你快回家去看看呀。"

柳叶冲进家门。她掀开红霞睡的小房间的布门帘,见红霞床上铺的盖

第九章

的全没了。她又转回身,看见小方桌上留着一张条子:

"妈妈,红光牧场现在属于我们团管了。我和我的几位同学早就想到草原上去当牧民了。辽阔的大草原是多么神奇而美丽啊,那正是我们向往的地方。我们决心要在那儿锻炼自己,真正成为无产阶级革命的接班人……"

柳叶说:"天哪!她全是学她哥哥的样啊!我的天哪!"
柳叶伤心地跌坐在凳子上,泪流满面。

一辆大卡车,拉着红霞等几个男女同学和他们的行李,以及给牧场带去的一些面粉、青油等,在草原的积雪上行驶。

红霞掀开帆布篷,欣喜地朝外看着。她看到了远处的毡房和袅袅的青烟。

杨自胜、张福基、李松泉在林带边打扫厕所。
树条也已泛绿。

柳叶朝他们走来。她在离他们十米来远的地方站住说:"警卫同志,我能不能跟李松泉说两句话?"
警卫想了想说:"要说就在这儿说。"

警卫朝李松泉招招手。
李松泉看了警卫一眼,就朝柳叶走去,问:"有啥事?"
柳叶说:"看吧,红霞也走了,而且走得更远。上红光牧场了!"
李松泉说:"啊?"
柳叶说:"我看我也得离开你,我要不离开你,我的儿子和女儿就不会回到我身边来!"她说完把纸条拍在李松泉手上,"全是你造的孽!"说着扭身就走了。

李松泉木木地站着看红霞留下的纸条。两眼显得异常绝望和茫然。

羊圈。拉肥工地。
李进疆和耿佳丽又同拉一个爬犁子。
两人说说笑笑。

值班排长走来,朝李进疆招手。
值班排长说:"李进疆,你过来一下,革命委的陈副主任找你。"
李进疆看到,林带边的小车旁站着陈明义。

陈明义把李进疆拉进林带里。
李进疆问:"陈叔叔,你找我有事?"
陈明义说:"对。这件事我考虑了很长时间,到底要不要对你说。"
李进疆说:"啥事?"
陈明义说:"我只能告诉你。李松泉不是你的亲生父亲。"
李进疆吃惊地说:"他不是?那我的亲生父亲是谁?"
陈明义说:"这要问你妈去,我不能告诉你。当然,这不是你妈有什么错。李松泉事先就知道这件事。"
李进疆虽感惊愕,但似乎明白了什么,点点头。

林带边厕所。
李松泉在闷头死命地干活,什么话也不说。

杨自胜看看李松泉的情绪有些不对头。杨自胜朝李松泉喊:"老李,你怎么啦?"

第九章

　　李松泉赌气地看了杨自胜一眼。
　　李松泉跳进粪坑里往外起粪。

　　杨自胜走向张福基。
　　杨自胜说:"柳叶跟他说什么了?"
　　张福基说:"没听清,我只看到柳叶给了他一张纸条。"
　　杨自胜和张福基相互看看。

　　杨自胜走到粪坑边上。
　　杨自胜朝下喊:"李松泉,你真是个孬种!怎么这么熊包!遇到点事就这么个样!"
　　李松泉抬起头说:"政委,你不要这么说我。现在我是想通了,没什么大不了的。人嘛,啊?……政委,我求你一件事。"
　　杨自胜说:"啥事?说。"
　　李松泉说:"晚上我想喝口酒。等进军来看你时,你让进军帮我买两瓶酒,再买两个罐头菜。"
　　杨自胜:"行啊!我让进军买去,我请客。今晚咱们三个好好喝上一通。人哪,遇到啥事,都要想得开才行。"

　　黄昏。
　　李进疆骑着自行车在公路上疾驰。

　　李进疆冲进家门。看到柳叶正在做饭。
　　李进疆喊:"娘!"
　　柳叶又惊喜又恼怒,说:"啊,你怎么想到回家来啦?"
　　李进疆说:"娘。"
　　柳叶说:"有啥事说!你这个没良心的东西!你跟你爹划清界限啦?是

不是也要跟娘划清界限？为啥这么长时间不来看看你娘。你妹妹也走了，你知道不知道？"

李进疆说："知道。她来找过我。"

柳叶说："你让她走的，是不是？"

李进疆说："妈，到连队去参加生产劳动，那是条革命路。那是毛主席发出的号召。我能阻止她吗？何况我们这样的家庭，就更应该走这条革命的路！"

柳叶说："那也得跟家里人商量商量。"

进疆说："红霞就怕跟你商量不通嘛。"

柳叶说："吃过饭啦？"

进疆说："还没。"

柳叶把一碗面搁在桌子上，说："那就吃饭吧。"

柳叶走进厨房，在锅里煎了两个煎蛋。

柳叶把煎蛋端到进疆跟前。

柳叶说："吃吧。"

李进疆看着柳叶，感情很复杂。

地窝子里。杨自胜、张福基、李松泉席地而坐。中间的一张报纸上搁着打开的三个罐头，还有一只烧鸡。

杨自胜开酒瓶。

张福基高兴地说："政委，你那个儿子真是没白养。虽说不是亲儿子，但比亲儿子强多啦。不但没同你划清界限，而且还这么照顾你。"

李松泉的脸唰地变得很难看。

杨自胜用胳膊肘顶了张福基一下。张福基才感到刚才那话说得不是地方。于是致歉地朝李松泉一笑说："来！不说了，喝酒！"

第九章

　　李松泉拿起一满缸酒,咕嘟咕嘟灌了下去。杨自胜和张福基相互看看。
　　杨自胜同情地叹了口气,撕了个鸡腿给他,说:"老李,给。"
　　李松泉接过鸡腿就大口地啃起来。
　　张福基看看杨自胜,意思是说:"这家伙情绪真的有些不大对头啊!"

　　柳叶家。
　　李进疆说:"娘,我想问你一件事。"
　　柳叶说:"啥事?说。"
　　进疆说:"我爹是不是我亲爹?"
　　柳叶说:"你咋问这个?谁告诉你什么了?"
　　进疆说:"有人告诉我说,他不是我亲爹。"
　　柳叶说:"谁告诉你的?"
　　进疆说:"我不能说。"
　　柳叶恼怒地说:"今天你要不说,我打断你的腿!"
　　柳叶要去抄家伙,进疆转身夺门而出,回头喊:"娘,他肯定不是我亲爹!"

　　红光牧场。山上正在下雪。
　　一间土坯垒的大房子里。

　　欧钧铭、温俊峰正在显微镜下工作。
　　欧钧铭却在不住地咳嗽着。把带血的痰吐在手绢里。
　　温俊峰的哮喘病发了,也在呼啦呼啦地直喘气。但他还是不时关切而同情地看看欧钧铭。
　　欧钧铭朝温俊峰笑笑,摇摇头,意思是我没什么,继续工作。

　　温俊峰哮喘着赶着一辆马车,拉上不住咳嗽的欧钧铭走进县城的一家医院。

一间医生就诊室内。一位老医生把几张片子插进牛皮纸袋里。欧钧铭坐在一边。

欧钧铭朝老医生笑笑。

欧钧铭说:"刘主任,你是反动学术权威,我也是反动学术权威。所以你得给我讲实话。我的病情到底怎么样?还能坚持多久?"

刘主任说:"欧场长,你住院吧。"

欧钧铭说:"刘主任,我住院和不住院有什么不同?"

刘主任说:"当然,住院可减少些痛苦,也能多坚持些日子。"

欧钧铭说:"我明白了。我不住院,能不能再坚持上一个月?"

刘主任说:"这我向你没法保证。但我还是建议你住院。因为这病到后来会非常痛苦的。"

欧钧铭说:"不,越是这样我越不能住院。因为母羊很快要产羔了。我要看到第三代杂交羊的结果。"

刘主任敬服而同情地叹了口气说:"欧场长,这样吧,我给你开上些药。你一定要按时吃药。"

山风夹着飞雪在呼啸着。

用木棍围起来,又用几根大木棍支撑起来的一个用草盖顶的临时搭起来的产羔棚里,一只母羊生产了。传来了羊羔的叫声。

柳月从毡房奔出来,冲进产羔棚。

风把雪花时不时地送进棚里。棚里的雪花也在旋舞着。

夜。

欧钧铭咳嗽着和哮喘着的温俊峰骑着马在风雪中走着。

欧钧铭说:"俊峰,第一只羊羔,说不定今天早上就会出生。"

第九章

温俊峰说:"欧场长,你的预测从来就只有半天的误差。"
欧钧铭说:"所以咱们得走快点。"

产羔棚,克木尔拜提着马灯也来了。
又有两只母羊生产了。
产羔棚里叫声连片,显得烦躁而不安。

风雪越来越大。
柳月发愁地看看天,然后忙着给要产羔的母羊填上干草。

夜深了。
地窝子里杨自胜、张福基、李松泉喝得有些东倒西歪的。

杨自胜又倒了半缸子酒,撕了一大块鸡肉,走出地窝子。外面也已寒风呼啸。他把酒和鸡肉递给警卫说:"小唐,过寒流了,来,喝上一口暖暖身子。"
警卫犹豫。
杨自胜说:"拿着吃,不会说你阶级立场不稳的。你不过是在跟着我们一起受罪。"
警卫轻声地说:"谢谢政委。"
杨自胜挥了一下手,意思是不用客气。

三人睡下了。
杨自胜已在打鼾。
张福基还没睡着。

李松泉悄悄地爬起来,凄凉地长叹口气,披上大衣,往外走。
张福基问:"老李,干吗去?"

李松泉说:"肚子不舒服,想上个厕所。"

李松泉走出去。
警卫的声音说:"行,去吧。快去快回啊!"

张福基把杨自胜推醒。
张福基说:"政委,你醒醒!"
杨自胜说:"咋啦?"
张福基说:"我发觉李松泉这家伙的情绪很有问题啊。"
李自胜说:"他人呢?"
张福基说:"说是出去上厕所了。但现在这么长时间了还没回来。"
杨自胜也似乎感觉到了什么,说:"走!快,出去看看。"

林带边的一棵大榆树下,一个粗树枝杈上已挂了一条布条。李松泉坐在树下在抽着烟。他抬头看看布条,长叹了口气,站起来,把烟头扔掉,泪珠滚滚,他踮起脚踩到一块大土疙瘩上,准备套脖子。

雪在下。
杨自胜用手电照着看着新脚印,与张福基急急地往前追。

李松泉已把绳索套在脖子上。
杨自胜的声音喊:"李松泉,你给我停住!"
李松泉还没回过神来,杨自胜已经冲到他跟前,一个耳光把他甩倒在地上,杨自胜把他抓起来,又给了他一个耳光。
杨自胜说:"李松泉,你这个孬种!我请你喝酒,可不是为了给你送行的!你得给我好好地活下去!"

张福基跟上来。

第九章

张福基说:"我说嘛,今天一天你的情绪就是不正常!"

李松泉哭丧着脸说:"先是儿子不认我这个爹,说要划清界限,接着女儿又离家出走,老婆也说要离开我!我现在又戴着这么个阶级异己分子的帽子,也不知哪天才有个头。参加革命革了这么个结果,活着还有什么意思!"

杨自胜说:"我说你是个孬种吧。儿子不认你这个爹,但你还是他爹!女儿没说跟你划清界限,她总有一天要回来的!柳叶说要离开你,她只是说说。她要真这样,就会把离婚报告也拍到你手上。那些'地富反坏右'也都活着呢,你有什么活不下去的!啊?怎么这么没出息,好死不如赖活,回去!"

张福基说:"政委讲得对。老李,怎么能干这种傻事呢!"

警卫小唐也走了过来。

杨自胜看看小唐。

杨自胜说:"你要真出这么个事,那就把小唐也给害了,是他放你出来的。那他就得挨批受处分!参谋长啊,你就是把自己考虑得太多了。"

李松泉垂下脑袋,泪流不断。他很后悔。

林带在风雪中发出哗哗啦啦的声响,搅出了一团团雪花。

产羔棚里。羊只在紧张不安地叫着,时不时还传出羔羊稚嫩的叫声。

欧晓阳和莹茵也走进产羔棚。

风刮得越来越大,寒气也越来越重。产羔棚往外冒着雾气。

克木尔拜对柳月说:"春花同志,天太寒了,得把羔羊放到一个保暖的地方。不然,它们都会冻死的。"

柳月咬牙切齿地骂了一句说:"造反,造反,造得连母羊下羔的地方都没了。照往常,产羔母羊早都进了产羔房了。现在看看,这么个棚子,不挡风,不遮雪,怎么整啊!"

　　克木尔拜说:"咱们两家都把毡房腾出来吧。人可以将就着过,羔羊冻死了,损失就大了。"

　　柳月说:"克木尔拜,你讲得对,就这样吧!"

　　欧钧铭和温俊峰在毡房前下马。但掀开帘子,发现毡房里没人。
　　羊叫声传了过来。
　　他们看到产羔棚里闪着灯光。
　　欧钧铭兴奋地说:"俊峰,快,羊产羔了!"

　　产羔棚。
　　柳月和克木尔拜每人怀里抱着两只羔羊要往外走。迎面碰上了欧钧铭和温俊峰。
　　柳月惊喜地说:"欧场长,俊峰,你们怎么来啦?"
　　欧钧铭说:"不是不放心你们,是怎么也得来看看第三代杂交羊是个什么样子。"
　　温俊峰说:"欧场长记挂的就是这件事,所以不顾危险就偷跑出来了。"
　　欧钧铭兴奋地接过羔羊看着说:"啊,不错,很理想。"

　　天蒙蒙有些亮。
　　欧晓阳和莹茵正拿着毛笔沾着墨水在给羊羔和母羊编号。
　　欧晓阳说:"莹茵,羊羔和母羊要编一样的号。"
　　莹茵说:"这我知道。"

　　温俊峰在接羔,不住地哮喘着。
　　柳月心疼地拍着他的背。
　　柳月说:"俊峰,这哮喘病就治不好?"
　　温俊峰说:"年年都这个时候犯。过了也就过了。没事。"

第九章

柳月说:"唉,都是你救我那年落下的病啊!"

温俊峰说:"柳月,别再提这事了,我救的是我的老婆!"

柳月笑了。

毡房里,已有十几只编了号的羔羊挤成一堆。

欧钧铭守在毡房里,不住地咳嗽着,不时地把血痰吐在手绢里。

温俊峰抱着只羔羊走进毡房。

欧钧铭赶忙把咳着血的手绢藏进口袋里说:"俊峰,你赶快回种羊场,这儿有我呢。你回去告诉陈场长,让他怎么也得想想办法,再给这儿派一两个劳力来。只要产羔顺利,会一下增加几百只羊的。"

温俊峰说:"好,我这就走。"

欧钧铭说:"你跟春花去告别一下吧。你也算有福,背回来了这么个好媳妇!"

温俊峰说:"哎。欧场长,你一定要注意休息,按时吃药……"说着鼻子酸了。

产羔棚。

温俊峰把柳月拉到一边说:"春花,我得回种羊场了。欧场长安排我另有任务。你好好照顾好欧场长……"温俊峰鼻子一酸,眼里渗出了泪。

柳月说:"怎么啦?"

温俊峰:"县里的刘医生告诉我,"他贴着柳月的耳朵说了两句,"他可能……"

柳月说:"那他干吗还要到这儿来?"

温俊峰心酸而伤感地说:"他是来看看他的追求和希望的。"

柳月扑进温俊峰怀里,心酸地说:"我们过的这是什么日子啊!"

温俊峰说:"挺住吧。刚才欧场长还在夸你呢!"

傍晚。

进军走进柳叶家。

进军说:"大姨。"

柳叶正在擀面条。看到进军走进来,感到十分惊喜。

柳叶说:"喔哟,是进军啊,快坐。"

进军说:"我大爷让我来看看你。"

柳叶说:"这样的时候,你大爷还想到我啊。"

进军说:"我大爷说,你吃好饭,去看看我大爷,我大爷有话要对你说。"

柳叶想了想说:"好。有啥事吗?警卫让不让见?"

进军说:"今晚值班的是小唐,大爷已经同他说好了。只要你们当着他的面说话,没事。"

柳叶说:"那好。进军,你也没吃饭吧?"

进军说:"没呢。"

柳叶说:"那就在大姨这儿吃吧。"

进军点点头。

柳叶给进军端来了两个煎蛋,还有一碟咸菜。

柳叶说:"进军,你再也不恨你大姨和姨夫了吧?"

进军说:"不了。早就不恨了。那时候小,听妈妈那么一说,就搁在心里了。后来大爷把那些事摆清了,道理上也讲明白了,恨也就没了。只是不好意思到大姨家来走动。"

柳叶感动地点点头说:"那以后就常来。有空就来陪大姨吃个饭。"

进军说:"我大爷就这么对我说的。说大姨身边暂时没什么人了,让我经常去看看,有什么活儿需要我干的,就帮着大姨干。"

柳叶突然伤感地哭起来说:"进军,你妈要是看到你能这样,她会多高兴啊。柳月哎,我这个苦命的妹妹啊!你为啥这么早就走了呢。"

进军也很伤感,想起了自己举着鸡蛋在渠堤上奔跑着喊娘的情景……

第九章

夜。

地窝子后面是条林带。风雪已停,大地上是一片新雪。

杨自胜领着柳叶在离地窝子几步远的林带边的埂子上坐下。

柳叶说:"政委,你找我?"

杨自胜说:"我找你来是要骂你。你怎么能对老李说要分手的话呢?"

柳叶说:"我……那是我一时的气话。"

杨自胜说:"那也不能说!老李这境况你又不是不知道。柳叶,不是我说你,你比你妹柳月可差远了。姬元龙不管遇到多大困难,她就像一根顶门的撑柱,牢牢地帮他撑在那儿。"

柳叶点点头。

杨自胜说:"不管怎么说,你和老李的婚事还是我拉的线,这线拉对了还是拉错了,暂且不说。但老李是好人还是坏人,你跟着他生活了十几年,还有了孩子,你心里就没个底?"

柳叶说:"政委,你别再说了。"

杨自胜说:"我要告诉你,老李昨晚差点寻短见。我要赶到得晚,你就成寡妇了!"

柳叶说:"啊?"

杨自胜说:"既然成了夫妻,那就得相互帮衬着!"

柳叶愧疚地说:"政委,你去叫一下老李,我跟他有话说。"

杨自胜说:"就在这儿说,别走远了。"

李松泉朝柳叶走去。

柳叶说:"松泉,我是你老婆,只要你不离开我,我就像蜗牛身上的那个窝,会永远粘着你的!"

李松泉感动而愧疚地说:"柳叶——我差点干了傻事。"

李松泉捂着脸,泣不成声。

寒流过去了。积雪在灿烂的阳光下融成晶莹的水珠,在往下流淌。

欧钧铭支着根木棍从毡房出来,看到满坡的母羊和小羊羔在蹦跳着。他脸上露出一丝欣喜而凄凉的笑容。

柳月朝欧钧铭走来。
柳月说:"欧场长,俊峰带信来,让克木尔拜大叔到牧业二队去接两个刚到牧场来插队的年轻人。"
欧钧铭点点头说:"好,好。"

欧钧铭走上山坡。看到欧晓阳骑着马,赶着种羊群,朝山坡下走去。

欧晓阳回头看到父亲,朝他挥手。欧钧铭也朝儿子挥挥手。但眼里充满了复杂的表情。

克木尔拜领着红霞和一个十七岁的叫姜正荣的男孩朝毡房走来。看到满坡的羊只,尤其是蹦跳着的小羊羔,红霞与姜正荣是满脸的好奇与欣喜。

克木尔拜领着红霞与姜正荣朝产羔棚走去。

柳月把一只母羊和两只羊羔放出产羔棚后,又返回产羔棚。

红霞看到柳月的身影吃了一惊。
红霞说:"哎,姜正荣,我娘怎么也来这儿了?"
姜正荣说:"你娘?你瞎说什么呀!你娘怎么会到这儿来?"
红霞说:"不,肯定是我娘!"

红霞三步并成两步,冲进产羔棚。她看到柳月,确信那就是她娘。

第九章

红霞说:"娘——"

柳月回头,惊奇地看着红霞。

红霞知道叫错人了,但她感到十分惊愕。

柳月笑了,问:"姑娘,你叫我什么?"

红霞不好意思地一笑说:"阿姨,我认错人了。可阿姨,你真的跟我娘长得一模一样哎。"

柳月和善地一笑说:"是吗?"

克木尔拜和姜正荣也走进产羔棚。

克木尔拜说:"春花,就是他们两个。"

柳月笑着说:"欢迎,欢迎,来得真是时候。叫什么?"

红霞说:"我叫李红霞,他叫姜正荣。"

克木尔拜微笑着说:"春花,她嘛,"他指指红霞,"同你长得有点儿像。"

柳月一笑说:"刚才她就认错人了,把我当成她娘了。这也好,我又多了个女儿。"

红霞说:"阿姨,你叫什么名字?"

柳月说:"我叫丁春花。"

红霞说:"那就跟我娘什么关系也没有了。怎么长得这么像,连说话声音,走路样子都一模一样。太像了,阿姨,我就认你当干妈吧。"

柳月笑着说:"行啊。我不是说了嘛,我又多了个女儿了。"

林带边上。杨自胜正在对进军交代事情。

杨自胜说:"你去红光牧场找红霞。你对红霞说,到牧场去插队落户是好事,总比在学校里瞎胡闹强。"

进军说:"大爷,我也想到个生产队去干活呢。"

杨自胜说:"这事你自个儿定。但学习上不要放松。以后只要有机会去上学,还是要上学的。啊?"

进军说:"知道了。"

杨自胜说:"你见到红霞对她说,背着父母就这么偷偷地走,多伤大人的心啊!你让她回来,哪怕回来,叫声娘、叫声爹后再走,也行。你姨夫差点寻短见哪。"

进军说:"大爷,这事我知道了。"

杨自胜说:"我让你姨妈也去叫进疆了。什么划清界限,划清界限爹还是爹!"

清晨。

红霞和晓阳一起把种羊赶下山坡。

莹茵和姜正荣赶着母羊和小羊在山坡上跑着。

柳月和克木尔拜在产羔棚里忙着。

产羔棚里的母羊已不太多了。

欧钧铭拄着木棍走进产羔棚。他身体显得更虚弱了。

欧钧铭盯着刚产下的羊羔痴痴地发呆,眼里流淌出无限的留恋。

夜。

毡房里。外面时不时传来羊叫声和狗吠声。

欧钧铭咳嗽着。同欧晓阳在谈话。柳月也坐在边上。

欧钧铭说:"晓阳,爸爸不得不告诉你一件事,就是你爸爸活不了几天了。"

欧晓阳吃惊而痛苦地说:"爸爸……"

欧钧铭大声地喘着气,说:"晓阳,你听我把话说完。爸爸得的是肺癌,已经是晚期了,所以是没有任何希望了。"

欧晓阳忍不住哭了起来。

欧钧铭说:"不要哭。我只想告诉你,征求一下你的意见。一是,你还可

第九章

以回到上海去,虽说户口回不去了,但你妈还可以养活你。因为她每年都可以收到不少外汇。这是你叔叔从新西兰寄给她的。你可以跟你妈在一起过安稳的日子。"

柳月看看晓阳。晓阳没做出什么反应。

欧钧铭说:"还有一条,就是继续留在这儿。跟温俊峰叔叔、春花阿姨一起,把你老爸没干完的事业继续干下去。人活在世上的价值,就是要给世上留下些东西。"

欧晓阳坚定地说:"爸爸,我留下……"

欧钧铭欣慰地微笑着点点头。

上午。

人们在条田里撒肥。

进疆走到耿佳丽跟前说:"耿佳丽,今晚我想请你吃饭。"

耿佳丽笑得很甜,说:"请我吃饭,吃什么?"

进疆说:"野兔。"

耿佳丽说:"野兔?"

进疆说:"对。昨天晚上我在林带里下的套子。今天清早去一看,你猜怎么着?一下套住两只!"

夜。

连队一间不大的集体宿舍。只有进疆和耿佳丽两人对坐着,笑着说着,吃着野兔。

进疆问:"味道怎么样?"

耿佳丽说:"蛮好吃的。"

进疆说:"耿佳丽,你们家以前一定很有钱吧?"

耿佳丽说:"以前有钱有啥用呀。解放时,家财全没收了。"

进疆说:"你爸一定有好几个老婆了。"

耿佳丽说:"不知道他有几个老婆。反正都不住在一起。他是一个老婆一个家。我妈是他的四姨太。"

　　进疆说:"有意思。"

　　耿佳丽问:"问这些作啥?"

　　进疆说:"好奇呗。"

　　有一青年领着柳叶来到集体宿舍,李进疆住的房子门前。

　　青年说:"李进疆,就住这儿。"

　　柳叶砰地推开门。

　　进疆和耿佳丽都吃了一惊。

　　柳叶看到屋里的情景也吃了一惊。

　　耿佳丽看到柳叶那严峻的神色有些不自在。站起来说:"李进疆,我走了。"

　　进疆说:"吃完再走呀。"

　　耿佳丽说:"我已经吃好了。"走到门口,她仍很有礼貌地朝柳叶点一下头说:"阿姨好!"说完,她走了。

　　柳叶恼恨而不满地看着李进疆。

　　柳叶说:"这是怎么回事? 谈恋爱了?"

　　进疆说:"什么谈恋爱! 娘,你干吗把话说得这么难听呀!"

　　柳叶说:"是上海支青吧?"

　　进疆说:"是。"

　　柳叶说:"啥出身?"

　　进疆:"你问这干吗?"

　　柳叶说:"我知道。这批来的上海支青,出身都不咋的。她是啥出身?"

　　进疆吞吐了半天说:"官僚资本家。"

　　柳叶说:"还有海外关系吧?"

　　进疆说:"对。"

第九章

柳叶一个耳光扇了上去。

进疆不解地捂着脸说:"娘,你这是干吗?!"

柳叶咬着牙说:"我打死你这个没成色的东西!你爹只是个富农出身,你就要同他划清界限。你倒跟这么个有海外关系的官僚资本家出身的人黏糊上了。算什么?!这个理我掰不清,你倒给我说说清楚!"

进疆说:"他不是我爹!"

柳叶说:"谁说的!"

进疆犹豫了一会说:"陈明义叔叔。"

柳叶说:"真是他说的?"

进疆:"对!"

柳叶咬紧牙关,想了想。

柳叶说:"这个陈明义,他在胡说八道,李松泉就是你爹!"

柳叶把进疆拉出屋外。

柳叶说:"给我回去。"

进疆说:"回去干吗?"

柳叶说:"回去认你爹!"

进疆说:"干吗?"

柳叶说:"因为你爹差点让你气死!"

进疆说:"他不是我爹!"

柳叶说:"我说他就是你爹!谁是你爹,你娘还不知道?"

进疆说:"那陈叔叔干吗那么对我说?"

柳叶说:"他是个混蛋!"

进疆说:"娘……"

柳叶说:"你给我回不回?你要不回,我这个娘你也不要要了!"

公路上。

柳叶骑着自行车,进疆坐在后座上。上桥时,柳叶蹬得有些吃力。

| 195 |

李进疆跳下车。

进疆说:"娘,还是我带你吧。"

柳叶也从车上跳下。

柳叶把车推给李进疆说:"好吧。不过,回去好好喊声爹,娘就心满意足了。"

进疆揉揉鼻子说:"好吧。"

柳叶说:"还有,那个上海鸭子,你少跟她往来。"

进疆说:"为啥?"

柳叶说:"因为我咋看咋不顺眼!"

第十章

月光如水。

欧钧铭拄着棍子走进产羔棚,手不时地揉着胸口。

柳月说:"欧场长,这么晚了,你咋还不休息?"
欧钧铭说:"睡不着,来看看。怎么样?"
柳月说:"有一头母羊难产。"

欧钧铭走到产羔棚边上。看到一只母羊躺在干草上,痛苦地喘着气,用乞求的眼神看着欧钧铭。
欧钧铭说:"春花,你去给我烧一盆热水来。"
柳月说:"好。"

柳叶拉着李进疆站在林带边上。
李松泉从地窝子里走出来。
柳叶拉了拉李进疆说:"叫!"
李进疆说:"爹。"
李松泉点点头,心酸而激动地抹了把泪说:"好,好!"

林带边上。

杨自胜正在干活。柳叶朝他走来。杨自胜迎了上去。

杨自胜说:"进疆叫爹了?"

柳叶说:"叫了。"

杨自胜说:"这下老李可以放下包袱了吧?"

柳叶说:"政委,真要谢谢你。不过政委,还有件事我想告诉你,我不知道咋办才好。"

杨自胜说:"说。"

柳叶气愤地说:"陈明义特地去告诉进疆,说李松泉不是他亲爹。"

杨自胜恼怒地说:"这个陈明义,这不是在趁火打劫,落井下石吗?!"

杨自胜气愤地离开柳叶,走到警卫跟前。

杨自胜说:"小唐,你帮我一个忙。去把陈副主任给我叫来,我有急事找他。"

小唐面有难色。

杨自胜:"小唐,到场部办公室没几步路,我们这儿不会有事的,你要相信我杨自胜。"

小唐心有余悸地说:"你们谁都别离开。"

杨自胜说:"不会的,去吧。"

小唐跑了回来。

小唐说:"政委,陈副主任正在开紧急会议,不能来。他说有事以后再说。"

杨自胜说:"这个狗娘养的,看来我真是看错人了。当初我就该处分他!可我还把老婆让给了他。唉!这好人也真做不得。"

杨自胜恼怒地走进地窝子。

第十章

　　李松泉说:"政委,谢谢你,我的事让你这么操心。那种傻事我决不会再干了。你也别再忙乎了,你为我做得已经够多的了。"
　　杨自胜:"我忙乎我的,你别管。古时候的人还路见不平拔刀相助呢,何况我们是革命同志。"

　　柳叶一直在由办公室通向家属区的路上的林带边等着。
　　她来回焦急地走动着。

　　月光下陈明义走来了。
　　柳叶拦住陈明义。
　　柳叶说:"陈明义,你给我站住!"
　　陈明义说:"柳叶,你又有什么事?"
　　柳叶挥起手甩了他一个耳光。陈明义一把把柳叶推倒在地。
　　陈明义说:"你这是干什么!十几年前,你扇我耳光,我认了。可今天你凭什么再扇我?"
　　柳叶从地上爬起来说:"就凭你在我儿子前面胡说八道。"
　　陈明义说:"那是你告诉我的。你告诉我的目的不就是要我认这个儿子吗?"
　　柳叶说:"放屁!"
　　陈明义说:"那你为啥告诉我?"
　　柳叶说:"我是要让你知道,你整我们家整李松泉,就是在整你儿子!"
　　陈明义说:"可这个儿子我认定了。是我的儿子,我凭什么不认!你再去找杨自胜也没有用!"

　　产羔棚。
　　欧钧铭正在为母羊助产。汗水从他额头上一串串地往下流。

　　柳月走到欧钧铭身边,为他擦汗。

柳月说："欧场长，你歇一会儿吧。"
欧钧铭说："你瞧，好了。"

羊羔终于生了下来，母羊一骨碌爬了起来。羔羊叫了两声。
欧钧铭筋疲力尽地笑了笑。

柳月把欧钧铭扶起来。
柳月说："欧场长，你回毡房去休息吧。"
欧钧铭说："不，我再看看。"
母羊在舔着羊羔。

欧钧铭靠在木栏杆上，等母羊把羊羔舔干后，就伸手把羊羔抱在怀里。
欧钧铭说："春花，你看，这毛，这身架，都比以前的羔羊要强。"
柳月点点头。
欧钧铭说："春花，你去忙吧。我坐会儿，就回毡房。"

马灯下。
欧钧铭轻轻抚摸着羔羊，精疲力尽地慢慢地闭上了眼睛。
他的眼前出现了这样一些情景：
苍翠的塔松和积雪的群山朝他涌来。
积雪变成了羔羊在满山坡地蹦跳。
草原上鲜花盛开，蜂蝶飞舞，百鸟齐鸣。
羊群在鲜花盛开的草原上涌动。
他骑着马在羊群边上奔跑。
他又听到羔羊在叫："咩——"
他闭着眼睛笑了。

欧钧铭身子僵硬了，羔羊在对着他叫。

第十章

柳月捧了一捧草走进产羔棚。
柳月说:"欧场长,你该歇歇去了。要不,我送你回去吧。"
没有应答。
柳月走到欧钧铭身边。推推他,以为他睡着了。
羊羔从欧钧铭的怀中挣脱出来,奔向母羊。
柳月说:"欧场长,欧场长!"
欧钧铭脸上依然留着听到羔羊叫时的微笑。但身子已硬了。
柳月哭喊:"欧场长……"

岩石缝里钻出的几棵小草在风中摇曳。
山坡上也已可以看到片片绿色。
进军也骑着一匹马,跟在温俊峰的身边。

姬进军发现许多的人,包括哈萨克牧民,都骑着马像赶集一样朝他们要去的地方聚集。
所有的人都默默无语地积郁着悲痛打着招呼。

长满塔松的山坡,显得庄严而肃穆。
一方土坑的边上放着欧钧铭的灵柩。

柳月、克木尔拜、阿依古丽、欧晓阳、温莹茵、李红霞、姜正荣都已站在坑的前面,而他们周围的人越聚越多,而且还在源源不断地拥来。

温俊峰翻身下马,姬进军也跟着下马。他俩走到人群前。
温俊峰说:"姬进军,看,李红霞就在那儿。但你的事,等会儿再同她说好吗?"

蜂拥而来的人越来越多。
李红霞看到了姬进军,过来拉住他的手说:"进军哥,你怎么来啦?"
进军说:"等一会儿再说吧。"

温俊峰来到柳月身边。紧紧地搂住柳月的肩膀。

姬进军看到柳月,感到很吃惊。看看红霞。
红霞明白姬进军看到柳月后的惊奇,说:"等一会儿我再告诉你吧。"

葬礼开始了。
满山坡的人都默默无语,泪水涟涟。

柳月捏着欧晓阳的手说:"晓阳,看到了吧。人活着,就得像你爸爸。"
欧晓阳哭着点着头,他也没想到,会有这么多人自发地来参加他父亲的葬礼。
温俊峰说:"在种羊场,他天天挨批,说他这不好,那不对。可你看看,好不好,对不对。老百姓心里最清楚。给人们带来了好处的人,人们不会忘记他并会永远感激他的。"

土封完了。
没有墓碑,但栽上了两棵松树。

所有的人都朝坟堆鞠躬。
柳月再也忍不住,哭了起来。

红霞把姬进军拉到柳月跟前。姬进军与柳月双目相遇时,两人的心都震荡了一下。
红霞说:"干妈,这是我的表哥,叫姬进军。"

柳月说:"姬进军?"她似乎感觉到什么,但却仍想不起什么来。只点着头说:"好,好。"

姬进军说:"阿姨,李红霞的父母想叫她回去一次。"

柳月说:"回去吧。红霞的情况刚才我们家的老温也给我讲了。红霞,以后不能这样,想来当牧民是好事,但不能背着父母亲自己就这么来了,这样父母会多伤心啊。"

红霞说:"干妈,我知道了。"

进军说:"阿姨,你跟红霞的娘,真的是长得一模一样呢。"

柳月说:"所以红霞才叫我干妈呀。"

进军说:"我的娘,也跟你长得一模一样。"

柳月说:"这是咋回事,你不是红霞的表哥吗?"

红霞说:"我进军哥的娘和我娘是双胞胎姐妹。"

柳月说:"原来是这样。那你娘呢?"

进军伤心地摇摇头,突然眼泪涌上眼眶,他只是说:"阿姨,那我们走了。"

红霞说:"干妈,我过几天就回来。"

进军和红霞骑在一匹马上。走下山坡。

进军在回忆。

进军让妈妈咬了一口鸡蛋。

进军手举着鸡蛋在渠堤上奔跑,哭喊着叫着娘。

进军蹲在渠堤上,看着渠水流泪。

姬进军勒住缰绳,回头凝视了好一会。

红霞说:"进军哥,你怎么啦?"

进军说:"红霞,我感到那个春花阿姨,就是我娘……"

进军又是满眼的泪花。

夜。姬进军走到地窝子后面的林带边上。
进军喊:"大爷!"

杨自胜从地窝子里出来。
杨自胜问:"红霞接回来了?"
进军说:"送她回家了。"
杨自胜说:"你这任务完成得好。"
进军说:"大爷……"
杨自胜说:"怎么啦?"
进军说:"我见到我娘了。"
杨自胜惊讶地说:"你见到你娘了?在哪儿?"
进军说:"牧场有个叫丁春花的,我觉得她就是我娘。"
杨自胜舒了口气,笑着说:"是呀,你想你娘,我也想你娘啊。一个这么好的女人,年轻轻的就这么走了……怎么会让人不想呢。"
进军说:"大爷,那个春花阿姨真的是我娘。"
杨自胜说:"刚才你说了,她叫丁春花,不是叫柳月。孩子,别胡猜了,进军,你再去给大爷办一件事,行吗?"
进军说:"啥事?"
杨自胜说:"去把你湘筼妹妹给我叫来。"

柳叶家。
柳叶和红霞正在吃晚饭。
红霞说:"娘,那个阿姨真的跟你长得一模一样哎,说话,走路,连笑都一个样。所以我认她当了干妈。"
柳叶说:"别人的娘比自己的娘还要亲,是不是?你个没良心的死丫头。"
红霞说:"娘,我这不是回来了吗?"

第十章

柳叶想了想说:"那阿姨叫什么名字?"

红霞说:"叫丁春花。"

柳叶说:"有男人没有?"

红霞说:"有。还有个女儿叫温莹茵。"

柳叶想了想,叹口气说:"唉,那就不可能了。吃饭吧,吃好饭见你爹去。"

红霞点点头说:"我哥回来过没有?"

柳叶说:"回来过,也认你爹了。唉,但总不是个味儿啊!"

红霞说:"又咋啦?"

柳叶说:"吃你的饭!"

湘筠来到地窝子前。

警卫小唐问她说:"你找谁?"

湘筠说:"找我干爹。"

小唐一看是陈明义的女儿,也不再说什么。

湘筠走到地窝子门口。

湘筠叫:"干爹,你找我?"

杨自胜从地窝子出来,站在门口说:"湘筠,你爹在不在家?"

湘筠说:"在。"

杨自胜说:"你去把他给我叫来。"

湘筠说:"有事吗?"

杨自胜说:"有重要的事。"

湘筠点点头。

陈明义走到林带边。

陈明义说:"小唐,让杨自胜到我办公室来。"说着自己就往办公室走去。

| 205 |

小唐说:"杨政委,陈主任让你去他办公室。"

杨自胜从地窝子出来,耸耸肩,嘲讽地说:"嗬！现在不一样了,说话好大的口气啊！"

陈明义办公室。

杨自胜怒气冲冲地朝陈明义吼:"陈明义,我告诉你,做人有做人的规矩,不懂得做人规矩的就不是人！"

陈明义打着官腔说:"杨自胜,我怎么啦？我对你不是蛮宽大的嘛。你不要不知好歹好不好。"

杨自胜说:"我不知道好歹还是你不知道好歹？你要认儿子,我不反对,但人家正在遭难的时候,你却趁火打劫,落井下石！你做人就这么个做法？"

陈明义也毫不退让,说:"杨自胜,我告诉你,那全是你造下的孽！你谎报军情,才有今天这么个结果！"

杨自胜说:"我不是弥补我的过错了吗？"

陈明义说:"那天你同罗秋雯的结婚之夜,我不知道发生了什么。"

杨自胜觉得自己受到了天大的侮辱,说:"你说什么？我同罗秋雯结婚那个晚上,你怀疑我同她干了什么是不是？你可以去问罗秋雯嘛。"

陈明义说:"你俩都是当事人,你们的表白谁可以作证？"

杨自胜怒不可遏,一个耳光扇了上去说:"我的人格可以作证！"

陈明义被结结实实地打倒在地上,说:"你个走资派,到现在还这么霸道！我不会放过你。"

杨自胜说:"你个投机分子,腐败分子！我就等着你来整我！看我杨自胜会不会给你低头！当初,我是瞎了眼了！"

陈明义从地上爬起来,杨自胜已冲出办公室。

陈明义说:"杨自胜,咱们走着瞧！"

杨自胜回到地窝子。

第十章

张福基、李松泉关切地看着他。

杨自胜坐在地铺上,掏出烟来抽。
张福基说:"政委,咋样?"
杨自胜说:"我把这小子揍了。"
张福基说:"揍了几下?"
杨自胜说:"狠狠地一下,趴下了。"
李松泉忧心忡忡地说:"政委,当心他报复你。"
杨自胜说:"他敢!这个狗娘养的。"

寒风吹着光秃秃的树枝在月光下哗啦啦地响。

枯叶飘零,树枝在摇曳着。
那已是七年后的一个深秋。
杨自胜戴着老花镜悠闲地在家看书。

一辆小车停在了杨自胜家的门口。
陈明义下了车,郑重其事地整了整衣领。

陈明义镇定了一下自己,敲了敲杨自胜的门。
杨自胜开门,看到是陈明义,便把陈明义挡在了门口。
陈明义尴尬地笑笑说:"政委,你好。"
杨自胜冷笑一声说:"哈,是陈政委啊,哪股风把你吹到我这儿来了?是不是跟我算老账来了!"
陈明义说:"政委,那些事不都过去了嘛,你还提它干吗?连林彪这样的副统帅都摔死在温都尔汗了。"
杨自胜说:"可你的事,我会记一辈子!"
陈明义说:"政委,那时在那种形势下,不都是那样的嘛。那时你生那么大的气,说到底不就是因为李进疆的事嘛。李进疆是我的儿子,这你也知道。但到现在,我也没有去认他,他也不知道他的亲爹到底是谁。"

杨自胜说:"大学招第一批工农兵学员的时候,你就利用你手中的权力,把他送走了。"

陈明义说:"他的学习成绩本来就不错嘛,当时考试成绩也相当好呀。"

杨自胜说:"当时给我们场是五个名额,他考试的成绩是第七名。"

陈明义说:"可还要看其他条件啊,政治觉悟,工作表现等等。"

杨自胜说:"我知道你有文化,能说会道。但这件事你我心里都清楚,这是咋回事!今年,你又把你女儿也送进大学了。"

陈明义说:"湘筼去上大学你不高兴?她可是你的干女儿啊!"

杨自胜说:"现在说这话了?你可真会随机应变啊!"

陈明义说:"政委,你别生气。我知道,我没让进军去上学,你心里不平衡。"

杨自胜说:"放屁!我跟进军讲了,好好干活,也好好学习。在全团考成第一、二名,才能去,因为这才会是真本事!"

陈明义说:"团党委已决定了,让他去担任生产七队的队长。这样,他是全团最年轻的队长了。"

杨自胜说:"那是他自己干出来的。"

陈明义说:"政委,行了。你对我陈明义的好处,我心里是清楚的。现在组织上要调你到明珠市去工作,你就安心地去吧。我们团机关,过几个月也要搬到明珠市去。垦区党委已这么定了。"

杨自胜说:"不!我已经跟上级党委打了报告了,要让我重新工作可以,但就从咱们这个团开始,否则我哪里都不去。"

陈明义说:"杨政委,你这是何苦来?"

陈明义走出屋子,走向小车,不悦地摇了摇头。心里恼怒透了。

初冬。

第十章

一辆小吉普车等在场部办公室门口。

杨自胜、陈明义、李松泉把张福基送到小车跟前。

张福基同杨自胜握手,说:"老杨,你瞧你,不去明珠市当市长,结果调我去了,把你留下来当团长,这不是委屈你了?"

杨自胜说:"树长一张皮,人争一口气。我要争的就是这口气!"

张福基说:"老杨,我就敬服你的这股子劲!我真舍不得离开你呀,还是咱俩搭档该多好!"

杨自胜说:"咱俩再搭档,你把我们这位陈明义同志往哪儿搁?"

陈明义很尴尬地笑了笑,心里很不悦,他同张福基礼节性地碰了碰了手。

张福基同李松泉告别说:"老李,你现在是副团长了,要好好配合老杨的工作。别的话,我不说了。"

李松泉含着泪点点头。

姬进军也赶来同张福基送行。他已是个很英气而壮实的小伙子了。

张福基亲切地点着进军说:"当好你的队长,别的我就不说了!……"

张福基上车。杨自胜他们朝他挥手。

姬进军同杨自胜一起回到家。

姬进军问:"大爹,你干吗不去明珠市当市长?"

杨自胜说:"人从哪儿跌倒的,就先要从哪儿站起来,这才是汉子!当然……"他点上一支烟,"更主要的,"说到这,他停了一会儿,"我有心事哪。"

姬进军说:"是啥?"

杨自胜:"就是你刚当上队长……"

姬进军心里明白了,感动地说:"大爹……"

深秋的草原一片金黄。

柳月、欧晓阳、红霞、莹茵骑着马,赶着羊群,由秋牧场转向冬窝子。

| 209 |

欧晓阳已经脱去了从上海来时的那种稚嫩,显得结实而英俊,但仍透出一种儒雅。他骑马已骑得相当娴熟,跑前转后地赶着那些离群的羊只。

红霞和莹茵也都长成秀丽的大姑娘,而且两人长得多少也有些像。
红霞也在帮欧晓阳赶着羊群。

莹茵策马到柳月身边。
莹茵说:"娘,前两天我听克木尔拜爷爷说,我爹当上牧场的副场长了?"
柳月说:"有这么回事,顶的是你欧伯伯空下来的位置。"
莹茵说:"爹会在那儿等我们吗?"
柳月说:"会。"
莹茵说:"娘,我好想我爹呀。你不想?"
柳月一笑说:"这孩子!"
红霞赶了上来。

羊群吃力地往一个大斜坡上爬。牧羊狗在后面催赶着。
有几只体力弱一点的羊爬不上坡。欧晓阳跳下马,把羊一只只往斜坡上推。他与柳月他们之间很快就拉开了一段距离。
柳月往后看看说:"红霞,你再过去帮一下晓阳。"
莹茵说:"娘,我去!"
红霞说:"我去!"
柳月说:"让红霞去。"

红霞掉转马头,朝欧晓阳奔去。

莹茵不满地说:"娘!你干吗老向着红霞呀!"
柳月说:"因为她是姐姐。"

第十章

莹茵不满地噘着嘴。
柳月说:"这孩子!"

红霞和晓阳策马赶了过来。红霞为晓阳擦了擦额头上的汗。莹茵看了,一脸的不悦。

傍晚。
他们赶着羊群来到红光牧场场部。温俊峰正在那儿等着他们,脸上满溢着喜色。

莹茵跳下马,冲上去搂着温俊峰的脖子。
莹茵说:"爹,你咋这么高兴啊,是不是因为当了副场长啦?"
温俊峰说:"不是,是因为我们培育的细毛羊品种在北京的农展馆展出了,而且上级还决定把我们的细毛羊品种在这个地区推广。"
柳月笑着点着头说:"这太好了。"
温俊峰说:"要是欧场长还活着,他会有多高兴啊。"
柳月也走了上来说:"那也得上他坟前去告诉他!"
温俊峰说:"对,过两天我们就去他的坟地。春花,上级准备拨给我们几只澳大利亚的美奴利种羊,那可是花大价钱买回来的。场里决定让你来饲养。你也用不着东迁西移地那么辛苦了。"
柳月一笑说:"这几年夏牧场、春秋牧场、冬牧场地这么转也转习惯了。说不定待在家里反而待不住了。"
温俊峰说:"春花,这几年你老不在我身边,我……"说着笑笑。
柳月很理解,体贴地笑一笑说:"那他们三个呢?"
温俊峰说:"都会安排妥当的。"

在牧场场部的一间办公室里。温俊峰在同欧晓阳谈话。
温俊峰说:"晓阳,这几年你是锻炼出来了,你爸会为你高兴的。"

欧晓阳说:"温叔,我还要再好好努力。"

温俊峰说:"有这种态度就好。晓阳,有一件事我要告诉你,你会高兴的。场里有一个上北京农学院进修的名额。两年时间,我们决定让你去。回来后可以当畜牧技术员,只有这样,才能真正继承你爸爸的事业。"

欧晓阳说:"温叔叔,让莹茵妹妹去吧。"

温俊峰说:"你去！就这么定了,过两天就走,你可以顺便绕道回一次上海,去看看你妈妈。"

欧晓阳激动地说:"温叔叔,谢谢你。"

夜。

柳月和温俊峰亲热地依偎着睡在床上。

温俊峰抽着烟咳嗽着说:"牧场里已修建了十几栋固定羊舍。那些搞试种的基本母羊群就在这儿定点放牧。莹茵和红霞都可以在这儿工作。"

柳月说:"这样安排好,不然我也不放心。你有哮喘病,把烟戒了吧。"

温俊峰摇摇头说:"过去戒不掉,现在更戒不掉了。我听说明年九月,团里的中学要开始复课。让莹茵和红霞再去上学吧。唉！这么些年,把孩子们的学业全耽搁了啊！"

飘飞着的雪花使四下里变得一片银白。

红霞把欧晓阳拉到固定羊舍的一个角落上。

红霞说:"晓阳哥,你明天就走?"

晓阳说:"对。"

红霞说:"我真舍不得你走。"

晓阳一笑说:"为啥?"

红霞说:"这你心里还不清楚吗?"

晓阳说:"不清楚。"

红霞说:"我要骂你了！"

晓阳说:"你骂好了。"

第十章

红霞说:"我不……"说着就拥进了欧晓阳的怀里。

晓阳冷静地说:"红霞,我们还年轻,个人的事我们以后再谈吧。"

红霞说:"但我要你知道,我爱你!"

晓阳说:"我知道了。"

莹茵也走进羊舍。看到他俩刚好分开。莹茵一甩手,又走出羊圈。一脸的痛苦。

柳叶家。门口贴着新的迎春对联。

柳叶正在忙着做年夜饭。从牧场回来的红霞也在帮忙。

柳叶说:"红霞,你哥呢?"

红霞说:"骑上自行车走了。"

柳叶说:"去哪儿了?"

红霞说:"不知道,他没说。"

柳叶说:"肯定到七队去见那个上海鸭子去了。"

红霞说:"娘,上海鸭子,上海鸭子,你干吗把人家上海青年叫得那么难听呢,人家从大上海支边到新疆来不容易!"

柳叶说:"我就这么叫,你心疼什么呀。你哥哥看中的那个上海鸭子我就看不上。出身不好不说,还是个资本家的小老婆生的!"

红霞说:"那又怎么啦,只要哥哥喜欢就行。"

柳叶说:"就是你哥哥喜欢我也不会同意。他好好地上他的大学,等上完大学后再说!"

林带的树枝上挂满了霜花。

李进疆飞快地骑着自行车,过了一座桥后,拐进一条小路,看到林带里有个人影站在那儿。他跳下自行车,就朝林带里冲去。

李进疆与耿佳丽热烈地吻在了一起。

夜。柳叶家。

李松泉、柳叶、进疆、红霞围坐在小方桌四周,桌上摆满了菜。

柳叶既兴奋又伤感地说:"今天,我们家总算又吃上团圆饭了。来,大家都喝上一杯。"

李松泉端起酒杯说:"刚才我去叫杨团长一起来吃个年夜饭,但也不知他钻到哪儿去了。还有进军。"

柳叶说:"进军我让红霞去叫过。"

红霞说:"我叫他了,他说他要回队上去过年。"

李松泉说:"这孩子会有大出息的。"

进疆有些不屑地撇了撇嘴说:"不就当个队长嘛。"

李松泉说:"你怎么没当上?"

进疆说:"等我上完大学后,哼,我也会混出个人样的!"

柳叶说:"那就老天保佑了!"

进军在队上的大食堂里,把几盆菜和一瓶酒放进一只柳条筐里。

他对勤杂排的程排长说:"程排长,咱们去马号吧。"

程排长说:"姬队长,过年去慰问还在工作的同志的事,队领导多少年都没做了。"

进军说:"很早以前不就这么做的吗?我听我大爹说,开荒造田那年月,团领导、队领导都是这么做的。大年夜,大家都合家吃团圆饭,可有些人工作离不开,年夜饭也吃不上,队上领导再不去看看他们怎么行?"

程排长很赞赏地点点头。

队上马号。

两位饲养员还在铡草喂马。

姬进军与程排长朝他们走来。

程排长说:"老张、老田,姬队长来看你们,还给你们送酒菜来了。"

进军说:"两位大叔,你们还没歇着啊?"

第十章

老田说："哪能歇啊。天寒,不给马多加点料,马会顶不住的。"

马灯挂在一根柱子上。

进军、程排长、老张、老田在马厩边的一间小屋里草铺上摆好菜,倒好酒。

进军端起缸子说："老张、老田,来,我和程排长一起,祝你们春节愉快,工作顺利。"

老张、老田感动地说："感谢姬队长能这么想着我们。人心换人心啊。我们会好好干好革命工作的。"

程排长领着进军来到粮场。守粮场的是一位快六十岁的老头。

程排长说："老孙头,姬队长来看你了。"

老孙头和进军握手。

进军说："孙大伯,祝你春节快乐。"

老孙头说："姬队长,你好年轻啊。"

进军说："孙大伯,你可以回家去,同家里人一起吃顿年夜饭。这粮场,我来帮你看。"

老孙头说："这咋行!咋能叫你当队长的看粮场呢。"

进军说："没事的。我也只能帮你看一夜,你快回家去吃顿热热的年夜饭吧。听说你是儿孙满堂呢。有这福气就该去享享这福啊!"

老孙头感动得满眼都是泪。

程排长说："姬队长,我替老孙头看一夜粮场吧。"

进军说："你们都是有家的人,你们都快回吧。"

夜静悄悄的。粮场上堆满了玉米棒子。进军披着大衣站在小屋的门口。

远处传来鞭炮声。家属区亮着灯光的窗户闪着人影。

进军的眼里也流出一缕思念与伤感。柳月的脸在他眼前闪现。
夜深了。他长长地叹了口气,然后走回小屋。

姬进军在炉子前坐下,往炉膛里加柴火。眼睛盯着熊熊的炉火在沉思。

姬进军听到敲门声,他拉开门一看,是杨自胜。
姬进军惊喜地说:"大爹,你咋来了?"
杨自胜说:"你不回家过年,我就来你这儿过年。"
杨自胜把两瓶酒和一大包菜搁到一张小桌子上。
杨自胜说:"进军啊,你托人捎信给我说你要在队上过年,我听了就很高兴。当领导就该这么当!"
姬进军帮着打开酒瓶,把菜布开。
杨自胜说:"当领导最最基本的一条就是要把老百姓的冷暖搁在心上。"
姬进军把酒倒在茶缸里说:"大爹,新年快乐!"
两人亲切地相视着,眼里都渗出了泪。
杨自胜说:"儿子啊!做一个对得起你爹你娘的人。来,干杯!"

又有人敲门。
姬进军拉开门,门口站着陈湘筼,也已是一位很漂亮的大姑娘了。
姬进军说:"湘筼?你怎么来啦?"
陈湘筼说:"来看看你呀。干爹,你也在这儿啊!"
杨自胜说:"哈,我这个年过得有意思。一是,我重新当上了领导,二是跟我们养子、干女儿一起吃上了年夜饭!高兴啊!"

月儿弯弯,银光撒满粮场。
杨自胜微微有些醉,说:"湘筼,跟干爹说实话,你俩是不是正在往那方面发展?"

第十章

湘筼说:"干爹,进军是我干哥哥,我只是来看看他嘛。"

杨自胜说:"进军,你刚当上队长,湘筼,你也正在上大学。我要提醒你们一句,在感情问题上相互不能干扰对方,啊?"

湘筼说:"干爹,才不会呢!"

杨自胜哈哈大笑说:"瞧!我击中要害了吧!当场露馅。"

湘筼说:"干爹!"

月色朦胧。

李进疆和耿佳丽从一堆麦草垛里钻出来。头发上都粘着麦草。

耿佳丽是一种兴奋过后的冷静,她看着李进疆。

耿佳丽说:"李进疆,我们什么时候结婚?"

李进疆睁大眼睛说:"结婚?等我把大学上完吧。"

耿佳丽说:"不行!明天我们就去领结婚证。"

李进疆说:"什么?后天我就要返校了,明天就去领结婚证?耿佳丽,你在开什么国际玩笑!"

耿佳丽说:"既然我们现在结不成婚,你为什么要对我这样?"

李进疆说:"你怎么啦?刚才还是那么热烈,现在却成了冰人了。"

耿佳丽说:"因为我现在冷静下来了。我考虑到刚才发生的这事的后果了。"

李进疆说:"这会有什么后果呀!"

耿佳丽:"后果已经有了。第一,我被你占有了。第二,我们没有采取什么措施,万一……怎么办?"

李进疆说:"不可能!"

耿佳丽说:"李进疆,你说的这些话,好不负责任哪!你越是这样,我越不放心。我发觉你像个甩手撑柜了。不行!我们明天就去领结婚证。"

李进疆说:"耿佳丽!"

耿佳丽生气地跳下麦草垛,拍去身上的麦草。

耿佳丽用坚定的口气说:"明天上午你要不来,下午我就上你们家!"

李进疆感到愕然而不知所措。

第十一章

夜。

李进疆有些丧魂落魄地回到家里。

柳叶看看儿子,感到儿子的情绪不对。

柳叶说:"进疆,怎么这么晚回来?"

李进疆说:"娘,今晚你帮我把东西整理一下。明天一早我就走。"

柳叶说:"干吗?"

李进疆:"返校呀!"

柳叶说:"你不是说后天走吗?"

李进疆说:"我提早一天走就不行啦?"

柳叶说:"出什么事啦?"

李进疆说:"娘,你烦不烦啊!"说着,甩手走进自己的房间。

柳叶看着李进疆咚地关上房门。无奈而惘然地长叹了口气。

黄昏。

耿佳丽神色严峻而庄重地骑着自行车来到柳叶家。

耿佳丽毫不犹豫地敲开柳叶家的门。

耿佳丽说:"李进疆在吗?"

柳叶看到耿佳丽就皱起眉说:"你找他有什么事?"

耿佳丽一咬牙说:"他约我,今天到你们家来的。"

柳叶说:"什么事?"

耿佳丽:"领结婚证!"

柳叶说:"领结婚证?他约你的?"

耿佳丽说:"对!"

柳叶冷笑一声说:"怪不得!"柳叶想了想后用蔑视的口气说:"喂,上海鸭子,我告诉你,今天一早他就返校走了。所以你刚才说的全是瞎话!"

耿佳丽苦笑了一下,咬着牙愤懑地说:"我明白了。"

耿佳丽气恼地把自行车骑得飞快。车轮扬起一团团尘埃。

在一条偏僻的小路上,耿佳丽跳下自行车,冲进林带,抱住一棵树,大声地哭起来。她感到沮丧、后悔、无奈、惘然与痛苦。

她冲着天空喊:"李进疆!我决不会放过你……"

拉肥工地。彩旗招展。

拉肥的人流像一条长蛇似的由羊圈边上的粪堆朝条田里游动。

进军拉着个大爬犁,上面装的肥比谁都多。他的帽檐冒着热气,额上流着汗水。

队上的余文教捏着个喇叭筒在做宣传鼓动。

第十一章

余文教喊:"同志们,革命的战友们,大家都该向我们的姬队长看齐啊。火车跑得快,全凭车头带!我们姬队长拉的肥,比谁都多啊!"

拉肥的工地显得轰轰烈烈。

耿佳丽也在拉肥,但神情恍惚。

进军发现耿佳丽的神色不太对,走上前去关切地问:"喂,这位女同志,你有什么心事吗?"

耿佳丽说:"没有。"拉着肥就走了。

进军笑着摇摇头。

程排长走到进军跟前。

程排长自以为是地说:"姬队长,她叫耿佳丽,是上海支青,正在跟李副团长的儿子李进疆谈恋爱。李进疆上大学去了,她就感到落单了。所以就……恋人嘛,一日不见如隔三秋。"

进军笑笑,不再说什么,继续拉肥。

夜。

姬进军在他的办公室里认真地看着一份统计报表。

耿佳丽敲开姬进军办公室的门。

耿佳丽说:"姬队长,我想找你问件事。"

进军说:"噢,耿佳丽啊,请坐,有什么事?"

耿佳丽说:"我听说李进疆和你是表兄弟。"

进军说:"对。"

耿佳丽说:"他大还是你大?"

进军说:"他比我大几个月。"

耿佳丽说:"好,我就问这事。"

进军说:"怎么啦?"

耿佳丽说:"姬队长,你比他厚道多了。"
进军一笑说:"耿佳丽你是上海支青是吧?"
耿佳丽说:"是。"
进军说:"那你来新疆时有多大?"
耿佳丽说:"16岁。"
进军说:"这么个年纪就支边来了,不容易。以后你有什么困难,尽管来找我。听说你和李进疆……"
耿佳丽说:"姬队长,不说这件事。你忙吧,不打扰你了。"
进军朝她笑笑。

红光牧场。
已经下了两天两夜的雪了。地上的雪已积得很厚,但雪花还在飘。

清晨,雪停了,但天上依然阴云密布。
红霞和姜正荣骑着马赶着羊群准备进山沟,但羊跑到山沟前怎么也前进不了了。积雪已经没过羊的膝盖,贴着羊肚皮,羊咩咩地乱叫。红霞急得光吆喝。

红霞跳下马,束手无策地看着羊群。有些羊转身往圈里走。

姜正荣也跳下马,摇摇头说:"红霞,没用。往回赶吧。"

温俊峰和柳月也骑着马过来了。
温俊锋说:"红霞,姜正荣,羊群进不了沟了,回吧。就是进去了,这么厚的雪,羊也找不到草吃。"
红霞说:"沟里都是草甸子,雪也不厚,能吃上草的。"
温俊峰说:"可羊进不去。你瞧,"他看看天空,"天还要下雪,要是进去了,出不来怎么办?"

第十一章

柳月说:"那羊吃什么?"

温俊峰说:"动用备用草吧。"

柳月说:"那不是给羊产羔时用的吗?"

温俊峰说:"再想办法吧。"

红霞气恼朝羊群甩了个空鞭。

温俊峰说:"红霞,别急,这种时候急躁不得。我知道,你是个有责任感的孩子。回吧。"

雪正在下。

柳月在给四只澳洲美利奴种公羊喂草。

温俊峰看着那些种羊吃草,说:"欧场长在的时候,就提出要引进澳大利亚种羊,他说,我们也要有我们的美利奴羊。他这一愿望,只有我们来替他实现了。"

柳月说:"俊峰,你得赶快想办法,备用的草料快用完了,母羊的产羔期也就在这几天了。"

温俊峰说:"我知道。我已打电话给农场的杨团长,让他尽快给我们解决草料。"

柳月说:"可雪下得这么大,上山的路又不好走,场部离我们牧场还有一百多里地呢。"

温俊峰说:"是呀,可老天爷这么作难我们,我们也只有拼一下了。实在不行,动员大家到沟里去打枯草。"

柳月说:"那也解决不了全部问题。"

温俊峰说:"是呀,杯水车薪,到那时,损失会很大的。十八年前,也有过这么一场雪灾,羊群大约饿死了一大半……"

柳月说:"俊峰,你刚当上管生产的副场长,老天爷就给你来了这么一手。我现在,也就只有求老天爷来保佑我们了。"

温俊峰说:"春花……"他从她身上,感到了一种温暖与力量。

杨自胜坐着吉普到生产七队队部。

进军在队部门口迎接他。

进军与杨自胜走进进军的办公室。

进军说:"大爹,什么事,这么紧急?"

杨自胜说:"进军,这事是紧急。红光牧场遭了雪灾,牲口眼看着就要断粮了,你们队离红光牧场最近。而且我也知道,你们粮场上留存的麦草也最多。你们队上派两辆拖拉机,我再从六队给你调两辆拖拉机,拉上麦草,立即出发,去红光牧场。"

进军说:"大爹,保证完成任务。"

杨自胜说:"进军,由你亲自带着去。别人我还不放心。你要不惜一切代价,把麦草给我送上去!"

进军说:"大爹,你就放心吧,完不成任务,我拿人头来见你!"

杨自胜笑,亲昵地说:"你这小子!我要你的人头,那我就没儿子了,这可不行!"

四辆拖拉机装满了麦草和苜蓿草。

杨自胜握住进军的手说:"孩子,拜托你了!"

进军说:"大爹,我会完成任务的,我不会给你丢脸的。"

杨自胜说:"我要的就是你这话,但一定要注意安全!"

进军说:"知道了。"

车子出发,天已黄昏。

红光牧场,夜。

产羔房,柳月已把一些临产的母羊赶进房里。

第十一章

莹茵躲在产羔房里伤心地痛哭着。

柳月提着马灯往里走。她听到了哽咽声。她走到莹茵跟前。

柳月说:"莹茵,你怎么啦?"

莹茵一抹眼泪说:"娘,没什么。"

柳月说:"噢,我知道了,是不是晓阳单独给红霞写信了,没单独给你写?可他在给我的信中问候你了。"

莹茵说:"娘,你什么也不要说了。我知道我该怎么做。"

柳月叹了口气说:"莹茵,你不会和红霞过不去吧?"

莹茵说:"娘,我是那样的人吗?"

四辆拖拉机在夜色中艰难地慢慢地行驶着。进军坐在拖拉机驾驶室的后座上。

驾驶员凝视着前方,车灯那两条光投射在积雪上,闪着刺眼的光亮。

驾驶员说:"姬队长,现在一个小时才只能走几里地。这么个速度到明天中午都到不了。"

进军说:"小王,别急,慢慢走,安全第一。"

车轮打滑。拖拉机那巨大的后轮光在雪地里打转。怎么也前进不了。

进军跳下车,拿起铁锹挖车轮四周的雪,然后把自己的皮大衣填在车轮下。

进军说:"小王,来,再试试。"

车开出了雪坑。

进军又跳上车。

雪太深了,车无法前进。

进军和几个年轻人挥着铁锹,在前面开路。他们连续干着,干得有些筋疲力尽,喘着粗气。

产羔房。

第一只羔羊的叫声在产房里响起。

莹茵轻轻地推醒在一旁由于疲劳而正在打瞌睡的柳月说:"娘,羊产羔了。"

柳月跑到母羊边上,看到母羊正在舔着羔羊。接着响起了第二只羔羊的叫声。

柳月心事重重地说:"要是草料还不来,母羊吃不上草,这些羔羊可都活不成了。唉,你们晚两天再出来有多好。"

第三只第四只第五只第六只……羔羊的叫声在产羔房里回响开来。叫得人心烦。

早上,雪停了。

红霞来到草场,把残留在地上的一些干草用木爪子抓成一堆。

红霞朝草堆看看,沉重地叹了一口气。

柳月领着温俊峰过来。

温俊峰的哮喘病又犯了,在喘着粗气。

红霞说:"温场长,就剩下这么点草了。"

柳月说:"从昨晚起,母羊就开始下羔了。"

温俊峰说:"昨晚杨团长给我通了电话,说四辆拖拉机拉着草料昨天下午就开始往这边运了。再坚持一天吧。不过上山的路太难走了。"

柳月说:"要是今天中午,或者下午能到就好了。"

温俊峰说:"杨团长说,他是让七队的姬队长亲自押送过来的。不会有问题的。"

红霞高兴地说:"啊,是他呀,那肯定没问题。干妈,你记不记得,前几年给欧伯伯送葬的那一天,有个表哥来找我。"

第十一章

柳月说:"啊,记得。"

红霞说:"就是他,他现在是全团场最年轻的队长。"

柳月说:"一看那个样子,就是个厚道诚实能干的人。"

红霞说:"干妈,那天我们回去的时候,他说,你就是他娘!虽然他不到六岁,他娘就死了。可他对他娘的感情还是那么深。"

柳月沉思了一会,摇摇头,她还是什么都想不起来。

中午,晴空万里,皑皑的积雪反射着耀眼的阳光。

四辆满载着麦草和干苜蓿草的拖拉机驶进牧场场部。

牧场的人欢呼雀跃,涌向开进来的拖拉机。红霞拉着柳月走到第一辆拖拉机跟前。

红霞说:"进军哥!"

但疲劳过度的姬进军跳下车还没开口说话。眼一黑,一头栽进了积雪里……

姬进军微微睁了一下眼睛,他看到了他的娘。但他太疲劳了,很快又闭上眼睛,睡了过去。但他娘的脸在他眼前晃。

他娘把两只鸡蛋塞进他口袋里。

他拿出一只鸡蛋剥开,自己咬了一口后,又让母亲咬了一口,他笑了。

他哭喊着,在渠堤上奔跑着喊:"娘……"

进军在朦胧的睡梦中喊:"娘……"泪从他的眼角滚落下来。

柳月就守在进军的床边。

红霞和莹茵也在边上。

红霞说:"他又在想他的娘了。"

进军又喊了一声:"娘……"

柳月情不自禁地说:"哎……"柳月眼里的泪水哗地流了下来。但她并不知道他就是她的儿子。

莹茵拉了红霞一把。
莹茵说:"红霞姐,这位哥哥对他母亲的感情一定很深很深。"
红霞说:"那当然。因为他的娘是个非常非常好的娘。"
莹茵说:"跟我娘一样?"
红霞说:"一样!"

进军终于醒了,他朝柳月一笑说:"喔哟,阿姨,真对不起。"想翻身下床,"我得去卸车了。"
柳月忙按住他说:"草料全卸下来了。你再歇一会儿吧。真要谢谢你们,我们的羊只,还有刚生下来的羔羊,全有救了。你再睡一会儿,我给你端饭去。"
红霞说:"进军哥,你们真棒!"她拉开他的手,手掌上皮全磨烂了,血肉模糊的一片。
进军一笑说:"积雪太厚了。"
莹茵在一边看了,感动得眼泪汪汪的。

温俊峰、柳月、红霞、莹茵等人把进军他们送到路口。
进军说:"温场长,春花阿姨,我们走了。要再有什么困难,就给我们打电话。我们队离你们近。"
温俊峰说:"姬队长,真是太感谢你们了。"
进军握住柳月的手说:"阿姨,你做的饭真好吃。就像我娘做的饭一样。"
柳月说:"以后有机会,再来吃阿姨做的饭。"
进军同大家挥挥手,跳上拖拉机。

柳月看着远去的拖拉机,心中有一种说不出的惆怅与依恋。而莹茵的

第十一章

眼睛则充满了爱慕与敬意。

树枝在风中抖出了嫩芽。
隆隆的拖拉机正在翻耕着土地。
拖拉机手正瞄着前面的标杆在播种着棉花。

姬进军陪着杨自胜在地头检查播种情况。
杨自胜弯下腰,挖开泥,看着播种深度,然后直起身子很兴奋地拍拍手上的泥说:"进军啊,不错。播得很直。干工作就得讲规范。那些个年,全搞乱了。"
进军说:"大爹,我在队上还搞了点小名堂。"
杨自胜说:"小名堂?啥名堂?"
进军说:"把任务包到每一个人的人头。"
杨自胜说:"包产到人头?"
进军说:"有那么点意思。"
杨自胜说:"不怕犯错误?"
进军说:"大爹,有你撑着呢,我怕啥!以前大家窝在一起干,谁干得好,谁干得赖,全是一个样,结果一天的活儿,两天、三天才干完。现在呢?一天的活儿,半天完,质量还有保证。"
杨自胜欣慰地笑了笑说:"行,干工作脑子里就得多拉上几根弦。大爹放心了。儿子啊,你会有出息的!"

傍晚。队上大伙房。
进军说:"张班长,三号机组的饭我送去。"
伙房张班长说:"你当队长的还负责给机组送饭哪?"
进军说:"顺便去那里看看他们的播种情况。"
张班长说:"你这队长可真是当到家了。"
进军说:"把饭筐给我吧。给他们加了份肉菜吧?"

张班长说:"加了。"

夜。标杆边上挂着个马灯。
拖拉机在继续播种。天上布满了星星。
进军看过播种过的地,满意地点点头。

进军把自行车推出地头,一辆自行车刷地停在他前面,挡住了他。他一看,是耿佳丽。

耿佳丽说:"姬队长,我有急事找你。你真的是太难找了。我去你办公室不下十几次了。"

进军说:"春耕春播这么忙,我在办公室咋待得住?有啥事?说吧。"

耿佳丽说:"我想回上海。"

进军说:"你看你,要回上海你也不挑个时候。农闲时不提出来,农忙时却想要走了。没有特殊理由,这个假我可不能批。"

耿佳丽说:"就是有特殊理由。"

进军说:"啥理由?"

耿佳丽迟疑了一下,脸一红,轻轻地说:"我怀孕了。"

进军说:"啊?咋回事?"

耿佳丽说:"你表哥李进疆惹下的。"

进军说:"你们怎么能这样!"

耿佳丽说:"这事发生后,我就对李进疆说,事情既然已经发生了,那就领结婚证,把婚结了。"

进军说:"他不同意?"

耿佳丽说:"他不但不同意,第二天一早就溜走了。我给他去了几封信,可他连一封信都没有给我回。"

进军说:"这家伙,怎么能这样?那你该去找他娘,找他爹,把这事跟他们抖搂开。"

耿佳丽说:"我去过他们家,他妈妈见了我就像见了贼一样。我再也不会去找他们求他们,我骨头还没有那么轻那么贱。"

进军说:"那你准备咋办?"

耿佳丽说:"回上海,把……"指指肚子,"处理掉。"

进军想了想说:"好吧,你打报告,这假我准了。处理好,养好身体,就赶快回来。"

耿佳丽说:"姬队长,这事你一个人知道就行了。替我保密,行吗?"

进军说:"行,就这样吧。这个李进疆,干的全是这种没长肚脐眼的事!"

五月。

早开的鲜花点缀在嫩绿的草地上。

柳月满面笑容地放牧着那四只澳洲美奴利羊。

莹茵骑着马背着书包来到柳月身边。

柳月说:"不在家好好复习功课,跑到这里来干啥?"

莹茵说:"娘,在这儿不是一样复习吗?"

积雪的群山,碧蓝的天空,风把白云吹得像羊群一样在奔跑。

远处传来哈萨克的冬不拉的琴声。

柳月仰望着天空在沉思。

莹茵说:"娘,你在想什么呢?"

柳月望着远处。远处,姜正荣和红霞赶着羊群在奔跑。

柳月感叹地说:"我在想那个叫姬进军的队长。要不是他把草料及时送到,哪有现在这情景啊。"

莹茵说:"娘,我真的也挺敬服他的。"

柳月说:"是个好青年啊。可我老觉得,他好像就是我儿子。"

莹茵说:"娘,你也别这么空想了。我有办法把这事变成现实。"

柳月说:"啥办法?"

莹茵说:"我嫁给他呗!一个女婿半个儿嘛!"

柳月说:"又在说胡话!"

莹茵说:"这算什么胡话。我就这么想的!咋啦,娘,不许我嫁人啊!"

柳月说:"这孩子,怎么说话的。可我心里觉着,这事不成!"

莹茵说:"什么不成。娘,你让爹给我做媒去,你们不去,我自己去!"

柳月说:"你啊,一个大姑娘家的,说这话怎么不知道害臊!"

莹茵说:"这有什么好害臊的?人活在世上,就要光明磊落,有啥说啥,藏着掖着做啥?"

柳月说:"你不考大学啦?"

莹茵笑了笑,不再说什么,翻身上马,在草原上狂奔了一阵,就消失在山坡下。

柳月显得心事重重的样子。

浓浓的树荫覆盖着农场场部。

杨自胜的房前,一辆卡车拉着杨自胜的一些简单的家具开走了。

杨自胜和进军从屋里出来。

进军说:"大爹,我还是跟你去吧,在那儿帮你把屋子收拾好了我再回来。"

杨自胜说:"收拾个屋子我自己会。你好好地去当你的队长。抽空来看看大爹,十几公里的路,骑个自行车有半个小时也到了。"

进军说:"知道了。"

一辆小轿车开到杨自胜跟前。

陈明义和李松泉来向杨自胜告别。

李松泉同杨自胜握手时含着泪,把手握得很紧很紧。

第十一章

杨自胜:"现在你是这儿的团长了,对进军你要严要求。要说起来,你是他的亲姨夫啊!"

李松泉愧疚地点点头。

陈明义与杨自胜握手时,装出以前什么事也没发生过的样子。

陈明义说:"老杨,你是明珠市的市委书记了,我们团就在明珠市的边上,请你多关照了。"

杨自胜说:"有你陈明义在这儿,我还能不关照?"

陈明义笑得有些尴尬。

康拜因在麦田收割着麦子。

进军用毛巾包着头,站在康拜因上喂着麦草。飞扬着的麦芒和尘土让他只好眯着眼睛。

有个农工在林带边吃完饭,奔到康拜因旁喊:"姬队长,下来吃饭吧。"

进军跳下车。

农工说:"姬队长,我看现在啥农活都难不倒你。"

进军说:"当队长,啥农活都得摸一摸,好做到心中有数。"

农工爬上康拜因说:"姬队长,刚才通信员来,说队上有人找你,让你回去一下。"

进军骑着自行车来到队部,推门走进办公室,看到一位姑娘坐在那儿等他。那位姑娘就是莹茵。

莹茵看到进军后,眼睛一亮忙站了起来。

莹茵说:"姬队长,你还认识我吗?"

进军也高兴地说:"认识,怎么不认识。你是春花阿姨的女儿,温莹茵。你怎么到这儿来了?"

放暑假回家的湘筼骑着自行车,来到队部。她透过窗户看到进军正热情地在同一位姑娘说话,就没进去,站在门口听。

莹茵热情洋溢地说:"我是到场里来参加高考的。今天考完了,我要回到牧场去,所以来见见你。"

进军说:"有什么事吗?"

莹茵说:"有!我也想像红霞姐一样,叫你进军哥哥,行吗?"

进军说:"那当然行,因为我觉得你的娘,就像我的娘。"

莹茵说:"进军哥哥,你有对象没有?"

进军说:"噢,还没有。不过我大爹有个干女儿,叫陈湘筼,我们青梅竹马,相处得不错。"

莹茵说:"可还没有确定那种关系,对不对?"

进军一笑说:"你问这干吗?"

莹茵说:"进军哥哥,我坦率地告诉你,我爱上你了。我娘也特别地喜欢你。"

进军脸红了,显得有些不自在。

莹茵说:"进军哥哥,你能给我五到六年的时间来证明我自己吗?证明我确实能配得上你。"

进军说:"恐怕不行。"

莹茵说:"为什么?"

进军说:"我自己也说不清楚。因为……怎么说呢,我真不想伤害你。"

莹茵说:"那你就别伤害我!我走了,有机会我还会来看你的。我娘说,让你抽空上牧场去看看她,她会很高兴的。"

进军动情地说:"好,我一定抽空去看你娘。"

进军把莹茵送出办公室,湘筼赶忙躲到一边。

莹茵矫健地骑上马,那匀称的身段与漂亮的脸蛋十分迷人。

第十一章

进军仰头看着她说:"莹茵,我把你认作妹妹吧。"

莹茵说:"先认作妹妹也行呀。不过我会做出个样子让你满意的。进军哥哥,我回去了。"

莹茵策动马匹,一路小跑地上了公路。

进军目送着莹茵消失在林带里。他感到,自己真有一种哥哥对妹妹的感情。

进军回过头,发觉湘筼站在他身后。

进军说:"湘筼,你回来了?"

湘筼说:"放暑假,回来看你呀。进军哥,你刚认下的这位妹妹,长得好漂亮啊!"

进军一笑,不答。

湘筼轻轻地拉了一下进军的手说:"进军哥。"

进军说:"怎么了?"

湘筼说:"进军哥,我们……我们确定关系好吗?"

进军看着湘筼,沉默了好一阵说:"湘筼,我还没有考虑过这件事,思想上没有准备。这样吧,等你上完大学再说吧。"

湘筼说:"你是不是看上刚才的那一位了?"

进军说:"不是。说心里话,我很喜欢她,在我第一次见她时我就喜欢她。但是,我总感到,她在我心中,只能是个妹妹,一个我很喜欢的妹妹。但是,我跟她,不可能朝那方面发展。"

湘筼说:"为啥?"

进军说:"说不清。湘筼,我不骗你,我真的是说不清。"

柳叶家。

放暑假回来的李进疆还在睡懒觉。

柳叶掀开他睡的小屋的门帘,走进去推醒他说:"进疆,你爹上班去了,我要问你一件事。"

进疆说:"啥事?"

柳叶说:"你跟那个女上海鸭子到底啥关系?"

进疆说:"啥关系也没有。"

柳叶说:"啥关系没有?那那天她到我们家来,说是你让她来我们家,准备一起去领结婚证的。这是咋回事?"

进疆从床上一下坐起来说:"她真的来我们家这么说了?"

柳叶说:"怪不得那天你要提早走。你们俩肯定有点什么名堂,要不她怎么会来这么说?"

进疆说:"娘,啥也没有,只不过在队上时,相互谈得来一点。"

柳叶说:"我警告你,找对象,不能找这种上海鸭子,女的妖里妖气的,男的流里流气的,我就看不惯!"

进疆说:"行了行了,娘,你瞎操那么多心干吗!"

粮场。

进军正在麦堆旁扬着场。有一位老职工拉拉他,指指林带。

李进疆站在林带里。

李进疆正站在林带的阴影里,进军朝他走来。

李进疆迎上去。

进疆说:"姬大队长,你可真难找啊。"

进军说:"啊,是你啊,你不来找我,我也要去找你呢。"

进疆说:"你找我干吗?"

进军说:"你又找我干吗?"

进疆说:"我想问你,耿佳丽上哪儿去了?怎么到处找也找不到她?"

第十一章

进军说:"我也正为这件事找你呢。我问你,你找她干吗?"

进疆说:"我找她,那是我们之间的私事,姬大队长,这你可管不上。"

进军说:"她是我队上的职工,我这个当队长的,就有义务对她负起责任来!我问你,你同她到底准备怎么办?"

进疆说:"什么怎么办?"

进军说:"我问的是,你准备不准备同她结婚?"

进疆说:"这是我与她之间的事,结不结婚同你有啥相干?"

进军说:"你把人家搞了,你还在说这种话!"

进疆说:"你怎么知道我搞她了?"

进军说:"她肚子大了。"

进疆说:"那说不定是别人搞的。这种女人你也知道……"

还没等进疆讲完,进军就一拳把他撂倒在林带的埂子上。

进军说:"这一拳我是代表耿佳丽给你的。人家千里迢迢到新疆来支边,你就这么糟蹋人家!良心叫狗吃了!"

进疆抹着嘴角上流出的血喊:"姬进军,你对我的一桩桩血海深仇,我总有一天要报的。"

进军说:"行啊,我奉陪,你这堆狗屎!"

深秋。林带里,大路上都铺满了金黄的枯叶。

进军骑着自行车匆匆赶到队部。

办公室。有一个南方人模样的男子抱着个婴儿坐在里面。

姬进军走进办公室,那南方人就站起来,很有礼貌地鞠了一躬说:"请问,你是姬进军队长吗?"

进军说:"对,我就是。"

南方男子说:"我是受耿佳丽的委托,来找你的。这是耿佳丽给你的信。"

进军接过信来看。

耿佳丽的信：

姬队长，您好。

　　古人说，一失足成千古恨，事情真是这样。到上海后，母亲知道这事后哭得死去活来，这么件丢人的事就出在她独养女儿的身上，她想不开。我母亲是个宁肯丢命也不肯丢面子的人。她说，不能去医院做人流，因为做人流要有关单位的证明，这样，这件丢人的事就会传开。她说，你就对别人说，你结婚了，回上海来生孩子的。就这样，我对你食言了，没能做到处理掉肚里胎儿就回队上来的诺言。而现在，我不可能再回来了。因为我母亲为我办了出国的手续。过两天我就要去法国了。当然，我不可能带着这孩子走，母亲说："送还给那个负心汉吧！让他负起抚养孩子的责任来。"所以，我把孩子委托人带给你，因为只有你，才有办法把孩子送到李进疆的手上。我相信你，我知道，这也太为难你了，但我想不出更好的办法。附上孩子的一笔生活费。谢谢你，姬队长。总有一天，我会好好报答你的……

看完信后，进军感到既心酸又为难。

他在办公室里走了几步，在思考。

姬进军想好了，叹了口气，无奈地摇摇头，走到那南方人跟前。

进军说："同志，贵姓？"

南方男子说："免贵，姓罗。"

进军说："罗同志，你还是把孩子带还给耿佳丽吧。这件事我恐怕办不成。"

罗同志说："不可能了，耿佳丽她母女俩都去法国了，家里的房子也处理掉了。他们是给了我一笔钱，而且让我来回坐飞机，我才跑这么远来帮她们办这件事的。你们这儿好冷啊，我都冻感冒了。"

第十一章

进军为难地在屋里来回踱着步,最后一咬牙对那男子说:"那好,孩子留下吧。"

初雪。夜。
进军来到柳叶家。

进军敲着门喊了声:"大姨。"
柳叶开门,看是进军。
柳叶说:"进军啊,来,坐。好长时间没上大姨家来了。"
进军说:"队上的事情太忙。姨夫呢?"
柳叶说:"开党委会去了。我听你姨夫讲,你这个队长当得不错。不过他也有点担心。"
进军说:"担心啥?"
柳叶说:"说你胆子大了点。这样容易犯错误。"
进军一笑说:"大姨,今天我来是想告诉你一件事。"
柳叶说:"啥事?"
进军说:"进疆哥跟我们队上一个上海女支青叫耿佳丽谈恋爱的事你知道吧?"
柳叶说:"这事我问过进疆,他说只是一般朋友关系。"
进军说:"不对,大姨,进疆没有跟你讲实话。"
柳叶说:"咋回事?"
进军说:"进疆不但跟耿佳丽谈了,而且越轨了。"
柳叶说:"什么?"
进军说:"耿佳丽怀孕后,回上海把孩子生下来了。"
柳叶说:"啊?有这事?"
进军说:"对。耿佳丽把孩子托人带过来了。"
柳叶说:"那她人呢?"

进军说:"出国了。"

柳叶说:"那孩子呢?"

进军:"在我这儿。"

柳叶说:"这……这会不会有假?"

进军说:"我想不会。大姨,那是进疆哥的女儿。他有责任抚养她。"

柳叶说:"那不行！进军,你不该把这孩子接下来。"

进军:"开始我是不想接,但耿佳丽同她母亲已经出国了,这孩子没法送回去了。我才接下的。因为进疆毕竟是我表哥,耿佳丽也知道我跟进疆的这层关系,才把孩子送到我这儿的。"

柳叶说:"进军,你就再帮大姨一个忙吧。把孩子送给别人吧。有些老职工夫妇没有孩子,他们会收养这孩子的。"

进军说:"大姨,你想想,那孩子是你的亲孙女啊！你舍得送给别人?"

柳叶说:"是不是亲的,我不知道,就是亲的,我也不会要！进军,你想个办法吧,送人！我再说一遍,你不该收下这孩子！"

进军不满地说:"好吧,我走了！"

柳叶说:"进军——"

姬进军已经愤怒地出去把门关上了。

第十二章

夜。
队长办公室。
姬进军用奶瓶在给孩子喂牛奶。
姬进军发愁的脸。

姬进军眼前出现了满山坡羊群。还有柳月那热情、和蔼、善良、亲切的笑脸。

清晨。
进军骑着马抱着孩子上山,走向牧场。

傍晚。
红光牧场柳月家。
小方桌旁围坐着温俊峰、进军、红霞。
柳月把一大盘热气腾腾的羊肉放到桌上,羊肉上撒着一些洋葱片。
柳月坐下说:"大家吃吧。"

温俊峰为进军倒酒。

红霞说:"温场长,我也喝上一口。"

进军看看四周的人说:"莹茵妹妹呢?"

柳月说:"考上大学后走了。"

进军说:"学的啥专业?"

温俊峰说:"企业管理。"

进军说:"这个专业好,将来肯定会有用武之地的。"

温俊峰说:"莹茵这孩子虽然是个女娃,但干啥事都泼泼辣辣的,而且还有一股子韧劲,像她娘。来,姬队长,干杯。"

红霞说:"来,我也干。进军哥,你别为我哥我娘的事生气。我哥那德行你也知道。从小就不是个溜子,我娘又太世俗,所以我就不大想回家。"

床上睡着的孩子突然哭了。柳月忙放下手中的碗,去抱孩子。

红霞帮着把装上牛奶的奶瓶放进茶缸里,然后再往茶缸里倒上热水。

柳月抱着孩子哄着。

柳月说:"姬队长,你放心。孩子就放在我这儿,作为我的孙女来养。"

进军说:"春花阿姨,真太感激你了,这孩子就算是我的女儿吧。送别人,我还有点舍不得,而且也不合情理。不管咋说,我跟这孩子也带点亲,亲人不尽这义务,反而把责任推给别人,这咋行!"

柳月说:"孩子叫啥名字?"

姬进军说:"我想好了,她是个女孩,她母亲又是上海人,起个雅一点的名字,叫舒好吧。姬舒好。"

柳月说:"这名字挺好听的,就这么叫吧!"

红霞热好牛奶,柳月接过来,小心地为孩子喂奶。

温俊峰为姬进军倒酒。

第十二章

温俊峰感动地说:"姬队长,来,咱俩再干一杯。人活在世上,就要讲个情义。"

进军说:"不过这事,是太麻烦春花阿姨了。孩子每个月的生活费,我会送来的。"

柳月说:"姬队长,我们这儿是牧区,孩子喝个奶,吃口肉,都是现成的。你千万别再提生活费的事。再说莹茵走后,我正愁身边没孩子会孤单呢。这孩子会给我们带来乐趣的。"

进军说:"春花阿姨,我再一次地谢谢你。"

早上。
红霞帮进军牵着马,把他送到路口。

红霞把缰绳递给进军。
红霞说:"进军哥,你走吧。"
进军说:"红霞,你如果回家,这件事最好不要跟你父母和进疆讲。"
红霞说:"我哥这件事真的做得很无耻。我恨不得要扇他两个耳光。"
进军说:"你哥已经挨过我一拳了。算了。红霞,我问你,你干吗不参加高考?"
红霞说:"一是我年纪大了,再上个学出来,就要三十岁了,怎么嫁人?二呢,我已经有男朋友了,就是欧晓阳,他明年就要从大学进修回来了,我想能好好地成为他的贤内助,就像春花干妈协助温场长那样。"
进军说:"那也好。我走了,我会经常来看你们和孩子的。孩子的事你也多操点心。"
红霞说:"我会的。按理讲,我是孩子的亲姑姑嘛。"

红光牧场。草原上也已是一片春色。
温俊峰的办公室。
一位会计说:"温场长,牧工们已有八九个月没发工资了,你看咋办?"

| 243 |

温俊峰叹口气说:"牧场这几年连年亏损,上面也没拨款。大家再忍一忍,我再去找找李松泉场长。"

草甸湖农场。

李松泉办公室。温俊峰面有难色地坐在李松泉对面。

李松泉说:"现在农场资金也十分紧张,连我的出差费都没钱报销。这样吧,面粉、清油,我们农场保证向你们供应,钱可以欠着,牧民们基本的生活要有保障。其他的困难,大家暂时都忍一忍吧。"

温俊峰说:"由于没有资金,育种场一直没有恢复,羊只的品种改良工作也有好些年无法进行下去了。"

李松泉说:"我说了,困难是暂时的。如何克服困难,大家都来想办法。我的原则是,还是要立足于自身,不要动不动就向上伸手,老伸手是永远不会有出路的!"

红光牧场。

温俊峰垂着脑袋在抽烟。

柳月说:"我看李团长讲得对,咱们守着这么大一个牧场,还能自己弄不来一口饭吃?"

温俊峰气恼地说:"咋弄?"

柳月说:"你是场长,办法得由你想!不然要你这个场长干吗?温俊峰,不是我说你,你跟欧场长比,差远了。"

温俊峰说:"你也这么说我,你要有本事你来当!"

柳月说:"真要让我当啊,我肯定比你当得强!"

明珠市已展开大规模的建设。道路在扩展,正在新建的楼房围满了脚手架。但稀疏的几栋两三层的楼房和布满道路两旁的土平房使人感到城市的旧貌依然没有得到多大的改变。

傍晚。姬进军骑着自行车穿行在明珠市的大街上。脸上充满激情与

第十二章

兴奋。

夜。
姬进军敲门走进杨自胜的办公室。
姬进军说:"大爷。"
杨自胜说:"进军还没吃饭吧?走,跟大爷上食堂吃饭去。"

市委机关食堂。
杨自胜与姬进军在一张大桌子上吃份饭。
杨自胜说:"进军,有啥事吗?"
姬进军说:"有点儿事想告诉大爷,但主要是好长时间没见大爷了,想见见。"
杨自胜说:"有这份孝心就好。"

杨自胜家。
虽然根据级别分配的房子面积很大,但里面的家具都极其简单,相比之下房子显得空空荡荡的。
姬进军讲完事情。
杨自胜说:"孩子现在放在哪儿了?"
姬进军说:"放在红光牧场,春花阿姨那儿了。"
杨自胜说:"你这件事做得对!我支持你!做人,就是要有人情味,没有人情味的人就不是人!"
姬进军说:"再说,孩子毕竟是我表哥的孩子,跟我总还有点亲缘关系。"
杨自胜说:"这个李进疆,不知是像李松泉还是像陈明义,从小就这么赖皮的。"
姬进军说:"大爷,这跟陈明义叔叔有啥关系?"
杨自胜一挥手说:"不说了。不过,你为啥要把孩子送到红光牧场丁春花那儿?牧区离这儿这么远。"

姬进军说:"我感到把孩子放到春花阿姨那儿是最可靠的。大爹,我总感到这个春花阿姨就是我娘。不信,你啥时候去看一下。"

杨自胜自语说:"……唉!你娘她真的是很让人怀念呀!"

杨自胜转换话头说:"进军,我听说你在队上首先实行了家庭承包制了,是吧?"

姬进军说:"是,不过陈明义政委有不同看法,我大姨夫虽不反对,但态度也很暧昧。"

杨自胜说:"改革谁也没有现成的经验,摸着石头过河,干了再说!"

红霞骑马从山上下来。

草甸湖农场的场部已驻在明珠市的边缘,场部办公室是一栋两层的小楼房。

小楼后面是几排家属房。

红霞骑马从办公楼前经过,策马朝家属房走去。

夜。场部小楼里。

李松泉拿着几封信神色凝重地朝陈明义的办公室走去。

李松泉走进陈明义的办公室,陈明义正在看文件。

李松泉说:"政委,有件事我得同你商量一下。我看这件事不能再拖了。"

陈明义说:"是不是姬进军的事?"

李泉松说:"是。你看这几封七队的群众来信,最近几天,又有好几位群众来访,都是关于家庭承包的事。一年下来,有的职工富得冒油,有的职工辛苦干了一年,还倒欠公家好几千!富的,公家沾不到他们什么,穷的呢?公家又不能不管,得拿出钱来扶贫。这叫富了和尚却穷了庙。这样下去怎么行?"

第十二章

陈明义说:"当初,姬进军提出在他们队上实行家庭承包制时,我就有不同看法。但进军是杨自胜的养子。本来杨自胜跟我就有过结,我要反对得狠了,我怕杨自胜会有别的想法,所以当时我也默认了。"

李松泉说:"当时我也犹豫,现在看来是有问题。"

陈明义说:"家庭承包制在农村当然是行得通的,但在我们全民所有制的国营农场,就未必行得通。我们农场的情况是机械化程度高,又是大面积生产,显然不适合搞家庭承包。我看这样,世上的事都是枪打出头鸟。在别的团场还没有搞以前,我们暂时也先停一停。"

李松泉说:"那七队怎么办?"

陈明义说:"停掉。"

李松泉说:"恐怕姬进军的思想通不过。还有杨自胜现在是明珠市的市委书记,张福基又是明珠市的市长。我们团机关就驻在明珠市,他们会不会来干涉?"

柳叶家。房子以及里面的布置已焕然一新。

柳叶与红霞正在一起吃饭。

红霞说:"娘,爹咋不回来吃饭?"

柳叶说:"现在你爹是农场场长了,忙。深更半夜才能回家。"

陈明义办公室。

陈明义与李松泉的谈话在继续。

陈明义说:"我看这样,把姬进军提一下。"

李松泉说:"怎么提?"

陈明义说:"让他到红光牧场去当场长,那是个营级单位。由连级一下提到营级。总对得住他了吧?再说,姬进军已经当了好几年的队长了,升一升也是合情合理的,这样杨自胜这老家伙总不会跟我们过不了吧。"

李松泉说:"这样也行。谁同他谈?"

陈明义说:"我来谈。你是他姨夫,而且你同他亲父亲以前又有点那个。

恐怕他会有更多的想法。"

李松泉说："那七队的队长谁去顶？"

陈明义说："就让李进疆去。他从学校回来，不是在六队当副队长吗？"

李松泉说："这样做，群众会不会有看法？"

陈明义说："老李，运动过后你怎么变得这么胆小？举贤不避亲嘛。就这样吧，不过，这事还是要在党委会上过一下。"

柳叶家。

红霞说："哥现在在干啥？"

柳叶得意地说："现在在六队当副队长了。当农场技术员不到半年，就提副队长了。"

红霞说："他也能当队领导啊！"

柳叶："为啥不能？我看他要比你强！"

红霞终于忍不住了，说："娘，有件事进军不让我告诉你。但我想了想，还是要跟你说。"

柳叶说："啥事？"

红霞说："有关哥哥那个孩子的事。进军哥把孩子交给你，可你却不收！"

柳叶说："这种丢人的事怎么能往家里拢！你哥说了，那孩子不见得就是他的。"

红霞说："可那孩子长得很像我哥！但比我哥要漂亮得多了！"

柳叶说："那孩子你见了？"

红霞说："见了！进军哥把她交给我春花干妈抚养。进军哥对我说，你哥你娘不要，我要了。收她当女儿。"

柳叶不满地说："这个姬进军，把这孩子送给别人不就得了。他这是有意给我们难堪！唉，我与他娘，还有他，前世造的孽啊！"

红霞说："反正，哥和你做得都不对，迟早有一天要后悔的！"

柳叶说："红霞，你的胳膊肘怎么老往外拐啊！我咋生了你这么个

第十二章

女儿!"

秋去冬来。
一场大雪盖满了大地。
曲世士等许多牧民拥在温俊峰的办公室里。
曲世士说:"温场长,你们再不发工资,我们怎么过年啊?"
牧民甲说:"已经有一年多没发工资了,连孩子上学交学费都没有!"
牧民乙说:"你们再不发工资,明天我们就到农场场部去请示。"
温俊峰一筹莫展。而此时他的哮喘病又犯了。

草甸湖农场场部。温俊峰哮喘着坐在李松泉办公室。
温俊峰说:"这是我的辞职报告,李场长,我真的是干不下去了。而且我的身体状况又很不好。哮喘一年比一年犯得厉害。"
李松泉同情地说:"这事我跟政委商量一下再定,好吗?不过你的病,一定要到医院里好好地彻底治一治。"
温俊峰苦笑着摇摇头。

陈明义办公室。
陈明义对李松泉说:"红光牧场的事再不能拖了,明天我就同姬进军谈。"
李松泉说:"温俊峰怎么办?"
陈明义说:"让他提早退休吧。缺乏组织经营能力,身体状况又不好。你说呢?"
李松泉说:"好吧,我同意。"

月色朦胧,雪花飘飘。
陈湘筼骑着自行车来到七队队部。她推开姬进军办公室的门,说:"进军哥。"

姬进军办公桌上堆着好多书,他正埋头专注地阅读着。似乎没听到陈湘箕在叫他。

湘箕冲着他耳朵喊了一声:"进军哥!"

进军吃了一惊,然后笑了笑说:"你怎么来了?吓了我一跳。"

湘箕说:"来看看你呀。"

进军揉着太阳穴说:"看了一下午书,头都看晕了。外面冷不冷?"

湘箕说:"不冷,在下雪呢。"

进军说:"那咱们到外面走走。"

雪花飘舞。

姬进军与陈湘箕顺着林带在小道散步。

湘箕说:"进军哥,有件事我要提醒你。"

进军说:"啥事?"

湘箕说:"不要蛮干。"

进军说:"你一定听说什么了,是吧?是不是我在队上实行家庭承包的事?"

湘箕说:"我听说,大家对这件事都很有看法。我怕你会因此犯错误。"

进军说:"你听的大概是你老爹的话吧?"

湘箕说:"不全是。这一年下来,你们队上的职工富的富,穷的穷,贫富之间的差距拉得太大了。"

进军说:"这叫奖勤罚懒,优胜劣汰。但总的来讲,我们队上粮食、棉花的产量都比以前提高了很多,经济效益也比以前提高了不少。不过一开始搞,是有些考虑不周的地方,明年我们可以继续完善嘛。"

湘箕说:"你明年还搞啊?"

进军说:"只要对老百姓有利,对国家有利,为啥不搞?"

湘箕说:"你呀,从小就是这样,啥事情只要一扎进去就出不来了。"

进军说:"这是你爹的观点!不是我说你爹,做人太圆滑,四平八稳的,转弯也转得特别快,所以什么时候都吃得开,像个不倒翁。"

第十二章

湘筠说:"我反对你这么损我爹!"

进军说:"话不投机了,是吧?那你就回家去,我呢?还是回去看书去。没机会上正规大学,但我得上我的业余大学。"

姬进军转身往回走,湘筠想了想,追上去。

湘筠说:"进军哥!我也是关心你嘛。"

进军说:"那就谢谢你的关心。"

湘筠说:"进军哥,我是有事来同你商量的。"

进军说:"那就说。"

湘筠说:"咱俩的事,啥时候办?你都三十出头了,我也二十七了。"

进军说:"咱俩没共同语言,怎么办?"

湘筠说:"进军哥,你不要这样嘛。刚才的话,就算我没说,还不行吗?"

进军一把把她搂进怀里。

雪花在空中搅成一团。

姬进军搂着陈湘筠的腰往回走。

湘筠也紧紧地搂住进军。

进军说:"湘筠,这样吧,你回去跟你爹跟你娘商量一下,我呢,也要回去跟我大爹说一声。只要他们都没意见,我们就定个日子。行吗?"

湘筠点点头。踮起脚尖,又拥吻进军。

草甸湖农场场部。

姬进军走进陈明义的办公室。

陈明义办公室。

陈明义说:"进军啊,这几年你在队上干得很不错。队上的粮棉总产都要高于去年,盈利也高于去年吧?"

进军说:"财务决算要过几天才出来呢。"

陈明义说:"但估算已经有了。进军,是这样,你的工作我们想动一下。"
进军说:"干吗？要把我调离七队？"
陈明义说:"进军,你看你,我还没把话说完,你就激动起来了。"
进军说:"好吧,政委,你说吧,我听。"
陈明义说:"我要告诉你的是,红光牧场的情况不太好。连续亏损已经有六年了。再不改变,这个牧场就很难再维持下去了。来上访的人也不少,所以我们决定让你去担任牧场的场长,去改变一下那里的面貌。"
进军说:"政委,我在七队再干上一年行不行？"
陈明义说:"进军,这是场党委定了的事。我们不能让牧场再这样下去,要不,损失会更大。温俊峰副场长是个技术干部,组织能力和经营水平都比较欠缺,而且身体状况也不好。我们把改变牧场的希望就压在你身上了。"
进军说:"什么时候去？"
陈明义说:"后天吧。后天李场长亲自陪你去牧场,宣布你的任命。"

傍晚。
杨自胜家。
厨房间,一位家政服务员正在炒菜做饭。

杨自胜、张福基、姬进军围坐在茶几前喝茶。
张福基说:"杨书记,你刚走一年多,他们就搞政变,不像话！"
杨自胜说:"老张,这也怪不得他们,陈明义这个人你还不知道？像河沟里的卵石,咋摸也摸不出个棱角来。李松泉呢？运动把他捏成了个前怕狼后怕虎的人。进军,听大爹的话,去牧场。要搞家庭承包,牧场也可以搞嘛。"
张福基说:"这话对。"
杨自胜说:"改革哪儿不能搞？是个单位,就可以搞。"

家政服务员从厨房伸出头来说:"杨书记,吃饭吧？"

杨自胜说:"老张,就在这儿吃吧。进军来了,我让阿姨多弄了几个菜。进军,你个人问题是不是也该考虑了,我还想抱孙子呢。"

进军说:"大爷,我不已经有个女儿了吗?"

张福基说:"什么?你啥时结的婚?"

进军说:"婚是没有结,但女儿已经有一个了,而且已经三岁了。"

张福基说:"进军,咋回事?你不会是……"

杨自胜一笑说:"吃饭,吃饭。吃饭的时候再说。"

夜,杨自胜家。

杨自胜、张福基、姬进军在一起喝酒。

进军说:"张叔,就这样,我把孩子收养下来了,托牧场的丁春花阿姨照看着。"

张福基哈哈大笑说:"他娘的,你啥都学你大爷。连收养孩子都学。不过这个李进疆跟他爹是一个样!进军,你做得对。"

杨自胜说:"等我退休,我就把这个孙女带来,每天我就送她去上学。这儿总比牧区的教育水平要高吧?"

张福基:"那孩子叫什么名字?"

进军说:"叫姬舒好。"

杨自胜说:"你瞧,他起了这么个名字,叫花花、甜甜、兰兰,这多好,又顺口又响亮。"

张福基说:"进军起的这名字是文化了点,但杨书记,你起的那些名什么花花、甜甜那也太俗了。"

大家笑。

进军推着自行车同张福基一起离开杨自胜家。

进军说:"张叔,我姨夫以前也做过像李进疆这样的事?"

张福基说:"我讲的不是李松泉。"

进军说:"那是谁?李进疆还有个爹?"

张福基说:"你问这么多干吗？好好去牧场当你的场长去吧,这孩子!"

进军推开办公室门,发现陈湘筼又坐在办公室等他。
湘筼说:"进军哥,你怎么到现在才回来?"
进军说:"去我大爷那儿了。"
湘筼说:"进军哥,祝贺你!"
进军说:"祝贺什么?"
湘筼说:"升官了呗。"
进军说:"那就谢谢你爹。"
湘筼说:"我们的事你同你大爷讲了没有?"
进军说:"没有。"
湘筼说:"为啥?"
进军说:"就为你爹让我升官了。"
湘筼说:"这还不好吗?"
进军说:"好呀！这个阴谋家!"
湘筼说:"又咋啦,你干吗跟我干爹一样,对我爹有这么大的成见?"湘筼气得一转身说:"我走了!"
进军说:"湘筼,我要去牧场当场长,所以咱俩的事以后再说!"
湘筼说:"进军哥！你这个人怎么这样!"
进军说:"你要嫌我,那咱俩的事也就算了!"
湘筼说:"我想起来了,你认的那个妹妹就在牧场,那姑娘多漂亮啊!"
进军说:"湘筼,你胡扯些什么!"
湘筼说:"我找我爹去,我也去牧场工作！我就这么盯着你,赖着你,看你能把我怎么样。"

湘筼气呼呼地走出办公室,进军烦心地叹了口气。
姬进军追到门外,湘筼已骑自行车走了。

第十二章

陈明义家。全家正准备吃饭。

罗秋雯把一盘菜端到桌子上。

罗秋雯说:"你们吃吧。"

陈湘筼说:"娘,你坐下嘛,我有话要对你们说。"

罗秋雯说:"啥事?"

湘筼说:"爹,娘,我要去牧场工作。"

罗秋雯说:"去干什么?"

湘筼说:"我想跟进军哥在一起。"

陈明义说:"就因为这个原因?"

湘筼说:"对。"

陈明义说:"你想嫁给他?"

湘筼说:"是!"

陈明义想了一会,坚决地摇摇头说:"不行!你不能嫁给他。"

湘筼说:"为什么?"

罗秋雯站起来说:"喔哟,汤好了,我去拿汤。"

湘筼说:"娘,我去拿。"

湘筼走进厨房。

罗秋雯说:"我看进军这孩子不错,湘筼和他又是从小一起长大的,为什么不行?"

陈明义说:"你妇道人家懂什么?只知道青梅竹马,家长里短!我看湘筼跟着姬进军,不会有幸福的!"

湘筼端出一大碗汤,搁到桌子上。她听到了陈明义说的话。

湘筼说:"为啥?"

陈明义说:"像姬进军这样的人,可能有两条路,一条是会很有出息,那还要看他的机遇,另一条就是很可能会犯大错误,身败名裂!无论哪一条路,但有一条却是肯定的,他是个工作狂,不会顾家的,更不会好好疼你关照你,你跟着这样的人干什么?女儿,靠你自身的条件,完全可以找一个更好的。"

湘筼说:"爹,在我眼里,除了姬进军,没有更好的了。"

罗秋雯说:"湘筼,你爹讲得倒也蛮符合实际的。你是不是也考虑一下?"

湘筼说:"娘,你真会和稀泥!爹,我真不明白。说起来姬进军是你的下一辈,我听说他娘跟你还是一个村的老乡,你们两个人好像有什么世仇一样,他对你有看法,你也对他过不去。"

陈明义气恼地一拍桌子说:"湘筼,你就这样跟你爹说话!我告诉你,你好好地在加工厂当你的会计吧。调你去牧场工作,爹做不到!"

陈明义"啪"地把筷子拍在桌子上。

湘筼站起来,一跺脚,气恼地回到自己的房里去了。

陈湘筼坐在床上伤心地抹眼泪。

罗秋雯走了进来,心疼地为女儿抹去眼泪。

罗秋雯说:"湘筼,妈问你,你喜欢进军,进军是不是也喜欢你?"

湘筼说:"他当然喜欢我!可他对爹有看法!"

罗秋雯说:"怎么?提拔他到牧场去当场长,还是你爹提出来的,那是在重用他!"

湘筼说:"他说,那是个阴谋。刚才爹说的那些话,我也感觉到了。爹是怕进军哥在七队搞家庭承包,要是搞错了,会牵连到他。所以才把进军哥弄到牧场当场长去的。"

罗秋雯说:"你也认为你爹是这样的人?"

湘筼说:"我不知道,反正我爱进军哥,他反对也没用!"

罗秋雯说:"那好,娘也不和稀泥,你要真那么爱你进军哥,那你就嫁给他,娘支持你,这行了吧?不过,你干吗非要到牧场去工作呢?不去牧场同

第十二章

样可以跟他结婚嘛。"

湘筠说:"娘……"

姬进军与李松泉一起坐着小吉普去红光牧场。

车上。
姬进军一直在沉思着。
姬进军说:"姨夫,你们把我调离七队,是不是因为我在队上搞了家庭承包制?"
李松泉说:"进军,你想到哪儿去啦? 当时还是我把这事提交党委讨论的,我也是赞同的嘛。"
进军说:"姨夫,你真是这么个态度?"
李松泉沉默,掏出一支烟来抽。

小车在崎岖的小路上爬动。
李松泉抽着烟考虑了一会。
李松泉说:"进军,你姨夫当了那么多年的领导干部,说话能不负责任? 进疆要去七队接你的班,我就对进疆说,去后要继续保持进军在时的政策,不要搞一个领导一个政策,当然,根据实际情况,形式上可以做些改变。"

小车开始下坡。山坡上已有了绿色。姬进军也考虑了一会。
进军说:"那么姨夫,我现在是牧场的场长了,到牧场去后,我也想在那儿搞家庭承包制。"
李松泉说:"在农场,土地可以搞承包。牧场怎么搞,把羊群、牛群、骆驼都承包给个人? 土地是死的,那些牲畜可都是活的,也搞家庭承包,恐怕不合适吧?"
进军说:"地方上的牧场不是在搞吗?"
李松泉说:"所有制不一样。他们是集体的,我们是全民的。"

进军说："我在一两个队上试搞一下行不行？"

李松泉说："这是大事，那得提交团党委定，我没法答应你。"

姬进军一脸的沉重与不悦。但他仍在下决心，看着车窗外那辽阔的草原，眼睛在闪着光。

小车进入红光牧场地盘。

山坡上的塔松下可以看到羊群、毡房与袅袅的青烟。

李松泉朝外看着，想着心事，又看看姬进军。

李松泉对司机说："小王，停一下车。进军，咱们下车歇一歇，方便一下。"

李松泉在山坡后的一株树边方便了一下后，走了回来。

李松泉伸了伸腰。

姬进军用手臂支着一棵粗壮的树，凝视着远方。

李松泉想了想，朝姬进军走去。

李松泉说："这儿的空气好新鲜啊。进军，让我到这儿来当牧场的场长，我都干，你瞧，多好的环境。怪不得我要另外为红霞安排工作她都不干！"

姬进军说："红霞是个有事业心的姑娘，他跟李进疆不一样。"

李松泉把姬进军拉到一边说："进军，我下车是想同你说句悄悄话。你大爹是明珠市的市委书记，这一层关系你为啥不利用？"

姬进军说："我不想拿我大爹当靠山。"

李松泉说："进军，我的意思你没明白。陈明义是政委，我呢？是刚上任不久的场长，有些态我不好表，会影响团结。你有杨书记这么个大爹，我也毕竟是你姨夫，……你明白了吗？"

进军会意地一笑。

第十二章

李松泉说:"对,世上有些事不一定要说透。"

车又行进在小路上,前面可以看到一片住房。
姬进军的脸舒展了开来,似乎充满信心。

牧场的住房都显得很破旧。
温俊峰热情地把李松泉和姬进军引进他那破旧的场部办公室。
李松泉说:"进军,你先到别的办公室去坐一下,我先单独同温场长谈谈。"

温俊峰的办公室。
温俊峰为李松泉倒了杯水。
李松泉接过水说:"温场长,你坐。"
温俊峰在他对面坐下。
李松泉说:"温场长,你写给场党委的报告,场党委研究过了。根据你的身体状况,把这么重的担子压在你身上确实不太合适,因此你也不用辞职,就提前退休吧。当然退休后,你该享受的待遇不变……"
温俊峰的脸上有些沮丧。

谈完话后,温俊峰心情沉重地站起来。
李松泉说:"那下午牧场开个干部大会,我来宣布农场党委的决定。你安排一下。"
温俊峰说:"好吧。"

干部会结束。大家走出会议室。
柳月与红霞在会议室门口等姬进军。
李进军与温俊峰先走出来。
红霞说:"爹!"她介绍柳月,"这就是我干妈丁春花。"

李松泉吃惊地看着柳月说:"你真叫丁春花?"
柳月说:"对。有什么错吗?"
温俊峰说:"她是我爱人。"
李松泉说:"噢,噢……"

红光牧场,温俊峰家。
温俊峰垂着脑袋抽着烟。
柳月说:"让你提前退休?为啥?"
温俊峰说:"因为前些日子我到农场去递了辞职书。"
柳月说:"你辞职了?这么大的事你为啥不同我说一声?"
温俊峰不吭声。
柳月说:"我看你是个懦夫!"

柳月领着进军来到托儿所。
柳月拉着舒好出来说:"舒好,你看谁来啦?"
舒好喊:"爹!"
进军抱起舒好笑着说:"舒好,爹不走了,爹要跟舒好一直在一起了。"
柳月在边上笑得很舒展。

柳月领着姬进军离开托儿所。
柳月想起什么说:"进军,红霞他爹,就是那个李场长,我看着咋觉得不顺眼呢!"
姬进军笑笑,不知说什么好。

红霞领着李松泉在参观产羔房。产羔房到处都漏着窟窿。
李松泉叹了口气:"还是缺乏组织能力啊。这样的事,自己完全可以组织力量来收拾嘛。"
红霞也不好说什么,跟着叹了口气。

第十二章

李松泉与红霞走出产羔房。

李松泉说:"红霞,那个丁春花以前就叫这个名字吗?"

红霞说:"对,咋啦?"

李松泉说:"她真的太像进军的娘了。"

红霞说:"进军哥说,她就是他娘。"

李松泉说:"天下哪有长得这么像的人呢?"

李松泉家。

柳叶在给他端菜端饭。

李松泉说:"柳叶,红霞在牧场认的那个干妈,跟你长得真是一模一样。我以为是柳月呢。真的跟柳月长得没什么两样。"

柳叶说:"她认识你不?"

李松泉说:"不认识。"

柳叶说:"那就不是柳月。要真是柳月,恐怕你扒了皮,她也认得出你来。唉,她走了,把仇都撂到孩子身上了。虽说我是进军他亲姨,可他总跟我们隔了一层,跟进疆也总尿不到一个壶里。"

李松泉摇摇头,叹了口气。

柳叶说:"可这孩子,说不定倒真会有出息。"

第十三章

温俊峰家。

温俊峰垂着头坐在小凳子上。

柳月正在不满地数落他说:"你干吗一定要辞职,好,现在姬进军来当场长了,你怎么帮他?"

温俊峰猛地站起来,大声地喊:"春花,你少说两句行不行,我也很后悔呀!我没想到农场党委会让我提早退休呀!"

柳月说:"我看你是个被困难吓破胆的孬种!你好好想想欧场长怎么当场长的!他也是个知识分子,在困难前面硬是把腰杆挺得直直的。"

姬进军敲门进来。他听到他俩的争吵。

姬进军走了进来说:"春花阿姨别吵了,温叔退休了,他一样可以帮我,我返聘他,不就行了!"

温俊峰吃惊地说:"你返聘我?咋返聘?"

姬进军说:"当技术顾问呀!温叔,明天你就陪我到牧场去转转。"

第十三章

白雪皑皑。

进军和温俊峰骑着马在山路上走着。

他们来到一牧民的毡房前,到羊圈去看了一下羊群。

温俊峰说:"这些羊只还是十年前改良的品种。"

进军说:"这几年就没有进一步改良?"

温俊峰心情沉重地说:"没有经费,而且育种站在运动中撤销后,就再也没有恢复过。"

进军与温俊峰又骑马走在崎岖的山路上。

一条小溪在涓涓地流着。

姬进军跳下马,用双手掬起小溪的水喝着。温俊峰也跳下马,点燃一支烟,但抽两口就咳嗽起来。

温俊峰说:"七十年代初,我们顶着压力,在羊只品种的改良上,我们也努力过,也取得了一定的成绩,但后来由于种种原因,尤其是经费上的原因,这项工作再也开展不下去了,当然,这件事我负有很大的责任。"

姬进军想说什么,但把话咽了下去。

一座毡房里。克木尔拜老汉与进军、温俊峰在喝着奶茶,吃着馕。

姬进军说:"克木尔拜大叔,日子还好过吧?"

克木尔拜说:"过还过得去,就是牧场没个发展。"

温俊峰说:"在牧场场部工作的十几个工作人员,去年只发两个月的工资。牧工们也只发了四个月的工资。"

姬进军把想要说的话终于说了出来。

进军说:"温叔,牧场经济上的困难不能靠上级,要靠自己。要改变现有的体制,要不就会一直穷下去!温叔,在牧场搞家庭承包行不行?"

温俊峰想了想,摇着头说:"恐怕不行!因为地方上的牧场搞家庭承包制后,又出现了不同品种的羊混养的现象。这两年,羊只的品质已经在退化了。如果我们牧场因为这个原因也出现羊只品种退化的状况。"温俊峰提高了声调,"那我们就是在犯罪!"

姬进军喝着奶茶,他感到了一种无形的沉重的压力。

李进疆由于当上了队长,一副不可一世的样子。
他叼着烟,昂着头走进自己的办公室。
他已彻底改变了姬进军在时办公室的样子,修饰得很豪华。老板桌,老板椅,漂亮的茶几,真皮沙发。

一位叫王升元的职工敲门走进办公室,朝他点头媚笑着。
李进疆说:"找我有事吗?"
王升元说:"李队长,我想请示你一件事,就是去年承包的那块地能不能再让我继续承包下去?"
李进疆摆着架子,从口袋掏出烟抽出一支,王升元忙掏出打火机帮他点上。
李进疆说:"去年你盈利了吧?"
王升元说:"盈了一点。"
李进疆说:"是姬队长照顾你的吧?"
王升元说:"这倒没有。咱们班承包土地时,都是抽签的。"
李进疆说:"由谁承包那块地,过几天队上研究以后再说吧。啊?"
王升元似乎听懂了李进疆的意思,说:"李队长,那明天我再来找你,行吗?"

农场场部。
李进疆敲门走进陈明义办公室。
李进疆摆出郑重其事的样子说:"政委,有件事我爹让我来向你汇报。"
陈明义说:"啥事?"

第十三章

　　李进疆说:"我现在明白了,姬进军为什么对搞家庭承包制那么积极。"
　　陈明义说:"为啥?"
　　李进疆说:"有油水啊!"
　　陈明义说:"你说什么!"
　　李进疆说:"陈叔,你这还不明白?承包土地的好坏,上交指标的高低,都是队长说了算,我上任还不到一个月,给我来塞红包的就不下十几个!"
　　陈明义吃惊地说:"真有这样的事?可姬进军从来没有向我汇报过呀。"

　　草甸湖农场。
　　陈明义办公室。
　　陈明义表情严肃地说:"进疆,这事你也跟你爹讲了吧?"
　　进疆说:"讲了。"
　　陈明义说:"他是个啥态度?"
　　进疆说:"爹说,先向你汇报再说。"
　　陈明义笑了笑说:"这个姬进军跟他大爹一样,表面上都表现得像个堂堂的正人君子,其实背地里,谁知道他们是个什么心眼!"
　　进疆说:"政委,这事我向你汇报了。而且职工给我送的红包,我全部退了回去,还严肃地批评了他们。"
　　陈明义说:"进疆,你做得对。姬进军这件事,我一定要严肃地查!查他个水落石出!"

　　夜。
　　李进疆在办公室拆开一个红包后,把钱放进一个挎包里,然后塞进抽屉深处,并把锁锁上。
　　他很得意地笑了笑。

　　柳叶家。清晨。
　　红霞起床说:"娘,快给我弄早饭,吃了我就走。"

柳叶说:"你昨天深更半夜才回家,今天一早就要走,这么急干吗?"

红霞说:"我只请了半天假。回来是想告诉你一件事。"

柳叶说:"啥事?"

红霞说:"我在那儿谈了个对象,叫欧晓阳,已经确定关系了。"

柳叶说:"那就带回来让娘看看。"

红霞说:"是个上海支青。"

柳叶说:"你和你哥咋都这么怪? 干吗非要找上海人?"

红霞说:"娘,哥找的那个上海姑娘怎么样,我没见过,不知道。但欧晓阳,我非常爱他,你怎么看,我不管。我是跟定他了。我不会像哥那样,玩弄了别人的感情后就把人家甩了!"

柳叶说:"你胡说些什么!"

红霞说:"哥的行为很可耻!"

柳叶把早饭摆到桌子上。

柳叶说:"红霞,现在你哥是连队的队长了,你不能这样败坏你哥的威信,这事今后再不许说了。"

红霞咬了一口馍馍说:"娘,你这么袒护我哥,其实是在害我哥!"

陈明义家。

陈湘箐在自己的房间里看书。听到陈明义正在跟罗秋雯说姬进军的事。

陈明义与罗秋雯的卧室,两人正在脱衣准备睡觉。

罗秋雯说:"这事你是听谁说的?"

陈明义说:"进疆来告诉我的。"

罗秋雯说:"不会吧。我看进军这孩子不会干这种事。"

陈明义说:"难讲啊。如果真有这种事,那他的政治前程也就完了。"

罗秋雯说:"你们准备查?"

第十三章

陈明义突然激奋地说:"查是肯定要查的!但怎么查,我跟李松泉商量一下以后再说吧。"

陈湘筼放下书在听,她站起来想出去问个明白。但走了一步后,又退回来,坐在椅子上继续看书。

她的眼光已不在书上了。

牧场的办公室比团场连队的办公室还要简陋。

姬进军正在同陈明义打电话。

姬进军激动地说:"陈政委,如果牧场再继续这样下去,体制上再不动,我看牧场就会彻底垮掉!"

陈明义说:"姬进军,我再说一遍,这种事情急不得!现在牧场这么穷,职工手头上没几个钱!你这么急干什么!"

姬进军说:"政委,你这话是什么意思?"

陈明义冷笑一声说:"你心里不清楚?"

陈明义拍地挂上电话。

柳月抱着舒好走进办公室,看到姬进军的脸色铁青。

柳月说:"姬场长,你怎么啦?"

姬进军让自己镇静下来说:"春花阿姨,没什么。"

姬进军接过舒好来亲了亲。

柳月说:"姬场长,有件事我想了好几天了,一直想跟你说一说。"

进军镇静下来了说:"春花阿姨,别客气,说吧!"

柳月说:"是关于我女儿莹茵的事。过几天,莹茵放寒假就要回来了。我告诉你,她可能喜欢上你了。"

进军说:"她来找过我。"

柳月沉思了一会,有些伤感,舒好双臂伸向柳月,柳月接过舒好。

柳月说:"其实呢,你俩也不是不般配,但一想到这件事,我心里就躁得不行,总觉得你们不能朝那方面发展。"

进军说:"春花阿姨,你放心,我也只把莹茵当妹妹看,不会朝那方面发展的。"

柳月说:"姬场长,你也三十出头了吧?"

进军说:"对。"

柳月:"那干吗还不结婚呢?还没找到合适的?"

进军说:"已经有了。只是工作太忙,没顾上。"

柳月说:"结婚吧,你一结婚我就放心了。你不知道莹茵这孩子,又野性子又烈。我怕你们之间会惹出事来。姬场长,我这话说得直了,你别见怪。"

进军说:"春花阿姨,你放心,我会把握自己的。"

柳月说:"那我放心了。"

姬进军把柳月送出办公室,柳月站住。

柳月说:"姬场长,我发现你最近瘦了,为啥事这么犯愁?"

进军说:"春花阿姨,我在愁我们的牧场,体制上再不动,恐怕就没出路了。"

柳月说:"是呀,温俊峰虽说是我丈夫,但我也说过他,这些年来他这个场长是白当了。啥也没干成,把个牧场弄成现在这样。想起来我也为他难过,真丢人!"

进军说:"春花阿姨,这事也不能全怪他,那场运动,把全国都搞乱了,何况是一个牧场呢。"

柳月说:"姬场长,我能为你做点什么呢?"

进军感动地说:"春花阿姨,谢谢你,你为我已经做得够多了……"说着,泪涌上了眼眶。

陈明义办公室。

陈明义有些得意地在办公室来回走着,对李松泉说:"我的意见是查!这个杨自胜一直自以为是,以为他教育出来的儿子有多么了不起似的。"

第十三章

李松泉说:"我的意见也是查一下的好,既对组织上负责,也对他本人负责嘛。"

陈明义说:"那就这样定!"

红霞、姜正荣正在清理产羔房,产羔房也已显得破破烂烂。

姬进军在外面查看了一下产羔房,然后走了进去。

进军说:"红霞,我来牧场后,咋没见到欧晓阳?"

红霞说:"他回上海了,是他的叔叔从新西兰回来要见他,过几天他可能就回来了。"

进军说:"噢,你们准备啥时候结婚?"

红霞说:"春节就办。"

进军说:"那好,你们忙吧,我只是顺路来看看。"

走出产羔房,姬进军看着那四处漏洞的房子,摇了摇头,很沉重地叹了口气。

进军抬头看到,乌云又从山顶那边压了过来,风卷起了山坡上的积雪。

进军朝场部方向走去。看到陈湘筼气喘吁吁地朝他跑来。

陈湘筼一跑到姬进军跟前,就晕倒在他怀里。

躺在床上的湘筼慢慢地醒了过来。

一位中年医生收起听诊器说:"姬场长,赶快送她下山,她的心脏可能有些问题。"

姬进军急急地赶着辆小马车送湘筼下山。

陈湘筼躺在车上,盖着皮大衣,手摁着自己的胸口,仍显得很难受。姬进军跳下车,为湘筼掖了掖被子。

　　姬进军说:"湘筼,一定要坚持住,啊?"

　　湘筼点了点头。

　　姬进军把车赶到了山下,陈湘筼的痛苦缓和了些。

　　进军说:"湘筼,好点了没有?"

　　湘筼说:"好多了。"

　　进军说:"你是咋上的山?"

　　湘筼说:"搭了辆便车,走到巴勒沟,后面的路我是走上去的。越走好像气越短。"

　　小马车进入了明珠市市区。

　　进军说:"我直接送你去市里的医院吧,你找我有事还是只想来看看我?"

　　湘筼说:"进军哥,李进疆可能又在背后捣鼓你呢。"

　　进军说:"他爱捣鼓就叫他捣鼓去。"

　　湘筼说:"我爹和他爹已经派人查你的问题去了。"

　　进军说:"查我的问题?啥问题?"

　　湘筼说:"说你搞家庭承包制时,收受了职工的贿赂。说钱给你多了,你就给人家包好地,不给钱的你就给人家包坏地。进军哥,真有这么回事吗?"

　　进军气愤地说:"血口喷人!"

　　湘筼说:"那你就找我爹和你姨夫去说清楚。"

　　进军说:"我不去说。"

　　湘筼说:"为啥?"

　　进军说:"让七队的群众说,不比我去说更有力?湘筼,你信吗?"

　　湘筼说:"我才不信呢!你绝不是那样的人。"

　　进军说:"你真这么看?"

　　湘筼说:"上天作证!"

第十三章

进军看着湘筼,深情地说:"湘筼,你要是愿意,咱们春节就结婚吧。"
湘筼的眼里闪着泪花,点点头。

医院病房。湘筼已躺在病床上。
姬进军走进来。
进军说:"湘筼,医生说,明天就给你做一次全面检查。我再来看你。"
湘筼说:"其实现在我已经没事了。"
进军说:"明天检查完了再说。给家里打个电话。我要看我大爹去。"
湘筼说:"进军哥。"
进军说:"啊?"
湘筼说:"亲我一下。咱们春节真能结婚吗?"
进军亲了一下她,微笑着说:"能,为啥不能?"

市委办公楼的一间会议室。
杨自胜、张福基同一些市领导正在看全市的规划模型。
杨自胜说:"我看这样吧,规模就要大点、宏伟点。以前欠下的债,这几年我们就要加倍地还。争取五年大变样,十年全变样!"

杨自胜走出会议室,看到姬进军站在厅堂里。
杨自胜说:"进军,你咋来啦?"
进军说:"我来看看你。"
杨自胜说:"我看你精神不大振作啊,遇到难题了?"

杨自胜家。
进军说:"大爹,牧场的情况是比较糟糕,我刚去,情况还不很熟,等我摸熟情况后,我会有办法改变牧场的这种状况的。"
杨自胜说:"这就好,要大爹帮啥忙?"
进军说:"目前还没有。大爹,我只想问你一件事。"

杨自胜说:"说。"

进军说:"李松泉不是李进疆的亲爹吧？他的亲爹是谁?"

杨自胜说:"你问这干吗?"

进军说:"我发觉,陈明义政委和李松泉场长都特别袒护他。他大学一出来就给安了个农业技术员,不到半年就提副队长,又不到半年,到我原先的那个队当队长。"

杨自胜说:"好吧,儿子,有些事我可以告诉你了,包括你亲爹亲妈的事。"

杨自胜坐到沙发上,点上一支烟。

杨自胜在讲以往的那些事情,姬进军默默地在听。

杨自胜讲完了,姬进军叹了一口气。

进军说:"这么说,陈明义是他的亲爹?"

杨自胜:"对。"

进军说:"陈湘筼是他同父异母的妹妹?"

杨自胜点头说:"进军,这事你就闷在肚子里吧,千万别往外吐,心里有数就行了。"

进军说:"可大爹,我想跟陈湘筼结婚,行吗?"

杨自胜说:"行,为啥不行？湘筼是个好姑娘,比他爹好多了,她像她娘,你们早该结婚了,进军。"

进军说:"啊?"

杨自胜说:"我那个孙女啥时给我带来看看?"

进军说:"春节吧。"

杨自胜说:"她叫啥？我又忘了。"

进军说:"叫舒好。"

杨自胜:"这名字有些难记!"

进军说:"大爹,你要觉得难记,你就给她起个名字吧,以你起的为准。"

第十三章

杨自胜说:"发文件哪？就叫舒好,我记住了。"

早晨医院病房。
罗秋雯守在湘筼的病床边。
湘筼说:"娘,你回去吧,我现在啥事也没有,身体好好的。"
罗秋雯说:"医生说你心脏可能有些问题,等做完心电图,拍完片子后再说。"

姬进军来到医院。
进军敲门走了进来。
进军说:"阿姨,你好。"
罗秋雯说:"进军,还好你把她及时送了回来,要不,医生说,生命都有危险。"
进军说:"那今天一定要好好检查一下。阿姨,你就照顾湘筼,我得赶回牧场去。"
湘筼说:"进军哥,你回吧,我没事。"
罗秋雯说:"进军,你和湘筼的事,什么时候办？"
进军说:"要是你和陈叔不反对的话,我们春节就办。"
湘筼说:"娘,就是你和爹反对,我们春节也办!"
罗秋雯说:"进军,阿姨也给你说句实话,你陈叔对你恐怕有些看法,但你和湘筼的事,我赞成。你们从小一块儿长大,知根知底的,从小你就护着她,以后你也还会护着她,是吧？"
进军说:"阿姨,谢谢你的理解。阿姨,湘筼,那我走了。"

姬进军走出病房,罗秋雯追了出来。
罗秋雯说:"进军。"
进军说:"啊？"
罗秋雯关切地说:"你现在大小也是个领导了,做事千万要当心啊!"

进军想了想，听懂了她的话，于是点点头。

欧晓阳在巴勒沟跳下车，红霞牵着马在路口等着他。

车开走后，四下就没人了，红霞猛扑上去，同欧晓阳吻在了一起。

红霞与欧晓阳骑着马上路。
山上是白皑皑的积雪。由于回到了牧场，欧晓阳感到亲切而兴奋。

欧晓阳策着马，撒野地狂奔了一阵，红霞紧紧地追了上来。两人都勒住马，笑着喘着气。

红霞兴奋地说："见到你叔叔了。"

欧晓阳说："见到了，叔叔让我去新西兰。他在那儿也有个牧场，养了四千只羊，还有一百多头牛。我把我爸培育的细毛肉用羊的情况跟我叔介绍了一下，他说，太落后了，他们已经培育出80支以上的超细毛羊了，我们目前最好的还只是50支到60支。"

红霞说："你准备去新西兰？"

欧晓阳说："我在考虑。"

红霞："那我怎么办？"

欧晓阳说："结了婚，你可以跟我一起去，但我很犹豫。"

红霞说："为啥？"

欧晓阳说："我在想，我爸的事业是从这儿开始的，他把青春和生命都抛在了这儿了，可他的路才走了一小半，他临终前，把这事交托给我了，我得沿着他的路继续走下去。他生前我答应他的，我不能食言。可现在牧场这样不死不活的，要资金没资金，要搞育种又缺设备，连工资也发不出，这叫我怎么沿着我爸的路走下去呢？我不能把青春年华白白浪费在这儿呀。"

红霞说："晓阳，我表哥来这儿当场长了，你同他好好谈谈，看他有什么招。晓阳，我跟你说句心里话，要不是因为你，我也早想离开这儿了。"

第十三章

姬进军骑自行车来到农场场部。他神情严肃地走进办公楼,来到陈明义办公室前敲门。

姬进军在陈明义的办公室。姬进军坐在他对面的沙发上。

陈明义说:"姬进军,我要给你讲两件事,一件是公事,一件是私事,公事是牧场的情况是不太好,但有一点我要提醒你,家庭承包制在牧场暂时不要搞,等上一段时间看看再说,听说温俊峰也不大赞同,他是老同志,虽然他已经退休了,但你要多尊重他的意见。"

进军说:"那私事呢?"

陈明义说:"就是你同湘筠的婚事,我看也再往后拖一拖。"

进军说:"为什么?"

陈明义说:"因为我要对我的女儿负责!"

办公室的气氛顿时充满了火药味。

姬进军脸色严峻地猛地站起来。

姬进军说:"政委,我也说两句话,在你们没有撤我的牧场场长之前,我在牧场一定要动大手术,否则牧场没有出路!至于我和湘筠间的婚事,那是我与她之间的事。我既然答应同她结婚,那我就会对她负责任!"

姬进军走出办公室。陈明义气恼地拍了一下桌子说:"怎么跟杨自胜一个样子!想娶我女儿,门都没有!"

七队队长办公室。

李进疆把一只装得厚厚的信封推给王升元说:"王升元,你把这钱拿回去,你要包去年你包的那块地,我可以再包给你,但你要帮我做一件事情。"

王升元说:"什么事?"

李进疆说:"最近不是团里来了个调查组吗?你只要这样……"他咬着

王升元的耳朵讲了几句。

王升元坚决地摇摇头说:"李队长,这你还是拿上吧。你说的那件事我做不到。"

李进疆说:"为什么?"

王升元说:"我要做那种事,一是对不起姬队长,二是队上的人知道了,会把我撕碎了的。"

李进疆不满地站起来,敲敲桌面。

李进疆说:"王升元!你们这些人干吗都那么怕姬进军?"

王升元说:"不是我们怕姬队长,而是我们敬重姬队长。他在队上办了不少好事,谁要是去做你让我去做的那种事,会天打五雷轰的!"

李进疆一脸的尴尬与沮丧。

医院,医务室。

医生又看了看片子,对罗秋雯说:"你女儿是先天性心脏病。状况不太好,所以对她千万要避免强刺激,也尽量不要去海拔较高的地方,更不要做剧烈运动。"

罗秋雯说:"能医治吗?"

医生说:"那得到大医院去动手术。这种手术小时候动比较好,现在这年纪,危险性就会大一些。"

罗秋雯说:"结婚呢?"

医生说:"婚可以结,但最好不要生孩子。"

医院病房。

湘箐流着泪对罗秋雯说:"娘,我不结婚了。"

罗秋雯说:"为啥?怕进军嫌弃你?进军不是这样的人!"

湘箐说:"不是,我是怕以后我会拖累他,娘,你没看到他是个事业心非常强的人吗?我总觉得,他会很有出息,是个能干大事业的人!"

第十三章

姬进军和温俊峰来到产羔房,产羔房已打扫干净,但破烂的房子到处都透着风。

进军说:"温叔,牧场的情况这么糟,而且长期得不到改善,咱们得找找原因啊。"

温俊峰说:"那场运动的破坏,当然是一个重要的原因,但另一个原因,就是有些领导只重视农业而不重视畜牧业,其实在我们这儿,畜牧业的前景是非常好的,完全应该跟农业并肩前进。"

姬进军与温俊峰走出产羔房。姬进军对温俊峰的说法感到有些不满。

进军说:"温叔,那我们自身的原因呢?"

温俊峰说:"当然我们自身的努力也不够,尤其是我,技术上还懂点行,但在领导能力上,就欠缺了,我也感到我不是个当领导的料。现在你这样安排,让我当个技术顾问也好。"

进军说:"靠上级支援,那是暂时的,而且看将来发展的形势,更多的就是要靠我们自己。"

温俊峰说:"怎么靠?巧媳妇难做无米之炊啊!"

进军说:"温叔,我们不是没有米啊!我们有广阔的草场,有上万头的羊只,有二百多名牧工,还有像你和欧晓阳这样一些新老技术人员,这就是我们的资本啊!问题是我们怎么来充分地利用它,让它产生更大的效益!"

陈明义办公室。有两个机关工作人员正在向他汇报工作。

工作人员甲说:"政委,我们按你的指示,明访暗察的。我们没查出姬进军有什么问题。"

工作人员乙说:"我们听到的,反而是对姬进军的一片赞扬声。"

陈明义有点不悦地说:"没有问题就好,我们也希望他在经济上不要有什么瓜葛,出什么问题。好了,你们辛苦了。"

两位工作人员准备站起来走。但工作人员甲看看乙，乙朝他点点头。

工作人员甲又坐下说："政委，群众倒反映了另外一件事，我们也不知道该不该向你汇报。"

陈明义说："说吧。"

工作人员乙也坐了下来说："就是李进疆队长的事。"

陈明义说："他刚去还不到两个月，会有什么事？"

工作人员甲说："群众反映说，李队长一到，就宣布姬队长定下的承包指标和土地不算数，每个职工要重新定指标和定土地。"

陈明义说："如果原先承包的土地和指标不合理可以改嘛，我们毕竟是全民所有制的国营农场。"

工作人员乙说："不过有的群众反映，有些人为了承包上好土地，指标也想定得低一些，就开始给李队长送红包。"

陈明义说："这事李进疆已经主动向我汇报过了，他严厉地批评了那些给他送红包的人。"

工作人员甲说："可有的职工说，他还是收了。"

陈明义说："收了？"

工作人员乙说："少的他退回去，批评了人家，但数额比较大的，他都收了。"

陈明义说："这事你们落实了，有确凿的证据了？"

工作人员甲看看乙，乙朝他使了个眼色说："还没有，只是群众的反映，我们如实地向政委汇报，看这事该怎么处理。"

陈明义说："那就就此打住！以后再说吧！"

工作人员甲与乙疑惑地相互看了看。

红光牧场。

风雪交加。

姬进军和温俊峰顶着风雪来到一个牧业队的产羔房。

产羔房里传出羊只杂乱的凄惨的叫声。

第十三章

产羔房的角上扔了几只死羔羊。
破烂的产羔房里卷着风雪。
一牧工又拎了一只死羔扔了出来。

姬进军朝温俊峰看看,两人走进产羔房。
温俊峰对牧工说:"你们是怎么搞的!"
牧工说:"温场长,产羔房里这个样子,我们有什么办法?"
温俊峰说:"那你们就自己想办法修!"
牧工说:"时间呢?资金呢?"
温俊峰想发作,姬进军拉住了他。

姬进军与温俊峰走出产羔房。
姬进军冷静而严峻地说:"温叔,四个牧业队看下来,都有这种状况,这样下去怎么办,我们回去再说吧。"

风搅着雪团在飞舞。
姬进军和温俊峰骑着马往回走。

姬进军神色严峻。温俊峰也因以前的工作做得这么糟而感到内疚。
进军说:"没有责任制,也就没有主动性!工作不跟每个人的利益挂钩,也就没有积极性,这是明摆着的事实!"
温俊峰说:"可以前我们没有实行什么责任制,不也干得很好吗?"
进军说:"事情总是在发展变化的,人类社会也一样。我们要面对的是活生生的现实,你想,如果那产羔房是职工自家的房子,他会不主动去维修?如果一只只死的是他自家的羊羔,他会不心疼,不去想办法?"
温俊峰说:"如果实行家庭承包后,羊的品质下降了怎么办?那么我们以前的努力不就都白干了?"

进军说:"你说了,我们这个牧区的羊只品质改良十几年来就没有发展。牧民们并不关心。如果实行家庭承包后,改良后的羊只能给他们带来更大的利益,他们就会主动去保护羊的品种不让它退化。"
温俊峰说:"姬场长,你讲的听上去有点道理,但我还是很担心……"

傍晚。
姬进军办公室。柳月为进军端来了碗面条。
姬进军穿上皮大衣要往外走。
柳月说:"姬场长,吃了饭再出门呀。"
姬进军说:"不用了,我要连夜赶回农场去。牧场体制改革的事不能再拖了。"

姬进军走出办公室骑上马。
柳月端着面条追出来。
柳月说:"姬场长,吃碗热面条再走,要赶一夜的路呢。天冷,饿着肚子会受不了的。"
姬进军说:"不用了,春花阿姨,谢谢你。"

柳月心疼地看着姬进军策马消失在昏黄的夕阳中。

清晨。
姬进军骑着自行车,神色严峻地来到农场场部办公楼。

陈明义的办公室。
陈明义与姬进军在激烈地争论。
陈明义说:"你要觉得干不了,你可以写辞职报告。"
姬进军说:"我不是懦夫,我不会写辞职报告的。除非你下文件撤了我这个场长!只要我还在场长任上,我就要在牧场的体制上动手术!"

第十三章

陈明义气恼地拿起电话说:"团长,请你到我办公室来一下。"
陈明义放下电话后又说:"姬进军,你别以为你大爷是市委书记,我在原则问题上决不会退让!"
姬进军说:"政委,我在向你请示工作,谈我的想法,这跟我大爷有什么关系!我知道,你对我大爷有怨气,但这事不能同工作扯在一起!"
陈明义说:"我现在讲的就是工作!"

李松泉听到叫声,推门走了进来。

姬进军也想发作,被李松泉拉出了门。

陈明义恼怒地自语说:"这么个家伙还想娶我女儿,这以后怎么相处!"

李松泉把姬进军拉进他的办公室。
李松泉说:"进军,我看这事还是稳妥点好。这么十几年都熬过来了,再等上一两年,保险系数大一点又有什么不好呢?"

姬进军心情沉重地走出办公室,想了想,自语说:"再难也得闯一下啊。反正世上没有过不去的火焰山。"

姬进军骑自行车来到农场加工厂。

加工厂会计室里,湘筠正在埋头记账。
进军轻轻敲了敲门。
湘筠开门一看,一阵惊喜,但突然又很伤感与痛苦。

湘筠把姬进军请进办公室。
进军说:"湘筠,我到场部来汇报工作,顺便再来同你商量春节结婚的事。"

湘筠含着泪摇摇头。

进军说:"怎么啦?"

湘筠说:"我爹反对。"

进军说:"还有别的原因吗?"

湘筠犹豫地摇了一下头。

进军说:"湘筠,如果你本人不愿意,那你还是我妹妹,如果只是你爹反对,那咱俩的婚就非结不可。工作上他挡不住我,婚姻上,他也挡不住!"

湘筠说:"进军哥……"

进军说:"我的态度我说了。"

湘筠说:"进军哥……咱们,咱们算了吧。"

进军说:"湘筠,我不喜欢你这样,你那个理由不充分,而且也根本不是你的想法,你不是那种在感情上朝三暮四的人。你给我一个让我信服的理由,但你不要说你不爱我,因为我不信!"

湘筠说:"进军哥,我不知道该怎么对你说……"

进军说:"那就好好考虑考虑,我会尊重你的意见的,不过湘筠,你今天让我很痛苦。"

湘筠沉默着,突然扑向进军紧紧地搂住他说:"进军哥,对不起……"然后一转身捂着脸跑出了办公室。

姬进军追了出去说:"湘筠……"

湘筠跑远了。姬进军感到说不出的憋气与惆怅。

中午。

市委机关食堂。

杨自胜与姬进军在一起打饭,不断有人向杨自胜打招呼。

杨自胜说:"李松泉这家伙,是两头都不想得罪。还说什么,十几年都耽

第十三章

搁了,不在乎这一两年,这是什么话!就因为耽搁了十几年,所以这几年才要抓紧呢!要不老百姓对我们就有看法。"

姬进军说:"我也这么想,看到牧场那么个情况,我也着急。"

杨自胜与姬进军打好饭,坐到桌子前。

杨自胜说:"不过组织原则还是要遵守的,搞运动那阵子,我臭骂过陈明义,他这是借你朝我撒气呢。进军,另外想辙!你可以绕个弯,绕个弯走也可以到达目的地。当然要多费点劲。有没有让我也能给你出上力,而陈明义又不敢明卡你的办法?"

进军说:"大爹,我也在这么想,我想了,世上没有过不去的火焰山。"

杨自胜说:"这才像我的儿子!我当了这么些年的领导干部,我就一直在想这么一件事。为官一任,造福一方。但有些人却是为官一任,坑人一片。所以老百姓说有些官是清官、好官,有些官是贪官、恶吏!时代是不同了,但为官之道是相通的,进军,大爹这话你听明白了没有?"

进军点点头。

吃好饭,杨自胜把姬进军送到门口。

杨自胜说:"当领导干部,要懂点领导艺术,多动动脑子,有些事该绕道的就要绕道走。"

姬进军说:"大爹我知道了。"

杨自胜说:"你和湘筼的事咋样?"

进军痛苦地摇摇头。

杨自胜说:"又咋啦?"

进军说:"她老爹反对,她本人也有点……"

杨自胜说:"湘筼不是追你追得死死的吗?"

进军说:"所以我才感到挺伤心。"

杨自胜说:"行,我知道了。"

第十四章

红光牧场。

产羔房。姬进军在烧着铁炉子。炉子上搁着口大锅。柳月、欧晓阳、红霞,把掘开的冻土搁进锅里,里面放上干草。

姬进军用铁锹在锅里搅着,把和好的草泥装进桶里。

柳月和欧晓阳提着桶爬到木梯子上去堵屋檐上的空洞。他们先把草塞进洞里,然后再用草泥糊上。

柳月提着空桶回来,红霞往桶里挖着泥浆。
柳月说:"姬场长,还是你行,我们家老温,是个书呆子,只知道技术上的事,这种事他从来不管,怪不得他这个场长当不好!"
红霞:"我进军哥,从小干活就利索,也肯吃苦,不像我哥,干啥活都耍点滑头。"

第十四章

夜,产羔房,羔羊在咩咩地叫着。
欧晓阳和红霞在产羔房里值班,不一会,柳月也来了。
柳月说:"你们看看,去年产羔房到处透风也不知道咋干好,姬场长一来,就这么动动手,事情就解决了。"

夜深了,月光寒寒的。
姬进军从办公室出来,望着天空,深深地吸了口气。

产羔房,羔羊在叫。
姬进军、柳月、欧晓阳、红霞围坐在火炉旁。
进军说:"晓阳,有件事我想了好长时间了,今晚我正式跟你谈,行吗?"
晓阳说:"姬场长,你有啥指示尽管说。"
进军说:"不是什么指示,是跟你商量。"
柳月说:"进军,你就说吧,都是自己人。"
进军说:"我想让你单独办个牧场,而且是现代化的。当然,这要依靠你在新西兰的叔叔的力量。我这儿,在政策上我给你支持。"
晓阳说:"搞个中外合资的牧场?"
进军说:"不!就你的私人牧场,但要争取你叔叔的投资。"
晓阳说:"姬场长,我明白了,你这点子想得好,我也正在发愁,我要离开这里吧,对不起我的爸爸。但我不离开这儿,可这儿现在啥又干不成,白白把生命耗在这里。如果我能争取到我叔叔的支持的话,我爸爸的事业就又可以在这儿继承下来了。"
柳月说:"晓阳,那我就上你的牧场打工。"

姬进军走出产羔房。红霞跟在后面。
进军说:"红霞,请你帮我一个忙。你下次回去,找湘筼谈谈,她到底为啥又不愿意跟我结婚了。红霞,你不知道,我心里感到好烦啊!"

红霞同情地说:"进军哥,这些日子我知道你好为难。"
姬进军感慨地说:"我感到我活得好沉重啊……"

夜。
杨自胜的车开到草甸湖农场的场部。
驾驶员小冯下车为杨自胜开车门。
小冯说:"杨书记,是不是我先去通知一下陈政委。"
杨自胜说:"不用,我自己去。"

杨自胜敲开陈明义办公室的门。陈明义吃了一惊。
陈明义说:"杨书记,你咋来了?"

杨自胜径直走进办公室坐到沙发上,点燃一支烟。
陈明义感到有些不自在。
陈明义说:"杨书记,你找我有事?"

杨自胜默默地抽了几口烟,使自己的情绪稳定下来。
杨自胜说:"虽说我是明珠市的市委书记,但你们有垦区党委管,我管不了你,但我找你来谈谈心,总可以吧?"
陈明义说:"杨书记你瞧你说的,我们团部就驻在你市里,你要管我不一样得听吗?"
杨自胜说:"我这个人知道自己的手该有多长,不该伸手的地方我决不伸手。趁晚上我有点空闲,只是想来同你谈谈心。"
陈明义说:"杨书记,你是为进军的事来的吧?"
杨自胜说:"也是也不是,要说得准确点,我是为你的事来的!"
陈明义说:"为我的事?"
杨自胜说:"对,眼下上上下下不都在说一句话吗?不怕在改革中犯错误,就怕你不改革,因为那是在犯更大的错!"

第十四章

陈明义说:"杨书记,我也给你掏句心窝子话。你跟我一样,大大小小的运动也经历了不少了。露头的椽子烂得快,不是这样吗?"

杨自胜说:"所以你才把进军从七队调到牧场,明里是提拔他,暗里是不让他把家庭承包制搞下去,讲穿了,怕你自己担风险。"

陈明义说:"杨书记,我也不瞒你,是这样。我有我的想法,现在其他垦区也在搞,等有了比较成熟的经验后,我们再搞也不迟。"

杨自胜说:"喜欢吃现成饭,是吗?我告诉你,陈明义,最无聊的人生是什么?就是没有自己创业的人生!那人就白活在这世上了!"

陈明义说:"杨书记,你干吗老爱这么激动呢?"

杨自胜说:"我不想说什么了,你自己去考虑去!现在,陈明义,我也跟你明说了,今晚我也是为我的进军来的,你在工作上卡他,在婚姻上卡他。我看了心疼!但我也告诉你,他是我抚养大的孩子,他是条汉子,能挺得过来的!"

杨自胜一拍桌子转身就走。

陈明义看着杨自胜的背影,冷冷地哼了一声。

陈明义气恼地从办公室往家走。

陈明义家。

陈明义、罗秋雯、湘箢。

陈明义板着脸,用手指节敲敲饭桌。

陈明义说:"秋雯,这几天你就带湘箢上乌鲁木齐,去北京,或者去上海也行。"

罗秋雯有些丈二和尚摸不着头脑,问:"干吗?"

陈明义说:"让湘箢去医院治疗。"

罗秋雯说:"动手术的事你不是说拖一拖再说吗?"

陈明义说:"我说去动手术啦?我是让湘箢去大医院做彻底的检查!"

罗秋雯与湘筼相互看着。两人都是一脸的疑惑。

草甸湖农场七队。
傍晚,李进疆神气十足地走进队上大伙房。
李进疆说:"张班长,今晚炒上几个菜,给我送到办公室来,我要招待一个客人。"
张班长唯唯诺诺地说:"好,好!"

七队队部队长办公室。
张班长亲自把六样菜和一瓶酒用托盘托着走到门口。
张班长说:"报告。李队长,菜送来了。"
李进疆在里面说:"进来吧。"

张班长走进屋。
李进疆指指茶几说:"就放在这儿吧。"
张班长把几样菜齐齐地在茶几上放好。然后打开酒瓶,倒上酒。
李进疆说:"你回去吧,谢谢啦,啊!"

七队文教曲美兰,二十一岁,长得漂亮而迷人。她蹦蹦跳跳走到李进疆办公室前,笑了笑,轻轻地敲了敲门,也不等里面回话就推门走了进去。

曲美兰问:"李队长,你找我?"
李进疆故作潇洒地挥手说:"对,来,陪我喝酒。"
曲美兰说:"光陪你喝酒啊?"
李进疆说:"我还要给你安排个任务。"
曲美兰说:"你安排的任务我去完成,陪你喝酒我可不敢。"
李进疆说:"曲美兰,怎么,不给我面子?"
曲美兰说:"不是,我怕叫人看见,对你影响不好。"

第十四章

　　李进疆说:"我不在乎,你还在乎吗？曲美兰,你当上队上的文教,还不是我李进疆的一句话！"
　　曲美兰听出了话外之音,于是献媚地一笑说:"要是你不在乎,我就陪你喝。"

　　曲美兰在李进疆的对面坐下,李进疆为她倒了一杯酒。
　　李进疆说:"你酒量咋样？"
　　曲美兰一笑说:"还可以吧。"
　　李进疆说:"那咱俩就好好喝。来,干！"
　　曲美兰碰过酒后,一仰脖子,就把一大杯酒灌了进去。
　　李进疆说:"哈,爽快,我这人就喜欢爽快。"
　　曲美兰说:"李队长,我不是吹的,我喝酒就像喝白开水。你不一定喝得过我。"
　　李进疆说:"咱俩就来个一醉方休！"

　　窗外飘着雪花。
　　李进疆与曲美兰都已喝得半醉。
　　曲美兰说:"李队长,我当然很仰慕你呀,你爹是场长,你又是个大学生,这么年轻就又当上了队长。"
　　李进疆说:"曲美兰,我告诉你,陈政委待我比我爹都待我好。"
　　曲美兰问:"这为啥？"
　　李进疆说:"这是秘密,我现在不能对你说。因为我也只是感觉,还没证实。"
　　曲美兰说:"怪不得你做啥事都这么有恃无恐的,原来有这么硬的后台。"

　　李进疆酒后放肆,走到曲美兰身边挨着坐下,搂着她的肩膀。
　　李进疆说:"曲美兰,我交给你的任务是,给场里的广播室写一篇广播稿。"

曲美兰说:"啥内容?"

李进疆说:"就是关于我拒收红包的事,资料我给你提供,文字你来组织。现在队上有些人在告我的黑状,说我只收大红包,拒收小红包,你给我辟辟谣。"

曲美兰说:"好吧,不过队长收个红包也不是什么大不了的事。一个愿送,一个愿收,这是两相情愿的事嘛。"

李进疆说:"曲美兰,我跟你说句实话吧,我到队上后,一眼就看上你了,跟着我李进疆,不会吃亏的,怎么样!"

曲美兰说:"李队长,你这么看得起我,我当然很高兴。但你这事也提得太突然了,我一点思想准备都没有,让我考虑考虑吧?"

陈明义办公室。

播音员小马拿着份广播稿进来说:"政委,这份广播稿宣传科王科长要让你亲自过目一下。"

陈明义说:"啥内容?"

小马说:"是关于七队队长李进疆拒收红包的事迹。"

陈明义说:"播!"

小马乖巧地说:"政委,那您就签发一下。"

生产七队的高音喇叭里,也在播着播音员读的广播稿:"李进疆队长这种拒收红包的精神,为我们团场的各级领导干部树立了榜样。"

办公室,李进疆得意地坐在沙发上搂着曲美兰,曲美兰的脸上也是笑眯眯的。

清早。

小冯开着小车拉着罗秋雯向市委大楼开去。车窗外可以看到宽阔平坦

第十四章

的马路,两旁挂满霜花的林带,初步繁荣的商店和正在修建的大楼。

罗秋雯说:"小同志,你准备把我拉到哪里去啊?"

小冯说:"阿姨,你去了就知道了。"

罗秋雯说:"我两年没到市区里来,想不到变得这么快。"

小冯说:"杨书记亲自抓的呗。"

罗秋雯说:"你是杨书记的驾驶员?"

小冯说:"对!"

罗秋雯说:"那就是杨书记找我?"

小冯笑笑。

市委大楼。

杨自胜把罗秋雯领进小会客室。

杨自胜说:"秋雯,坐。没想到我会找你吧。"

罗秋雯一笑说:"没有。"

杨自胜说:"罗秋雯,我这一生做的后悔事,不多。但最后悔的是两件事。"

罗秋雯说:"啥事?"

杨自胜:"第一,咱俩成亲后,我真不该让你走,不见得咱俩就过不到一块儿。"

罗秋雯不置可否地叹了口气。她觉得杨自胜的话并不错。

杨自胜说:"第二,那时我不该那么快地提拔陈明义,没想到他是这么个人!"

罗秋雯说:"杨书记,你也不要生气。我知道你是在为进军的事生他的气。"

杨自胜说:"还有湘筠,那时她追进军,就像甲鱼咬木棍似的,咋也不松口,可婚姻上的事,说变就变了。罗秋雯,我告诉你,进军不是我亲儿子,但他在我心里,比亲儿子还要亲,为他,我就没再考虑结婚的事。"

罗秋雯说:"杨书记,你看上去是条硬汉子,但心肠比女人还要热还要软,其实湘筼爱进军是往死里爱的。"

杨自胜说:"那为啥要变?"

罗秋雯说:"最近她查出有先天性心脏病。"

杨自胜说:"那赶快去医院治呀。上北京、上上海去治,都行!"

罗秋雯说:"医生说,目前做这样的手术,还有危险。"

杨自胜说:"你们想拖一拖?"

罗秋雯说:"我想再拖上几年,技术设备上更先进点,危险性就会小一点。我就这么个女儿!"

罗秋雯说着眼圈有些红。

杨自胜说:"她是怕结婚后拖累进军?"

罗秋雯说:"是。"

杨自胜说:"她不能结婚?"

罗秋雯说:"婚是能结,但最好不要生孩子。"

杨自胜说:"那你们就把这事告诉进军,让他俩自己做决定!罗秋雯,我求你帮我这个忙,因为进军这孩子的心太实诚,像他娘,可怜他娘走得太早也太惨。"

罗秋雯沉思了一会,叹口气说:"杨书记,你又让我想起了三十几年前的你。那天,你送我上车去水库……那时你真的让我太感动了。今天,又是这样……"

杨自胜说:"过去的老皇历,别再翻了。就这样吧。进军和湘筼的事,就拜托你了。"

中午。

陈湘筼回到家里。罗秋雯在厨房做饭。

陈湘筼走进厨房,帮罗秋雯洗菜。

罗秋雯说:"湘筼,今天杨书记把我叫去了,关于你和进军的事。"

湘筼痛苦地流着泪说:"娘,我,我顶不住了。"

罗秋雯说:"顶不住什么?"

第十四章

湘筠说:"我的理智顶不住的我感情了。理智上,我觉得我不该拖累进军哥,他是个一心搞事业的人,但感情告诉我,我不能没有他!"

罗秋雯端着两盘菜走进餐厅。陈湘筠端着一盘馍跟了出来。

罗秋雯说:"那就别顶了,杨书记说,进军为这事也很痛苦,他是个实诚的孩子。"

湘筠说:"可爹那儿怎么办?爹干吗要对杨伯伯、对进军有那么大的成见?"

罗秋雯说:"女儿,娘想好了,为了你,我情愿得罪你爹!"

湘筠说:"爹也怪得很,他不喜欢进军哥,但对进疆哥却袒护得不得了。进疆哥在七队干的一些事,全团都传遍了,可昨天还广播了表扬他的稿子。"

罗秋雯说:"这事我也挺纳闷,反正我觉得你爹,你干爹,还有李场长,他们之间有什么故事,可他们自己在这中间闹,却一点口风也没给我们透,不管他!你和进军的事就在春节办!"

晚上。陈明义三口正在吃晚饭。

罗秋雯说:"明义,我和湘筠商量过了。进军和湘筠的婚事就在春节办!"

陈明义把筷子往桌上一磕,说:"不行!明天你就带着湘筠走,车我已经预备好了,去北京的火车票我也托人买了。"

湘筠也把筷子往桌上一磕说:"爹,你到底对谁有仇恨,是我干爹还是进军哥?"

罗秋雯说:"明义,我希望你想想三十年前的事,我们是怎么结的婚?你是怎么从一个宣传股副股长提到政治处副主任的?没有这一个台阶,后来你能当上革委会副主任、副政委一直到政委?在你仇恨杨书记的时候,你也得想想人家对你的好处。"

陈明义说:"这些是他带给我的好处?你们解除婚约,是因为你不爱他而爱的是我!他提拔我,是因为我能干,他需要有我这么个帮手。他是从自身考虑才这么做的,后来我的进步,全靠的是我自己!这个杨自胜,他霸道了一辈子,就是那场运动他被打倒了,可他还照样霸道。就因为他给我你说的那点儿好处,就自以为有权指责我,我就不服这口气!"

湘筼说:"爹,我就是要跟进军哥结婚。"

陈明义说:"我说了,不行!"

湘筼说:"爹,你越是这个态度,我就越要结这个婚,因为我感觉到了,我爱他!不能跟进军哥一起,我就没法活!"

陈明义说:"那你就别认我这个爹!"

罗秋雯站起来说:"那好,陈明义,我和我女儿过。你呢,就单独过吧!"

陈明义说:"那房子呢?没有我的同意,我看谁敢给你们房子!"

罗秋雯说:"这你难不倒我,进军结婚的房子杨书记已经安排好了,他们结婚后,我就跟女儿女婿过,进军这孩子,我喜欢!"

湘筼说:"娘,咱们现在就走!"

陈明义说:"去哪儿?"

湘筼说:"去我干爹家。"

陈明义恼怒地摔盆子砸碗,自语说:"杨自胜,这一切都是你在捣鬼!真是成也萧何,败也萧何啊!"

清晨。

杨自胜坐着一辆越野车,小冯开着车在山路上行驶。

牧场场部办公室。

姬进军向温俊峰介绍杨自胜说:"这是我大爹。"

杨自胜同温俊峰握手说:"我叫杨自胜。"

姬进军说:"我大爹是明珠市的市委书记。"

温俊峰说:"知道知道,红霞同我说起过。"

杨自胜说:"在我当草甸湖农场的场长时,你们牧场直接由垦区管,不属

第十四章

我们管,可当牧场划归到我们农场管时,我已经下台了。我上台后,就给你们解决了一次草料上的事,但我当场长的时间太短,没时间来,所以你们这个牧场,我是第一次来。"

温俊峰说:"欢迎杨书记来指导工作。"

杨自胜说:"我是因私事上山的。因公,我们市目前还管不上你们牧场。"

进军说:"大爹,我领你去见一个人。她是温叔的夫人。"

杨自胜说:"就是你讲的同你娘长得一模一样的阿姨?那我一定要见一见,我孙女呢?"

进军说:"也在春花阿姨那儿。"

姬进军兴致勃勃地领着杨自胜朝产羔房的方向走。

路上。

杨自胜说:"进军,今天上山我有两件事。一是来告诉你,湘筼同意在春节跟你结婚。"

进军说:"大爹,你做的工作吧?"

杨自胜说:"湘筼也是好心,她查出来有先天性心脏病,生孩子会有生命危险。"

进军说:"那就不生。我们不是有孩子了吗?不生不更好吗?"

杨自胜说:"进军,你有这么个态度我赞赏。还有一件事是,这次我想把孙女带回去,她五岁多了吧?"

进军说:"对。"

杨自胜:"那该受教育了,再说,那是我们的孙女,老拖累人家丁春花也不好。"

进军说:"大爹,你感到孤单了吧?"

杨自胜说:"年纪大了,这种感觉就越来越重了。"

进军说:"大爹,那我跟春花阿姨商量一下。"

| 295 |

姬进军来到产羔房的门口。

姬进军朝里喊:"春花阿姨,我大爹来看你了。"

柳月从产羔房里出来。杨自胜的心突然震颤了一下。柳月的眼睛也一亮。

杨自胜与柳月两人相视好一会。

杨自胜握住柳月的手说:"你不叫柳月?"

柳月说:"柳月?"柳月想了想,摇摇头说:"我不叫柳月,我叫丁春花。"

杨自胜说:"不,你肯定是柳月,你认识我吗?"柳月眯着眼看看杨自胜,她在脑子里追索着,她感到了点什么,但马上笑着说:"不,我不认识,你是进军的大爹,这我知道,进军跟我讲了。"

他们走进产羔房。

杨自胜仍不甘心,问:"你记不记得你用大卵石砸麦粒的事?"

柳月又在追索,但笑着摇摇头。

杨自胜说:"你记不记得那野猪冲向进军,我把野猪打死的事?"

柳月又笑着摇头。

杨自胜失望地长叹口气说:"看来,你就是丁春花,我失礼了,不该这么胡乱问你。"

进军说:"春花阿姨,我大爹想去看看舒好。"

柳月说:"她在家呢,这孩子乖得很。"

五岁多点的舒好长得十分的可爱逗人。

半导体收音机在放着音乐。舒好跳着自己随意发挥的舞,跳得很有乐感。

杨自胜、进军、柳月在拍着手。

第十四章

舒妤又在唱歌,声音脆脆的很甜。
杨自胜那双满含着疼爱的眼睛。

唱完歌,舒妤撒娇地扑进柳月怀里。
柳月说:"一首歌,她只要听上两遍收音机,就能哼个八九不离十。"
进军说:"春花阿姨,同你商量件事。我大爹想把孩子带到市里送到幼儿园去,让她受受教育,你看行不行?"
柳月说:"这可是在挖我心上的肉啊!"
杨自胜说:"丁春花同志,你要是不同意,我们……"
柳月摇头说:"不,不,这孩子聪明,该让她去受教育。老待在这么个偏僻的地方,人要呆傻的。杨书记,你把她带走吧……"

柳月把舒妤搂进怀里,搂得紧紧的,泪水夺眶而出。
舒妤为她揩眼泪,叫了声:"奶奶……"

羊圈。
母羊领着小羊羔在咩咩地叫着。进军陪着杨自胜朝羊圈走去。
红霞迎了上来说:"杨伯伯。"

羊圈旁。
进军把欧晓阳介绍给杨自胜说:"欧晓阳,红霞的未婚夫。大爹,他爸爸就是原先红光牧场的副场长欧铭钧。"
杨自胜说:"啊,你就是欧铭钧的儿子啊。有一位作家写过你爸爸的一篇报告文学,叫《胡杨颂》。很感人啊,希望你也能像你爸爸一样,在事业上也这么执着。"

杨自胜蹲下身子避开风点燃一支烟。

杨自胜："这个想法好,争取你叔叔来牧区投资,搞一个现代化的家庭牧场,把先进技术和科学化的管理带进来,在这儿给我们树个榜样。进军,欧晓阳,有什么忙可以让我给你们帮?"

进军说:"我想让欧晓阳去澳大利亚或者新西兰去看一看,同他叔叔也去商量。"

杨自胜说:"这个忙我可以帮,市里有出国考察的名额。等我把事情落实后就通知你们。"

红霞说:"杨伯伯,如果领导都像你这个样子,那事情就好办多了。"

杨自胜说:"其实这种事你爹也可以办。运动运动怕了,私心重了,只想过安稳日子了,那人还有啥朝气?哪来开拓精神?回去告诉你爹,就说这话是我说的!"

小冯开着越野车下山。车里坐着杨自胜,进军抱着舒好。

杨自胜抽着烟在沉思。

姬进军说:"大爹,你在想啥?"

杨自胜说:"进军,我认定,这个春花就是你娘!就是柳月。人有长得像的,但不可能长得什么都一样!你那时还小,会记不大清,但我对你娘记得太清了。"

进军说:"大爹,其实现在我一直把她当我的娘看的。她待我也像待儿子一样。你看,她把舒好抚养得多好呀!"

杨自胜想着自语着说:"难道你娘没死?难道她被人救了?那年开春后,有不少人又沿着水渠去找,可就没找着尸体,但大家都认为可能是被狼叼走了,或者被沙土埋了。进军,这事我们要慢慢地了解,要是她就是你娘的话,那就太好了!老天真是有眼了!"

小车在盘山路上行驶。

舒好说:"爷爷,我啥时候再到奶奶那儿去?"

第十四章

杨自胜说:"等你们幼儿园放假时,爷爷就用车把你送到奶奶那儿去。"

汽车开在崎岖的山路上。
杨自胜沉浸在往事的回忆中,眼中闪着激动的泪光。

家家户户张灯结彩。人们喜气洋洋。那场运动造成的冷漠、严峻与萧条正在退向历史的深处。人们正慢慢地体会到改革开放后的轻松与喜悦。

一间比较宽畅的平房里,罗秋雯正忙着张罗湘赟与进军的喜事,布置着新房,湘赟也在一边帮着忙。

罗秋雯与陈湘赟把一台二十一寸的电视机放到电视柜上。
罗秋雯拍拍电视机说:"那阵子我和你爹是咋结的婚?一间地窝子,一张土床,一方土桌子,两只树墩子,囍字一贴就结婚了。"
湘赟说:"娘,你的意思是让我和进军也去住地窝子?"
罗秋雯说:"当时有间地窝子住,还算是不错的。那是领导的照顾,有的可是睡通铺,每对夫妻之间只用块布当帘子隔一隔,一条长铺要睡五六对夫妻,叫共同洞房。有的晚上出去解个手回来,由于屋里没有灯,黑咕隆咚的,有人连被窝都钻错了,吓得女的叽里呱啦乱叫,弄得人鸡飞狗跳的。"
湘赟说:"娘,真有这事?"
罗秋雯说:"那还能有假?"

一辆小车开到门前。陈明义脸色铁青地从车里下来。

罗秋雯透过窗户看到了陈明义,她回头对湘赟说:"你爹来了。"

陈明义气恼地推开门说:"你们俩,现在就给我回去!"
罗秋雯说:"干什么?"

陈明义说:"罗秋雯,我是你的丈夫,湘筼,我是你爹,我还是这个场的政委,你们就这么不把我放在眼里!"

罗秋雯说:"陈明义,我告诉你吧,当初,你年轻、英俊、能干,在你和杨自胜之间,我选择了你,但现在,我后悔了,我应该跟着杨自胜!路遥知马力,日久见人心。在人心上,你同杨书记差远了!是我害得他,弄得他打了一辈子的光棍!"罗秋雯眼泪夺眶而出,说:"我好对不起他啊!"

陈明义吼:"那你现在就跟他去过!"

罗秋霞说:"陈明义,你不要冲着我吼,杨自胜把进军这孩子培养得这么好,我喜欢这孩子,湘筼也爱进军,杨自胜也为这事操着心,从哪一方面讲,我罗秋雯都得把这事办成!"

陈明义气得来回走动。然后走到陈湘筼跟前。

陈明义说:"湘筼,你也不听爹的?"

湘筼说:"爹,我都快三十的人了,婚姻是我自己的事情。从小,我就喜欢进军哥,后来我就爱上他了,而现在,我不跟他在一起,我就没法活!爹,你就理解我和娘吧。"

陈明义说:"你们在逼我啊,在逼我做绝事情啊。你们硬要这么对抗我,我也只好做决定了,湘筼,你不再是我女儿了,罗秋雯,咱们办离婚,办完离婚后,你就可以去对得起那个杨自胜了!"

罗秋雯说:"亏你还是个有文化的政委,竟会讲出这么有水平的话来!有件事,我一直想问你,李进疆到底跟你有什么关系?啊?你待他比待我们谁都好。"

陈明义情急地说:"因为他是我的亲生儿子!"

罗秋雯、湘筼大惊:"啊?!"

柳叶家。

红霞走进家门,用又高兴又担忧的眼神看看柳叶。

柳叶说:"死丫头,怎么用这种眼光看我?"

第十四章

红霞说:"娘,我和欧晓阳的结婚证已经扯好了,春节就结婚。"

柳叶说:"在哪儿结?"

红霞说:"牧场呀,还能在哪儿结?"

柳叶说:"那个叫欧晓阳的,你也得带来让我见一见呀。哪有女婿不来见丈人丈母娘的?"

红霞说:"我可不敢带他来。"

柳叶说:"为啥?"

红霞说:"因为你对上海人有成见。"

柳叶说:"红霞,你要气死我呀,你哥现在是几个月不进家门,就没把这个家当个家。你呢,要结婚了,连个女婿也不让我见,我这个娘还像个娘吗?"

红霞走进自己房间,倒了一大杯凉开水灌了下去。

红霞说:"娘,我告诉你吧,自我到牧场后,我就爱上他了,这么些年了。他爹也是上海人,家里条件非常好,为了事业和理想到新疆牧场顽强地工作,吃尽了人间的艰辛,最后把生命都留在了这里。他又要让他的儿子,就是欧晓阳在这儿继承他的事业。他们的精神真的很感人。我非常非常地爱他,因此我不愿意看到他受到什么伤害。娘,哪怕你白他一眼,我都会受不了。"

柳叶说:"呵!在你看来,他比娘还重要!"

红霞说:"娘,话可不能这么说,不能因为娘重要了,我一辈子不嫁人,也不能因为他重要了,不要你这个娘。"

柳叶说:"那你说咋办?"

红霞说:"我可以带他来,但娘,你要给我保证,你就是不喜欢他,也要装出喜欢热情的样子来。"

柳叶说:"这我可做不到。"

红霞说:"那你这个女婿也别见了,反正是嫁出去的女儿,泼出去的水,你只当我是盆泼出去的水算了。"

柳叶气得抓起扫把朝红霞扔了过去。红霞闪过后,就开门跑了出去,骑上马走了。

柳叶看看跑远的女儿,又气又恼又伤感,关上门大声地哭泣起来。

夜。李松泉回家。看看屋里,只有柳叶一个人。
李松泉说:"红霞呢? 她不是回来了吗?"
柳叶恼火地说:"回牧场去了。"
李松泉说:"不是说要在家过年的吗?"
柳叶说:"我要她把女婿带来,她不肯带,我说了她几句,她就跑了。"
李松泉叹口气说:"你也真是,她跟人家结婚证都扯了,好赖是我们家的女婿,不管咋样,就是个瘸子、瞎子,我们也得认! 你们娘儿俩性格都犟,谁都不肯给谁让个步,说句软话,还有你那儿子……"
柳叶说:"我那儿子? 这是什么话? 不是你儿子?"

李松泉沉默了一会,点燃支烟,想了想,觉得还是要说。
李松泉用挖苦的口气说:"他是谁的儿子你还不清楚?"
柳叶说:"他咋啦?"
李松泉说:"让他当队长后,他就不知道自己是谁了,队上的人对他的反映大得很。"
柳叶说:"他这队长不是你让他当的吗?"
李松泉说:"我让他当的? 是他亲爹让他当的。现在还一个劲地袒护他,这个儿子,迟早要出事。我看,把他还给陈明义吧。"
柳叶说:"那好,让我也回到陈明义那儿去。我听说,他正跟罗秋雯在闹离婚呢!"
李松泉说:"柳叶,我们是在小孩子办家家啊! 你和我都多大年纪了? 竟说这种话!"
柳叶说:"这话是你挑出来的,还怪我!"

第十四章

李松泉说:"好,我不说了!红霞是我的亲闺女,她结婚,你不去,我去!"

清晨,鞭炮声从四处传来。
一辆小车停在李松泉家门口。

柳叶在往一个红信封里塞钱。李松泉拿上大衣。
李松泉说:"你去不去?"
柳叶说:"你别想趁机挑拨我们母女关系。你想当好人,让我当恶人。你不是说了,就是个瘸子、瞎子我也得去认!"

鞭炮齐鸣。
姬进军与陈湘筼正在举行婚礼,门口停满了各式小车。毕竟是市委书记的养子结婚。

陈明义在远处的林带里偷着看。一脸的灰色与恼恨,他一支接一支地抽着烟。

酒席上。
姬进军、陈湘筼的脸上挂满了幸福的笑容。

杨自胜问罗秋雯说:"陈明义为啥不来啊?"
罗秋雯说:"他要跟我闹离婚呢。"
杨自胜说:"这家伙!"向她又摆了摆了手,说:"罗秋雯,不说了,别为这事扫了我们的兴!"

酒席后,人们围在一起说笑。
杨自胜抱着舒好指指自己问:"我是谁?"
舒好说:"爷爷。"

杨自胜指进军问:"他是谁?"

舒妤说:"爹。"

杨自胜指湘筠问:"她是谁?"

舒妤说:"娘。"

杨自胜指罗秋雯问:"她是谁?"

舒妤说:"外婆。"

杨自胜说:"行,咱们这一家三代算是全了。"

舒妤说:"那我奶奶呢?"

杨自胜说:"奶奶在山上,过两天爷爷和你爹带你上山去看奶奶。"

舒妤说:"那我外公呢?"

罗秋雯说:"你没外公,别提他,扫兴!"

舒妤问:"啥叫扫兴?"

杨自胜说:"扫兴就是让人不高兴。"

舒妤说:"外公让人不高兴?"

大家轰地笑了。

罗秋雯说:"这孩子真让人疼哪。"

进军贴着湘筠的耳朵悄悄地对湘筠说:"我们有这么个女儿,不就行了?"

湘筠激动而幸福地含着泪,点点头。

牧场,在一间简陋的房子里,欧晓阳与李红霞正在举行婚礼。

姜正荣冲进来说:"李红霞,你爹你娘来了。"

红霞拉着欧晓阳冲出屋外,朝小车奔去。李松泉和柳叶正下车。

红霞高兴地喊:"爹,娘。"

欧晓阳从后面跟了上来。

第十四章

红霞拉了拉欧晓阳说:"爹,娘,这就是欧晓阳。"

柳叶看到的欧晓阳虽有点草原人的模样但也仍带着江南人的气韵,比想象中的要好多了。

红霞拉了拉欧晓阳。

欧晓阳在大方中仍含着一丝腼腆,他鞠躬说:"爹,娘。"

温俊峰、柳月和莹茵也一起走了过来。

柳叶与柳月两人一见就怔住了,温俊峰和莹茵也愣住了。

柳叶说:"柳月?"

第十五章

　　柳叶一把拉住柳月。
　　柳叶说:"你是柳月吧?"
　　柳月笑着摇摇头说:"我不叫柳月,我叫丁春花。你就是红霞他娘?"
　　柳叶说:"对。"
　　柳月说:"怪不得红霞老说你跟我长得一模一样呢。我还有些不信,见了面,我算是信了。"
　　柳叶说:"这位大姐,你是什么地方人?"
　　柳月说:"不记得了。"
　　柳叶说:"听口音,你就是我们那搭的人嘛,你爹叫啥?"
　　柳月说:"不记得了,自从我男人把我从渠道里救上来,以前的事我什么都不记得了。"
　　李松泉突然悟到了什么,把温俊峰拉到一边。
　　李松泉问:"温俊峰,是你把她从渠道里救出来的?"
　　温俊峰说:"是。"

第十五章

李松泉问:"那是在哪一年?"

温俊峰以前怀疑这件事,但看到柳叶后,他相信春花很可能就是他们说的柳月,他突然感到一阵恐慌,柳月会不会还有丈夫?但迟疑一会他还是坦诚地说:"是1955年的春节以后。"

李松泉说:"那她就是柳月。"

温俊峰说:"你们讲的那个柳月有丈夫吗?"

柳叶说:"有过,但……没了。"

李松泉面有愧色。

温俊峰说:"孩子呢?"

李松泉说:"也有,就是你们的姬场长!"

温俊峰说:"他是你们讲的那个柳月的儿子吗?"

柳叶说:"对!"

温俊峰走到柳月跟前。

温俊峰犹豫了好一阵,终于说:"春花,你就是他们讲的柳月。"

柳月说:"不知道,怎么啦?你们干吗老说我是柳月呢?以前的事我真的什么都不知道。"

温俊峰与李松泉一起走着。

温俊峰心情有些复杂,但他想了想还是说:"场长,我见了你的夫人后,我真的也太惊奇了,她俩真的长得太像了。但春花是不是你们讲的柳月,只有等她的记忆恢复后才能确定,不过这事我看既重要,但也不重要。"

李松泉说:"怎么说?"

温俊峰说:"因为不管她是不是柳月,她也已有了家,我和她也已是夫妻了,共同度过了坎坎坷坷的二十几年的岁月,我有她这么个能共患难懂事理的妻子感到幸运和幸福。我们还有了女儿。"他指指莹茵,"而且,她待姬场长,也像疼儿子一样地疼他爱他支持他,而姬场长也把她看成了自己的娘,所以说,她是不是柳月已并不重要,但如果她真是柳月的话,我希望她有一天能恢复记忆,母子相聚,合家团圆,那她将会多么幸福啊,所以这事对她对家人来说,又很重要。"

李松泉:"这话对!"

柳月引着他们朝欧晓阳与红霞的新房走去。

柳月说:"咱们还是去喝晓阳和红霞的喜酒去吧。你们都说我是柳月,那你们就把我看成柳月吧。反正这位姐真的跟我像,红霞把我叫干妈,我就认你这个姐了。"

李松泉说:"对,对,咱们喝喜酒去。"

下午。

小车拉着柳叶、欧晓阳、红霞一起下山。

车上。

柳叶拉着欧晓阳的手说:"红霞,你比你哥有眼力,你哥找的那个上海鸭子是个啥嘛!"

红霞说:"娘!那个上海姑娘被我哥玩弄后就甩了,你还这么说人家,你还有没有个是非标准?而且当着晓阳的面。"

柳叶说:"好,好,我不说了不说了。反正上海鸭子都成了你的爷了。"

红霞说:"爹!让师傅停车,我们不回去了。"

李松泉说:"老太婆,你少说两句行不行!"

夜。

李松泉匆匆赶到杨自胜家。

李松泉一进门就喊:"杨书记,我要告诉你一件事。牧场温俊峰的老婆春花就是柳月。"

杨自胜说:"啊?这事证实了?"

第十五章

　　李松泉说:"对,春花是温俊峰1955年春节过后从渠道的冰面上救上来的。"

　　杨自胜高兴地一拍大腿说:"那就是柳月了,我想咋会这么像呢!"

　　杨自胜为李松泉倒茶递烟。

　　李松泉点上烟,遗憾地说:"但她以前的事什么都记不得了。"

　　杨自胜说:"对,有这事,有的人脑部受打击后,会出现这种情况的,你不记得我们师有一个副团长,脑部挨了枪子儿,人是救活了,但以前的事全忘得干干净净的了。"

　　李松泉说:"对,有,那是九团的宗副团长,到现在人还活着呢。"

　　清晨。
　　小冯开着小车上山。车里坐着杨自胜、姬进军、舒妤。
　　杨自胜和姬进军都显得很激动。

　　柳月仍在产羔房里忙碌,莹茵也在帮忙。

　　小车开到产羔房门前,姬进军跳下车就朝房子里冲。

　　产羔房里,柳月把一只羔羊放到母羊身边,羔羊冲向母羊,顶着奶子吮着。

　　姬进军冲向柳月,一把抱住柳月,跪下,叫:"娘!"
　　柳月摸着姬进军的头说:"姬场长,你是不是我儿子,我不知道,既然你叫我娘,我就认你这个儿子。莹茵,过来,叫哥。"

　　莹茵表情复杂地说:"哥……"

柳月叹了一口气,仍不相信姬进军真的会是她儿子。

柳月说:"姬场长,我真的很想有像你这样的一个儿子。"

姬进军说:"娘,你叫我进军吧,别再叫姬场长了。"

杨自胜抱着舒妤走进产羔房,看着这场面激动得眼泪汪汪的。

舒妤伸开双臂喊:"奶奶!"

柳月接过舒妤满眼是泪地说:"舒妤啊,你可真想死奶奶了。"

在姬进军的办公室里。

进军在给莹茵讲柳月的事。

进军说到自己拿着鸡蛋在渠堤上哭喊的情形,眼里含着泪。

进军说:"莹茵,你见到我大姨了吧?跟咱娘长得一模一样,娘被渠水冲走后,是你爹把她救了上来,娘的记忆全丧失了。但娘的模样没变,脾性没变,她还是我以前的那个娘!那么多年来,我多么想我的娘啊……"

进军说到这里,号哭起来。

莹茵扑向进军说:"哥!……可,可你干吗是我哥啊!"

两人抱头痛哭。

进军推开莹茵,双手捏着莹茵的双肩。

进军说:"你有我这么个哥不好吗?"

莹茵说:"好,但也不好。"

进军说:"为啥?"

莹茵说:"我心中的白马王子没了。"

进军说:"莹茵,我的好妹妹,凭你的条件,我会有一个好妹夫的。"

温俊峰家。

杨自胜在给温俊峰讲柳月的身世。

红霞和欧晓阳在一边听着。

第十五章

杨自胜说得很动情,往事历历在目。

杨自胜与姬元龙在拉犁开荒。
柳月拉着卵石到伙房。
柳月在砸麦粒。
大家围着伙棚在喝着麦片粥。
柳月在修水渠。
大雨灌向地窝子。
姬元龙把小红霞救出来。
姬元龙抱着小红霞死在帐篷里。
柳月破冰时被冲下水渠……

杨自胜叙述完后。温俊峰、红霞、欧晓阳都眼泪汪汪的。

红霞抹去眼泪对欧晓阳说:"所以晓阳,我对进军哥的感情特别深,不仅是因为他人好,而且也是因为,他爹是为救我才牺牲的。所以我爹我娘对进军哥不好时,我就特别恼我爹我娘。人活在世上,总得有良心,是吧!"

欧晓阳说:"在一本书上我看到过这样一句话:善,表现出来的就是美。他们的心灵是美丽的。"

杨自胜感慨地说:"今晚你们都下山吧,到我家去,我的房子大。春节了,我们都吃上顿团圆饭吧!这个春节过得有意义啊!虽说柳月还想不起以前的事。但进军是真正和他亲娘在一起了!好啊!好啊!"

杨自胜想起了什么,深深地遗憾地叹了口气。

杨自胜家。
杨自胜、姬进军、湘筼、罗秋雯、柳月抱着舒妤、温俊峰、莹茵、李松泉、柳叶、欧晓阳、红霞坐满了一桌子,桌上放满了丰盛的菜肴。大家喝着酒谈笑风生,一派乐融融的气氛。

李松泉很感动地看着这情境。

杨自胜说:"老李,你过来,我有话要跟你说。"

杨自胜书房。

杨自胜递给李松泉一支烟说:"老李,我早就想找你谈谈,但一想,我已经离开草甸湖农场,我这个市委书记又不管你们,你们直接有垦区管。我要去找你谈话,怕人家会说我手伸长了。"

李松泉说:"杨书记,我也总想来找你,有许多话想说,但又不知道怎么说。"

杨自胜说:"李松泉,我不是说你,你这个场长当得太窝囊!你什么都听陈明义的!你干吗那么软,你过去打仗时那股硬劲到哪儿去了?"

李松泉说:"杨书记,好汉不提当年勇。运动过后,我真的是心有余悸。而且你也知道,自我干过那件傻事后,我这腰杆子咋也挺不起来。"

杨自胜说:"可你在对待进军的事情上,我看也做得不公正。他小时候是对你们有恨,不肯进你们家门,还有他爹的事,让你也担了责任,耽搁了一段你的政治前程。这点积怨你还老搁在心上,其实那时你也有做得不对的地方嘛,不尊重科学嘛!"

李松泉说:"为那事,师党委不是给了我一个严重警告处分嘛。"

杨自胜说:"陈明义作难进军,你也跟着搅和。你们把个人上的一些怨恨拿到工作上来了。是的,我现在是在帮进军说话,但那是因为进军想要做的事符合改革开放的大形势,我就要支持他,他要是做错事了,我照样要训他!"

李松泉愧疚地说:"杨书记。"

杨自胜说:"你们心里是想为难进军,实际上你们是在堵改革开放的步子,你看看你们场,在垦区的十几个农场里,你们改革开放的步子是迈得最慢的,我看你和陈明义,迟早有一天要挪位子!"

李松泉神色黯然,然后似有所悟地长叹一口气说:"杨书记,你是救过我

第十五章

命的人,你的话我记住了。"

夜。
陈明义家。
陈明义一个人在家喝闷酒,他越喝越想越恼火,把酒瓶狠狠地摔向墙角。碎玻璃和酒洒了一地。
他的那双眼睛像要吃人。

柳叶家。
李进疆正搂着曲美兰在喝酒,而且趁着酒兴不时地亲吻着曲美兰。曲美兰也是一副醉态媚态,咯咯地笑着。

天色灰暗。
李松泉和柳叶走在回家的路上。李松泉情绪显得有些激动。

李松泉朝前走了几步后突然站住。
李松泉说:"柳叶,我下决心了。"
柳叶说:"下啥决心?"
李松泉说:"把进疆还给陈明义!"
柳叶说:"你神经出毛病啦!大过年的,提这事!"

柳叶朝前走,李松泉追上她,把她拉住。
李松泉说:"我告诉你,自从陈明义当政委后,我老觉得有点对不住他。本该是他的老婆,结果归我了,本该是他的儿子,结果也成了我的了。这不都是我欠他的。"
柳叶说:"以前你咋没这样想?"
李松泉说:"以前我比他的地位高,后来他地位比我高了,我就觉得欠他的了。他是政委,党委书记,结果我什么都听他的,我这个场长成了摆设了。

再这样下去,我的政治前程就要被他葬送了。"

柳叶说:"那你想咋办?"

李松泉说:"把儿子还给他!"

柳叶说:"把我也还给他,是不?"

柳叶气恼地自管自走,李松泉边挨着柳叶走边说:"你咋想都行。但我不能再这样窝囊下去了。李松泉也是有胳膊有腿有脑袋的人,又是个场长,我干吗一切都要听他的!"

柳叶说:"进疆不能还给他!"

李松泉说:"还不还,你都是他娘,但我要还!"

李松泉心烦地推开门。大吃一惊。

李进疆搂着曲美兰亲嘴。桌上吃得一片狼藉,曲美兰吃惊地从李进疆的怀里挣脱了出来。

李松泉火冒三丈。

李进疆却无所谓地说:"爹,娘,来,我给你们介绍一下,这是我的未婚妻,曲美兰,七队的文教。"

李松泉的眼睛在冒火说:"小子,你给我出去!"

李进疆说:"咋啦?"

柳叶跟着走进来。

看到那情景,对儿子的不争气感到恼火。

柳叶说:"进疆,你看看你这是在干啥?"

进疆说:"谈恋爱,不就是这样嘛。人人不也都是这样嘛,有什么好大惊小怪的。"

李松泉气得说话都有些结巴,说:"你给我出去!李进疆……我告诉你,运动那阵子,你不认我这个爹,可我就不是你爹!"

第十五章

进疆说:"那我爹是谁?"

李松泉说:"陈明义!"

李进疆撇嘴说:"我早猜到了,你用不着对我吼。美兰,我们走!我爹是政委、党委书记,比他强。这么凶兮兮的,有啥了不起的!"

李松泉气得抓起一把椅子朝李进疆摔去,李进疆拉着曲美兰拔腿就跑。

柳叶跺脚朝李松泉喊:"大过年的,你这是干啥!"

送走了客人,杨自胜家剩下杨自胜、进军、湘赟、罗秋雯和舒好。舒好已在湘赟的怀里睡着了。

罗秋雯说:"杨书记,有一件事我一直想问你。"

杨自胜说:"啥事?"

罗秋雯说:"开始时,我一直不明白,陈明义跟李进疆是啥关系,为啥他对进疆那么好。前两天他对我和湘赟发火时,才脱口说出李进疆是他的亲儿子,这是咋回事?"

杨自胜说:"罗秋雯,这件事进军他娘最清楚,可惜她现在什么都记不起来了。连进军这个亲儿子她都记不起来了。要说呢,柳月是顶柳叶就是进疆他娘嫁给姬元龙的……"

杨自胜叙述了他所知道的柳月和柳叶两姐妹的坎坷经历。

柳月代嫁和姬元龙成亲。

柳叶跟在行军的部队后面走。

飞机扔下炸弹,李松泉扑在柳叶身上。

柳叶大着肚子与李松泉成亲。

罗秋雯说:"柳叶嫂子当时怀的是陈明义的孩子!"

杨自胜说:"在老家,陈明义与柳叶就好上了,陈明义出来参军时,搞了腐败。结果……就这么阴差阳错上了。"

罗秋雯说:"为啥柳叶嫂子没找到陈明义就要跟李松泉结婚呢?"
杨自胜说:"这中间的罪魁祸首就是我。"
罗秋雯说:"我知道了,后来就因为这,你把我送给了陈明义。"
杨自胜说:"罗秋雯,你这话可冤枉我了!"
罗秋雯感慨地说:"唉!这世上的事,说不清啊!当初觉着该这么做的事,到后来未必就好就做得对。当初不想去做的事,到后来也未必就错就不好。"
杨自胜说:"罗秋雯,人生可没有后悔药可吃哟!"

罗秋雯沉思着,伤感地摇了摇头。
湘筼说:"娘,大爹,这么说来,李进疆还是我的亲哥哥了。"
杨自胜说:"你们是一个爹。"
姬进军指指湘筼怀里抱着的舒妤说:"湘筼,这孩子可是你的亲侄女哦。"
湘筼摇摇头说:"可我这个亲哥哥,小时候却老欺负我。"
罗秋雯说:"进疆这孩子,我看就没学好,都是他们这些人惯的。"

李进疆推开陈明义家的门。
两人相视着。

李进疆透了口气。
李进疆说:"爹!"
陈明义吃惊地看着李进疆说:"你叫我啥?"
李进疆说:"爹,你是我的亲爹!"
陈明义说:"你是怎么知道的?"
李进疆说:"我那个爹,刚才全告诉我了。他让我来认你这个爹,他说,那才是你的亲爹。曲美兰,来,见过我爹。"
曲美兰说:"爹。"

第十五章

陈明义说:"她是?"
李进疆说:"爹,她是我的未婚妻,春节前,我们已经领过结婚证了。"
陈明义说:"那好,那好。"

李进疆看着撒了一地的酒瓶碎玻璃和酒问:"爹,这是咋啦?"
陈明义说:"没啥,酒瓶一不小心给掉地上了。"
李进疆乖巧地说:"美兰,快帮爹收拾收拾。"
陈明义说:"进疆,既然李松泉允许你来认我这个爹,爹心里很高兴,你还把这么漂亮的一个儿媳妇带来了,爹更高兴,我正愁没人来跟我过这年呢。走,今晚咱们就上饭店去吃年饭去!"

酒店的一个雅座。陈明义、李进疆、曲美兰围坐着。
陈明义的情绪变得开朗了许多。

服务员送上菜来。
陈明义看着李进疆,情绪有些激动,眼睛一下变得湿润了。
陈明义说:"进疆啊,其实爹早就想认你这个儿子了。"
进疆说:"爹,我知道,十年前,当你告诉我,李松泉不是我爹时,我就猜到你就是我爹了。"
陈明义说:"想不到大年初一,老婆女儿走了,亲生儿子却突然跑回到我身边来了,这也叫踏破铁鞋无觅处,得来全不费功夫。"

服务员开瓶,为他们倒酒。
服务员说:"请慢用。"
陈明义说:"来,儿子,媳妇,咱们喝酒。"
进疆说:"爹,中学的时候,我们就学过一首诗,里面有两句是:爆竹声声除旧岁,总把旧赋换新词。爹,今天你也是这样。"
陈明义说:"儿子啊,既然你认了我这个亲爹,你一定要给我争气,可千万不能给我丢脸啊！"

进疆说："爹,这点你放心,我会做出样子给你看的。不过,爹,那个生产队长我真的是不想当。"

陈明义说："为啥？"

进疆："没啥发展前途,而且上工农兵大学时,我学的也不是农业。"

陈明义说："你想干啥？"

进疆说："经商呀！我在大学学的是经济,现在全国又是经商热。"

陈明义抽出支烟,进疆忙拿出打火机为陈明义点烟。

曲美兰说："爹,李进疆头脑可灵活了,当生产队的队长,对他真的是不大合适,有点屈才了。"

陈明义说："这样吧,团里最近刚成立一个畜产公司,你先去当个副经理吧,干好了再说。"

进疆说："爹,我自己干行不行？"

陈明义想了想说："先干公家的,等路子蹚出来了,再单独干也不迟。"

曲美兰说："进疆,听爹的,到底是爹想得周全。"

欧晓阳、红霞的新房。

进军兴冲冲地敲门进来。

进军说："晓阳、红霞,告诉你们一个好消息,出国的名额批下来了。让晓阳去一次澳大利亚和新西兰,同专家团一起去。到新西兰你可以直接同你叔叔谈了。"

欧晓阳说："这太好了。"

红霞在为晓阳整理行李。

红霞说："晓阳,珍惜这次出国的机会。进军哥为争取这次你能出国,找他大爷,找张市长,真是没少费心。"

欧晓阳说："我知道。"

第十五章

路口。
红霞与晓阳吻别。
红霞说:"千万别辜负了进军哥的心。"
晓阳坚定地点点头。

大礼堂。
横幅是:"绿洲垦区党委扩大会议。"
主席台上可以看到杨自胜、张福基。
下前排可以看到陈明义、李松泉。

垦区领导在讲话:"我们有些领导,就是占着茅坑不拉屎。在改革中硬是不挪步子,我告诉你们,谁要在今后的改革中不挪步子,我就要挪他的位子。"

陈明义灰色的脸。
李松泉被触动的脸。

草甸湖农场场长办公室。
陈明义主动走进李松泉办公室。
陈明义说:"老李,以前你闷声不吭地把我的儿子当成你自己的儿子养着,怎么现在突然发慈悲把儿子还给我啦?"
李松泉说:"本来就是你的儿子嘛!"
陈明义说:"那你就该早还我,一直拖到现在还,动机恐怕不纯吧?"
李松泉说:"那你可以不认嘛!"
陈明义说:"我的儿子我干吗不认!不管是好是坏,他总是我的亲儿子嘛,儿子我认下了,但话我也要给你挑明。别以为我是个傻子。一,你是想卸包袱;二呢,你想跟我唱唱对台戏。但老李,我没有这么傻,既然垦区领导这么讲了,我还能不挪步子?"

李松泉的脸有些尴尬。

陈明义说:"我不但会挪步子,我还会挪出新招来,我相信我陈明义这点本事还有!不然,我今天坐不到这个位子上!"

李松泉苦笑一下。

五月的草原,一片生机盎然。

碧绿的青草,鲜艳的花朵,巍峨的塔松,清澈的小溪。

欧晓阳策马在草原上飞奔,红霞紧紧地跟在后面,她甩着鞭子喊:"晓阳,你当心我的鞭子!"

红霞熟练地驾驭着马,很快就赶到晓阳的身边,晓阳以为红霞真的要朝他身上甩鞭子,立即缩紧脖子,但红霞双腿一蹬,从自己的马上飞到晓阳的马上,紧紧抱住晓阳,马放慢了脚步,两人翻身下马,滚在开满鲜花的草丛中,洒出一串笑声。

俩人依偎在草丛里,热吻了一阵后,翻身坐了起来。

红霞说:"怎么样?"

欧晓阳说:"真是开了眼界,尤其在我叔叔那儿,不但看了我叔叔的牧场,也看了其他的牧场。"

姬进军的办公室。姬进军、红霞、柳月、温俊峰、姜正荣正在认真而仔细地听欧晓阳讲。

欧晓阳也讲得非常投入。

欧晓阳说:"在澳大利亚和新西兰,也搞围栏放牧。草场也需要休养生息。围栏后的草场要比原始草场的载畜量高一倍。而且羊群在围栏里吃草,活动量比较少,草又旺盛,因此羊只不但容易长膘,而且肉质也会得到明显的改善。"

温俊峰说:"晓阳,你父亲生前最关心的是羊只的品种改良,你叔叔和你

第十五章

有什么打算?"

欧晓阳说:"我叔叔说,你回去后,一定要把你父亲的良种培育试验进行下去。他在资金和技术上都可以支持我们。"

姬进军说:"我看,有这两点就够了!"

欧晓阳说:"在新西兰,几个牧场就有一个科研所,有国家办的,也有民间办的,对改良羊只的品种起了很大的作用。我父亲和温叔叔你们培育出来的细毛羊只有58—64支,现在国外已培育出66—70支的细型细毛羊,他们还正在培育80—100支的超细型细毛羊,他们还培育肥羔羊品种,肉质非常好。"

温俊峰说:"这些我在资料上也看到了。我越看就越感到我们的落伍,我的心里就越急,就越觉得对不起欧场长。现在如果我们把育种站再建起来,再从晓阳你叔叔那儿引进资金和技术,那该有多好!可我又能干啥呢?"

姬进军走到窗前,眺望着窗外远处那波浪般起伏着的草原。温俊峰懊丧地摇了摇头。

姬进军说:"温叔,你是牧场的技术顾问。如果晓阳的家庭牧场建起来,再得到他叔叔资金上、技术上的支持,那你不是更有用武之地啦?现在场里已经给牧场开口子了,允许搞家庭承包,甚至可以把羊折价卖给私人。"

柳月说:"老温,我和你也一起搞家庭承包吧。我要是承包上一群羊,没几年,我就可以让你发大财!"

姬进军说:"娘,我不是这个意思。我的意思是,让晓阳和红霞在他叔叔的支持下,在这儿办一个现代化的家庭牧场。我想让你们也参加进去。这样恐怕更稳妥一点,你们看呢?"

柳月说:"我看行!晓阳、红霞,你们就大胆干吧。有进军的支持,又有你叔叔这个后台,再加上温叔和我帮衬你们,你们这个现代化的家庭牧场肯定可以办得红红火火的。"

晓阳说:"姬场长,好吧,我们干!"

欧晓阳跟他叔叔在通电话。

欧晓阳叔叔的声音:"我看你们姬场长的这个办法可行,我支持你们,过两天我派一个技术人员来帮助你们。"

姬进军、欧晓阳、红霞、柳月、温俊峰陪着一位新西兰的畜牧技术人员在察看场地。

欧晓阳、红霞、柳月、温俊峰同几个工人在新西兰畜牧技术人员的指导下,正在草场上打木桩,用铁丝网围围栏。他们喜气洋洋,干得热火朝天的。

载重汽车拉着红砖、水泥、沙子。

原先写着"育种站"牌子的几间破旧的土坯房被推土机推倒。

柳月的脸上充满了喜悦。

柳月满怀信心地说:"旧的不去,新的不来。世上的事就是这么个样。欧场长在的时候,就是这样,再难再苦,他从不说,只是埋着头尽自己的能力干。温俊峰,不是我说你,你缺的就是这一点!"

温俊峰哮喘病发了,喘得有点透不过气来,他休息了会儿,说:"春花,只要条件具备了,我会好好干的,我会把以前耽误的时间夺回来的。"

大围栏围好后,他们又在中间隔出了许多小围栏。

欧晓阳正在向柳月解释说:"春花阿姨,将来羊就在小围栏放。一个小围栏里的草吃完了,就放到另一个小围栏。这样,过上一段时间,放过牧的小围栏里的草又会长出来。如果不用围栏,羊就会把草啃得到处都是,不利草场的再生长。"

柳月笑着点着头。

明珠市。

第十五章

草甸湖农场畜产公司正式挂牌成立。

鞭炮声声。

陈明义为公司成立剪彩。

李进疆一脸踌躇满志的样子。

李进疆开着小车同曲美兰一起上山。

正在放牧羊群的曲世士把李进疆、曲美兰迎进毡房里。

曲世士的毡房里,曲世士为李进疆倒奶茶。

曲美兰说:"爹,进疆虽说是公司的副经理,但公司现在没有经理,所以公司就由进疆全面负责。刚才进疆讲了,畜产公司在这个牧区收购羊只的事就交给你了。每只羊给你几元钱的提成。你只要收购上几千只羊,你也是个万元户。"

曲世士对李进疆点头哈腰地说:"李经理,这件事你尽管包在我身上好了。以前我在育种站也当过副指导员,这儿的牧民们,我都熟,他们都蛮信任我的。"

李进疆说:"我只不过是看在美兰的分上,给你一个发财的机会,好好干。啊?"

曲世士说:"那是,那是!"

李进疆同曲美兰骑着马在草原上转悠。

李进疆那神态就像指挥官在视察着他的阵地。

李进疆看到红霞他们正在围围栏。

李进疆和曲美兰策马来到围栏边,红霞看到了他们。

红霞说:"哥,你咋来啦?"

李进疆说："来了解一下牧区羊只目前的存栏数。"

李进疆、曲美兰跳下马。
红霞问："干吗？"
曲美兰说："你哥现在是团里畜产公司的主持日常工作的副经理，副营职了。"
红霞显然对曲美兰没好感，说："谁同你说话了，要你多嘴！"
李进疆说："红霞，你是怎么说话的？不管咋说，她现在也是你嫂子。"
红霞说："我要不认，那她也是干气！"
李进疆不理红霞，意思是我不跟你一般见识。他在围栏边上转了转。嘲讽地笑了笑。
李进疆自以为是地说："红霞，你们这是干啥？好笑！我们这里可不像国外，外国草场小，才围围栏，我们这儿这么大的大草原，走几天都走不到边，还搞什么围栏，可笑。"
红霞说："哥，不是我说你，要说呢，你也是个大学生了，说出的话怎么这么个水平？你那个大学文凭是咋混的？"
李进疆说："我看到你们这样大把大把地把钱往水里扔，感到可惜，这些准又是姬进军的点子吧？这个人就好弄点新玩意儿来卖弄自己。"

柳月走过来，不满地怒瞪李进疆一眼。
李进疆吃惊地说："娘？"
他把红霞拉到一边，轻声地说："咱娘咋也在这儿？"
红霞说："不是咱娘，这是咱姨，娘的双胞胎妹妹，柳月，进军哥的娘！"
李进疆说："啊？她还活着。"
红霞点点头。
李进疆与曲美兰惊疑地相互看看。

牧场。围栏旁。柳月和欧晓阳走到另一边去砸木桩。

第十五章

柳月扶着木桩,欧晓阳用木榔头砸。
欧晓阳干得利索而有力。

围栏边上,李进疆、曲美兰与红霞还在谈话。
李进疆:"她真是姬进军的娘?怪不得我还以为你把娘接过来了呢。"
红霞说:"可惜她从水渠上冲下来后记忆全丧失了,以前的事全不记得了。"
李进疆说:"那她咋知道姬进军是她儿子!"
红霞说:"进军哥叫她娘,她就认了。"
李进疆说:"这场戏要是放在电视剧里,准挺感人。我的妹夫是哪一位?"

红霞朝欧晓阳喊:"晓欧,过来见见我哥吧。"

欧晓阳放下榔头,擦着汗,朝李进疆走去。
李进疆说:"红霞,他也是上海支青?"
红霞说:"对!"
李进疆说:"咋长得这么壮实?"
红霞说:"锻炼出来的呗。"

欧晓阳走到李进疆、曲美兰跟前。
红霞说:"晓阳,这是我哥。"
晓阳喊了声"哥",然后一笑说:"我们的婚礼你也没来参加。"
李进疆说:"工作忙啊!而且你们也没告诉我,你是哪一年支边进疆的?"
欧晓阳说:"1966年。"
李进疆说:"啊,跟耿佳丽同一年来的。"眼里闪出一丝怀念:"耿佳丽你认识吧?"

欧晓阳笑着摇摇头。

李进疆、曲美兰骑着马下山。
曲美兰说:"你讲的耿佳丽是谁?"
李进疆粗声粗气地说:"我以前的未婚妻,也是上海支青。听说回上海后出国了,怎么,吃醋啦!"
曲美兰不悦地说:"随便问问嘛,生那么大的气干吗?"

夜。
曲世士的毡房门口。
曲世士的老婆正在煮羊肉,曲美兰在一边帮忙。

毡房门口燃着一堆篝火。李进疆和曲世士坐在篝火旁喝着奶茶。
李进疆说:"爹,我最近在市场摸了摸情况,羊毛这两年大量积压,不值钱了。羊肉价却一个劲地往上涨。所以你呢,多弄些大尾羊来养,这羊产肉量高,肉质也好。在牧场上,你也要想办法发展大尾羊,很受欢迎。"
曲世士说:"李经理,我是在育种站当过领导的人。我现在放的这些羊都是品种羊。要是再和大尾羊放在一起混着养,一杂交,这些品种羊就全完了。"
李进疆说:"嗨,我说爹,你脑子咋这么糊涂呢？眼下发展的市场经济,产品得跟着市场走。啥能来钱就养啥! 进大尾羊的事,我来帮你。"
曲世士说:"我是怕……"
李进疆说:"现在你们搞的是家庭承包,养啥卖啥都由自己做主,有啥好怕的!"

八月,草原已显出秋色。
温俊峰骑着马在草原上巡视。

第十五章

曲世士把羊赶上山坡,可以看到他的羊群里已有不少大尾羊,还有几只骚情的公羊在往母羊背上爬。

温俊峰顿时一脸的震惊。他策马赶到曲世士的跟前,跳下马。

温俊峰说:"曲世士,你是怎么回事?"

曲世士说:"咋啦?"

温俊峰说:"你怎么把品种羊和大尾羊混养在一起,而且还有公羊?"

曲世士说:"温俊峰,这你可管不着,现在搞家庭承包了,我想养啥就养啥!"

温俊峰说:"但要确保承包羊只品种的纯洁!"

曲世士说:"这我办不到,合同上也没有写,现在肉价比羊毛价高得多,我可不能做赔本买卖!"

温俊峰说:"曲世士啊曲世士,运动的时候,你想毁掉我们改良用的种公羊,现在你又准备想毁掉我们用了十几年心血培育出来的品种羊吗?欧钧铭场长是你害死的,现在你还想毁掉他创下的事业!"

曲世士说:"温俊峰,你这话吓唬不了我,这些大尾羊是我女婿让我养的,你有本事,找我女婿说去!再说,你已经不是场长,还管这么多干啥?"

温俊峰紧捏着拳头,气得说不出话来。

第十六章

曲世士一甩羊鞭,吆喝着羊上了坡。温俊峰气得要发疯。

温俊峰喘着气冲进姬进军办公室。
温俊峰冲着姬进军喊:"姬场长,牧场的技术顾问我也不当了!"
姬进军说:"咋啦?"
温俊峰说:"你去看看曲世士放牧的羊群,你就知道了!"

欧晓阳的家庭牧场。
围栏已把一大片丰美的草场围了起来。
围栏中间有一条小路,路口是用钢条焊起来的牌楼,圆形的牌匾上焊着五个字"晓阳畜牧场",小路通到一栋用红砖砌的二层小楼前。楼门边上也挂着一块书有"晓阳畜牧场"的白底红字的牌子。
围栏里,已有上千只羊在吃着草。

第十六章

　　柳月和红霞高兴地在围栏边上看着羊群。
　　柳月说:"这多好,羊省劲,人也省劲,以后再也用不着吆喝着牧羊狗,追着羊群四处跑了。"
　　红霞说:"干妈,这就叫现代化。"
　　柳月说:"以前咱们干啥啦,这么简单的办法都想不到。"
　　红霞说:"那主要是人的惰性在作怪,只满足习惯于过去,不思进取。"
　　柳月一笑摇摇头说:"有些事虽说简单,但咱们没往那上头去想。世上虽说有懒惰的人,但勤快的人总比懒惰的人要多。用木桩铁丝网,把草场这么围一围,谁不会干,也费不了多大劲,主要是人没往那上头想。"
　　红霞一笑说:"干妈,你讲得对。"

　　明珠市医院的妇产科。
　　医务室,罗秋雯与一位女医生。
　　罗秋雯说:"医生,是不是有喜了?"
　　女医生笑着点点头说:"是,但我的建议是做掉。你女儿的这种身体状况,生孩子有危险。"

　　路上。湘筼在前面快步地走,罗秋雯在后面追。
　　罗秋雯说:"湘筼,你还是听医生的话,做掉吧。刚两个月,做掉还来得及。"
　　湘筼说:"我决不,我就是去死,我也要把这孩子生下来!"
　　罗秋雯说:"你和进军商量过了?"
　　湘筼说:"没有。但我要孩子,我们得有自己的孩子!"

　　温俊峰家。温俊峰正在埋着头抽烟。气喘着不住地咳嗽。
　　姬进军坐在他对面。
　　姬进军关切地说:"温叔,你有哮喘病,把烟戒掉吧,再抽烟对身体不好。"

温俊峰说:"烦心的事老是不断,叫我咋戒?"说着又抽又咳了,他问:"刚才你去看过了?"

姬进军说:"我想听听你的意见。"

温俊峰说:"立即让曲世士把大尾羊全部处理掉。"

姬进军说:"温叔,今天我又去了两个牧业队,不仅是曲世士一家养着大尾羊,还有七八家也养着大尾羊。"

温俊峰用双拳捶着桌子。

温俊峰突然大声地吼叫着说:"完了,现在是彻底完了!"温俊峰捂着脸,大声地痛哭起来,说:"姬进疆,你是在犯罪!我饶不了你,欧钧铭在九泉底下,也会诅咒你的!"

罗秋雯急急地搭上一辆车,上山。

夜。克木尔拜大爷的毡房前。

姬进军与克木尔拜坐在篝火前。

克木尔拜说:"那个李进疆也来找过我,我告诉他嘛,你,出的是个坏点子,这些品种羊嘛,是欧场长花了一生的心血培育出来的。我嘛,也参加了。你的坏点子嘛,我不听!"

姬进军笑着点点头。

克木尔拜说:"人嘛,为几个钱,把科学丢了,把情义丢了,这能行吗?这不是做人的道理!"

姬进军听着感慨地叹了口气。

夜,月色。

姬进军骑马回到牧场场部。红霞从他办公室走出来,后面跟着罗秋雯。

红霞说:"进军哥,罗婶有急事找你呢!"

第十六章

罗秋雯神色焦虑地坐在姬进军办公室。

姬进军说:"娘,明天一早我就跟你回去。"

明珠市。草甸湖农场畜产公司。

李进疆的办公室。布置得又是十分阔气。

姬进军愤怒地走进李进疆的办公室,坐在李进疆办公桌对面的沙发上。

李进疆说:"姬进军,我绝不是有意想跟你捣乱,绝没有这个意思,你是我的表弟,这点我十分清楚,我干吗要跟你过不去呢,你说是吧?"

姬进军冷冷地笑了笑。

李进疆说:"市场很无情,什么样的产品能赚钱,我自然要鼓励生产方去生产能赚钱的产品。养羊也一样,什么品种的羊价钱好,我就让牧民们养什么样品种的羊,牧民们的收入高了,你这个当场长的难道不高兴?所以表弟,我这个当表哥的其实是在帮你的忙,你该感谢我才对。干吗一进来就板着个脸呢?"

姬进军冷笑一声说:"李进疆,我来找你,只想告诉你一句话,你的眼光太短浅。你这样做,对那些牧民的将来恐怕是不负责任的。"

李进疆说:"姬进军,你也想得太远了,做生意是最现实的,今天能赚钱的生意,那就今天做,至于明天怎么样,那是明天的事!更何况将来呢。"

姬进军说:"恐怕不是这样吧?做生意最怕的是你这种短期行为。生意你今天做了明天就不做了?要想在市场上站稳脚跟,眼光就得放远一点!"

李进疆不以为然地摇摇头。

夜。姬进军与湘筠的新房。

湘筠已安排舒好睡下了。

姬进军和湘筠依偎着躺在床上。

姬进军说:"湘筠,你不是吃着避孕药的吗?"

湘筼说:"后来我不吃了。"

姬进军说:"为什么?"

湘筼说:"因为我想要有我们的孩子。"

姬进军说:"结婚前我们不是说好的吗?"

湘筼说:"我改变主意了。"

姬进军说:"那你也得告诉我一声,因为这毕竟是我们两个人的事。湘筼,我觉得你应该把这孩子去做掉。"

湘筼说:"我不!"

姬进军说:"湘筼,我再说一遍,为了你,也为了我,也为了舒好,去做掉!"

湘筼说:"我不!"

进军说:"这会伤害我们之间感情的。"

湘筼说:"进军……我想要!"

进军说:"湘筼,理智点,你要知道,我面临的工作压力有多重,面对改革中出现的新问题,我都感到有些束手无策了。湘筼,你如果真爱我的话,你就帮帮我,我们有舒好就够了。"

湘筼翻转身,抬眼看到进军的眼里含着泪,湘筼心疼地把脸贴在进军的胸口,泪如雨下。

进军疼爱地说:"湘筼。"

医院。罗秋雯陪着湘筼坐在走廊的长凳上。

护士拉开门喊:"陈湘筼。"

陈湘筼一把抱住罗秋雯:"娘……"痛苦地哭起来。

罗秋雯拍拍湘筼的背说:"去吧,听话。"她也流泪了。

罗秋雯坐在长凳上等着。

第十六章

走廊的另一头,姬进军朝她走来。

姬进军走到罗秋雯身边。
进军说:"娘。"
罗秋雯说:"进军,你咋也来了?"
进军说:"我也来动了个小手术。"
罗秋雯说:"你咋啦?"
进军:"结扎了。我怕湘筼会再遭罪,这样就安全了。"
罗秋雯拉着进军的手,眼泪涌了出来,说:"进军,委屈你了。"
进军笑笑说:"娘,没事的。"

姬进军在肉类市场转着,打听着。

姬进军来到市贸易公司。
羊毛收购站里堆满了羊毛。
有一位工作人员正在对他讲解。

市郊巴扎上,人群涌动。
姬进军在活羊市场了解情况。

姬进军骑着马上山。

夜。
陈湘筼眼泪汪汪地抱着舒好坐在床上,舒好已成她唯一的希望了。

温俊峰家。
温俊峰正在收拾行李。柳月在一边劝阻。
柳月说:"温俊峰,你真是个懦夫!因为你不敢面对现实!"

温俊峰说:"我无法面对我和欧钧铭的研究成果将被毁灭的现实!我会哭,欧钧铭也会哭!"

柳月说:"所以你就逃避?"

温俊峰说:"反正我已经退休了,场里在市里也给我们分了房子。我要去市里住!眼不见心静。"

柳月说:"但我不会跟你回去!我要支持我儿子的工作。"

温俊峰说:"春花,姬进军是不是你儿子,谁知道!"

柳月说:"只要他叫我娘,他就是我儿子!"

姬进军来到柳月家门口。听到争吵声,他站了一会儿,推门走了进去。

温俊峰已把箱子关上,拎着准备出门。

姬进军说:"娘,咋啦?"

柳月说:"老温想走!"

姬进军说:"娘,温叔想走,就让他走吧。温叔,我派车送你下去。娘,你也跟温叔回到市里去住吧。"

柳月说:"进军,你不下山,我也不会下山。我知道你现在工作挺难,娘得同你在一起。"

进军搂住柳月的双肩感动地说:"娘!"

姬进军与柳月骑着马朝晓阳畜牧场走去。

温俊峰坐在马车上。一位中年人正赶着马车往山下走。

温俊峰不时地往山上看,他长叹了口气,拍拍中年人说:"老姜,我不下山了。"

中年人问:"那上哪儿?"

温俊峰说:"回去。"

第十六章

山坡上的小路。

柳月在马上伤感地对姬进军说:"姬场长,你温叔真的走了。"

姬进军说:"娘,我想,他会回来的。因为这儿有他的事业。"

姬进军与柳月在"晓阳畜牧场"的围栏前下马。

姬进军说:"娘,目前这种状况不要说我阻止不了,就是再大的官也阻止不了。既然羊只都让每家每户承包了,他们只要按合同给咱们牧场交一定的费用,他们想养什么羊,怎么养,由他们自主决定。不给他们一定的自主权,牧民们就没有积极性,我们又等于走到老路上去了。"

柳月说:"可是那些品种羊咋办?为培育出这些品种羊,欧场长,还有你温叔,还有你娘,可都是费了不少心血的。"

姬进军说:"娘,你放心,最后市场会让牧民们知道,喂养什么样的羊最合算!"

姬进军虽这么说,但他也感到忧心忡忡。

温俊峰从马厩里牵出一匹马,把行李搭在马匹上,牵着马走进草原。

温俊峰回头看牧场场部,心事重重地叹了口气。

他哮喘得很厉害。

姬进军、柳月、欧晓阳、红霞站在围栏边上。

欧晓阳说:"姬场长,我叔叔已经把一部分款项打过来了。还有十二只细毛型种公羊正在办有关进关手续,不久也可以运到。"

姬进军说:"晓阳,红霞,我把希望寄托在你们身上了。"

欧晓阳说:"进军哥,我们尽力吧。"

姬进军说:"这点你们放心,我们牧场也会尽力保留部分品种羊的。"

姬进军和柳月回到牧场场部。

老姜赶着马车回马厩。

柳月吃惊地说:"老姜,你咋这么早就回来了?"

老姜说:"温场长又回来了,他不去市里了。"

姬进军说:"娘,你瞧。我没说错吧?温叔是个事业心很强的人。"

柳月高兴地冲进家门。

房里空空如也。

柳月惊奇的脸。

柳月赶到马厩。

老姜在卸车。

柳月问:"老姜,老温真的回家了?"

老姜说:"我看着他在家门口下的车。不过我也回家去了一次。回来看到马厩里他常骑的那匹马不在了。"

柳月神色黯然。

克木尔拜大叔的毡房前。

温俊峰虽然哮喘得厉害,但仍动情地说:"克木尔拜,我代表去世的欧场长还有我自己谢谢你。我走遍了牧场,只有你这儿还保留着这么一群纯种的羊群。"

克木尔拜说:"温场长,我是知道这些纯种羊是怎么培育出来的。人嘛,要有良心,不能为了那几个钱,把什么都丢了。"

温俊峰说:"克木尔拜,自从阿依古丽大嫂走了后,你也是孤身一人,我就跟你做个伴,看好这群纯种羊。"

柳月在姬进军的办公室里。

姬进军担忧地说:"娘,温叔没回家,会到哪儿去呢?"

柳月想了想说:"进军,你忙你的吧,我知道他可能上什么地方去了。"

第十六章

夜。
克木尔拜在弹着冬不拉唱歌。
温俊峰含着泪在听着。

柳月掀开门帘走进毡房。

月色皎洁。
温俊峰把柳月送出毡房。
柳月说:"俊峰,我知道你这心,那你就同克木尔拜好好守着这些纯种羊吧。我是得回去帮晓阳他们。"
温俊峰的神色有些忧伤。

七月。
欧晓阳、红霞,还有欧晓阳雇用的几个壮实的小伙子在割草。

围栏里,柳月在放牧着十几只种公羊。

温俊峰与克木尔拜放牧着羊群。
温俊峰依然哮喘得厉害。
克木尔拜说:"温场长,你这病嘛,一定要到医院去好好治一治嘛。可不要像欧场长那样,到不能治了,就晚了。"
温俊峰笑笑说:"我这病治不好,但一时也死不了。我这病是我年轻时,救春花时落下的。时好时犯的,这么些年都整过来了。"

柳月陪着姬进军骑着马过来。
温俊峰看到姬进军过来,生气地骑上马就离开了羊群。

克木尔拜笑着摇摇头。

柳月看了姬进军一眼。
柳月说:"这个老温!"
姬进军笑笑说:"娘,你去劝劝他。"

姬进军与克木尔拜坐在羊群前。
姬进军说:"克木尔拜大叔,谢谢你保留了这么一批纯种羊。我代表牧场谢谢你。我们牧场到时候会补贴你一部分费用的,不能让你吃亏。"
克木尔拜说:"姬场长用不着,我们知道,现在嘛,牧场在经济上有困难。我们嘛,只要肚子吃饱就行了。"
姬进军说:"到今年年底,牧民们把该出的费用交上来,牧场的经济情况就会大大好转的。"
克木尔拜说:"补贴嘛,我真的不要,但以后有更好的细毛羊嘛,就先给我们养下。"
姬进军笑着点点头说:"克木尔拜大叔,还是你有眼光啊。"

柳月与温俊峰坐在山坡大片的塔松下。
温俊峰说:"我早就提醒过他,在牧区搞家庭承包要慎重,尤其是羊只品种退化的事不能掉以轻心!看,我最害怕看到的事,还是发生了。"
柳月说:"老温,你不要把眼光老放在以前的那些品种羊上。你回去看看晓阳叔叔从新西兰给我们引进的种羊。我放牧了二十几年的种羊了,可这批种羊比以前的种羊品质还要好!你和欧场长的事业,晓阳与红霞又接上了。"
温俊峰说:"是吗?"
柳月说:"那你就回去看看!"

姬进军骑着马走进围栏。

第十六章

莹茵高兴地喊着说："哥，哥……"冲了过去，一把搂住刚下马的进军的脖子，转了两个圈。

进军说："回家来啦？"

莹茵说："对，毕业了。工作也安排好了。"

进军说："安排在哪儿？"

莹茵说："市里的食品厂厂办。"

进军说："那不错呀。"

莹茵咬着进军的耳朵说："走了点门路。"

进军说："找大爹了？"

莹茵说："才不找他呢。大爹平时说话还挺有人情味的，但一遇到这种事就板着个脸，没情没谊的。"

进军说："不会吧，大爹是个最有情谊的人。"

莹茵说："哥，那是你的看法，我找的是张福基市长。"

进军说："哈，哈，对了，他在这方面比大爹可缺了点原则性。"

莹茵说："我只是师傅领进门，以后嘛，全要靠我自己了！"

姬进军陪着温俊峰在看围栏里的种公羊。柳月、欧晓阳、红霞、莹茵都在场。

温俊峰看着那十几只种羊，神情激动。

姬进军说："温叔，牧场决定把克木尔拜大叔的那群母羊划让给晓阳他们牧场。这样，你和晓阳爸爸的事业又能继承与发展起来了。"

温俊峰看看姬进军，面有愧色。

姬进军说："过两天母羊的发情期快到了，就让克木尔拜大叔把羊赶过来吧。"

温俊峰说："好！"

柳月说："老温，我同你一起去。"

草原已是一片秋色。

清晨。
柳月、温俊峰、克木尔拜赶着羊群上坡。

曲世士赶着一群杂交羊上坡。
几只大尾公羊突然闻到了发情母羊的气息。情绪激动地朝克木尔拜的母羊群冲去。

温俊峰看到几只大尾公羊朝母羊群冲来,大喊一声说:"不好。"
立即跳下马。
柳月与克木尔拜也迅速下马。

温俊峰去阻挡公羊,被一只公羊冲倒在地。

牧羊狗狂吠。

温俊峰看到一只公羊爬上一只母羊。
温俊峰冲过去,把公羊从母羊背上推下,他也跌倒在地。

克木尔拜用鞭抽着爬胯的公羊。

一场人羊混战。

几只大尾公羊终于被赶走。

温俊峰气喘吁吁地躺在地上喘气。

柳月扶起温俊峰:"老温,你怎么啦?"

第十六章

曲世士在远处,幸灾乐祸地笑着。
克木尔拜用鞭子指着远处的曲世士吼:"你嘛,是一堆狗屎!"

温俊峰说:"没事。就是有点喘不过气。你们……赶快把羊群赶进围栏。"

柳月把温俊峰扶上马。

羊群终于赶进了围栏。
温俊峰从马上摔了下来。

柳月、欧晓阳在给母羊配种。

红霞、克木尔拜在给配种的母羊编号分类。

温俊峰哮喘着躺在床上。
莹茵在给他喂药。
温俊峰推开莹茵的手说:"我要到晓阳那儿去看看。"
莹茵说:"爹,你病得那么重。"

围栏里的草虽然已经收割过,但重新长出来的草依然比周围的草地要旺盛。已经配上种打上记号的羊在围栏里吃草。
温俊峰看着,脸上映出灿烂的笑容。

天空又开始飘舞雪花,雪越下越大。
羊群都被赶进很大的羊舍里。
积雪覆盖着草原。

李进疆家。虽说住的还是平房，但里面的装潢和布置都已相当的富丽堂皇。

曲世士正在埋头喝酒，曲美兰端来炒好的菜放到桌上说："爹，你多吃点，进疆待会儿就回来。"

李进疆派头十足地跳下车，推门进家。

曲世士一看是进疆，忙站起来赔着笑说："李经理，你回来啦。"

李进疆一脸的不悦说："哎，我说爹，最近你送来的羊咋都这么瘦啊？根本卖不出价！"

曲世士说："现在的羊都这么瘦，没草吃嘛。"

李进疆说："那别的公司从欧晓阳那边买进来的羊，只只肥肥的，出手得特别快，卖的价也好！"

曲世士说："人家是围栏放牧，大羊舍圈着。有草吃，又不受冻，再喂上些精料，咋会不肥啊！"

李进疆说："那你们也把羊赶到他们的围栏里去放！"

曲世士说："那咋行？"

李进疆说："那有什么不行的？我爹陈政委说了，他们围的草场只是给他们暂时使用的，所有权还是团场的！你们也是团场的职工，为什么不能把羊赶进去放牧！"

早晨。

红霞、柳月赶着羊群出来，发现围栏被推倒了一大片，积雪上全是羊蹄印。

红霞和柳月惊愕而愤怒的脸！

欧晓阳、温俊峰、姜正荣还有牧场的工人们都来到被推倒的围栏前。

欧晓阳吼："这是谁干的？"

第十六章

温俊峰说:"肯定是有人有意这么干的。"
欧晓阳说:"这怎么办？温叔,是不是马上报案,让公安局的来查呀!"
温俊峰说:"我看先找姬场长,看看他的意见。"
欧晓阳说:"我们才刚刚起步呢。"
姜正荣说:"这些狗娘养的,查出来饶不了他们!"

姬进军神色严峻地看着被拆毁的围栏。
欧晓阳、红霞、柳月、温俊峰等都看着他。
姬进军说:"欧晓阳,你们放心,我会调查处理好这件事的。"

姬进军刚走,曲世士等几个牧民,再次赶着羊群,冲进围栏。

欧晓阳、红霞、柳月、温俊峰等去阻止。
曲世士说:"这儿的草场也是属于公家的,为什么只许你们放牧,不许我们放牧!"
欧晓阳说:"我们围的这片草场,是经牧场批准的!"
曲世士说:"你们有没有政府给的牌子?"
欧晓阳无言。
曲世士说:"没有牌牌子,我们也能放。"

羊群把围栏里的草地糟蹋的一片狼藉。
欧晓阳看着这情景,一脸的痛苦与无奈。
红霞咬牙切齿地说:"我就不信治不了他们!"

红霞回到羊舍,组织了六七个牧工,每人都拿着粗棍子,朝围栏走来。

柳月拦住了他们说:"红霞,你这要干啥?"
红霞说:"干妈,你不要拦我们。要讲理,咱们就讲,要蛮干,咱们也会,谁怕谁啊!"

  柳月说:"红霞,你们不能这样!"

  温俊峰说:"春花,你们别拦他们。这个曲世士,一次次领头跟我们过不去,我已经咽不下这口气了。"

  红霞说:"小伙子们,把他们通通赶出围栏,出什么事,有我李红霞担着!"

  牧羊狗在狂吠着。

  温俊峰、红霞领着几个年轻牧工把曲世士等人的羊群赶出了围栏。

  温俊峰从红霞手中夺下棍子,去追曲世士,柳月、欧晓阳在后面追着喊:"回来!"

  温俊峰追上曲世士,旧仇新恨一下涌上他的心头,温俊峰在曲世士的腿上狠狠地砸了一棍,接着又砸一棍。温俊峰喘着粗气。

  曲世士趴在了地上。

  红霞从温俊峰手中拿回棍子举在曲世士的头上说:"告诉我,这事是不是又是我哥在背后捣的鬼?"

  曲世士说:"是,是。"

  红霞说:"你拆了我们的围栏,就是犯罪,我让姬场长通知公安局的人先把你抓起来,再去抓我那个教唆犯的哥!"

  温俊峰哮喘发作,一时喘不上气来,又一次晕倒在地上。

  一位年轻牧工把温俊峰背回家里,放到床上。

  温俊峰已喘上气来了。

  红霞说:"晓阳,你们把温叔照顾好,我要回农场去一次。"

第十六章

欧晓阳说:"干吗?"
红霞说:"找我爹去!"

草甸湖农场场部。
红霞猛地冲进李松泉的办公室。

李松泉吃惊地看着红霞。
李松泉说:"什么事,这么神神道道的。"
红霞说:"爹!你管不管我哥呀!他老跟我们捣蛋,他是什么意思?"
李松泉无奈地摇摇头说:"你哥,迟早一天要犯大错误。红霞,你是我的亲女儿,你要给我争气才对!"
李松泉想了想又说:"你告诉进军,让他尽快去办你们晓阳畜牧场的草场使用证。"
红霞说:"去哪儿办?"
李松泉说:"去垦区土地局畜牧局,草场是由垦区直接管的。"
红霞说:"可我哥的事呢?"
李松泉抱怨地叹了口气说:"你哥的事我管不了!"
红霞说:"可你是场长啊。"
李松泉说:"刚才我讲的事,就是我作为场长讲的,现在不都要讲个法制吗?有法律依据,事情就好办了。"

垦区办公大楼,垦区土地局。
姬进军正在办草场使用证。

姬进军在垦区畜牧局。
工作人员在草场使用证上盖章了。

市畜产公司。

曲美兰冲进李进疆的办公室。

曲美兰说:"进疆,你派辆车,我要上山。"

李进疆说:"干吗?"

曲美兰说:"爹让温俊峰和你妹打伤了!"

李进疆说:"咋回事?"

曲美兰说:"咋回事?都是你给爹出的馊点子!"

牧场,姬进军办公室。

红霞同欧晓阳走进办公室。

红霞说:"进军哥,我去找过我爹了,他让你上垦区土地局给我们办一张草场使用证。"

进军说:"我已经办回来了。"

红霞说:"你都办好了?"

进军说:"以前没有想到这一点,是我的失误。面对市场经济,我们有许多不懂不适应的地方,让人家钻了空子。晓阳,你车在吗?"

欧晓阳说:"在。"

姬进军同欧晓阳、红霞走到一辆白色客货两用的福特车旁。

进军说:"晓阳,红霞,草场使用证办好了,你们可以无后顾之忧了,但打人的事怎么办?"

红霞说:"进军哥,你也不看看我们打的是谁?"

进军说:"不管打的是谁,都是我牧场的职工。红霞,过去我在冲动时也会动手去出出气,但这只会激化矛盾,解决不了问题。"

红霞说:"那你说咋办,总不会是他拆了我们的围栏,我们再去跟他说好话。"

进军说:"拆围栏的事要解决,但你们打人的事,也要去道歉。"

红霞说:"我才不去呢。"

进军说:"晓阳,你代表红霞,我代表温叔,先给曲世士去道个歉。"

第十六章

晓阳说:"我同意进军哥的看法,文明总比粗野好!"

姬进军、欧晓阳坐着畜牧场的车来到曲世士家。

曲世士一见姬进军就吓黄了脸。
曲世士说:"姬场长,这事我做错了,真的做错了,请你千万别把我送到公安局去。"
姬进军说:"曲世士,你也不要紧张。你带头拆毁围栏的事,会有个说法的,但今天我和欧晓阳来,我是代表温俊峰,晓阳是代表李红霞来向你道个歉,他们打你不对。"
曲世士傻愣着眼,然后说:"就是嘛。"
姬进军说:"欧晓阳用车送你下山,到医院去看看,治治伤。"
曲世士感到不好意思了,说:"这用不着,用不着。我伤得不重,养两天就会好的。在山上放羊,碰着磕着都是常事。"
姬进军诚恳地说:"去吧,医药费由晓阳他们负担。"
曲世士不知该说什么好了。
姬进军说:"你是我牧场的职工,我也要保护你的利益。收拾收拾,上车走吧。"

小车启动了。
姬进军在车外朝曲世士挥挥手,曲世士被感动了,他也举着手朝姬进军挥了挥,眼里渗出了泪。

山路上,欧晓阳下山的车与李进疆上山的车擦肩而过,但谁也没有去注意谁。

明珠市大礼堂。大礼堂上挂着的横幅是:"明珠市明珠之秋文艺晚会"。

礼堂里坐满了人，前排座位上可以看到杨自胜、张福基、罗秋雯、陈湘筠。后排位置上可以看到陈明义、李松泉、柳叶、李进疆、曲美兰。

女报幕员款款走上舞台。
报幕员说："下一个节目是豫剧《花木兰》选段，演唱者，姬舒好。"
舒好大方而熟练地走上舞台，下面响起了热烈的掌声。
报幕员走到舒好跟前问："小朋友，你多大啦？"
舒好说："五岁半。"
报幕员："你唱什么呀？"
舒好说："豫剧《花木兰》选段，《女子哪点不如男》。"说着还做了个架势，引得下面笑声和掌声一片。

舒好唱得声情并茂，下面的掌声热烈。
杨自胜、罗秋雯、陈湘筠的脸上充满了自豪和喜悦。张福基也赞不绝口说："好材料！准是这方面的好材料！"

柳叶也在鼓掌，后悔地说："唉，当初进军把她送到我这儿来时，我真该留下她啊！"
曲美兰说："娘，你说什么？"
柳叶没理曲美兰。
曲美兰又问李进疆说："刚才娘说什么？"
李进疆没好气地说："娘说这孩子是我和耿佳丽生的，你有本事你也给我生一个呀！结婚三年了，你就没个动静。"

曲美兰嘟起嘴，一脸的不悦。但又突然想到了什么。
李进疆盯着舞台上看，也在想着什么。然后在柳叶耳边说："娘，我们把她要回来吧。"

第十七章

寒风凛冽。

欧晓阳、红霞、柳月、温俊峰和一些牧工在修复围栏。

曲世士领着那几个闯围栏的牧民也来帮忙。

曲世士向欧晓阳他们点着头说:"对不起,对不起。"

柳月和善地朝他们笑笑说:"咱们都是吃这一方草地的人,那就是一家人。有啥困难,就直接跟我们说,互相帮衬着,没有渡不过的难关。"

曲世士说:"春花嫂子,过去我做了许多对不住你的事。"

柳月说:"那年月的事,还提它作啥。既然你也来帮忙了,那结的怨不也就解了?过去了的事都让它过去吧。"

曲世士感动地说:"春花嫂子……"

明珠市幼儿园。

李进疆在门口等着,舒好出来了。

李进疆走上前去拦住舒好。
李进疆说:"舒好,你知道我是谁吗?"
舒好说:"妈妈说,你是我伯伯。"
李进疆说:"我不是你伯伯,是你亲爸爸。"
舒好说:"才不是呢!我亲爸爸叫姬进军。"

陈湘筼来接舒好,她刚好听到了李进疆的话,抱起舒好,陈湘筼瞪了李进疆一眼说:"进疆哥,你说这话害不害臊!"
李进疆说:"这有什么臊的,这是事实!"
湘筼说:"李进疆,我知道,你同我是同一个爹,但我不会认你这个哥的。你好无耻!"

春节。
杨自胜、姬进军、陈湘筼、罗秋雯、舒好在吃团圆饭。

李进疆带了些礼品来到杨自胜家。
李进疆点头哈腰地说:"杨伯伯,你好,我给你拜年来了!"
杨自胜说:"进疆,你啥时候学得这么乖了,也知道给我拜年了,你肯定有啥事吧?"
李进疆说:"事是有一点,但拜年是主要的。"
杨自胜说:"有啥事,你就说!"
李进疆说:"我想跟进军表弟单独谈。"
姬进军说:"是公事还是私事?"
李进疆说:"当然是私事。"
杨自胜说:"私事就当着面谈。我们家人没那么些神神道道的事!"

第十七章

李进疆有点不自在地笑笑,在沙发上坐下。

李进疆说:"杨伯伯,进军,是这么回事,我娘想让我领舒好回去过个年。"

杨自胜说:"你说什么？我老了,耳朵有点背了,没听清你的话。"

李进疆说:"舒好是我的女儿,所以我娘想让舒好回家过个年。"

姬进军说;"你不是说舒好不是你的女儿吗?"

李进疆说:"现在我可以肯定她是我女儿,不是我女儿,能长得这么漂亮这么聪明吗?"

姬进军放下碗筷。

姬进军走到李进疆跟前说:"李进疆,你的无耻真的可以进入吉尼斯纪录了。要照以前,我一拳就把你撂出门外。"

湘筠也冲上去,抓起礼品,用力甩出门外说:"你给我滚!"

李进疆退到门口说:"她是我女儿,我一定会让她回到我身边的。"

李进疆走后。

湘筠说:"娘,我爹怎么生出这么个坏种?"

罗秋雯说:"那你就问你爹去。"

杨自胜说:"进军,在这件事上,你一定要把握住立场,决不能让步,说不定我明年就要退了,舒好那就是我的命!"

姬进军说:"大爹,在法律上,姬舒好是我和湘筠的孩子。"

罗秋雯说:"把舒好还给这个爹,那不是把孩子往火坑里送吗?"

舒好说:"外婆,我不进那个伯伯的火坑!"

大家笑。

两年后的一个冬天。

牧场的一间新盖的会议室里,姬进军正在给牧民们开会。曲世士也坐在牧民中。

姬进军说:"既然围栏放牧好,我们为什么不搞围栏放牧呢?既然大羊舍圈养好,我们为什么不搞大羊舍圈养呢?我们牧场,将来就要在规模化、集约化和工厂化养殖上做文章,不能再搞那种落后的自由放牧的方式了。"

一牧工说:"那围围栏的资金咋解决?"

姬进军说:"牧场出一点,我们向国家去申请一点,你们自筹一点。一年解决不了,就用两年三年去解决。还有,大家看到没有,晓阳畜牧场的品种羊羊毛和肉都卖出了好价钱,可那些杂种羊呢?卖不出价钱了。从去年开始,克木尔拜家还有其他几个放牧品种羊的牧民家庭的收入不都提高了吗?"

克木尔拜带头鼓起掌来。

六月。

草原上开满了鲜艳的花朵。

羊群都在围栏里放牧。

牧民们的脸上满是喜悦。

牧场场部已盖起一排排新房。

一栋两层的小楼门口挂着"红光牧场育种站"的牌子。

温俊峰、欧晓阳在房后的院墙内,正在测试着细毛羊的毛质纤细度。

温俊峰和欧晓阳的脸上充满激情。

温俊峰说:"晓阳,你老爸要活着,能看到我们也培育出了这种细型的细毛羊,那该会有多高兴啊!"

温俊峰的哮喘病却显得愈发严重了。

鲜花盛开的草原上,人群涌动。

牧场场部门口的牌楼上,挂着"中外合资红光晓阳畜牧业责任有限公司"的牌子。

第十七章

人们正在庆贺公司的成立。

垦区领导在讲话。

姬进军在讲话。

柳月看着姬进军,脸上充满了自豪。她心里在说:"他真的是我的亲生儿子吗?以前的事我怎么到现在还记不起来呢?"

草原之夜。

篝火在熊熊燃烧。

哈萨克民族的音乐旋律在草原的夜空回荡。

牧民们围坐在篝火旁载歌载舞,欢庆着公司的成立和牧场的兴旺。

姬进军、红霞、欧晓阳、克木尔拜也在欢舞着的人群中。姬进军跳得很愉快。

柳月坐在火堆旁,拍着手,笑得很甜。

明珠市党委常委会会议室。

市委常委会正在听取组织部有关干部的考察报告。

组织部肖部长说:"有关对姬进军同志的几次考察情况就是这样。"

杨自胜点点头,看着张福基。

张福基说:"关于进军同志任开发区管委会主任的提议,请常委们发表意见。"

杨自胜办公室。

杨自胜神情严肃地在同姬进军说话。

杨自胜说:"大爹把你调来当开发区管委会的主任,不光是私心。明珠市开发区成立快三年了,招商引资的项目基本上还是个空白,你在当队长、当牧场场长时有开拓精神,调你来,就是要你打开局面。我这是公私结合,但主要是为公,这叫举贤不避亲!"

姬进军有些迟疑地说:"大爷,我怕干不好,因为我不熟悉城市。"

杨自胜说:"这不是在我杨自胜身边长大的孩子说的话,我告诉你,你妹妹温莹茵在市食品厂干得很不错,进步得也很快,现在已是食品厂的业务副厂长了。我想柳月的孩子嘛,都该有出息!你们活得要对得起你娘!"

姬进军含着泪深情地点点头。

姬进军坐车来到市里的开发区,那里除了几栋零星的房子外,基本上是一片空地。

姬进军的神情严峻。

明珠市食品厂。

姬进军等在厂门口。温莹茵从厂门口冲出来,搂着姬进军脖子转了个圈。

温莹茵办公室。

姬进军心情沉重地说:"我真怕我干不好,辜负了大爷。"

温莹茵说:"哥,这不是你说的话,要说难,我们这儿也难,厂里快有一年没发工资了。但我们得自己想办法。另外,你也别去找大爷讨主意。"

姬进军说:"为啥?"

温莹茵说:"你还没摸到大爷对你的期望多厚重?"

姬进军说:"多请示,总不会有错。"

温莹茵一笑说:"哥,你一直生活在大爷身边,却不了解大爷,你会碰钉子的。"

姬进军笑笑。

杨自胜办公室。

杨自胜脸色严厉而庄重对坐在他对面的姬进军说:"开发区管委会的主任是你,不是我!咱俩换换位置?"

第十七章

姬进军站起来说:"大爹,我明白你的意思了!我知道这第一步该怎么迈了!"

姬进军走出杨自胜办公室时,杨自胜看姬进军的背影时眼神变得柔和而深情。

市委秘书小赵走进杨自胜的办公室。

小赵说:"杨书记,绿叶食品厂又有几位工人在门口上访。"

杨自胜走到窗口,看到门厅前有几十位工人坐在台阶上。

杨自胜同情地沉思一会说:"什么原因?"

小赵说:"说是快有一年没发工资了。"

杨自胜说:"通知信访科张科长先去接见他们,然后让食品厂的领导来把他们接回去。"

小赵说:"是。"

绿叶食品厂。

会议室正在开党委会。

温莹茵正在讲话。

温莹茵说:"现在放在我们厂面前的只有两条路,一条是关门倒闭,大家都下岗,一条是立即想办法转产,另谋生路。"

厂办秘书小黄进来。

小黄说:"温副厂长,有你的电话。"

温莹茵说:"我正在开会呢。"

小黄说:"是市委杨书记的电话。"

温莹茵走到隔壁接电话。

莹茵说:"杨书记,有啥指示?"

杨自胜说:"你们食品厂的人又来上访了,是咋回事?"

莹茵说:"大爹,这事你应该找厂长、书记,干吗找我呀?"

杨自胜说:"莹茵,你别忘了,我可是你哥的大爷,你不也这样叫我吗?你能不能看在这份情谊上,帮我这个大爷减轻点负担?"

莹茵笑了,说:"行,大爷,我马上让厂长派人去把他们接回来,还不行吗?"

杨自胜说:"莹茵啊,你们食品厂得从根本上解决问题。"

莹茵说:"我们厂党委正开会在研究这件事呢。"

杨自胜说:"不要老研究,要采取实际行动。"

莹茵说:"大爷,这你应该直接找厂长、书记谈,对我说有啥用?"

杨自胜说:"好吧,我定个时间,同你们厂长、书记谈一次,你也参加,看看我们市委能帮你们做点什么。"

莹茵说:"看,这才像我大爷说的话。"

杨自胜说:"你个小丫头片子,比你哥狡猾多了!"

厂会议室。

温莹茵继续发言说:"转产搞西红柿酱,我们这儿的土地、气候、光照适合西红柿的生长。我和厂长做了个详细的调查,我看,咱们得下决心上!"

开发区管委会,姬进军在同管委会的人开会。

姬进军说:"招商引资,不能守株待兔,而要主动出击。我们要主动地去寻找投资方,把我们这儿的优势和优惠政策告诉大家,让他们看到我们这儿投资后的前景。做这项工作也要有锲而不舍的精神,一次不行,两次,两次不行三次,我们要用我们的诚意去打动他们!"

招商引资部郭经理说:"姬主任,我们在这方面的工作确实做得不够。"

姬进军说:"咱们要直接去找全国甚至是世界性的知名品牌厂商,只要他们肯来投资,影响面就大了。我们要善于利用人家的名牌来打造我们自己。"

郭经理说:"不过这样做的难度要大一些。"

姬进军说:"难度再大也要勇于去做,能把最难的事做成功,那么后面的

第十七章

路就要好走多了。你们好好整份材料,看看有哪些名牌的产品适合在我们这儿发展,先把目标定准,然后我们就主动出击!"

姬进军办公室。
招商引资部的郭经理等几人在汇报工作。
郭经理把一叠材料递给姬进军。
郭经理说:"姬主任,我们认为康康集团的方便面厂适合在我们这儿办厂,但我们去打听过了,康康集团从不在地区级市投资设分厂。他们的分厂都设在省城。他们说,要在新疆设分厂,也设在乌鲁木齐市,而不会设到我们明珠市来。"
姬进军说:"我们能不能先把他们的人请到我们明珠市来,让他们来实地考察,我们要用我们明珠市的优势,用我们的真诚去感动他们,让他们破例在明珠市设分厂。"
郭经理说:"难度很大。"
姬进军说:"难度再大也要去做,给你们招商引资部一个任务,就是争取把他们的人请过来!"

市委书记办公室。
夜已深了。杨自胜一脸的倦态,但仍强打着精神听完了绿叶食品厂的孙之同书记、周家林厂长、温莹茵的汇报。
杨自胜:"你们转产西红柿酱的可行性报告我看了,我看可以上!资金上,我可以同农行的钱行长再谈一谈,但就是谈通了,他们最多也只能贷一部分款给你们。那余下的缺口怎么办?"
周厂长说:"我们采取入股的办法,厂里厂外都可以入。"
杨自胜说:"这个办法可以试!但要确保股东们的合法权益。"
孙书记说:"我们正在请有关专家拟条款。"
杨自胜说:"这个项目谁负责?"
周厂长说:"我们想让温副厂长负责。"

杨自胜说:"莹茵,你行吗?"

温莹茵说:"杨书记,你看呢?"

杨自胜说:"我看啊,你身上比你娘身上的那股子韧劲还要厉害!行,就这样!"

大家笑。

郭经理与两名工作人员来到姬进军办公室。

郭经理说:"姬书记,请不来,康康集团驻西安办事处的一位负责人讲,他们老总讲了,地区级的城市不考虑,没有讨论的余地。"

姬进军说:"郭经理,你们再去请!哪怕是让他们到明珠市来玩两天到开发区来看看都行。"

郭经理面有难色。

姬进军说:"那我就自己去!"

郭经理:"不,姬主任,还是我去打前站吧,实在请不动了,你再出马。"

姬进军说:"我要请不动,我就请市委杨书记亲自出马,在这件事上,我们就要学刘备那种三顾茅庐的精神。而且我们还可以四顾五顾,我们要表达的是我们的这份诚意!更重要的是,我们明珠市适合他们到这里来开拓发展。只有他们来,他们才能感觉到!这种自信,我们该有!"

杨自胜办公室。

姬进军汇报完后,杨自胜脸上露出欣喜,说:"对!就这么干,领导干部就要有想法,没想法就不配当领导干部。什么时候要我这个市委书记出马,你就打声招呼!"

牧场。

莹茵开车上山。

莹茵急匆匆地走进家门。

第十七章

莹茵说:"娘!"

柳月说:"莹茵,你咋来了?"

莹茵说:"来看看你和爹呀。"

柳月慈祥地一笑,说:"不会吧,肯定还有别的事。你啊,现在工作忙了,什么爹啦,娘啦,还有自己的婚姻大事啦,全没啦!"

莹茵说:"娘,我还没找到合适的。"

柳月说:"快三十的人了,谁还会要你这么个老丫头啊!你啊,已经不是挑人家的时候了。"

莹茵说:"娘,照你这么说来,只要有人挑上我,我就得跟,是吧?我就是四十、五十,也得挑上一个自己称心的。不然,这婚我就不结。"

柳月说:"随你吧,从小我就管不住你,你还有什么事,说。"

柳月看着莹茵一笑,她了解女儿。

莹茵笑笑说:"老娘,求你帮我一个忙。"

柳月说:"啥忙?"

莹茵说:"借些钱给我。"

柳月说:"派啥用?"

莹茵说:"我们厂要转产,缺资金,除了向银行贷款以外,大家集资入股,我是副厂长,又是这个项目的负责人,得带头入股,但我自己没几个钱。"

柳月说:"这就想到你老爹老娘了?"

莹茵说:"就是呀,谁让你们是我老爹老娘呢?"

柳月说:"要多少?"

莹茵笑笑说:"和尚生来不爱财,多多益善。"

柳月说:"这是你工作上的事,娘支持。"

柳月翻开行李箱,拿出一个布包,从布包里拿出一个银行存折说:"给,这是你爹你娘一生的积蓄,你看着办,但得给你爹留上点,给他买些补养品吃。他最近身体是越来越差了。"

莹茵说:"娘,我就知道我不会白来。娘,你和爹什么时候下山呢?我给你们把房子都置好了。"

柳月说:"我和你爹一样,送走欧场长已有那么些年了,可心却一直牵着牧场上他想要办的事。欧场长说,人活在世上,总得给后人留下点什么。"

柳月的眼圈红了。莹茵也深有感触地点点头。

姬进军的办公室。

姬进军正在接郭经理从西安打来的电话。

郭经理说:"康康集团的董事长同意让他们西安分部的邵经理带两位工作人员来我们市看一看。"

姬进军说:"很好!三顾茅庐还是有效嘛!"

姬进军带着邵经理坐车游览明珠市。明珠市的美丽使邵经理感叹不已。

明珠市开发区管委会会议室。中间是明珠市的规划模型。姬进军正在向康康集团西安分部的邵经理做介绍。

邵经理说:"不看不知道,一看后,真是感慨万千哪。想不到,这儿有一座这么美丽的花园城!"

姬进军说:"我们这座城市,是被联合国评为最适合人类生存的城市之一。而且我们这座城市是北疆地区交通的枢纽。你们看,北可以通塔城、阿勒泰地区,南可以通库车,西可以通伊犁,东与乌鲁木齐连在一起。而我们离哈萨克斯坦接壤的阿拉山口只有二百多公里,而且交通也十分方便……"

邵经理在不住地点头。

晚上。

姬进军在宴请邵经理他们。

郭经理把喝得有些微醉的邵经理等送进客房。

第十七章

邵经理说:"你们的姬主任很有魅力啊!"

姬进军在管委会大楼门口同邵经理等人告别。
邵经理说:"姬主任,你们这座美丽的城市,你们这座城市的地理位置优势,尤其是你们的真诚,我回去会如实地向我们的董事长汇报,再次谢谢你热情的款待。"
姬进军说:"我们希望,在这儿,也能看到你们康康集团的金字招牌。"
邵经理说:"我们共同努力吧。"

邵经理的车走后,姬进军对郭经理说:"趁热打铁,不要等,到适当的时候,我同你一起去,招商引资是招是引,是要求我们主动!"
郭经理说:"姬主任,我们明白了。"

杨自胜正在参加西红柿酱厂厂房开工的奠基仪式。

杨自胜、孙书记、周厂长等领导往奠石上培土。
孙书记说:"杨书记,温副厂长到国外进设备,很快就要回来了。"
杨自胜说:"西红柿生产基地联系好了没有?一定要想办法就近解决。"
周厂长说:"等温副厂长回来,我们就同农工们签订有关合同。"

姬进军与杨自胜在开发区参加上海房产公司与明珠市房地产开发公司共同组建的房地产开发有限公司的签字仪式。
仪式结束后,姬进军把杨自胜送出办公室。
杨自胜说:"进军,你啥时候把大块头请进你们开发区啊?"
姬进军说:"大爷,我们正在努力。"
杨自胜说:"我恐怕还有年把时间就要下来了,在我下来前,你一定要把开发区搞出个规模来!"
姬进军点点头。

西红柿酱厂的大办公室里,温莹茵正在同农工们签订种植和收购西红柿的合同。

农工甲说:"温厂长,你们订的这合同作不作数?"

温莹茵说:"订了合同就是要作数,不作数那还订什么合同?"

农工乙说:"我们就怕你们的政策变,就像天上的月亮一样,初一十五不一样。"

温莹茵说:"我是西红柿酱厂的法人代表。我在合同上签了字,我就要负责,我违反合同,你们就可以把我告上法庭,但你们违反合同,那我也要把你们告上法庭。"

农工丙说:"我们只要把西红柿往地里一种,想违反也违反不成了。"

姬进军与郭经理走进杨自胜办公室。

姬进军说:"大爹,有件事想向你汇报一下。"

杨自胜的神色有些疲惫,不时地揉着太阳穴。

姬进军说:"大爹,你咋啦?"

杨自胜:"人老了,力不从心了。"他笑笑又说:"想当年,我跟你爹开荒造田时,拉犁的那股劲,一天干十几个小时的重体力活儿,只要睡上那么几个小时,一醒来,又是生龙活虎一条汉子!年岁不饶人啦。"杨自胜突然有些伤感,"啥事,说吧!"

姬进军说:"这次我去把康康集团的赵总经理请来了,过两天他就来,我们宴请他时,请你也参加。"

杨自胜说:"就直接以我的名义请。我让小林给办公室安排一下。进军,这段时间你干得不错,现在开发区的投资企业是不是有十几家了?"

姬进军说:"对,但都是中小型的,今天一家建筑材料公司也已同我们签了合同,他们估计,我们这儿的建筑市场会有很大的发展。"

杨自胜说:"这个老总看准了。进军,小郭,你们的工作还是做得很出色的,但正缺少有分量的大块头的名牌企业,所以康康集团的事一定要努力。

第十七章

需要你大爷出面,我一定出面!"

姬进军、郭经理陪着康康集团的赵总经理参观开发区。

赵总经理说:"姬主任,没想到你们这儿是这样的生机勃勃,很让人鼓舞,也让人感动啊!我想,在你们这儿设立分厂不会有多大问题。不过,最后还是要由我们董事长拍板。"

市委宾馆宴会厅。
杨自胜在宴请赵总经理一行。
姬进军、郭经理陪同。
宴会厅的电视片正在介绍有关康康集团公司的专题片。
赵总经理说:"杨书记、姬主任,这是咋回事?"
姬进军说:"这是我们在向市民做宣传,是要让市民们知道我们开发区在招商引资中正在做着的事情。"
赵总经理很感慨地点点头。

送走赵总经理一行后。
杨自胜点着姬进军的鼻尖,眯着眼睛亲热地说:"小子,想不到你也狡猾狡猾的。"

姬进军办公室。
郭经理等几个神情沮丧。
郭经理说:"他们的赵总经理也做了不少工作,但最后,他们的董事长还是说,分厂设在省会的原则不变,那个明珠市不予考虑。"
姬进军说:"我们一关一关都闯过来了,现在剩下这最后一关,我们怎么也得闯过去,我们现在没有退的余地了。我跟你们再去康康集团的总部,去见他们董事长。"
肖科长说:"好,什么时候走?"

姬进军说："明天就走。哪怕磨上一个月，我们也要磨下去，有时成功，就在能不能坚持着走上这一步。"

深夜。
西红柿酱厂厂房里仍在安装着生产线。
温莹茵已显得疲劳不堪，但仍在坚持着。
一位中层干部走来说："温厂长，你去休息吧。这儿有我呢。"
温莹茵说："程科长，我还顶得住，你瞧，人家外国专家不也没休息吗？每天也只休息那么几个小时，人家工作就是工作，娱乐就是娱乐。我们要从中看到自己身上的差距。"

深夜。杨自胜坐着小车来到西红柿酱厂。

杨自胜参加了西红柿酱厂的开工剪彩。
杨自胜在孙书记、周厂长、温莹茵的陪同下，参观西红柿酱厂的生产流程。

西红柿酱厂，厂长办公室，周厂长、孙书记、温莹茵。
周厂长说："温副厂长，我和孙书记研究决定，青岛的西红柿酱贸易洽谈会还是你去参加。"
温莹茵说："那厂里的事呢？"
孙书记说："暂时由周厂长负责。"
温莹茵想了想说："好吧。"

天津某宾馆。
赵总经理正为难地同姬进军说："姬主任，目前我们张董事长的日程表都排得满满的，恐怕这个月都抽不出时间来。她让我告诉你们，我们不在省府以外的城市设厂的原则不会变。你们是不是……"

第十七章

姬进军说:"我们既然来了,总要见董事长一面,请赵总再给我们疏通疏通,做做工作。"

赵总经理说:"那你们先在这儿住几天,我再做一次努力试试!"

姬进军说:"那就谢谢赵总了。"

赵总经理很感慨地叹了口气。

西红柿酱厂的门口,装满西红柿的汽车和拖拉机排起了长龙。

收购站里吵吵嚷嚷地挤满了人。

原先同温莹茵签合同的农工甲、乙、丙都在里面。

农工甲说:"我们是有合同的,为啥现在要停止收购?"

收购人员说:"没有说是停止收购,只是要等一等,我们正在请示领导。"

厂长办公室。

一位收购站的工作人员正在向周厂长汇报。

工作人员说:"附近有些农民也种了不少西红柿,他们把西红柿也都送来了。"

周厂长说:"他们有没有跟我们订合同?"

工作人员说:"没有。"

周厂长说:"那怎么行?有合同的都收购不完,让他们走人。"

工作人员说:"厂长,但他们只要九分钱一公斤就可以卖给我们!"

周厂长说:"按合同一公斤是多少钱?"

工作人员说:"一角八分。"

周厂长说:"差一半啊?"

工作人员:"对。"

周厂长说:"那就按市场规律办,谁的价廉物美,就收购谁的。"

工作人员说:"那些订了合同的怎么办?"

周厂长说:"也按九分一公斤的价,我们也收。我们搞的是经济,不是搞慈善事业。降低成本,提高盈利,这是我们经营的根本!就这么定了!"

收购站。

那位从周厂长那儿来的工作人员对收购员说:"厂长的意思,先收农民的,九分钱一公斤。"

收购员问:"那些订了合同的呢?"

工作人员说:"他们愿意九分钱一公斤卖的,也可以收购。"

收购站外面已炸成一锅粥。

农工甲说:"我担心的就是这件事了,订了合同不算数。"

农工丙说:"今天是一个政策,明天又是别一个说法,吃亏的就是我们老百姓。"

农工乙冲着那些农民喊:"你们来凑什么热闹!"

农民甲说:"你们种的西红柿可以卖,我们种的为啥不能卖?"

农工乙说:"我们是订了合同的!"

农民甲说:"订了合同又咋啦?我们愿意九分钱一公斤卖,他们也愿意买,犯啥法啦?"

收购人员站在门口说:"九分钱一公斤愿意卖的,就从这个门进,不肯按这个价卖的,先站到一边去。"

农工甲说:"我们订的合同不算数啦?"

收购人员说:"没有说不算数,只是把九分钱一公斤的收购完了再说。"

农民的车一辆辆驶进厂里。农工乙想了想,也开上车进去。他对农工甲说:"好男不跟女斗,好汉不跟痞子斗,九分钱一公斤卖,总比烂在地里好。"

深夜,厂门紧闭。

农工甲和农工丙把已有些烂的西红柿从车上扒下来,堆在路边上。

农工甲说:"九分钱一公斤,我就扔了也不卖,我就咽不下这口气!"

第十七章

农工丙突然捂着脸大哭起来。

浓浓的夜色中,一辆辆装满西红柿的车又向厂门口开来。

农工甲和农工丙带着几个人来到市委大楼信访办。

农工甲对信访办的工作人员说:"我们一定要见市委杨书记。"

工作人员说:"杨书记的工作很忙,你们的情况我们会如实向有关部门反映的。"

农工丙说:"杨书记以前是我们草甸湖农场的政委,我们知道他,你们只要告诉他,他会见我们的。"

天津某宾馆。

郭经理焦灼地对姬进军说:"姬主任,已经等了二十天了,还是不见,怎么办?"

姬进军说:"要坚持下去。如果我们现在打道回府,那么我们以前的努力就前功尽弃了!"

温莹茵坐在飞回乌鲁木齐的飞机上,她看着那些会议期间发的有关西红柿酱市场信息的资料,脸上充满了自信与希望。

西红柿酱厂的门前有几辆装满西红柿的汽车和拖拉机挡在门口,而后面已排满了车,无法进厂。

收购人员和农工吵成一团。

烈日当空。

一农民喊:"再晒下去,西红柿要全完蛋啦!"

农工喊:"你们要按合同收购,不按合同收购我们坚决不撤!"

厂长办公室。

生产线的工长冲进办公室,朝周厂长喊:"再不进西红柿,生产线就要停啦,那损失就大啦!"

周厂长打电话说:"保卫科宋科长吗?你们去找一下公安局,请他们帮忙先来维持一下秩序。"

宋科长说:"动用公安局那可是要上报上级公安局批的。"

周厂长说:"那你们保卫科是干什么吃的!你们保卫科的人全部出动,把那几个闹事的抓起来送公安局,责任由我来负!"

厂门口。

保安人员与农工打了起来。

温莹茵坐出租车来到厂门口。她看到那场面大吃一惊,她问宋科长:"怎么回事?"

几个农工看到是温莹茵也围了上去,七嘴八舌地说开了。

温莹茵立刻明白了,她迅速地跳到车上。

温莹茵说:"农工同志们,农民朋友们,我是这个厂的法人代表,合同是我跟你们签的。但眼下发生了什么事,我还不很清楚。可是我现在可以立即告诉你们。合同有效,我要坚定地按照合同办。我仍按合同定的价位收购,前两天发生的事,我们可以坐下来商议。"

农工乙喊:"那不结了,开车放行!"

车辆进厂,在磅站过磅。

温莹茵走进收购站坚定地:"按合同价开票付款!"

温莹茵向厂长室走去。

周厂长气恼地走出厂长室,怒视着温莹茵说:"温副厂长,你太过分了!你让我们俩都处在一个十分尴尬的境地!"

第十七章

　　温莹茵走进车间。整个流水线又开始正常运行。温莹茵轻松地叹了口气,她对车间主任说:"现在西红柿酱的出口价特别看好,就是一角八分一公斤,我们的盈利依然非常可观。如果生产上耽搁,那损失可就不是一点点,我们不能捡了芝麻丢了西瓜!"

　　明珠市绿叶食品厂小会议室。
　　周厂长、孙书记与温莹茵发生了争执。
　　孙书记说:"温副厂长,这事你处理得也太仓促了,你应该先同周厂长通个气嘛。"
　　温莹茵说:"但当时的情况已不允许我这样做,农工与农民与我们之间已将发生暴力行为,我们的生产线也面临停产,如果暴力事件真发生了,出现伤亡后果是什么?生产线停顿后,损失又将是多少?"
　　周厂长说:"温副厂长,你只是如果,你只是假设!但你这一决定,收购成本就增加了一倍!放着便宜货不买,却要去买贵的,这样的经营之道我可没有听说过!"
　　温莹茵说:"问题不在这里。问题是我们既然同农工签订了合同,我们就必须遵守合同,讲信誉。在市场经济中,最根本的经营之道就是诚信!"
　　周厂长说:"你这样做是在损害股东们的利益!"
　　温莹茵说:"我这样做是为了确保股东们的长远利益!"

第十八章

夜。杨自胜办公室,小林走进办公室。

杨自胜说:"西红柿酱厂的情况怎么样?"

小林说:"平息了,听说温副厂长回来了,对农工又恢复了原先的按合同收购。"

杨自胜松了口气说:"这就好,我们有些企业的领导干部,对什么是市场经济,真的是还不大懂,甚至根本不懂啊!小林。"

小林:"啊?"

杨自胜说:"让办公室给我买两张去天津的飞机票,最好是明后天的,我要到康康集团的总部去一下,你也一起去。"

小林说:"好。"

夜。

温莹茵走进收购站。她对收购站站长小包说:"小包,这两天,有合同的农工,也按九分钱一公斤收购的有多少?"

小包说:"有好几十户吧。"

第十八章

温莹茵说:"收购的原始凭证都有吧?"

小包说:"有,开票时他们一份,我们留有一份,财务上也送了一份。"

温莹茵说:"写个通知,凡是签订过合同,而后来按九分钱一公斤收购的农工,可以带着合同、收据,来收购站补领差价款。我们得把丢失的信誉补回来!"

小包说:"好,今晚就写吗?"

温莹茵说:"今晚写好,明天一清早就贴!"

清晨。

车辆排着队有秩序地一辆接一辆地开进厂门。

有些仍停着车的农工在看布告。

周厂长也在看布告。

农工甲说:"啥叫水平?"他看看周厂长,"这就叫水平!"

周厂长铁青着脸扭身就走。

周厂长在孙书记跟前大发雷霆说:"她温莹茵是好人做全,我周家林是坏人做尽是不是?"

孙书记也恼怒地一拍桌子说:"她温莹茵仗着是市委杨书记养子的妹妹,做得也太过火了! 开党委会,然后再开董事会,免了她西红柿酱厂的厂长,我看她再能狂到哪儿去!"

周厂长说:"她啊,仗着杨书记这个后台,就一直没有把我们俩放在眼里!"

天津某宾馆。

赵总经理对姬进军说:"姬主任,这样好不好,你们先回去,我一定争取让董事长见你一下,等定下时间后你们再来。"

姬进军感到有些为难,说:"赵总,我们再等几天吧,你再给我们努力

| 371 |

一下。"

赵总感动地一笑说:"姬主任,冲着你这不屈不挠的精神,那我再去努力一把!"

小林领着杨自胜敲门进来。
姬进军惊喜地说:"大爹,你咋来啦?"
杨自胜说:"你小子的攻坚战打得顽强啊,我是督战来了。"

康康集团公司总部。
赵总经理走进张董事长的办公室。董事长是位老太太。
赵总经理说:"董事长,新疆明珠市市委的杨书记也特地赶来了,要看望你,你见不见?"
张董事长有点吃惊地问:"谁?"
赵总经理说:"是市委杨书记,我见过,他是专程来见你的。"
张董事长说:"那位开发区的姬主任的诚意与精神已经让我感动了,现在又来了个市委书记,再不见就太失礼了,晚上我宴请他们。"

一家高级饭店的宴会大厅。
张董事长正在宴请杨自胜、姬进军、郭经理等人,赵总经理、邵经理等也在场。
张董事长说:"杨书记,我真不敢相信你会专程来见我,我知道,你们这些地方父母官们,都是很有点架子的。"
杨自胜幽默地说:"市场经济了,不一样了,再硬的官架子也会被商品经济的海水给泡软了。"
大家笑。
张董事长说:"还有姬主任,你的诚意真是令我感动和敬佩,但我们的原则还是只在省会城市设分厂。不过,你们的事我还没有封口,这样吧,你可以先回去,等我做出正式决定后,我会通知你们的。"

第十八章

姬进军说:"只要还有一丝希望,我还会继续争取的。"
张董事长也幽默地说:"我们已经领教了。"
大家笑。

西红柿酱厂,党委办公室。
孙书记对温莹茵说:"暂时免掉你西红柿酱厂厂长的职务,这是食品厂党委和董事会的决定,西红柿酱厂是食品厂的下属企业。我们有权做出这个决定。"
温莹茵愤怒地说:"为什么?"
周厂长说:"因为你独断专行给西红柿酱厂造成了巨大的经济损失!"

西红柿酱厂门口,又贴着张布告。
农工甲说:"又九分钱一公斤了?咋回事?"
农工乙说:"告诉你吧,我得到的是可靠消息,温厂长给免掉了。"
农工甲说:"真免了?"
农工丙说:"真免了。"
农工甲说:"这西红柿我不卖了,就是全烂在地里也不卖了!人活在这世上,总也得讲个义,讲个诚,讲个良心,也得活出一口气来!"
农工甲跳上车说:"走!回去!"
农工乙想想,也跟着走了。
其他车也一辆跟着一辆走了。
收购人员说:"喂,你们是咋回事?不卖啦?"
一农工说:"卖给你们个屁!明年谁再给你们种西红柿,谁就是一堆狗屎!你们都是一些什么玩意儿!"
厂门口的车辆全走空了。

西红柿酱厂厂长办公室。
小包正在着急地给周家林汇报。

周家林说:"那农民的呢？收购农民的呀。"

小包说:"农民是自发性种的,种的量本来就不多,他们地里的西红柿全收完了。"

周家林说:"那咋办？你们想想办法呀,再去找农工们好好商量。"

小包坐着吉普车来到农工甲家。

农工甲说:"要买我的西红柿可以呀,五角钱一公斤,要了我就拉去,不要就拉倒!"

小包说:"可合同订的是一角八分呀!"

农工甲说:"你们说变就变,我们为啥不能变？五角钱一公斤,就这个价!"

康康集团张董事长坐在飞机上,俯瞰着新疆大地。空姐正在播音:"……还有二十八分钟,本架飞机就要到达终点站乌鲁木齐站。"

张董事长只身坐上火车。

火车到达明珠市车站。

张董事长走出车站,乘上一辆出租车。

出租车司机问:"去哪儿？"

张董事长说:"先在市里转一转,然后到你们市里的开发区。"

司机启动车开出车站广场,他不时看着张董事长。

司机说:"请问,你是不是康康集团的张董事长？"

张董事长吃惊地问:"你怎么认识我？我可是第一次到你们明珠市来呀。"

司机说:"介绍你们康康集团的电视片在我们市电视台放了好几次,你在里面有不少镜头,所以你一上车我就觉得面熟。"

张董事长感慨地笑笑说:"你们的诚意真是让人感动啊!"

第十八章

司机说:"张董事长,今天我就为你服务,你想看哪儿,我就到哪儿,而且不收费用。"

张董事长说:"这怎么行?"

司机说:"我也是明珠市的市民,我也想为我们明珠市的发展出一点力。"

张董事长笑了笑说:"唉,就是铁石心肠,也会被你们感化啊。"

正在开发建设中的开发区场面宏伟,生机勃勃。

张董事长下车,司机陪着她转,一个个建设项目他都去看了看,并同那里的人不住地交谈。

张董事长上车说:"去你们管委会,我要见你们的姬主任。"

开发区管委会,姬进军办公室。

张董事长在打电话说:"赵总,我现在在明珠市,你带着投资部的几位过来。我决定要在这儿设分厂。"

姬进军灿烂的笑容。

明珠市市委办公室。杨自胜正在开市委常委会。

杨自胜说:"合同是保护双方利益的,不只保护一方利益,单方撕毁合同,最后受到损害的将是自己!西红柿酱厂的例子就十分典型。我们现在进入市场经济了,市场经济不是像有些人想象的是那种尔虞我诈的经济,市场经济最要讲的是诚信,没有诚信,你这个企业最终就将完蛋!我们明珠市,一定要加强这方面的宣传。张部长,你们宣传部会同报社、电视台在这方面也做出一个计划出来,对西红柿酱厂,我们也可以来个访谈嘛。"

张部长说:"是。"

杨自胜走出会议室。

小林迎上来说:"杨书记,快去接电话,姬主任打来的。"

| 375 |

杨自胜办公室。

姬进军的电话声:"大爹,康康集团的张董事长来了,他们决定在我们开发区设分厂了。"

杨自胜的笑容比姬进军的更灿烂。他没说什么,但眼里却闪着兴奋而激动的泪,眼中蕴含着对姬进军的那份深深的欣慰与疼爱。

温莹茵满头大汗地急匆匆地来到姬进军的办公室。

莹茵说:"哥,你的小车借我用一下行不行?"

进军说:"怎么了?"

莹茵说:"我的厂长给免了,但厂里的事我还得去做。"

进军说:"咋回事?"

莹茵:"哥,以后我慢慢同你说,时间不饶人,你要不肯借,我再到其他地方找。"

进军说:"好吧,不过私人用车,我得给你掏使用费,这是我定的规矩。"

莹茵说:"哥,那就谢谢你了。"

市政府办公楼。

周家林、孙之同在岳副市长的办公室。

岳副市长拍着办公桌上有关西红柿酱的一些资料说:"你们看看,好端端的事,就让你们折腾成这样!"

孙之同乖巧地说:"岳副市长,这责任在我。"

岳副市长说:"目前,西红柿酱在国际市场的价格这么好,就是按合同价收购,厂子只要吃到百分之八十,纯盈利也是个天文数字!不但银行贷款可以还清,而且股东也可以分到可观的红利。如果现在一停产,厂子就会是个大亏损的局面!你们俩简直在犯罪!"

温莹茵开着小车行驶在农场的公路上。

第十八章

温莹茵来到农工甲家。

莹茵说:"老江,现在不是赌气的时候,这样,双方都受损失,好容易种出的西红柿,这样烂在地里多可惜。"

农工甲说:"温厂长,我们是为你打抱不平。"

温莹茵说:"这个打抱不平的代价太大了,牵连到那么多户农工的利益啊!"

温莹茵来到农工乙家。

农工乙动员全家进了西红柿地去摘西红柿。

农工丙家,温莹茵帮着他们从地里往车上装西红柿。

农工丙说:"温厂长,他们这样待你,你干吗还要这样做?"

莹茵说:"老陈大哥,我现在不是考虑个人得失的时候,西红柿酱厂是我提议建的,我得对国家负责,也得对股东们负责。有些股东是我动员他们入的股!"

农工丙说:"温厂长,你真是个好人哪!"

岳副市长亲自来到西红柿酱厂。

看到西红柿酱厂马上要停产。

岳副市长问:"老周、老孙,怎么办?"

周家林、孙之同哭丧着脸。

温莹茵押着十几辆装满西红柿的卡车,来到厂门口。

不久,又有些车陆续朝酱厂开来。

温莹茵来到收购站说:"小包,按合同价收。"

小包高兴地说:"知道了。"

温莹茵准备离开厂子。
岳副市长喊住了她说:"温莹茵!"
温莹茵迎上去说:"岳副市长。"
岳副市长说:"你要到哪儿去?"
温莹茵说:"暂时回家待着呗。"

周家林、孙之同愧疚地走上去,满含着泪握住温莹茵的手说:"温厂长,是你救了我们了。"
温莹茵说:"周厂长、孙书记,你们千万别这么说,你们的动机也是想把厂子搞好。"
周家林满脸是愧疚的泪。

明珠市开发区管委会会议厅。
姬进军与康康集团赵总在签协议。
杨自胜与张董事长并肩站在中间。
协议签订后,姬进军与赵总,杨自胜与张董事长握手。
大家一起干杯。
张董事长在与姬进军碰杯时张董事长说:"姬主任,心诚石开啊!"
杨自胜笑得十分灿烂。

杨自胜领着10岁的舒好走进群众艺术馆的练功房。
许多家长也陪着孩子来到了练功房。
家长甲说:"杨书记,你咋也来了?"
杨自胜笑着:"我市委书记的工作是退下来了,但爷爷的工作可没退。现在我要尽心尽责地把爷爷这份工作做好。"
大家笑。

杨自胜坐在练功房边上的排椅上,疼爱地看着舒好练功。

第十八章

舒妤练功练得很认真。
教师拍着手"一嗒嗒,二嗒嗒"地喊着。

明珠市的垦区绿洲大学艺术系。
练功房。已长得异样美丽动人的姬舒妤正在教师的指导下与同学们在一起练功。教师拍着手"一嗒嗒,二嗒嗒"地喊着。

杨自胜和姬进军出现在练功房的门口。
姬舒妤高兴地朝着他们点点头,继续练功。
教师说:"好,今天就练到这儿。"
舒妤冲向杨自胜、姬进军说:"爷爷、爹!"

大学操场。
舒妤问:"爹,你咋有空来这?"
姬进军说:"特地来看看你呀。"
舒妤说:"才不是呢,你整天忙得不着家,还有空来看我?"
杨自胜说:"看看,女儿提抗议了吧?不过这次你爹倒是真的特地来看你的。因为你爹以后大概就没有时间来看你了。"
舒妤说:"为啥!"
杨自胜说:"你爹当市委书记了。"
舒妤说:"真的?那爹,你得请爷爷和我撮一顿!要不是爷爷,你才当不上市委书记呢!"
杨自胜说:"舒妤,你这话说得没原则,爷爷不高兴。爷爷是那种以权谋私的人?那是你爹靠自己干出来的!"
姬进军说:"不说了,咱们今晚回家去,同你娘,你爷爷,你外婆,一起吃顿团圆饭好吗?"
舒妤说:"好!"
舒妤亲热地搂住杨自胜和姬进军的胳膊。

明珠市。

李进疆私人开的"进疆农资畜产公司"成立,门前也是鞭炮齐鸣,人头涌动。

西装笔挺的李进疆和衣着华丽的曲美兰把人们引进一家装潢比较豪华的餐厅。

李松泉家。

柳叶在一边唠叨说:"儿子公司开业,几次派人请你去,你就不肯去,不管咋说,他是我的儿子,在名义上也是你的儿子!"

李松泉说:"我不去现那个眼,这些年他在农场办的畜产公司搞的那些名堂,要不是陈明义压着,早就可以抓他几次,关他几次牢了。公司亏大了,他私人的腰包可是装满了。现在倒好,公家的经理辞掉了,当起私人老板来了。"

柳叶说:"现在国家不是提倡私人开公司当老板吗?"

李松泉说:"问题是他资金的来路不正当啊!我已经退休了,想管也管不上。听说陈明义也马上要退了,到陈明义一退,这小子迟早要遭家伙!"

柳叶说:"那你就想办法帮他把这件事摆摆平,现在私人借公家光的又不是他一个!"

初秋。

紧挨着市区的农场场部已盖起了不少家属楼。

李松泉和陈明义在楼边的一座凉亭里下着象棋。

李松泉说:"陈明义,你和罗秋雯又没办离婚,现在退下来了,就该把老伴接过来,一起好好过日子。"

陈明义说:"我就一个过,自在!"

李松泉说:"你可以住到进疆那儿嘛,老了,总得有人照顾着!"

第十八章

陈明义说:"到底是谁照顾谁呀!你的这个李进疆,不够叫人烦心的!"

李松泉说:"嗨,你怎么猪八戒倒打一耙啊!他是你的还是我的啊?"

陈明义说:"都是那个杨自胜,谎报军情,害得我们的婚姻成了现在这个样子。"

李松泉说:"那他也还是你和柳叶的儿子……"

陈明义说:"将,将,看到没有了,将!"

李松泉说:"你血压高,别这么乱叫,当心中风,中了风可没人管你!"

杨自胜家。

杨自胜、姬进军、陈湘筼、罗秋雯、姬舒好在一起吃饭。

杨自胜说:"我当了一任市委书记,想办的事还没办全,就退下来了。没想到,你也当上市委书记了,好!好!来,大爹祝贺你,干上一杯!"

姬进军说:"大爹,今天舒好的话不全错,没有你,就没有我的今天。大爹,真的,我心里很清楚!"

舒好说:"爹要这么说,那我有今天,也全靠好爷爷。"

姬进军说:"这不假,你的钢琴是你爷爷花了他的大部分积蓄给你买的呢!"

杨自胜说:"这些年来,你年年出成绩,进军,没给大爹丢脸,大爹已经很满足了!"

傍晚,明珠市市委大楼。

姬进军下车后,上楼朝自己的办公室走去。

市委秘书小贺紧跟在后面。

小贺说:"姬书记,有一位女士今天等你一天了,她说她非要见你。"

姬进军说:"上访的?"

小贺说:"不是,好像是位华侨。我问她有什么事,她说她的事只能见到你才能说清楚。"

姬进军说:"她现在哪儿?"

小贺说:"她一直等在会客室里。"

姬进军说:"让她到我办公室来吧。"

姬进军进办公室,坐下后舒了口气,喝了口水,想放松一下。

小贺推开门,让一位女士走了进去。

这位女士衣着高档,气度不凡,她就是耿佳丽。

姬进军与耿佳丽相视了一会儿,姬进军一时没认出耿佳丽来。

耿佳丽说:"姬队长,你还认识我吗?"

姬进军只觉得这位女士很面熟。

耿佳丽说:"姬队长,想不到你已是市委书记了,进步好快呀。"

姬进军认出她来了,说:"如果我没有认错的话,你是耿佳丽吧?"

耿佳丽笑笑说:"是,我是耿佳丽。"

姬进军说:"你现在这副派头,跟以前相比,真是判若两人了,快请坐。"

耿佳丽说:"姬书记,我现在该这么叫你吧?"

姬进军说:"怎么叫都行。"

耿佳丽:"我到你这儿来,是想打听一下我女儿的消息,我想知道,我女儿现在在哪儿?"

明珠市一家最大的歌舞厅。

李进疆与几位男士一人搂着一个小姐在唱歌。

李进疆歌唱得很潇洒。

一位小姐搂着李进疆:"李经理,你歌唱得很专业的嘛。"

李进疆说:"我身上是蛮有艺术细胞的,现在我的女儿,唱歌唱得特别棒,那全是因为继承了我的艺术细胞,不信你问文化局的姚副局长。"他指着一位蛮英俊的中年男士说。

姚副局长说:"李总,你有女儿?我怎么不知道?"

第十八章

李进疆说:"最近自治区青年歌手大奖赛获得民族唱法第一名的是谁?"

姚副局长说:"姬舒好呀!那不是市委姬书记的女儿吗?"

李进疆说:"不,那是我的女儿。"

明珠市宾馆。

一间装潢考究的会客室,姬进军与耿佳丽。

姬进军说:"耿佳丽,你是只见一见你的女儿呢,还是想要认你女儿?"

耿佳丽说:"这中间还有说法吗?"

姬进军笑笑说:"如果你只是想见一见你女儿,那你与她的关系不用说穿,你见着她就行了。但如果你要认,那我事先还得把这事告诉我太太,让她有个思想准备。还有我的大爹,自我大爹退下来后,他可是把心血全都倾注在你的女儿身上了。我已经告诉你了,你把她送来后,李进疆不肯认她,李进疆的母亲也不肯收,是我们把她抚养大的……"

耿佳丽思考了一下说:"姬书记,先见一面再说吧。"

耿佳丽把姬进军送出客房。

姬进军说:"我已经派车去接舒好了,还有我太太,还有她爷爷和她外婆,你们都见一见。"

宾馆的一间雅座。

姬舒好首先冲进来,一把搂住姬进军的脖子说:"爹,我又好长时间没见你了,好想你啊!"

耿佳丽看着舒好,表情变得异常激动,她没想到女儿会出落得如此美丽。

杨自胜、陈湘箦、罗秋雯接着跟了进来。

姬进军说:"来,介绍一下,耿佳丽,1966年的上海支青,现在是法国一家企业的总经理。"

杨自胜说："你原先在哪个连队？"

耿佳丽说："杨政委，在七队。"

杨自胜说："噢，对了，进军在那儿当过队长。"

姬进军说："这是我女儿姬舒妤，我丈母娘罗秋雯，我太太陈湘赟。"

耿佳丽说："你们我都见过。"

耿佳丽看看姬舒妤，拉着她的手，眼里渗出了泪说："好漂亮的姑娘啊！还在上学吧？"

舒妤说："明年就要毕业了。"

耿佳丽说："什么专业？"

舒妤说："艺术系，学的是声乐。"

姬进军说："今年在自治区的青年歌手大奖赛中，获得民族唱法第一名，目前正在准备参加明年的全国大奖赛呢。"

耿佳丽眼里含着激动的泪花说："好有出息啊！"

李进疆家。李进疆还在歌舞厅厮混，曲美兰与刚从山上下来的曲世士在吃晚饭。

曲世士说："进疆呢？进疆怎么不回来吃饭？"

曲美兰忧伤地说："爹，你再也别提他了，我嫁给他，都后悔死了。"

曲世士说："怎么啦？"

曲美兰说："现在他是整天不着家，生意也不好好做，泡酒吧嫖女人。"

曲世士叹气摇头说："他没法同姬进军相比，以前我还听他的话跟姬进军作对。唉！现在我们牧场是一年比一年兴旺，谁都在说，没有姬进军就没有牧场的今天。"

曲美兰说："爹，往后你就在牧场好好干着吧，我呢，不准备再跟他过下去了。"

酒席散后，姬进军把耿佳丽送到餐厅门口。

第十八章

姬进军说:"耿佳丽,你先回宾馆休息,有什么事,咱们明天再说。"
耿佳丽说:"姬书记,谢谢你的款待,有些话那就明天再说吧。按我现在的心情呢,想现在就跟你说,我的心好乱啊!"
姬进军说:"我晚上还有个会。舒妤,你送送阿姨吧。"

宾馆客房部。
走廊里,李进疆正醉醺醺地搂着个小姐往里走,耿佳丽和姬舒妤刚好迎面走来,双方都停住看着对方。

耿佳丽立即认出了李进疆,而李进疆看到了舒妤却没认出耿佳丽。搂着小姐径直从耿佳丽的身边走过。
耿佳丽突然怒火中烧说:"李进疆!"
李进疆回头说:"你,你谁啊?"
耿佳丽冷笑一声说:"你认不出我了。"
李进疆呆了呆,说:"你……你是耿佳丽。"

耿佳丽再也控制不住自己,
耿佳丽说:"好,你认出我了,那我就给你一个说法!"她狠狠地甩了他一个耳光,"你害了我整整的一生啊!"

耿佳丽的客房里。
舒妤为耿佳丽倒了杯水。耿佳丽托着脑袋在伤感地流泪。
舒妤说:"阿姨,你怎么啦?"
耿佳丽紧紧地拉住舒妤的手,什么话都说不出来。
舒妤说:"阿姨,你早点休息吧,我要赶回学校去,回去晚了,学校就要熄灯了。"
耿佳丽说:"你看我,我没事,你回吧,舒妤,谢谢你送我过来。"
舒妤想了想,从小包里抽出片碟子说:"阿姨,这是电视台为我制作的

MTV,送给你。"

　　小姐把李进疆送进客房。
　　小姐说:"李总,那个女的干吗要打你?"
　　李进疆恼怒地说:"你走吧!"
　　小姐说:"你不是要让我来陪夜的吗?"
　　李进疆从口袋掏出几张百元大钞,一扔说:"你给我滚!"

　　李进疆托着后脑勺,在想着心事。
　　他想起了他同耿佳丽钻在麦草垛里的那一幕。
　　他沉沉地叹了口气。

　　舒妤走进姬进军的办公室。
　　姬进军说:"把那位阿姨送回房间了?"
　　舒妤点点头。
　　姬进军说:"她同你说什么了?"
　　舒妤说:"没说什么,就是在走廊上她遇见了李进疆伯伯,她狠狠地打了进疆伯伯一记耳光。回到房间里就伤心地哭。她说,进疆伯伯把她一生都害苦了!"
　　姬进军想了想说:"你回学校去吧!"
　　舒妤说:"爹……"
　　姬进军说:"回吧,天不早了,打出租回去,不该问的事不要问。"
　　舒妤一脸的疑惑。

　　耿佳丽的房间。
　　耿佳丽在抽着烟,看着舒妤送她的MTV。她看了一遍又遍,泪珠不断。

　　耿佳丽在灯下写信。

第十八章

清晨,耿佳丽坐上出租,离开了明珠市。

姬进军在看信,信中写道:

姬书记,感谢你把我的女儿抚养得这么好,培养得这么出色!现在我的心真是乱极了,所以我暂时不告而别,但我一定会再回来一次……

姬进军满腹心事地把信放进抽屉里。

李进疆酒醒后,已是中午时分。

他走到总台问服务员:"请问小姐,那位耿佳丽女士住在哪个房间?"

服务小姐说:"她一清早就退房走了。"

李进疆说:"走了?"

进疆农资畜产公司。

李进疆一副心灰意冷的样子走进经理室。打电话说:"美兰吗?你到我这儿来一下。"

曲美兰脸色阴冷地走进李进疆的办公室。

李进疆说:"美兰,我要出去几天。"

曲美兰说:"干什么?"

李进疆说:"心烦,想出去散散心。"

曲美兰说:"昨天爹来看我们,你就是不肯见,后来索性把手机也关掉了。"

李进疆说:"你烦不烦啊?"

曲美兰反抗了,说:"你嫌我烦,我还嫌你烦呢!"

李进疆说:"你今天怎么啦?啊?"

曲美兰冷笑一声说:"你走好了,这摊子这几天归我管,是吗?"

李进疆说:"你是我老婆,不归你管归谁管?"

曲美兰说:"我只是你名义上的老婆,不过,进疆,我劝你一句,别只顾风流,得了那种脏病,没人照顾你。"

李进疆一拍桌子说:"你给我闭嘴!"

夜,乌鲁木齐市一家星级宾馆。

耿佳丽又泪涟涟地痴呆呆地看着舒好的MTV。

耿佳丽听到敲门声。

她打开门一看,站在她眼前的竟是李进疆。

耿佳丽有些吃惊。

李进疆看耿佳丽的眼神含着内疚。

耿佳丽看了李进疆一会儿,叹了口气,眼光变得柔和了。

耿佳丽说:"你怎么找到我的?"

李进疆说:"我找遍了这儿的星级宾馆,老天有眼,还真找到你了。"

耿佳丽说:"我们之间已经没有任何关系,你来找我干什么?"

李进疆说:"如果没有任何关系,你有什么权力打我耳光?"

耿佳丽说:"这记耳光我已经憋了将近二十年!"

李进疆说:"让我进来行吗? 我不会做什么的。"

红光牧场。

曲美兰自己开着车来到曲世士家。

曲美兰说:"爹,我来看看你。"

曲世士看着曲美兰说:"美兰,你准有啥事吧?"

曲美兰说:"对,爹,我要离开李进疆,我再也不能同他这么混下去了。"

曲世士长长地叹了口气说:"你准备去哪?"

曲美兰说:"爹,你先别问,到以后我会同你联系的。李进疆要来找你,你就一问三不知。"

第十八章

宾馆,耿佳丽的房间。

李进疆说:"耿佳丽,我来你这儿,就是来让你打的,你用拳头、脚、鞭子,想怎么打,你就怎么打。"

耿佳丽说:"没必要了。"

李进疆说:"昨晚,你怎么同女儿在一起,你认她了?"

耿佳丽说:"还没有,我准备认她。"

李进疆说:"我没想到,我们的女儿会这么有出息,而且又长得这么好,简直是个杨贵妃。"

耿佳丽说:"李进疆,你我之间请你不要用我们这个词。"

李进疆说:"不是我们是什么?每次我见到她,我的良心就要受到一次谴责,我就会谴责我自己……"

李进疆鼻子一酸,捂住脸哭了。

耿佳丽怨恨而又同情地在屋里来回地走了几步。

耿佳丽说:"你吃过饭没有?"

李进疆摇摇头说:"从早上起,我一直在找你。"

耿佳丽说:"我请你吃饭吧。"

饭店餐厅的一间雅座。李进疆、耿佳丽落了座。

李进疆说:"看到女儿这么有出息,我就会想到自己以前所做的一切都是那么的荒唐与可恶。我怎么配做像舒好这样一个姑娘的父亲呢?姬进军配,可我不配!但姬进军不是她的亲生父亲,而我才是她的爹!"

耿佳丽说:"李进疆,人生没有后悔药可吃,但这个女儿我一定要认,而且我要她永远离开你这个爹!"

李进疆说:"这太残忍了!"

耿佳丽说:"这残忍是你造成的!你吃饭吧。"

李进疆从宾馆出来后,与几个生意人一起,在一家餐馆狂饮。

李进疆醉后像头死猪一样地睡在一家饭店的客房里,边上还睡着一个裸体的姑娘。

李进疆回到明珠市自己的公司。
公司楼里静悄悄的,只有一位办公室的办事员在。
李进疆说:"人呢?"
办事员说:"老板娘把公司银行账上的钱全卷走了,人也不见。"
李进疆说:"啊?"

李进疆回到家里。
家里也空无一人。

一辆警车开到门口。
警察说:"李进疆,你因在草甸湖畜产公司工作期间,利用职权贪污、受贿、挪用公款,被依法逮捕了!"
李进疆被铐上手铐。

第十九章

夜深了。

姬进军还在他的办公室里办公。

湘筼推门进来。

湘筼说:"进军,进疆被逮捕了,你知道吗?"

姬进军说:"是垦区公安局将他逮捕的,他的一切关系还属于草甸湖农场。"

湘筼说:"可是进军,他毕竟是我同父异母的哥哥啊。"

姬进军说:"湘筼,不管怎么说,我们是一起从小长大的,他是你同父异母的哥哥,他也是我的亲表哥,他还是舒好的父亲,他走到这一步,我也很痛心。"

湘筼说:"进军……"

姬进军说:"先看看情况,到以后再说吧。"

湘筼说:"唉!他走到这一步,我爹也有责任,他老这么袒护他。"

耿佳丽从宾馆出来,招手叫了一辆出租车。
耿佳丽说:"去明珠市!"

出租车在高速公路上飞驰。
耿佳丽坐在车里,思绪万千……

莹茵坐着小车上山。

牧场育种站。
温俊峰在显微镜前工作,但他不住地喘着粗气,大汗淋漓。

温俊峰感到自己顶不住了,他摸着前额,想站起来,却一头栽倒在地上。

牧场卫生室。
温俊峰挂着药瓶打点滴。
柳月、红霞、欧晓阳和医生守在他床边上。
柳月问:"章医生,咋样?"
章医生说:"病倒还是老病,哮喘加肺气肿,只是病情加重了。下山吧,他这年纪该好好地调养调养了,不能再这么拼命地工作了。"
欧晓阳说:"春花阿姨,你和温叔下山,回到市里去住吧。你们在市里的房子,莹茵不早给你们收拾好了吗?"
柳月说:"我和他都舍不得离开这儿。一想到要离开这儿,心里就空落落的。"
红霞说:"干妈,为了温叔的身体,还是回去吧。进军哥现在是明珠市的市委书记了,莹茵又在市里的食品厂当副厂长,也会对你们有个照顾。"
柳月笑着摇摇头说:"他俩整天忙得不着家,指望他们是指望不上的。但咱们老了,拉了一辈子的车,也该松套了。老温,别给晓阳他们添乱了,咱们还是回市里去吧。"

第十九章

温俊峰喘着粗气说:"我在这儿当场长时,耽误了这儿十几年的活,心里有愧啊。虽说我早已退休了,但我还得想办法补上,我只有像欧场长那样,我才对得起他。"

红霞说:"温叔,现在的情况跟欧场长在时的情况不一样了。眼下,牧场发展得这么好,晓阳的总经理不也当得蛮称职吗?你就放心回去养病吧。"

温莹茵焦急地开着车上山。

莹茵冲进卫生室。
莹茵说:"爹,你怎么啦?"

温莹茵开车把温俊峰与柳月接下山。
欧晓阳与红霞同他们挥手告别。

姬进军办公室。
姬进军在接莹茵的电话。
莹茵说:"老哥,我把娘和我爹接下山了,你抽空去看看他们。"
姬进军说:"他们身体咋样?"
莹茵说:"娘身体还挺硬朗,就是我爹哮喘得厉害,还有肺气肿。"
姬进军说:"那快住院治啊。"
莹茵说:"已经住进医院了。"
姬进军说:"等会儿我就去医院,几号病房?"

医院。
温俊峰躺在床上打点滴。

姬进军走进病房,一把搂住柳月。
姬进军说:"娘,这几年我很少上山去看你们。"

柳月有些伤感地说:"你和莹茵都忙,路又远了点,上一次山就得一天时间,现在好了,我们来市里住了,可以经常见了。"

姬进军说:"娘,我一定会抽出时间,经常来看看你们的。"

居民住宅区的小凉亭里。
李松泉和陈明义在下棋。
李松泉说:"进疆的事你看咋办?"
陈明义说:"老李,下棋,咱们不提他的事。"
李松泉说:"你一推六二五了,他可是你的亲儿子呀!"
陈明义说:"柳叶怎么想?"
李松泉说:"已经在家哭了两天了。"
两人沉默。

陈明义和李松泉的手都摸着棋子不动。

陈明义想到他与柳叶山崖上分手时的情景。柳叶站在山崖上向他挥手。

李松泉想到行军中,敌机扔炸弹时,他扑在柳叶身上的情景。

世事沧桑,一切都如过眼烟云。两人都长长地叹了口气。
李松泉说:"下棋,下棋,这次是我将住你了。"

夜。
柳叶来到杨自胜家。
柳叶说:"杨政委,运动那阵子,你救过松泉的命。这次,你也帮帮进疆吧,你也是看着他从小长大的。"
杨自胜说:"这叫我怎么帮?我这么个已离休多年的老头子,怎么帮?

第十九章

进疆变成现在这个样子,我倒要问问你们,还有那个陈明义,你们是怎么教育的孩子?进疆是你的儿子,进军是柳月的儿子,你们是亲姐妹,而且还是双胞胎,生出的儿子却这么不一样,怪谁?"

柳叶哭着说:"那也不能全怪我们呀。"

杨自胜说:"那就全怪他自己?柳叶,你也想一想,我杨自胜打了一辈子的光棍,为啥?可我现在过得很好,我的养子进军,现在是市委书记,我的孙女姬舒妤,也不是亲的,却成了自治区的著名歌星。说来好笑,她的亲生父亲就是进疆,为啥?传统,咱们中国家庭的传统,我们做人的传统,谁没有私情,我杨自胜也有!但私情得往正道上引。让孩子走正道,有出息!成为国家的有用之材,这才行!光想着自己的人,眼光短浅的人,就最容易犯错误。"

杨自胜激动地站起来,为柳叶倒了一杯水。
柳叶哭着说:"杨政委,你得帮帮我,他毕竟是我的儿子啊!"
杨自胜说:"我说了,我帮不了你。"
柳叶说:"你可以跟进军说说嘛。"
杨自胜说:"谁酿下的苦果,谁就自己尝去!谁也帮不了他!"
柳叶说:"我去找进军去!"
杨自胜说:"你不要去找,找了也没用。他要管的事情太多了。"

凉亭。
李松泉和陈明义仍在下棋。
柳叶气冲冲地走到他们跟前,一把把棋子扫得七零八落。
柳叶说:"儿子的事,你们管不管?"

夜。
耿佳丽在宾馆的房间里焦躁地来回走动着,不时地看着表。
走廊里响起了脚步声。

小贺领着姬进军来到耿佳丽的客房前。

客房是套间,外间是会客的地方。
耿佳丽说:"姬书记,真不好意思,让你屈尊到我这儿来。"
姬进军说:"没关系,我想,你想要同我说的话,恐怕也不便在我的办公室谈。"
耿佳丽说:"那姬书记,我就开门见山了。"
姬进军说:"请说吧。"
耿佳丽说:"我想认我的女儿,而且准备把她带走。"
姬进军说:"去哪儿?"
耿佳丽说:"法国。"
姬进军说:"耿佳丽,你把孩子送给我时,给我出了个难题,而这次,你又给我出了一个更大的难题。"
耿佳丽哭泣着说:"我要我的女儿……"

陈明义、李松泉、柳叶一起来到姬进军的家。姬进军还没回家,湘筼和罗秋雯接待他们。
陈湘筼对陈明义说:"爹,你日子过得还好吗?"
陈明义说:"不是因为进疆的事,我不会上这儿来!"
罗秋雯说:"谁稀罕你!有本事你别来呀!"
柳叶突然号啕大哭起来。

宾馆,耿佳丽的客房。
耿佳丽说:"那年,我和我母亲出国去了法国,继承了我父亲的产业。这些年来,虽说艰辛,但事业还发展得不错。但在婚姻问题上,我又连续失败了两次,而且再也不会生育。"
姬进军同情地点了点头。
耿佳丽说:"现在我单身一人,支撑着一个不算小的事业,我身边需要一

第十九章

个亲人。"

姬进军说:"可舒好是搞艺术的。"
耿佳丽说:"她可以到国外去发展。"
姬进军说:"她是唱民歌的。"
耿佳丽说:"但是不也有唱民歌的人出国深造去的吗?"
姬进军说:"耿佳丽,你的心情我理解,但我说过了,她现在是我们的女儿,她有我、母亲、爷爷、外婆,还有她本人,你先给我们一点时间行吗?"

小车把姬进军送到家里。

姬进军走进家门后,看到陈明义、李松泉、柳叶都坐在家里,他明白了。
姬进军说:"大姨、姨夫、陈叔,我知道你们是为进疆的事来的,但他的事到底怎么样,我还不清楚,你们先回吧。"
柳叶说:"进军,进疆怎么说也是你表哥呀!你得帮帮他啊!"
姬进军说:"大姨,我知道了,你们先回吧。"

夜很深了。
姬进军躺在床上,在流泪。

睡在他身边的湘筼感到进军的情绪有些不对,翻过身,湘筼说:"进军,你怎么啦?"
姬进军说:"湘筼,把舒好送还给耿佳丽吧,舒好是她的女儿。"
湘筼说:"不行!自从我们的孩子做掉后,她就是我的亲女儿,谁也别想把她从我身边拿走!"
姬进军说:"湘筼,我理解你……"
湘筼说:"你要理解我,就别再提这件事。那个耿佳丽又来啦?"
姬进军点点头说:"是她提出来的。"
湘筼说:"好无耻啊!"

姬进军说:"别这么说她,她是被你哥害的。而且,现在她是孤身一人,可你还有我,我还有你嘛。"

湘筼说:"不行,我们含辛茹苦地把舒好养得这么大,这么好,噢,她顺手就来把她领走了,世上哪有这样的理? 当初她干啥啦? 她干吗要这么狠心把孩子送掉?"

清早。
姬进军在与耿佳丽共进早餐。
耿佳丽说:"姬书记,我可以给你们更多的补偿。"
姬进军说:"这不是补偿不补偿的事,感情是无法用任何东西补偿的。让我慢慢做工作吧。"
耿佳丽说:"有希望吗?"
姬进军说:"希望是需要去争取的。"
耿佳丽说:"你本人同意了?"
姬进军说:"理智上是这么想的,但感情上……"
耿佳丽含着泪点点头说:"谢谢你,姬书记,我会耐心等待的。"

中午。
陈湘筼从市财政局下班回家吃饭。她对罗秋雯说:"娘,我打听清楚了,那个女人住在宾馆南楼的305房间,你去找她,让她离开这儿!"
罗秋雯说:"好,我去! 世上咋有这样厚颜无耻的女人。"

宾馆,耿佳丽的房间。
罗秋雯说:"为了舒好,我女儿把已怀上的孩子做掉了。而进军也做了结扎手术,他俩决心把舒好当成自己的亲生女儿来养!"
耿佳丽感到吃惊,说:"有这事?"
罗秋雯说:"耿佳丽,如果你还是个有良心的女人,你就应该离开这里,见过女儿一面就行了。"

第十九章

耿佳丽沉默一会,流着泪。

耿佳丽说:"对,罗阿姨,你讲得对,我应该离开这儿,我没有权利认这个女儿,更没有权利来要回这个女儿,可是,当我看到我这个女儿后,我已经无法再摆脱她,除非让我去死!"

罗秋雯说:"但我们怎么办?湘赟怎么办?进军怎么办?你想过没有?"

耿佳丽失声痛哭,说:"罗阿姨,让我再想想好吗?"

明珠市,绿洲大学。

舒妤从练功房出来,耿佳丽迎了上去。

耿佳丽说:"舒妤,我想再见你一面,你的MTV我看了,唱得好,拍得也好。"

舒妤说:"谢谢阿姨夸奖。"

耿佳丽突然感情冲动地扑向舒妤说:"舒妤,我的女儿啊!……"

耿佳丽晕倒在地上。舒妤扶着耿佳丽喊:"阿姨,阿姨……"

夜。

姬进军回办公室,小贺迎上去。

小贺说:"姬书记,你女儿已经在你办公室里等了很久了。"

姬进军办公室。

舒妤说:"爹,那个耿佳丽阿姨今天突然到学校去找我,一把抱住我后,喊了声'我的女儿啊',就晕倒了。现在还在医院打点滴呢。"

姬进军没有吭声,只是默默地喝了口茶。

舒妤说:"爹,这到底是怎么回事,你能告诉我吗?"

姬进军平静地说:"舒妤,你已经成年了,我应该把这一切都告诉你,因为你有知情权。"

姬进军向舒妤叙述当年事情的经过。
耿佳丽找姬进军在林带里谈话。
上海来人把婴儿和信交给姬进军。
姬进军找柳叶被拒绝。
姬进军上山把婴儿交到柳月手中。
杨自胜把三岁的舒妤送往托儿所。
……

舒妤的眼中含着泪。
姬进军说:"舒妤,你亲生的妈,你应该去认。因为这对你亲妈将是个莫大的安慰。但在认你妈前,你应该让你娘、奶奶、外婆、爷爷都知晓这件事,你是成年人了,应该会处理好这些事。"
舒妤叫了声爹后,紧紧地抱住姬进军痛哭起来。

舒妤回到家里,什么话也不说,紧紧地抱住湘筼。
湘筼说:"舒妤,你今天咋啦?"
舒妤说:"娘……"

姬进军和陈湘筼躺在床上。
姬进军说:"湘筼,对不起,我把所有的一切都告诉舒妤了,她已经成年了,应该让她知道,其实这种事要瞒也是瞒不住的。"
湘筼含着泪说:"舒妤今天回来,我就知道你告诉她了,我不是想瞒她,我是舍不得她离开我们。"
姬进军说:"湘筼,这事你要想得开。女儿大了,迟早要离开我们的,何况是她这种情况,有些领养的孩子,长大后不都去认他们的亲生父母了吗?挡也是挡不住的。我们把她抚养大了,她也有出息了,我们应该感到欣慰才是,因为我们尽到了责任,这就够了,我们还要什么呢?"

第十九章

湘筼趴在进军的肩头哭。

姬进军说:"我告诉舒妤,这事由她自己处理,因为她是大人了。无论她跟她妈走还是不走,她都得叫我们爹和娘!不是吗?"

湘筼说:"进军,听了你这些话,我什么也不想说了。我感到庆幸的是我嫁给了你……"

姬进军动情地说:"湘筼……"

舒妤与罗秋雯睡在一个被窝里。

罗秋雯说:"有两件事你爹没有给你讲,为了你,你娘把刚怀上的孩子做掉了,而你爹年轻轻的也做了绝育手术,结扎了。"

舒妤感动得不住地抹眼泪,说:"外婆,我爹好伟大啊!现在跑出来的这个妈,我不会去认的。"

罗秋雯长叹了口气说:"可你爹说得也对,她也很可怜,我也是当娘的人,能体会到她的心情,为你她的心也烧焦了,要不,她不会晕倒在地上。都是那个李进疆造下的孽!"

舒妤说:"这么说,那个被抓起来的李进疆伯伯就是我的亲爹了?"

罗秋雯说:"是,说起来,他是你爹的表哥,而他又是你娘的同父异母的哥哥,所以你和你爹你娘都有血缘关系。"

舒妤说:"我现在的奶奶和我的亲奶奶是双胞胎姐妹?"

罗秋雯说:"是。"

舒妤说:"外婆,想起来我真的是很幸运哎!我现在的爹,现在的娘,现在的爷爷,现在的奶奶,还有现在的外婆,都那么好!而那些个亲的,哪一个比得上你们呢?你们就是我的亲爹、亲娘、亲爷爷、亲奶奶、亲外婆!外婆!……"说着舒妤紧紧地抱住了罗秋雯。

姬进军和舒妤来到医院。

医生说:"那位耿佳丽女士已经回宾馆了,她没什么大病,就是精神上受到了一些刺激。"

姬进军说:"什么时候走的?"

医生说:"刚走。"

姬进军说:"舒妤,走,去宾馆。"

宾馆。

耿佳丽已经收拾好行李。

姬进军敲开门。

耿佳丽说:"姬书记?"

姬进军说:"准备走?"

耿佳丽说:"对。"

姬进军回头说:"舒妤,进来。"

舒妤走进来。

姬进军郑重地说:"叫妈妈。"

舒妤犹豫了一会儿,但还是亲切地叫了一声:"妈妈。"

耿佳丽一把抱住舒妤说:"舒妤,我的女儿啊!"

姬进军说:"耿佳丽,你同你女儿好好聊聊吧,不要急着走。你这样走会痛苦的,我还有个会,不陪你了。"

杨自胜家。

姬进军说:"大爹,情况就是这样,就让她们相认了。"

杨自胜感动地说:"进军,你不愧是我养大的儿子!好啊!好啊!人在世上就该这么活!活得坦荡,大度!越是这样,她们母女俩就越不会忘记我们!啥时候你把她们叫来,到我这儿来吃顿饭!……小舒妤啊,终于看到自己的亲娘了……"

杨自胜眼里含着泪,情感也是复杂的。

第十九章

宾馆。耿佳丽房间。

舒妤说:"妈妈,如果有出国深造的机会,我会去的,但不是现在。我爹我娘允许我跟你走,但我不会现在就跟你走,你也不应该现在就让我跟你走。要不,我们的良心都到哪儿去了?"

耿佳丽说:"舒妤,你认我这个妈了,我没有更多的奢望了,我会经常来看你的。"

舒妤说:"妈妈,刚才我爹亲自领着我,把我交给了你,现在由你领着我,去找我爹我娘,把我再交给他们。那么,我会永远认你这个亲妈妈的。"

耿佳丽感动地说:"舒妤,我要谢谢你爹你娘,把你教育得这么懂事理。走吧,我领你去你们家!"

姬进军来到温俊峰、柳月家,看望病在床上的温俊峰。

姬进军说:"温叔,你好点了吧?"

温俊峰说:"姬书记,你这么忙,用不着三天两头来看我。"

姬进军说:"温叔,我只是顺路。"

温俊峰感动地说:"好!好!"

姬进军在同柳月讲耿佳丽的事。

进军说:"娘,我让她们相认了。"

柳月说:"相认就好,亲生母女终于相认了,那她们心里会有多高兴啊。"

进军说:"娘,是这样。"

柳月说:"进军,你做得对,我这个春花阿姨没白认你这个儿子。"

进军含泪说:"娘!你是我娘!"

柳月说:"对,对,我是你娘。进军,世上的事就是这样,只有你想着别人,别人也才会想着你!"

中午,耿佳丽领着舒妤来到姬进军的家。

陈湘筼与罗秋雯正在吃午饭。

耿佳丽说:"舒妤她娘,外婆。我把舒妤领来交到你们手里。虽然是我生了她,但你们永远是她的爹,她的娘,她的外婆!她的亲人……"
四人都拉着手流泪。

陈湘筼、罗秋雯、耿佳丽、舒妤来到杨自胜家。
杨自胜站在门口。
舒妤冲向杨自胜。
舒妤紧紧地抱住杨自胜,动情地大喊一声:"爷爷!"泪如雨下。

看守所。
检察人员正在同李进疆谈话。
检察人员说:"李进疆,你的认罪态度还是很不错的,但一定要实事求是,把所有的犯罪事实都写清楚,时间、地点、数额、手段等,听明白了没有?"
李进疆说:"明白了。"

杨自胜领着舒妤来到看守所。
看守所所长说:"杨书记,你来啦,刚才垦区检察院已经通知我们了,同意你同李进疆见面,但杨书记……"
杨自胜说:"我知道,你们干警应该在场。"

李进疆在会见的地方看到杨自胜带着舒妤进来感到吃惊。

杨自胜、舒妤与李进疆对视着。
杨自胜说:"进疆,我只给你说一句话,好好交代,积极退赔,争取从轻处理。"
李进疆说:"杨伯伯,我知错了,觉悟了,我会朝这方面努力的。可是,我的钱都叫曲美兰卷走了,退赔我就有困难。"
杨自胜说:"我知道的。舒妤,叫爸爸。"

第十九章

舒妤关切地说:"爸爸。"

李进疆说:"舒妤!……我不配做你爸!"泪如雨下。

舒妤流着泪说:"爸爸,按我爷爷说的去做……"

杨自胜领着柳叶来到柳月的家。

杨自胜说:"春花,你帮你这位姐姐一个忙吧。"

柳叶拉着柳月的手说:"妹妹,姐求你了,这个忙你怎么也得帮。"

柳月:"啥事,说嘛。"

杨自胜说:"春花,你陪她上一次山,去找曲世士,让曲世士怎么也得把曲美兰找回来。积极帮李进疆退赔,这样可以让李进疆得到从宽处理。"

柳月说:"行,我也正想上山看看呢,离开牧场,也怪想的。"

柳叶说:"妹妹,红霞也在山上,你可以让晓阳、红霞一起去找曲世士,他也在他们牧场工作。"

柳月、柳叶坐着小车上山。

柳叶说:"妹妹,你以前的事还是什么都记不得?"

柳月说:"我想,你们讲的事大概都是真的,可我怎么也记不起来了。"

柳叶说:"妹妹,你比我强,有姬进军这么个儿子。"

柳月说:"我真希望他真是我的亲儿子啊!"

柳叶说:"妹妹,是的,真是的。"

柳月眼里含着泪。

曲世士家,曲美兰就住在她父亲家里。

曲世士说:"美兰,我劝你还是回去,你这么东躲西藏的也不是办法呀!"

曲美兰说:"李进疆都被抓起来了,让我咋回去?"

牧场已具有现代化的规模。

一排排羊舍。

围栏里的草长得十分茂盛。羊群在围栏里悠闲地吃着草。

欧晓阳和红霞正同工人们一起打扫着羊舍,柳叶和柳月也在羊舍里。

红霞说:"干妈、娘,你们俩先去吧。我和晓阳干完这儿的活马上也去。我哥也只有栽了这样的大跟头,他才知道觉悟!"

柳叶说:"我既没养个好儿子,也没养个好女儿,从小就跟我作对到现在!"

红霞说:"娘,哥的事我一定帮,退赔的钱不够,我们给填上,这还不行吗?"

柳月领着柳叶朝曲世士家走去。

曲美兰从窗口看到柳叶和柳月朝她家走来,吓得拔腿就从后门跑了出去。

柳月眼尖,一看往山坡上跑的就是曲美兰。

柳月喊:"曲美兰,你别跑——"

曲美兰往山坡上跑,柳月和柳叶往山坡上追。

柳叶体力不及柳月,不久就远远地落在后面。

柳月咬了咬牙,眼看快要追上曲美兰。

柳月说:"曲美兰,你别跑,我有话要对你说。"

曲美兰往山崖上爬。

柳月也往山崖上爬,毕竟上了年纪,体力不支了,她脚下一滑,人从山崖上滚了下来。

第十九章

曲美兰吓坏了,喊:"春花姨!"

柳叶也追上来了,喊:"妹妹……"

柳月从山崖上滑下后,滚下山坡,昏死了过去……

姬进军家门口。耿佳丽正在同舒好、湘筼、罗秋雯告别。

耿佳丽依依不舍地与舒好拥抱说:"舒好,你参加中央电视台青年歌手大奖赛是什么时候?"
舒好说:"明年。"
耿佳丽说:"那明年妈妈一定来给你助威。"
舒好说:"妈妈一路多保重。"
耿佳丽说:"湘筼妹妹,罗阿姨,再见。"
耿佳丽坐上小车,挥泪而别。

耿佳丽刚走。姬进军就坐着小车赶到门前。
姬进军神色沉重地对湘筼说:"娘出事了,赶快上车去医院。"

医院。
姬进军、杨自胜、湘筼、罗秋雯、舒好、李松泉、柳叶、红霞、欧晓阳、曲美兰、曲世士,还有刚从国外回来的莹茵,都聚集在医院里。

柳月昏睡在病床上。
姬进军的脸上充满了自责。
医生对姬进军说:"姬书记,老人家脑部以前可能受过伤,这次情况也比较严重,我们几位医生会诊后,建议老人家转院去乌鲁木齐的军垦医院。目前她没有生命危险,我们用救护车送。"

姬进军说:"那现在就送。"

医生说:"对,当然是越快越好,我们派医生、护士专程护送。"

姬进军对陈湘筼、罗秋雯说:"那好,湘筼,你跟娘陪着去吧。"

柳叶说:"秋雯妹妹,你留下吧,我去。进军身边也得留个人。"

杨自胜说:"我也去吧,我在那儿有不少老战友,可以帮帮忙。唉,这事都怪我。"

姬进军感激地说:"大爷……"

杨自胜说:"啥也不要说了,赶快走。"

姬进军说:"莹茵,你回家陪你爹去。"

柳叶说:"杨书记,你别这样,要不我可无地自容了。"

曲美兰把一张银行卡给柳叶。

曲美兰说:"娘,这是银行卡,钱都存在里面,你拿去给进疆,让他退赔吧。"

柳叶说:"给你爹,这事让你爹去办。"

曲美兰把银行卡递给李松泉。

李松泉接过卡想了想,又把卡还给曲美兰说:"美兰,你是他妻子,还是你自己去办吧!"

护士把柳月抬上救护车。

杨自胜和湘筼也上了车。

柳叶急急地对曲美兰说:"陈明义呢?陈明义咋没来?美兰,你找他,让他办去!"

柳叶追到外面,也上了车。

第十九章

莹茵回到家。

温俊峰躺在床上喘着粗气。

温俊峰问:"你娘咋样了?"

莹茵说:"已送乌鲁木齐军垦医院了。"

温俊峰说:"伤得很重吗?"

莹茵说:"医生说,目前还没有生命危险。爹,你别急,娘命大着呢,会治好的。"

温俊峰喘着粗气,似乎预感到了什么,伸出手去拉着莹茵的手紧紧地握着。

温俊峰说:"那年,我把你娘从水渠的冰面上背回家,你娘一醒,睁开眼朝我一看,我就爱上你娘了。你娘,给了我一辈子的温暖、力量与幸福,可是我却不能守在你娘身边……"

温俊峰的眼角滚下泪来。

莹茵说:"爹,我说了,娘命大,不会有事的。"

温俊峰闭上了眼睛。

他看到自己还年轻。山坡上开满了鲜花,他骑着马,赶着羊群满山坡地跑着。

阳光、塔松、积雪的山顶、清澈的溪水。

他看到欧钧铭在对他笑。

他朝欧钧铭跑去。

他的羊群突然变了,变成体型更大,毛质更细的细毛羊了。

他说:"欧场长,你看,这些羊正是我们一直希望想要改良的品种,现在我们终于实现了……"

欧铭钧笑,他也笑。

他们高兴地朝太阳飞去,飞越了巍巍的雪山……

莹茵轻轻喊了一声:"爹——"

山上在下雪。

欧铭钧坟堆边上又多了一座新坟。墓碑上写着:"温俊峰之墓"。

姬进军、莹茵、欧晓阳、红霞、曲世士以及众多牧民朝墓地三鞠躬。

陈明义走到李松泉家门口喊:"李松泉！李松泉！"

李松泉从窗口探出脑袋问:"干啥？"

陈明义说:"下棋！"

李松泉说:"今天我心情不好,没空！"

李松泉关上窗户。

陈明义还是喊:"李松泉！你给我下来,昨天我连输你三盘,我不服气,你给我下来！你要不下来,我就这么喊！"

李松泉从二楼下来,出门。

李松泉说:"陈明义,你是咋回事？让你去把老婆接回来,你不接,让你跟女儿和好,你也不肯讲一句软话！只知道天天缠着我下棋,我看你是心理变态！"

凉亭。

陈明义与李松泉在下棋。

陈明义问:"你那儿子判了几年？"

李松泉说:"什么我那儿子,是你那儿子！"

陈明义说:"他姓李,不姓陈！"

李松泉说:"但他是你的种！吃车！"

陈明义说:"哎哎,明车暗马偷吃炮。吃我车你咋不吭声？下棋你得守规矩！"

李松泉说:"我看你这辈子就没守过规矩！"

陈明义说:"怎么,想秋后算账啊？以前的事不都过去了。"

李松泉说:"那也得反省反省。"

陈明义说:"人不在职,狗屁不值,还有什么好反省的!下下下!这盘你是输定了。"

李松泉说:"我输定了,你瞧瞧我的这一步,怎么样?闷宫将!"

陈明义激动地说:"你这炮是啥时卧的底啊!……喔哟!"

陈明义摸着额头,沉重地跌倒在地上。

李松泉说:"陈明义!陈明义……"

医院。

医生对李松泉说:"脑中风,他的亲人呢?"

第二十章

　　李松泉走进姬进军的办公室。

　　李松泉在与柳叶通电话。

　　姬进军回家。
　　姬进军对罗秋雯说:"娘,爹中风躺在医院里,你去照顾他吧!"
　　罗秋雯说:"我不去!他不是见到我就烦吗?"
　　姬进军说:"娘,他讲的都是些气话,他退下来的这些年,活得也很孤单。"
　　罗秋雯说:"他嘴硬呀,他要不是嘴硬,给我说上句软话,你和湘笱再劝我,我不是答应回到他那儿去了?"
　　姬进军说:"娘,他现在自己料理不了自己了,连说话都困难,嘴也硬不起来了。你去吧,好赖你们共同生活了这么些年,而且现在你们也还是夫妻嘛,你不去照顾他谁去照顾他呢?"
　　罗秋雯说:"唉!冤家啊!这姻缘搭上后,想扯

第二十章

都扯不断啊!"

姬进军说:"娘,你这就说对了。走吧,我也去看看他。"

医院。

陈明义睁开眼睛,看到姬进军与罗秋雯。他盯着姬进军看,想说什么但说不出来,悔恨的眼泪从眼角滚落下来。

陈明义哆哆嗦嗦地把手伸向罗秋雯。罗秋雯上去捏住了他的手,他轻松地舒了口气,罗秋雯朝他点点头。他俩和解了。

罗秋雯看看一直站在身边的姬进军,对进军说:"进军,你去忙你的吧。"
姬进军朝陈明义点点头,陈明义动了动手,意思是说:"你去忙吧。"

李松泉领着柳叶也来到医院。
陈明义动着嘴,李松泉和柳叶都看懂了他想说的话。
李松泉说:"进疆的事情解决了,因为他交代得好,退赔得好,判刑三年,缓刑三年。"
柳叶说:"曲美兰今天去看守所接他去了。唉,为了这事,柳月都遭了罪,到现在还没醒过来呢。"
柳叶眼圈一红,眼角又渗出了泪。

李进疆走出看守所的大门。
曲美兰与李进疆的几个生意上的朋友迎了上去。

不远处停着辆小车。李进疆看到小车后,姬进军从小车上走了下来。

李进疆跑几步,走到姬进军跟前。
姬进军握住李进疆的手说:"进疆哥,我大爹让我告诉你,缓刑期间一定要守法。"

李进疆说:"进军表弟,从此以后,我这一辈子都会守法的。"

姬进军说:"好好同嫂子一起做生意,现在政府鼓励私人企业的发展。在咱们明珠市,已经有不少民营企业家搞得红红火火的。进疆哥,你是个聪明人,只要守法经营,你会闯出条路子来的。"

李进疆说:"我一定,好好去争取!"

姬进军说:"什么时候想见舒好都可以,她已经认你这个爸爸了。"

李进疆说:"进军,等我活得像个样子,我再去见她,我要让她看到,她的亲爸爸不是个孬种。他也能活出人样的!"

乌鲁木齐军垦医院。

柳月睁开了眼睛,看到了湘筼和杨自胜,她朝他们笑笑,医生也在边上笑着点点头。

医生说:"她已经没有生命危险了,但还要好好休养一段时间,你母亲的生命力好顽强啊!"

柳月又闭上眼睛,沉沉地睡去。在生与死的搏斗中她太劳累了,需要休息。

她梦见了杨自胜看着她在砸麦粒,她在熬麦片粥。

她梦见野猪冲向进军时,杨自胜一枪把野猪撂倒了。

她梦见姬元龙搂着红霞永远地走了。

她梦见她看着杨自胜托别人捎来的鸡蛋发愣。

她梦见进军在小路口朝幼儿园走去时向她招手,她的眼角上滚下了泪。

医院走廊上,杨自胜与湘筼。

湘筼说:"大爹,温叔去世的消息要不要告诉我娘?"

杨自胜说:"最近不要告诉她,等她出院后,我想带她到太湖疗养院去疗养一段时间。等她全部康复后,再告诉她温俊峰的事。"

湘筼说:"唉,我们家里的事儿真是不断。我爹又中风住院了,进军劝我

第二十章

娘去照顾他。我那哥也刚放出来,还有舒好她亲妈的事。市委的工作又那么忙,这些里里外外的事全都压在进军身上,我真怕他会顶不住⋯⋯"

杨自胜自信地说:"他顶得住的!你娘醒来的消息你快去打电话告诉进军。"

明珠市医院。
罗秋雯扶着陈明义在医院院内的林荫道上散步。

电话亭,陈湘筼在给姬进军打电话。

姬进军跳上车说:"小王,去西红柿酱联合总公司。"

姬进军冲进西红柿酱联合总公司的总经理室。
姬进军说:"莹茵,湘筼来电话说,娘醒过来了,没有生命危险了。"
温莹茵说:"老天保佑,我爹的事还没告诉她吧?"
姬进军说:"没有,我大爹的意思是,等娘能出院了,想带她到太湖疗养院去疗养一段时间。娘生生死死,坎坎坷坷,辛辛苦苦了一辈子,该让她享点清福了。"
温莹茵说:"哥,你说得对。"
姬进军:"我明天就上乌鲁木齐去看看娘。对她说,你们都好着呢。"
温莹茵点点头。

姬进军走进军垦医院柳月的病房。
姬进军叫了声:"娘!"
柳月的精神显得好多了,说:"进军,你这么忙,咋还来看我?"
姬进军说:"娘,我是出差路过这里。"
柳月说:"你那位表哥的事咋样了?"
姬进军说:"因为交代好,退赔好,判了三年,缓刑三年,已经出来了。他也坚决要好好做人了。"

柳月说:"那娘没有白跑,受了点伤,也就不算啥了。"

姬进军说:"娘。"

柳月用力拥抱进军说:"进军,我的孩子……"

病房里没其他人,很安静。

柳月躺在床上。

柳月自语说:"我真是柳月吗?以前的那些事会不会是个梦?那都是杨政委向我说过的事,我就是……柳月了?我真的就是柳月了?……我自己都弄不懂了……以前的那些事好像就是真的。等等吧,别莽撞了,我会清醒过来,再说吧……"

医院走廊上,杨自胜、姬进军、陈湘筼。

杨自胜:"进军,让湘筼回去看看他爹吧,这种时候,是最容易让他们和解的时候,就有一万条理由,爹总是爹,女儿总是女儿。"

姬进军说:"湘筼,大爹说得对,你回去看看你爹吧。"

湘筼说:"那娘咋办?"

杨自胜说:"有我呢,你娘现在能自理了,有些事用不着你做了。"

姬进军说:"大爹,你也是一把年纪的人了,我怕你身体顶不住。"

杨自胜说:"前几个月我还全面检查过身体,除了有点儿脂肪肝,其他啥毛病没有。"

明珠市医院。

湘筼走进陈明义的病房。罗秋雯守在陈明义的病床边。

湘筼说:"娘。"

罗秋雯说:"你咋回来了?"

湘筼说:"进军让我回来的,他一定要我回来看看爹。"

罗秋雯说:"你婆婆呢?"

第二十章

湘筼说:"没什么大事了,只是还要在医院观察一段时间。爹!"

陈明义看着湘筼,激动而悔恨地点点头,眼里又渗出了泪。

湘筼问罗秋雯说:"爹能听清吗?"

罗秋雯说:"话都能听清,就是还说不成话。"

湘筼说:"爹,是进军让我回来看你的,你听到了吗?"

陈明义点点头。

湘筼说:"爹,你当领导的那些年,对进军可是……"

陈明义满脸愧疚地摇摇头,让女儿别说了。

李进疆开着客货两用车同曲美兰一起上山。

曲美兰说:"你妹妹厉害得很,而你妹夫又全听你妹妹的,我看这事悬。"

李进疆说:"我知道,这事希望不大,但希望不大也总得去争取一下,本来我想找姬进军,让他同红霞他们打声招呼,但再找他,我真是有点过意不去,他和他大爹对我可以说做到仁至义尽了。不管咋说,我也要自己蹚条路出来。不然我对不起关心帮助过我的所有人,还有我的亲女儿。"

欧晓阳的办公室。欧晓阳、红霞、李进疆、曲美兰。

红霞表情冷淡,公事公办地说:"老哥,你来找我们,我们该帮你。但一想到你的信誉,我们就担心。"

李进疆说:"妹妹,妹夫,我可以告诉你们,今天的李进疆可不是以前的李进疆了。我回头看了我走过的路,我也看到姬进军走过的路,现在我知道人生的路该怎么走了。"

欧晓阳说:"大哥,你这话挺打动我的。"

李进疆说:"我把以前我非法弄来的钱和我赚来的钱全退赔进去了,我在向政府交代时,我没有留一点余地,其实有些事是只有天知地知我知的,但我也交代了,因为我想彻底脱胎换骨,重新做人。"

欧晓阳说:"大哥,那你想让我们怎么帮?"

李进疆说:"批些羊只给我,货款等我一脱手我就给你们交上。"

红霞说:"老哥,我们的羊可是紧俏货,你这种生意谁不会做?"
曲美兰说:"进疆只是想把你们的羊销得远一点,卖个好价钱。"
红霞说:"现在我们的羊根本不愁销。"
欧晓阳说:"红霞,大哥说了,是要让我们帮他一把,我们要有什么损失也就算了。"
李进疆说:"妹夫,我不会让你们受损失的。我那办公楼虽说现在是个空壳子,但还值几个钱,请你们相信我。"
欧晓阳说:"大哥,要什么羊?数量是多少?"
李进疆说:"肉用羊,一卡车的数。"
欧晓阳说:"红霞,就这样吧。"
红霞说:"那就订个合同,亲兄弟明算账,商品社会就按商品社会的规矩办。"
李进疆说:"妹妹,妹夫,你们放心,我会守信的。"

乌鲁木齐,军垦医院,柳月病房。
柳月对杨自胜说:"不行,杨书记,我得回家看看再跟你走。"
杨自胜说:"你看你,机票都买好了。"
柳月说:"我放心不下老温啊!"
杨自胜叹了口气说:"春花,我告诉你吧,在你受伤的那天晚上,温俊峰就走了。"
柳月吃惊地说:"啊?"
杨自胜说:"他就埋在山上欧钧铭的身边。进军和莹茵把丧事办得好好的,体体面面的。让你去疗养,是进军的主意,说我娘生生死死、坎坎坷坷、辛辛苦苦了一辈子,让我娘也享回福吧,你得体谅进军的这片孝心啊!"
柳月泪水涟涟。

太湖疗养院。
清晨,烟波浩渺。

第二十章

杨自胜陪着柳月在湖边散步。

柳月说:"杨政委,我想问你一件事。"

杨自胜说:"说。"

柳月说:"我刚到开荒队时,我打过陈明义一个耳光,你关了我半天禁闭。"

杨自胜惊喜地说:"对呀,后来我不是向你道歉了嘛。"

柳月说:"这事你可没告诉过我。"

杨自胜说:"柳月,以前的事你都想起来了?"

柳月说:"对,我就叫柳月,我在医院醒来后,我就想起来了。"

杨自胜说:"那你为啥不说?"

柳月说:"我怕那些事都不是真的,是我做的梦,想到以前的那些事,我的心感到好沉啊!"

杨自胜说:"柳月,过去的都过去了。不过,你砸麦片为我们改善伙食的事,我可一辈子也忘不了,那个年月啊!……"

柳月说:"杨政委,我跟你到太湖来疗养,不仅仅是因为进军的一片孝心,还因为你,你把进军抚养得这么好,这么有出息,我也不能辜负你的一片好心哪!但我有件事不明白,为什么是你抚养了进军,而不是我姐姐和我姐夫?"

杨自胜说:"那可要怪你了。"

柳月说:"怪我?"

杨自胜说:"对,都是你灌输说,是你姐夫李松泉害死了他爹,所以他怎么也不肯进他们家的门,抓回去一次跑一次,这孩子那时才五六岁,脾气就这么大。"

一辆大卡车拉着一车羊在公路上跑着。公路两边是茫茫的戈壁和一些草地。

驾驶室里坐着驾驶员和李进疆。

李进疆给驾驶员递了一支烟,点上,自己也点了一支。

驾驶员说:"李总,你怎么亲自押车过去?"

李进疆说:"今非昔比啰,我现在又当老板又当马仔,不过我现在,老板当得踏实,马仔也当得情愿。"

驾驶员说:"李总,你还是有眼力,这车羊拉到那个地方,赚头不会小。"

李进疆说:"就是要多吃点苦,多冒点风险。"

远处有一方草地还有一条小溪。

李进疆说:"王师傅,到小溪那边停一停,得把羊放下来饮点水,不然顶不到目的地。"

王师傅说:"这恐怕不行。"

李进疆说:"为啥?"

王师傅说:"你把羊放下来,要是弄不到车上去咋办?这儿可是前不着村后不着店的。"

李进疆说:"要是羊渴死在车上,那损失不更大了!"

王师傅说:"我可把丑话说在前头,羊要弄不到车上,你可别怪我!"

羊群从车上冲下来,贪婪地啃着草,饮着水。

李进疆和王师傅把羊群往车上赶。但羊只往四散跑开了,怎么也赶不上车。

李进疆赶得筋疲力尽,王师傅也只好无奈地坐在汽车的踏板上抽烟。

王师傅不满地说:"你瞧,我说什么来着,死活不听!"

李进疆咬咬牙,只好抓住羊,一只只往车上抱。

天色昏暗下来了。

第二十章

李进疆跑不动也抱不动了,他瘫坐在地上。还有十几只羊散落在四周。
王师傅说:"李总,天黑下来,羊就要找不到了。"

李进疆一骨碌爬起来说:"奶奶的,这一笔生意我决不能砸,不能让我妹妹他们再笑话我!"

李进疆使足吃奶的力气,追羊、抱羊。

最后一只羊抱上车,天色黑了,他一下瘫倒在地上。

李进疆瘫坐在地上,望着满天星斗,百感交集,一股酸楚涌上了心头,他忍不住抱头号哭起来……

太湖的夜色也很美,远处闪烁着灯光。
疗养院湖边的平台上,放着一些桌子和凳子,上面还撑着伞。
天空布满了星星。
杨自胜和柳月面对面坐着。
柳月说:"这儿真是让人享福的地方。"
杨自胜说:"我也是第一次来这儿。柳月,我要告诉你一句藏在心里藏了几十年的话。"
柳月说:"啥话要藏几十年?"
杨自胜说:"自姬元龙走了后,我只知道给你和进军捎鸡蛋,就不知道捎句话。"
柳月一笑说:"我知道你想捎的什么话,那时,我也真是希望你能把这话捎给我。"
杨自胜说:"啥话?"
柳月说:"是呀,到底是啥话?"
杨自胜说:"我想娶你。"

柳月说:"我想让进军有个像你这样的爹!"
杨自胜懊丧地拍着大腿说:"嗨,我真是个没用的人哦!"
柳月说:"我掉进渠里后,把什么都冲走了,但没想到,进军真有了你这么个爹……"

杨自胜和柳月都有些伤感,沉默了一会儿,俩人突然笑了起来。
柳月说:"杨政委,我想回家了。"
杨自胜说:"还可以住几天。"
柳月眼泪汪汪地说:"不,我要回家,我要正式去认我的儿子!"

姬进军正在开会。
小贺走进会议厅。
小贺说:"姬书记,你的电话,你大爹打来的,一定要你亲自接。"

姬进军接电话说:"大爹,你说啥?我娘恢复记忆了?以前的事她都记得清清楚楚的了?"
杨自胜说:"对,你娘要跟你讲。"
柳月说:"进军……"
姬进军说:"娘……"
姬进军控制不住自己,捂着脸哭了,他喊道:"娘……"

火车站。
姬进军、温莹茵、陈湘赟、舒好、李松泉、柳叶、罗秋雯等在月台上翘首以待。

火车进站了。
杨自胜拉着柳月的手走了下来。
进军冲向柳月喊:"娘!"

第二十章

两人拥抱着泪如雨下。

进军说:"娘,我再也不是你认的儿子了。"

柳月说:"进军,我的儿啊!来,跪下,给你大爹磕三个响头。"

杨自胜一把拉住进军说:"柳月,这不行,进军是我养大的孩子,但他现在是市委书记了,这么跪着给我磕头,像什么话。你这不是出我杨自胜的洋相嘛。"温莹茵拥抱柳月,然后冲着姬进军喊:"哥!哥!哥!"

进军说:"怎么啦?"

莹茵说:"理直气壮了呀!"

舒好冲上去搂住柳月的脖子说:"奶奶,我想死你了!"她大概想到了自己的身世,说:"奶奶,我好幸福,好幸福呀!"

柳月说:"我的好孙女是越长越漂亮了!"也是满面的泪。

柳叶走上去,拉着柳月的手说:"妹妹……"

柳月说:"姐!"

李松泉在一边脸上满是内疚。

陈湘箦对柳月说:"娘,我娘知道你和大爹回来了,做了一大桌饭,走!咱们吃团圆饭去!"

杨自胜陪着柳月来到温俊峰的坟前。

柳月回忆起温俊峰救起她以后,她躺在毡房里,温俊峰服侍她的情景。

柳月含着泪说:"杨政委,我活过两次,嫁了两个好男人,一次是包办的,一次是自由的,我养了一个好儿子,养了一个好女儿,我人生无憾了。"

杨自胜说:"柳月,因为你是个好人啊!"

柳月说:"我只感到,我这辈子没有白活。"

李进疆一脸的轻松与愉悦,开着车上山。曲美兰坐在他身边。

曲美兰说:"进疆,有些人又想回到公司来。"

李进疆说:"美兰,你看着办吧。能干活的留下,原先只能陪着我们吃喝玩乐,别的啥事也干不成的,让他们另谋生路吧。现在我真的是想正儿八经地干一番事业了。"

牧场办公楼。
李进疆、曲美兰来到欧晓阳的办公室,红霞也在。红霞看到他们后,态度也改变了。
红霞说:"哥,这次你辛苦了。"
李进疆说:"想正儿八经做生意,不吃苦咋行。靠自己辛苦赚来的钱才有价值,拿着心里也踏实,那些稀里糊涂弄的钱,花起来没分量,就会乱来。"
欧晓阳说:"哥,你打进来的钱已经进账了,第二批货源我也给你组织好了。"
李进疆说:"你们的品种羊,到哪儿都受欢迎啊。说你们的羊肉质地细嫩,口感好。唉!以前我总是自以为是,还是姬进军有眼光啊,这小子比我有出息。"
红霞说:"哥,要说呢,你比进军哥的脑子还灵活,就是脚没踏在正道上。"
李进疆说:"现在拐回来也不迟啊!"

罗秋雯用小推车推着陈明义在医院的院子里散步。
杨自胜朝他们走来。
杨自胜说:"陈政委,现在好多了吧?"
陈明义点点头,但说话的口齿仍有点不大清楚:"杨书记,别这么叫我,叫陈明义吧。"
杨自胜说:"那你也别叫我杨书记,叫我杨自胜,我喜欢这个名字,什么政委、书记,那都是过去的事情了。现在我们都是普通老百姓了。"
陈明义说:"普通老百姓好啊,没那么多烦心的事了。"
杨自胜说:"这话你倒说对了。"他指指罗秋雯,"还是有老伴服侍着好吧?"

第二十章

陈明义点点头。

杨自胜说:"那时候你骂我专制、霸道。你对秋雯和湘赟才是专制、霸道呢!还好,秋雯和湘赟反抗了你的专制,你的霸道,才有今天的好日子!"

陈明义说:"杨书记,不都过去了吗?"

杨自胜说:"今天,湘赟让我请你们回家去。进军当了这几年市委书记,才算搬进了新房。进军和湘赟要接你们回去住。今晚,还有好戏要请你们看!"

罗秋雯说:"啥好戏?"

杨自胜说:"舒好参加全国青年歌手大奖赛,已进了决赛圈了,今晚在电视上要亮相争名次。"

罗秋雯说:"那怎么也得去!"

杨自胜朝陈明义喊:"那可是你的亲孙女啊!"

陈明义激动地含着泪一个劲地点头。

姬进军新家的客厅里挤满了人。

杨自胜、柳月、陈明义、李松泉、柳叶、李进疆、曲美兰、莹茵,罗秋雯和湘赟在忙着为他们倒茶、递点心。

电视的银屏上闪出了中央电视台"月兰杯"青年歌手大奖赛的赛场,所有的人的眼睛都射向银屏。

柳月说:"进军咋还没回来?"

湘赟说:"他说会议一结束就赶回来。"

中央电视台的节目主持人说:"下面,由新疆电视台选送的6号歌手姬舒好上场。"

舒好放松而动情地唱着一首新疆民歌。

评委们面带笑容,欣赏地点着头。

唱完后,下面掌声雷动。

舒妤顺利地过了综合知识测试和试唱测试。

姬进军的小车停到家门口。姬进军急匆匆地跳下车,奔进楼里。

姬进军冲进家门。
姬进军问:"怎么样?"
湘筼说:"一等奖,舒妤是一等奖啊!"
李进疆一把抱住姬进军大声号哭起来说:"进军,那是我们的女儿啊!"
杨自胜对陈明义说:"那是我的孙女,也是你的孙女。"
柳月对柳叶说:"姐,那是我的孙女,也是你的孙女。"
李松泉说:"也是我的孙女嘛!"
罗秋雯说:"我的外孙女。"
杨自胜说:"你瞧瞧,就舒妤一个人,把我们全连上了。"
湘筼说:"她是我的女儿,可她的亲妈却不在这儿,要是在……"

北京一家星级饭店。
耿佳丽也在客房的电视机前流泪。

舒妤走进耿佳丽的客房,紧紧地拥抱耿佳丽说:"妈妈!"
耿佳丽激动地抹着泪说:"舒妤,首先,妈妈祝贺你,祝贺你能在全国的大奖赛中获一等奖,但一想到这点,妈妈就感到非常的惭愧,妈妈不配同你分享这份激动和快乐。"
舒妤说:"妈妈……"
耿佳丽说:"但你又是幸福的,因为你是在一个充满人情味的家庭中长大的。你爹、你娘、你爷爷、你奶奶、你外婆,他们都是一些知道怎么为别人着想、为别人奉献的人。你在那样的环境中,成长得很健康,妈妈真为你高兴。"

第二十章

耿佳丽与舒好坐在飞往乌鲁木齐的飞机上,有人在请舒好签名。

耿佳丽的脸上充满了灿烂的笑容。

杨自胜把舒好领到陈明义的家,对着陈明义说:"舒好,他不但是你外公,还是你的亲爷爷,叫爷爷。"

舒好朝陈明义说:"爷爷。"

陈明义激动地点着头说:"一等奖,一等奖,好!好!"

舒好对杨自胜说:"爷爷,我这身世咋这么复杂?"

杨自胜说:"复杂?这复杂全是你爷爷我惹的祸。"

舒好说:"爷爷,咋会是你惹的祸?"

杨自胜说:"想当年,要不是我谎报军情,结果是阴差阳错,哪会有以后的那么多故事啊!不过也要怪你那两个奶奶。"

舒好说:"怪我两个奶奶?"

杨自胜说:"从小抚养你的柳月奶奶,还有你的亲奶奶柳叶,这对双胞胎姐妹,可把我们折腾苦了。"

舒好说:"爷爷,咱们家的这些故事要是编成电视剧,准好看。"

杨自胜说:"那你就去找一个作家来编。"

耿佳丽和开发区管委会的任主任在姬进军办公室。

耿佳丽说:"姬书记,上次回去我同我们董事会的董事们商量好了,决定在你们明珠市投资办一个葡萄酒厂,再搞一个葡萄种植基地,法国的葡萄酒可是强项。"

姬进军说:"太欢迎了,具体事项你同任主任他们协商,好吗?"

杨自胜家张灯结彩。

姬进军也在忙活。

陈湘筼说:"进军,你忙你的公事去吧,这有我和娘呢。"

柳叶和李松泉也在帮忙。

| 427 |

柳叶说:"进军,你大爹和你娘呢?"
姬进军说:"他们忆苦思甜去了。"
李松泉说:"现在还搞这一套啊!"
姬进军说:"那是大爹的主意。"

水库,度假村。
杨自胜陪柳月在围堤上走着,柳月站在一个地方不动了。

回忆。
柳月与柳叶挑着装满泥土的担子往围堤上跑……

他俩走上渠堤。
柳月看着那滚滚的渠水。

回忆。
大雨瓢泼,大家脱下自己的衣服裤子,包上石子泥土,去堵缺口。
……
帐篷里姬元龙抱着红霞,血流了一地。
柳月眼里含着泪。

草甸湖农场番茄种植基地。
杨自胜在一块地头停住了。

回忆。
杨自胜与姬元龙等人在拉着犁。
黄昏,他们身后是一片被开垦出来的土地……

草甸湖农场场部。

第二十章

　　一棵粗大的榆树下用水泥镶嵌着一大两小的三块卵石。
　　杨自胜说:"柳月,你还记得这三块石头吗?这就是你从河边拉来砸麦片的。我把它们镶在这里,作为永久的纪念。"
　　柳月含着泪点点头。

　　杨自胜领着柳月来到番茄酱厂。
　　温莹茵在门口迎接他们。
　　温莹茵说:"爹,娘。"

　　温莹茵领着他俩参观番茄酱生产线。
　　杨自胜说:"莹茵,你们这个企业发展得好快呀!"
　　温莹茵说:"现在我们年产量达到十五万吨,占领了国际市场很大一部分配额。"

　　他俩参观葡萄园种植基地。
　　耿佳丽陪着他们。

　　耿佳丽陪着他们参观葡萄酒厂。
　　耿佳丽说:"大爹,娘,你们尝尝。"
　　杨自胜抿了一口说:"不错。"
　　耿佳丽说:"现在试销得非常好。"
　　柳月看着耿佳丽说:"舒好长得这么好,你也舍得扔掉!"
　　耿佳丽说:"娘,我不正在弥补我的过错吗?"
　　杨自胜说:"耿佳丽,我正陪着舒好的奶奶在忆苦思甜呢,所以她才说这话。"

　　夜。
　　杨自胜与柳月走进洞房。

床头上挂着一张杨自胜与柳月的合影像,两位老人的胸前戴着大红花,笑得十分的灿烂,上面有一行大字:"夕阳无限好",边上还有一行小字:"祝贺杨自胜、柳月喜结良缘"。
　　杨自胜从抽屉里拿出一个精致的铁盒,铁盒里放着一只干透的发黑的鸡蛋。
　　杨自胜说:"柳月,那天你煮了两只鸡蛋,一只进军让你咬了一口后他吃了,这一只他一直放在口袋里,想不到那天上午你就……进军就拿着这只鸡蛋在渠堤上奔啊、喊啊、哭啊!一声声地叫着娘,我就在他身后紧紧地跟着。我收养进军时,这只鸡蛋还在他口袋里,已经发臭了。我就把它烘干了,就这么保存下来了,因为这是你煮的蛋……"
　　柳月泪水涟涟地说:"杨政委,你真是个性情中人哪,我们全家都在享你的福啊!"
　　杨自胜说:"柳月,你说错了,我快奔七十了,才有了真正的婚姻,这美满的婚姻是你给我的!"
　　床头上是那张两位老人笑得十分灿烂的结婚照。

　　夜色中。
　　广场上人群涌动,音乐喷泉,花团锦簇,灯光齐明。
　　杨自胜、柳月、李松泉、柳叶、陈明义、罗秋雯、姬进军、陈湘筠、李进疆、曲美兰、欧晓阳、李红霞、耿佳丽、温莹茵、姬舒好都来到喷泉前。
　　姬进军说:"小贺,来,给我们照一张全家福。"
　　杨自胜说:"多照几张,照好一点,我们这几家三代人,靠一个情字聚到一块,不容易啊!"
　　闪光灯闪了几下。
　　在闪光灯的光亮下,人物定格。

剧终

附　录

染绿生活大地的文学精神

贺绍俊

小说的文学精神首先体现在它弥补了当下社会的精神空缺。韩天航的中篇小说《我的大爹》就是一个很好的实例。小说充盈着浓郁的阳刚之气、昂扬之气，这正是当下最稀缺的精神。媒体上常常出现"阴盛阳衰"的说法，尽管这个词语令当今的男人们十分沮丧，但在相当长的一段时期内，我们的文学叙事的确在印证着"阴盛阳衰"，我们很难从小说中看到一个顶天立地的男子汉。这可以说是一种物极必反所留下的后遗症。因为当代文学在革

贺绍俊，文学评论家，《小说选刊》原主编，本书《热血兵团》即由作者韩天航根据自己前期发表在《小说选刊》上的中篇小说《我的大爹》改写而成。

命宏大叙述的笼罩下,曾经是男子汉唱主角的文学,在这些文学作品中,充溢着男人的血性,男人的阳刚之气。但这样一种文学趋势逐渐走向极端,把男人完全等同于革命,小说中的男子汉就被彻底地意识形态化和政治符号化,于是男人们在文学作品中成为出生入死的战士,成为拯救世界的英雄,成为品德高尚的楷模,然而就是缺乏作为父亲、丈夫、儿子的血肉之躯。后来,人们花很大的力气解构了这个革命的宏大叙述,但这力气用得过猛,因此在解构的同时也把男子汉应有的气概舍弃掉了。在这样一种社会思潮的影响下,文学走到另一个极端,仿佛把男子汉塑造成战士、英雄或者楷模就是一种错误,一种羞耻;反过来,觉得只有强盗土匪地痞流氓才称得上是真正的男人。于是我们在小说中读到的就是把男人的血性等同于兽性、野性、蛮荒性、原始性,等同于欲望化。应该说,这样的文学变化具有历史的合理性,它有助于恢复男子汉的血肉之躯,但这样的文学变化显然携带着谬误,甚至是极大的谬误。它在否定过去对男人的政治符号化的同时也把男性精神应该必备的责任感、使命感和献身精神、英雄精神统统否定了。放眼今天的社会,我们不是会切身地感受到,男性精神的这些必备元素实在是太稀缺了吗?这就是为什么我读到《我的大爹》后感到格外兴奋的原因,我从这篇小说中,发现了阳刚之气和男人血性的回归。

《我的大爹》写的是真正的男子汉。尤其是小说的主人公杨自胜,他很早就离家参加了革命,与家乡、与母亲从此失去了联系,他一生也没有结婚,可以说他没有过父亲、丈夫乃至儿子的正式名分,但通篇小说读下来,你会承认,他才是真正的、有血有肉的父亲、丈夫和儿子,他真正履行了一个父亲、丈夫和儿子应尽的责任和义务,他也真正抒发了一个父亲、丈夫和儿子的情感。他收养了成为孤儿的姬进军,他问孩子该怎么称呼自己,少年懂事的姬进军给他取了一个新的称呼:大爹。这是一个纯真孩子的脑筋急转弯式的回答,但这回答又是一种亲情的自然流露,它饱含着这样一层寓意:虽然不是亲爹,可是比亲爹还要伟大。小说重点表现了这样一种超越血缘和伦理的、伟大的父亲情怀。同时,这位大爹也应该是一位伟大的丈夫,可惜命运使他错过了实践伟大丈夫的机会。但他深爱着柳月,他像一位真诚的丈夫关心、帮助着他心上的恋人,他本来有机会成为名正言顺的丈夫,但世俗性的错觉让他犹豫了片刻,这片刻的犹豫却使他永远失去了心爱的恋人,他为此愧疚一生。当他老去的时候,他从埋藏着对柳月美好记忆的地方,挖回当年柳月用来砸麦粒的三块鹅卵石,把它们砌在院内的丁香树下,他将丈夫情意物化在鹅卵石上,终于可以与心爱的恋人相伴在一起。另一方面,杨自胜这个人物形象又与我们惯常说的"红色经典"中的男人形象有相似之处。小说从他解放战争年代作为解放军的一名副团长写起,他参加解放大西北,胜利之后又开进新疆大沙漠,垦荒造田,历经各种政治斗争的风云,直到改革开放,这不是一种典型的革命宏大叙述吗?这不是典型的战士、英雄或楷模的形象塑造吗?从这一点来看,他与红色经典确有相似之处,但小说在相似之中又赋予其新的内容,这就是父亲、丈夫和儿子的血肉之躯。在杨自胜身上,战士、英雄和楷模与父亲、丈夫和儿子成为水乳交融的统一体,他作为男人的责任感和使命感以及献身精神是从他作为父亲、丈夫和儿子的天性中流泻出来的。小说不仅写了杨自胜,还写了好几个具有阳刚之气和血性精神的男子汉,如自叙者姬进军,如有着知识分子宽广胸怀和美好情操的姬元龙,以及朴素踏实的李松泉。作者韩天航也说是有意要书写"这些至今还保持着这种献身精神的男人们",写出他们身上"独特的人情味和他们的男性魅力"。这样的男子汉并非远离我们的生活,只不过是由于社会形态的改变,他们被从社会流行的价值观和审美观中剔除了出去。所以,我把这篇显得有些不合时宜的《我的大爹》看作是一篇呼唤男性精神回归的作品。我个人感觉《小说选刊》的编辑们对于文学精神有一种心灵的感应,所以他们对《我的大爹》这一类小说情有独钟,尽管从文学叙事的技巧上说,它还显得不太完美,何况作者本人也不是一位大红大紫的名作家,但他们果断地将这篇小说选定为头条,这足以体现出选家对文学精神的追求和识见。因此我们也能从《小说选刊》所选的不少小说中解读到丰富的文学精神。